O ASSASSINO ÉTICO

Outras obras do autor publicadas pela Editora Record

A conspiração de papel
Um espetáculo de corrupção
O mercador de café

DAVID LISS

O ASSASSINO ÉTICO

Tradução de
FLÁVIA RÖSSLER

EDITORA RECORD
RIO DE JANEIRO • SÃO PAULO

2007

CIP-Brasil. Catalogação-na-fonte
Sindicato Nacional dos Editores de Livros, RJ.

Liss, David, 1966-
L754a O assassino ético / David Liss; tradução de Flávia Rössler.
– Rio de Janeiro: Record, 2007.

Tradução de: The ethical assassin
ISBN 978-85-01-07664-9

1. Ficção americana. I. Rössler, Flávia. II. Título.

CDD - 813
07-2615 CDU - 821.111(73)-3

Título original norte-americano:
THE ETHICAL ASSASSIN

Impresso no Brasil

ISBN 978-85-01-07664-9

PEDIDOS PELO REEMBOLSO POSTAL
Caixa Postal 23.052
Rio de Janeiro, RJ – 20922-970

O ASSASSINO ÉTICO

David Liss

Um

ERA SEXTA-FEIRA, passava pouco das 19 horas e ainda estava claro como se fosse meio-dia. Na Flórida, agosto é perpétuo, implacável, recusa-se a afrouxar o punho e, apesar do crepúsculo que se aproximava, fazia quase 38 graus. O calor se instalara em meu corpo, pesado, enervante, e acentuava o mau cheiro que pairava no ar — um fedor ao mesmo tempo tangível e enganador, como a camada de gordura sobre uma tigela de ensopado frio. Era mais do que um cheiro, era algo denso o suficiente para pesar como bolas de algodão enfiadas no fundo da garganta. Um miasma pútrido se propagava e redemoinhava pelas ruas do condomínio de trailers. Não me refiro ao cheiro de lixo acumulado na sarjeta — carcaças podres de galinha, fraldas usadas e cascas de batata. Quem dera! Era cheiro de privada de campo de prisioneiros. Ou pior.

Parei no degrau de concreto rajado que levava ao trailer e escorei a porta de tela com o ombro para mantê-la aberta. O suor escorria pelo lado do meu corpo e grudava na camiseta surrada. Começara minha jornada logo depois do almoço e já estava atordoado, um autômato perdido na tarefa vazia de tocar campainhas, tentar vender meu peixe e logo seguir adiante. Olhei à direita e à esquerda os trailers branco-desbotados e achei ao mesmo tempo divertido e profundamente triste não conseguir me lembrar de já ter estado naquela rua.

A única coisa que eu queria era entrar na casa de alguém, fugir do calor. O aparelho de ar-condicionado na janela do trailer zumbia, trepidava, quase pinoteava, e gotejava a condensação por um sulco corroído de pó branco. Eu usava roupa demais para o calor, e a cada poucas horas precisava de uma lufada de ar refrigerado, como um antídoto, para agüentar a luta. Escolhera a roupa não pelo conforto, mas para parecer inteligente e fazer negócios: calças de algodão cáqui, já quase sem friso devido ao suor, camisa de listras largas azuis e brancas e uma gravata de tricô azul-turquesa reta com quase dez centímetros de largura. Era 1985, e eu achava aquela gravata o máximo.

Toquei mais uma vez e em seguida firmei o polegar no botão luminoso cor de pêssego da campainha. Ninguém atendeu. O zumbido mudo de uma televisão ou talvez de um aparelho de som insinuava-se pela porta, e percebi um leve movimento nas ripas da veneziana, mas ninguém apareceu. Não que eu culpasse os moradores, quaiquer quer que fossem, que deveriam estar agachados atrás do sofá, fazendo *shhhh* com o dedo contra os lábios. Eu estava no alpendre de seu trailer, um adolescente engravatado tentando vender-lhes algo, pensariam — com justa razão —, e quem precisava daquilo? Por outro lado, quem precisava deles? O sistema era auto-seletivo. Eu trabalhava no ramo havia apenas três meses, mas já compreendera. Os que atendiam a porta eram os que queríamos que atendessem. Os que nos deixavam entrar eram os que queríamos que nos deixassem entrar.

A pesada bolsa de couro marrom, que meu padrasto permitira com relutância que eu tomasse emprestada da caixa mofada que ele guardava na garagem, deixava um sulco profundo em meu ombro. Sempre que a tocava eu me sentia sujo, e ela cheirava a sopa de ervilha seca. Meu padrasto não usava a bolsa havia anos, mas ainda assim achara importante valorizar o empréstimo antes de me deixar limpar as sujeiras de rato e lustrá-la com restaurador de couro.

Ajustei a tira para aliviar a dor, desci a escada quase me arrastando e segui pelo caminho estreito que cortava o gramado — na verdade apenas um mar de areia salpicada de algumas ilhas de vegetação rala. Na rua, olhei nas duas direções, indeciso sobre qual tomar e sem saber de que lado viera, mas logo adiante à minha esquerda vi uma folha de papel balançando preguiçosamente contra a caixa de correio da esquina, presa por um pedaço comprido de fita adesiva prateada fosca. Um panfleto com informações sobre um gato desaparecido. Eu vira — quantos? — dois ou três do mesmo estilo naquele dia. Talvez duas vezes mais panfletos de cães sumidos. Nem sempre o mesmo cão ou o mesmo gato, claro, e eu tinha certeza de já ter passado por aquele. Mostrava a foto de um gato branco ou castanho-claro com manchas pretas na cara, com a boca aberta e um pedacinho de nada da língua de fora. Se alguém visse uma gatinha gorducha que atendia pelo nome de Francine devia telefonar para o número indicado.

Tomei a direção oposta à do panfleto. Segui pelo mesmo lado da rua e atravessei um lote vazio para chegar ao trailer seguinte. Minhas pernas desafiavam a exigência de energia vinda de meu cérebro e moviam-se devagar, quase se arrastando. Tornei a consultar o relógio, que praticamente não se mexera desde pouco antes de eu tocar a campainha. No mínimo mais quatro horas pela frente, e eu precisava descansar. Precisava ficar quieto por algum tempo, mas não era bem isso. O que eu precisava mesmo era deixar um pouco o trabalho de lado, ter uma boa noite de sono, como se uma coisa dessas fosse possível, mas podia desistir de qualquer esperança de dormir. Isso não aconteceria na estrada, já que eu trabalhava o dia inteiro e metade da noite. Também não em casa, no meu dia de folga, pois tinha várias tarefas a cumprir, além de parentes e amigos a encontrar antes que o ciclo recomeçasse. Eu descansava menos de quatro horas por noite fazia três meses. Por quanto tempo agüentaria? Bobby, chefe de minha equipe, dizia que mantinha o mesmo ritmo havia anos, e parecia bem.

Eu não tinha planos de fazer isso durante anos. Durante um só, não mais, e já bastava. Eu era muito bom no que fazia — mais do que muito bom — e ganhava dinheiro, mas estava com 17 anos e sentia o tempo passar, sentia uma dor crescente nas juntas e a pressão que se acumulava sobre meus ombros. Meus olhos também pareciam não funcionar bem, minha memória começava a se desgastar, minhas visitas ao banheiro estavam irregulares. Era o estilo de vida. Eu tinha ido dormir em casa, logo adiante de Fort Lauderdale, na noite anterior. O despertador me fizera saltar da cama às 6h para conseguir estar no escritório local às 8h, onde participara de reuniões animadas antes de pegarmos o carro e seguirmos para a área de Jacksonville, nos registrarmos em um motel e sairmos para trabalhar. Mais um fim de semana típico pela frente.

Pneus chiaram atrás de mim e instintivamente desviei para o lote vazio, evitando com cuidado as tocas de formigas-de-fogo e as ervas espinhentas que se agarravam às minhas meias de ginástica cinza-escuras que apenas alguém com 17 anos poderia imaginar que passariam por sóbrias contanto que as listras esportivas não aparecessem.

Andar com discrição era a melhor coisa a fazer em lugares como aquele. Os moradores não precisariam me olhar duas vezes para ver que eu estava ali como um peixe fora d'água. Jogariam latas de cerveja vazias na minha direção ou sairiam de seu caminho para esbarrar em mim, um pouco por brincadeira, um pouco para me provocar. Gritariam coisas e eu não estaria muito errado se imaginasse que seriam insultos, insultos que doeriam como sal em meus olhos se conseguisse ouvi-los, mas que chegariam truncados por causa do ruído de um caminhão apressado e com alto-falantes tocando 38 Special a todo volume. Eu não sabia se meus colegas precisavam agüentar a mesma merda, mas tinha minhas dúvidas.

Uma picape Ford azul-escura diminuiu a velocidade e parou. Parecia recém-lavada, e a pintura reluzia como betume na luminosidade do sol quase poente. A janela do carona desceu e o motorista, um sujeito de seus 30 anos, de camiseta preta, inclinou-se e botou a cabeça para fora. Parecia charmoso, mas de um modo incomum, como o personagem afável de um cartum pronto para roubar a garota do herói; no entanto, como o personagem de um cartum, parecia estranhamente deformado. Dava a impressão de estar inchado. Não gordo, pesado, nada disso. Apenas inchado, como um cadáver que começa a se decompor ou alguém com uma reação alérgica.

O inchaço era esquisito, está certo, mas o que mais me chamou a atenção foi o cabelo. Era muito curto e espetado no topo da cabeça, porém atrás caía em leque até os ombros. Hoje é um corte popular. Até 1985 eu nunca tinha visto um igual, e não conseguia imaginar por que alguém escolheria um visual desses a não ser pelo simples prazer de ter dois cortes de cabelo em uma só cabeça. Tudo o que sei é que me parecia de uma burrice sem tamanho.

— Vai para onde? — perguntou o sujeito. Sua voz ficou distorcida sob o peso do sotaque meloso, típico da Flórida. Metade torta de pecã, metade torta de limão. Estávamos a mais ou menos cinqüenta quilômetros de Jacksonville, e sotaques carregados eram para lá de previsíveis.

Eu morara na Flórida desde a terceira série e durante muito tempo tivera medo de praticamente todo mundo de fora de um grande centro urbano. De modo algum considerava isso covardia, apenas bom senso. Apesar da crença popular de que cidades grandes como Fort Lauderdale, Jacksonville e Miami não passavam de subúrbios de Nova York ou Boston, elas estavam, na realidade, apinhadas de nativos da Flórida de longa data, uma minoria representativa dos quais incluía confederados fanáticos que cantarolavam o "Dixie" e queimavam cruzes. Essas cidades estavam também repletas de forasteiros do país inteiro e por isso havia um equilíbrio razoável. Afaste-se para a zona rural e o tempero se torna consideravelmente menos cosmopolita.

Eu agora estava, sob o meu ponto de vista, na zona rural, o que significava que o aviso luminoso CHUTE MEU TRASEIRO JUDEU estampado na minha testa, visível apenas para os que preferiam Hank Williams filho ao pai, começava a piscar e soltar faíscas. Tentei dar um sorriso educado para o motorista da picape, no entanto o sorriso saiu ruim, torto e acanhado.

Por um instante, pensei em partir logo com meu discurso para cima do sujeito, explicar que estava no bairro para falar com os pais sobre educação, porém tive a imediata certeza de que a idéia não era boa. O Sujeito Gorducho, com seu cabelo estranho e uma picape tratada com todos os mimos, aparentava ser pouco tolerante com papo furado. Bobby, o chefe de minha equipe, com certeza se dava bem quando aplicava a conversa mole de vendedor. Diabos, Bobby sem dúvida levaria a melhor num confronto com o sujeito, mas eu não era Bobby. Eu era bom, talvez o melhor da equipe de Bobby — talvez o melhor vendedor que Bobby encontrara em muito tempo. Mas não era Bobby.

— Eu faço vendas — expliquei, e percebi de pronto, como um interruptor que se liga de repente, que não me sentia apenas constrangido, eu sentia medo, também. Mesmo com o calor que fazia, senti frio, e meus músculos começaram a ficar tensos. —

Em domicílio — acrescentei. Tirei a bolsa do ombro e coloquei-a no chão, entre meus tênis pretos de couro.

O homem inclinou-se um pouco à frente e sorriu, deixando à mostra dentes desalinhados. Os dois da frente, em particular, eram longos como os de um coelho, porém espaçados e apontando para direções opostas. A má formação dos dentes era ainda mais evidente por causa de sua brancura incomum, brilhante até. Eu preferia não tê-los visto, porque agora precisava fazer um esforço enorme para não me fixar neles.

— Tem licença para vender?

Abaixou-se para pegar algo que estava entre suas pernas no chão do carro. Era uma garrafa quase cheia de achocolatado Yoo-hoo, que levou à boca por uns bons dez segundos. Quando parou, a garrafa estava mais da metade vazia. Suponho que um otimista diria que ela estava metade cheia.

Licença. Eu nunca ouvira uma coisa dessas. Precisava de licença? Bobby não comentara a respeito; limitara-se a me mandar ir em frente e atacar para valer o condomínio de trailers. Bobby adorava condomínios de trailers.

Eu precisava me manter concentrado, agir com segurança, supor que o sujeito não tentaria nada muito maluco, não no meio da rua, ainda que a rua estivesse sinistramente deserta.

— Meu chefe me mandou vender aqui — expliquei, com os olhos fixos na calçada e não nos seus dentes.

— Não perguntei quem o mandou fazer ou não fazer alguma coisa — retrucou, sacudindo a cabeça. — Perguntei se tinha licença.

Tentei dizer a mim mesmo que não devia ficar com medo. Nervoso, com certeza sim. Ansioso, precavido, alerta, pode apostar. Mas era como voltar a ter dez anos de idade e ser surpreendido no quintal de um vizinho rabugento, ou desarrumando as ferramentas do pai de um amigo.

— Preciso ter?

O sujeito na picape fixou os olhos nos meus. Franziu o lábio superior e fez cara de poucos amigos.

— Responda minha pergunta, menino. Você é burro?

Sacudi a cabeça, parte por incredulidade e parte em resposta à sua pergunta.

— Não tenho licença — admiti. Tentei olhar para longe de novo, mas seus olhos estavam fixos em mim.

Então soltou uma enorme risada e mostrou de novo os dentes tortos.

— Nesse caso é bom não precisar dela, certo?

Levei um minuto para entender o que acontecera e então fiz uma tentativa nervosa de demonstrar espírito esportivo.

— Sim, acho que sim.

— Escute bem. É melhor que fique longe de confusão. Sabe o que acontece com pessoas que violam a lei por aqui?

— São obrigados a guinchar como porcos?

Tentei me conter, mas apesar do medo não consegui, e a resposta escapou. Podia acontecer com qualquer um.

Os olhos do sujeito se estreitaram acima do nariz comprido.

— Está se achando o tal?

Que diabo de pergunta era aquela? Não poderia haver outra explicação para o que eu dissera a não ser que eu me achava o tal? Decidi me controlar.

Quando as pessoas contam que já sentiram o gosto metálico do medo na boca, esse metal é em geral cobre. Senti gosto de cobre na boca.

— Só estou tentando apaziguar a situação — consegui dizer, com uma expressão forçada de calma e afabilidade.

— O que um sujeito que se considera o tal como você está fazendo aqui, afinal? Por que não está na sua faculdade?

— Estou tentando ganhar dinheiro para pagar a faculdade — expliquei, na esperança de que meu empenho o impressionasse.

Não impressionou.

— Você não é nada, estudantezinho de merda. Vou ter de sair daqui e lhe dar um cacete?

Não havia, claro, um jeito nobre de responder a tal pergunta. Talvez Bobby conseguisse se safar com maestria, criar alguma piada sobre si mesmo para tornar o sujeito da picape mais cordial. No instante seguinte estariam rindo como velhos amigos. Não eu. A única coisa em que conseguia pensar era em humilhação — ou imaginar uma versão de mim em um universo alternativo, um Lem que caminharia até a janela aberta do carro e daria murros na cara do sujeito até rebentar seu nariz e seu cabelo ridículo ficar encharcado de sangue. O Lem nesse universo não fazia esse tipo de coisa, mas sempre me parecera que, se conseguisse fazer uma vez, se conseguisse ser o tipo de pessoa capaz de se livrar para sempre de um imbecil que insistia em me perturbar, esse feito ficaria marcado no meu corpo, no meu rosto, no meu andar, e eu jamais voltaria a me sentir rebaixado diante de um provocador que julgava ter grande poder sobre mim.

— Acho que não — respondi por fim. — Não acho que um cacete seja, no sentido técnico, necessário.

— Você é mesmo um idiota — retrucou, levantando o vidro da janela, os braços grossos rodando enquanto girava a manivela. Pegou uma prancheta do banco do passageiro e se pôs a examinar alguns papéis. Lambeu o polegar e o indicador como se fossem pirulitos, depois separou algumas folhas. Seus dois dentes frontais se projetaram e começaram a roçar o lábio inferior.

Idiota. Não era a pior coisa de que tinham me chamado, mas ofendia pela banalidade. No lado positivo, no entanto, o sujeito levantara o vidro e por isso meu medo começou a abrandar aos poucos até se transformar em apenas um leve temor. Eu estava liberado, e era hora de seguir em frente, embora o caipira repugnante continuasse de olho em mim.

Então joguei a bolsa de volta por cima do ombro e caminhei até o trailer seguinte, esse pintado de cinza e com arremates verdes. O terreno, como todos os outros, limitava-se a um pequeno pedaço de areia e grama, as ervas daninhas ultrapassando os limites de suas fronteiras. Uma palmeira de aspecto doentio vergava-se no jardim da frente com um copo medicinal enfiado em seu tronco como o cachimbo de sabugo de milho de um velho. As janelas da frente tinham cortinas de enrolar, tal qual as pessoas civilizadas instalam em seus quartos, mas elas não estavam puxadas até embaixo. Mesmo da rua dava para ver luz no interior e a claridade intermitente da televisão.

Nada de móveis de jardim, brinquedos, nem mesmo um capacho vistoso de boas-vindas. Nenhum item cafona. Era essa a palavra-chave do vendedor de livros, a palavra que Bobby nos ensinara. Vendedores de livros adoram cafonice. Cafonice é um monte de tralhas infantis de plástico espalhadas por toda parte. Cafonice é anãozinho de jardim, sinetas que tocam quando o vento sopra, decoração natalina excessiva e antecipada — ou atrasada —, qualquer coisa que sugira que ali vive gente que gosta de gastar o dinheiro que não tem em coisas de que não precisa. Gastar dinheiro em coisas de que as crianças não precisam — bem, isso é cafonice ao extremo. Ao transportar sua equipe, Bobby às vezes dava uma guinada rápida quando via uma casa com piscina de plástico e escorregador acoplado, também de plástico. "Um macaco cego conseguiria dobrar esses sujeitos", anunciava. Seu rosto grande e redondo de lua cheia, sempre radiante, se iluminaria a ponto de quase precisarmos usar óculos escuros para encará-lo.

— Caramba, isso é muito cafona.

Mas o trailer à minha frente não tinha sido tocado pela cafonice. Se a picape não continuasse estacionada onde estava, eu provavelmente teria passado direto pela casa. Bobby recomendava não pular nenhuma. Bater na porta de um fracassado não leva mais de um minuto, e nunca se sabe. Mais de uma vez eu conseguira efetuar vendas em lugares sem nenhum vestígio de cafonice, mas agora começava a ficar tarde, eu estava cansado e gostaria de ver um triciclo, uma Barbie pelada ou um pelotão de soldados de brinquedo rastejando pela província Quang Tri do gramado — qualquer coisa que me fizesse sentir que estava no lugar certo.

Na falta de cafonice, no entanto, eu faria do lugar um refúgio, por isso abri a porta de tela, sentindo o suor jorrar de minha axila e escorrer até a metade do torso. Dois lagartos verdes pequenos estavam imóveis do outro lado da tela cinzenta; um se balançava para cima e para baixo, o papo escarlate refletindo advertência, amor ou outra coisa.

Bati na porta enquanto os lagartos me olhavam com as cabecinhas empinadas. Percebi então um indício distante de movimento, o som quase imperceptível ao qual o trabalho de vendedor me tornara sensível. Não demorou nem um instante até uma mulher aparecer na porta. Abriu apenas uma fresta, olhou torto para mim e depois para a picape na rua.

— O que quer? — perguntou em um semi-sussurro áspero que quase me fez recuar pela sua urgência e desespero.

Era jovem, mas envelhecia depressa. Seu rosto, bonito pelo menos na teoria, era salpicado de sardas e pontuado por um nariz pequeno e arrebitado, porém seus olhos, marrons como o Yoo-hoo do motorista da picape, estavam marcados por profundos pés-de-galinha e sublinhados por olheiras surpreendentemente escuras. Seus cabelos finos, claros como a areia da praia, estavam puxados para trás em um rabo-de-cavalo que poderia ser tanto jovial quanto de mau gosto. Havia algo que me chamava atenção na sua fisionomia — ela me lembrava um balão do qual o ar escapasse aos poucos. Não a ponto de ser possível vê-lo esvaziar ou ouvir sua flatulência, mas se alguém o deixasse em aparente bom estado e voltasse uma hora depois o encontraria murcho e sem energia.

Fingi não reparar na sua aflição e sorri. O sorriso escondia minha fome, minha sede, meu tédio, meu medo do sujeito dentuço na picape Ford, minha desesperança diante da ausência de itens cafonas visíveis, meu desespero com a idéia de que Bobby não fosse ao Kwick Stop me apanhar dali a quatro horas.

Pelo menos eu já garantira a pontuação do dia na casa que visitara na minha primeira hora na rua. Conseguira arrancar 200 dólares daqueles pobres coitados no ato, sem trabalho. Pobres não no sentido de um soldado raso que é humilhado pelos superiores, mas pobres no sentido de roupas inadequadas, mobília lascada, torneira da pia quebrada e uma geladeira quase vazia, onde havia apenas pão de fôrma, salsichão sem marca, molho de salada e Coca-Cola. Quero, porém, deixar uma coisa bem clara. Nunca, nem uma única vez, por mais feliz que ficasse ao efetuar uma venda, consegui realizá-la sem um quê de arrependimento. Eu me sentia perverso e predador, e não foram poucas as vezes em que precisei controlar o impulso de cair fora no meio do meu discurso, porque sabia que os possíveis compradores não teriam condições de bancar as prestações mensais. Seu crédito seria aprovado, eu tinha quase certeza, mas na hora de pagar a conta precisariam trocar a Coca-Cola por refrigerante genérico.

Então por que continuava naquilo? Em parte porque precisava do dinheiro, mas havia outra coisa, algo maior e mais sedutor do que dinheiro, que me impulsionava. Eu era *bom* em vendas, bom de um modo como nunca fora em nada na vida. Está certo, eu tinha me saído bem na escola, no exame vestibular, nesse tipo de coisa. Mas aquelas eram atividades solitárias, essa agora era pública, comunal, social. Eu, Lem Altick, estava conseguindo bater os outros em uma situação social, e devo confessar que era uma experiência nova e deliciosa. Eu olhava para os prováveis clientes esparramados no sofá, pessoas que nunca tinham feito nada para me prejudicar, e via que estavam na minha mão. Na minha mão, e nem sequer sabiam. Eles me entregariam o cheque e agradeceriam. Me convidariam para voltar, para ficar para o jantar, para conhecer seus pais. Metade das pessoas que induzi a comprar disse que se algum dia eu precisasse de algo, se alguma vez precisasse de um lugar para ficar, não devia hesitar. Engoliam sofregamente o que eu lhes servia e, ruim ou não, achavam o gosto bom. Isso me deixava envergonhado, mas ainda assim a sensação era prazerosa.

Agora eu queria ir além. A empresa oferecera um bônus de 200 dólares para quem dobrasse a venda, e eu queria marcar outro tento antes de encontrar de novo com Bobby. Claro que eu queria o dinheiro; ganhar 600 dólares em um único dia seria muito bom. Na verdade eu já conseguira antes, no meu primeiro dia de trabalho — feito que quase me deixara convencido de que era um menino prodígio. A verdade é que eu gostava do que via no rosto de Bobby — a satisfação misturada com surpresa, o genuíno atordoamento de sua expressão. Eu não saberia dizer por que a aprovação de Bobby era tão importante; eu até ficava chateado de me importar tanto. Mas me importava.

— Olá! Sou Lem Altick — apresentei-me para a mulher meio-bonita-meio-amarga, de olhar lúgubre —, e estou por aqui hoje conversando com pais, tentando obter informações sobre o que pensam das escolas locais e da qualidade do ensino. Por acaso tem filhos, minha senhora?

Piscou duas vezes com os olhos fixos em mim, como se para me avaliar. Os lagartos piscavam, também, porém mais devagar, e suas pálpebras se movimentavam de baixo para cima.

— Sim — respondeu após pensar por um momento. Seu olhar se desviou de mim e foi direto para a picape azul que continuava estacionada na rua. — Tenho filhas, mas elas não estão.

— Posso saber que idades têm?

Piscou de novo, dessa vez com mais desconfiança. Fazia apenas um par de anos que um menino chamado Adam Walsh desaparecera de uma alameda em Hollywood, na Flórida. Sua cabeça fora encontrada duas semanas mais tarde algumas centenas de quilômetros ao norte. Nunca mais alguém olhou do mesmo modo para rapazes ou qualquer estranho que demonstrasse interesse por crianças.

— Sete e dez.

Sua mão segurou com mais firmeza a lateral da porta e seus dedos ficaram brancos ao redor das unhas pintadas de fúcsia e com o esmalte lascado. Continuava a olhar para a picape.

— Idades ótimas, não é verdade?

Não que eu soubesse. Eu nunca passara muito tempo envolvido com crianças desde que eu mesmo era uma delas e, na minha experiência, essas idades estavam tão irrecuperavelmente estragadas quanto as demais. Contudo, pais gostam de ouvir esse tipo de coisa, ou pelo menos era o que eu imaginava.

— Então, se seu marido estiver em casa — prossegui —, eu gostaria de tomar uns poucos minutos do seu tempo para que me respondam algumas perguntas sobre suas idéias a respeito de educação. Pode ser?

— Você está com ele? — perguntou, fazendo um movimento rápido com dois dedos na direção da picape.

Sacudi a cabeça.

— Não, senhora. Estou na redondeza para falar com pais sobre educação.

— O que está querendo vender?

— Nada — respondi. Fingi uma leve, quase imperceptível, surpresa. *Eu? Pedir que a senhora compre alguma coisa? Que bobagem!* — Não sou vendedor e, se fosse, não teria nada para lhes vender. Estou apenas fazendo algumas perguntas sobre o sistema educacional local e o nível de satisfação dos pais. As pessoas para quem trabalho adorariam ouvir o que a senhora e seu marido têm a dizer. Não gostaria de nos dizer o que pensam das escolas locais?

Avaliou minha pergunta por um momento, claramente pouco familiarizada com a idéia de que alguém pudesse se preocupar com o que ela tinha a dizer. Eu já vira aquele olhar antes.

— Não tenho tempo — justificou.

— Mas é exatamente por isso que deve falar comigo. — Eu tentava convencê-la, usando a técnica chamada de "reverso". O vendedor diz aos possíveis clientes que o motivo pelo qual eles não podem fazer algo ou não têm condições de pagar é exatamente a razão pela qual podem. Em seguida ataca e mostra por que isso é verdade. — A senhora sabe, estudos mostram que, quanto mais tempo alguém dedica à educação, mais tempo livre terá. — Era invenção minha, mas pensei que soava convincente.

Acho que ela também pensou. Voltou a olhar para o Ford e depois de novo para mim.

— Tudo bem.

Segurou a porta de tela para mantê-la aberta. Os lagartos permaneceram imóveis.

Entrei atrás dela, o medo do sujeito da picape agora quase esquecido no entusiasmo de uma comissão iminente. Eu não estava no ramo fazia muito tempo, não em comparação com os cinco anos de Bobby, mas sabia que entrar em uma casa era a parte mais dura. Eu podia levar dias sem que alguém me deixasse entrar, mas nunca entrara sem concretizar uma venda. Nenhuma vez. Bobby dizia que isso era sinal de um vendedor de livros de verdade.

Parei dentro do trailer. Eu, a mulher dessecada e seu ainda invisível marido. Só um de nós sairia dali vivo.

Dois

Dentro, o cheiro de cigarro apagado substituiu o fedor de lixo e imundície. Na minha família todos fumavam cigarros, todos, com exceção de meu padrasto, que fumava charuto e cachimbo. Sempre detestei o cheiro, detestei o modo como ele impregnava minhas roupas, meus livros, minha comida. Quando eu ainda levava lanche para a escola, meu sanduíche de peru cheirava a Lucky Strikes, a inacreditável marca que minha mãe fumava.

A mulher, que também cheirava a cigarro e tinha mancha de nicotina nos dedos, disse que seu nome era Karen. Ao contrário dela, o marido aparentava menos idade do que tinha, mas era como se envelhecesse mais depressa, e eu podia ver que seu balão murcharia antes do dela. Como Karen, era extraordinariamente magro, com aparência encovada. Usava camisa Ronnie James Dio sem mangas, que deixava à mostra braços ossudos insulados com camadas de músculos rijos. Cabelos avermelhados lisos caíam-lhe até os ombros, com corte de cantor sulista de rock. Tinha boa aparência, assim como Karen, o que significa dizer que poderia ser mais atraente se não parecesse alguém que tivesse ficado sem comer, dormir ou tomar banho durante a maior parte da semana.

Saiu da cozinha do trailer segurando pelo gargalo uma garrafa de Killian's Red, como se tentasse estrangulá-la.

— Bastard — disse. Em seguida passou a garrafa para a mão esquerda e estendeu a direita para me cumprimentar.

Eu não via motivo para ele me chamar de bastardo, mas ergui a mão também.

— Bastard — repetiu. — É meu nome. Apelido, na verdade. Não é meu nome verdadeiro, mas meu apelido verdadeiro.

Cumprimentei-o com o que considerava uma dose apropriada de ceticismo.

— Então, onde encontrou este sujeito? — Bastard perguntou à mulher.

A pergunta saiu um pouco rápida demais, com um tom um pouco alto demais, para ser afável. Com um movimento rápido de pescoço, jogou a cabeleira para trás.

— Ele quer nos fazer algumas perguntas sobre as meninas.

Karen entrara na cozinha, separada da sala por um bar baixo. Apontou com a cabeça na minha direção, ou talvez na direção da porta. Os dois moveram abruptamente as cabeças em todas as direções, como se participassem de um vídeo do grupo Devo.

Bastard fixou os olhos em mim.

— As meninas, hein? Você parece jovem demais para ser advogado. Ou tira.

Tentei sorrir para esconder o arrepio de alerta que senti.

— Não é nada disso. Estou aqui para falar sobre ensino.

Bastard passou o braço sobre meus ombros.

— Ensino, hein?

— Isso mesmo.

Retirou o braço quase no mesmo instante, mas o interior do trailer começou a parecer mais perigoso do que o lado de fora. Eu vira coisas estranhas nas casas das pessoas — vídeos de *Faces da morte* misturados com desenhos de Mickey Mouse, um frasco com preservativos usados em cima de uma mesa de café, até uma coleção de cabeças encolhidas — mas esse momento estranhamente íntimo me deixou em estado de alerta. Não saí, no entanto, porque o sujeito da picape com certeza continuava lá fora e também porque essa decisão transformaria a tentativa de venda em fracasso. Melhor ficar onde havia uma chance de fechar negócio.

Não muita chance, contudo. Examinei o trailer com olhos cautelosos; era o tipo de lugar que afastava vendedores do mesmo modo como alho afasta vampiros. Não havia brinquedos espalhados, caixas vazias de vídeos infantis, livros de colorir ou possíveis torres de Lego. Não havia nenhum tipo de brinquedo. Tampouco havia muitos itens cafonas de adultos. Não vi plantas de plástico penduradas, relógios-cuco vulgares nem telas a óleo de palhaços.

Ao contrário, eles tinham um sofá bege e uma espreguiçadeira azul que não combinava absolutamente com nada, uma mesa de vidro trincada cheia de garrafas de cerveja, tampas de garrafas de cerveja e com marcas de xícaras de café. Uma única caneca de café — branca e com SERVIÇOS DE SAÚDE OLDHAM gravado com letras pretas em negrito — estava agarrada no vidro de tal modo que tive certeza de que seriam necessárias duas mãos para conseguir desgrudá-la. O café dentro dela se condensara em piche.

Na cozinha, o chão de linóleo, de um tom castanho que parece sujo quando limpo e extra-sujo quando sujo, estava lascado e com as pontas viradas para cima. Em determinado ponto se enroscara em uma toalha branca e ficou parecendo um rocambole.

Apesar de tudo, havia uma pequena razão para eu ter esperança. Sim, os pertences deles eram horríveis, e sim, era evidente que não tinham dinheiro, se não fosse... Se não fosse. Uma peça em porcelana Lladró lascada, uma bailarina numa pirueta, repousava sobre a televisão. Talvez tivesse sido presente ou herança de algum avô ou avó ou então fora encontrada no lixo. O espírito da cafonice, por menor ou mais reprimido que fosse, estava presente na peça.

Bastard segurou meus ombros com força.

— Então quer fazer perguntas aos pais sobre o que pensam do ensino? Coisas desse tipo?

Ele me ouvira à porta?

— Exatamente isso. Sobre educação e seus filhos.

Os filhos que, reparei, não davam sinal de ter alguma vez passado pela porta de sua própria casa.

— Então, o que vende?

A centelha que iluminou seus olhos opacos foi de divertimento.

— Estou aqui apenas para fazer perguntas sobre educação. Não para vender.

— Nesse caso, passe bem, seu babaca. A porta é daquele lado. Saia.

Eu estava prestes a abrir a boca para comentar educadamente que sua esposa tinha dito que gostaria de participar da pesquisa e que, afinal de contas, eu não tomaria mais do que alguns minutos de seu tempo. Mas não cheguei a tanto. Karen empurrou-o para o quarto, onde trocaram em voz baixa algumas palavras acaloradas. Voltaram em um ou dois minutos e Bastard estampava um sorriso artificial no rosto.

— Desculpe, por favor. Acho que não percebi como Karen estava interessada em falar sobre... sobre educação. — Deu um tapa nas minhas costas. — Quer uma cerveja?

— Apenas água, um refrigerante, qualquer coisa, se não for incômodo.

— Claro que não, companheiro — afirmou Bastard com um entusiasmo que me deixou mais assustado do que quando me segurou pelos ombros.

Karen conduziu-me até a mesa da cozinha, e indicou que me sentasse de costas para a porta em uma cadeira metálica de dobrar, do tipo usado especificamente para eventos públicos em ginásios de escolas. Disse algumas palavras, constrangida, e entregou-me uma limonada também em uma caneca da SERVIÇOS DE SAÚDE OLDHAM. Eu ainda sentia um leve formigamento no ombro onde Bastard tinha me agarrado, mas a ansiedade começava a se dissipar. Eles eram estranhos — estranhos e infelizes —, mas com quase toda certeza inofensivos.

Tentei não beber a limonada de um gole só.

— É para quem trabalha? — perguntei, apontando para a caneca de café. Não dirigi a pergunta a nenhum dos dois em particular.

Bastard sacudiu a cabeça, fez um ruído estranho, como um esboço de risada.

— Não. Apenas tenho algumas.

— São bonitas. Bonitas e grossas. Conservam o café quente. — Esperei um instante para permitir que a idiotice de minha pergunta se dissipasse. — Vocês trabalham em quê?

— Karen foi garçonete por um tempo, até suas costas começarem a incomodar. Sou gerente geral de uma granja de suínos.

Gerente geral impressionava bastante, como se tivessem condições de fazer os pagamentos, pelo menos, que era tudo de que eu precisava. Liberei a alça da bolsa e peguei uma das fotocópias da pesquisa.

Coloquei meus papéis na mesa da cozinha ao lado da cesta de frutas plásticas — outro leve indício da cafonice do local — e fiz as perguntas a Bastard e Karen. Durante meu treinamento eu torcera o nariz quando as vira pela primeira vez; claro que qualquer ser pensante perceberia a quilômetros de distância que tudo não passava de uma grande enganação. Bobby, porém, rira e me garantira que aquele discurso para convencer fregueses tinha sido obra de especialistas. Era um dos papos de vendedor de maior sucesso até então criados. Tendo vendido por três meses agora, eu não tinha problema em acreditar que era isso mesmo.

Seus filhos se beneficiariam de um maior acesso ao conhecimento? O senhor ficaria mais feliz se seus filhos estivessem aprendendo mais? Seus filhos têm perguntas que não foram respondidas por seus educadores? A última era a minha favorita: *Acredita que as pessoas continuam a aprender mesmo após completar os estudos regulares?*

— Dizem que a gente aprende algo novo todos os dias — declarou Bastard, alegre. — Não é verdade? Diabos, na semana passada mesmo aprendi que era ainda mais burro do que pensava.

Soltou uma gargalhada e bateu com a mão espalmada na perna. Depois bateu na minha. Não com força, mas bateu.

Karen observava Bastard. Havia uma espécie de dúvida em seu olhar, cautela talvez. Se eu não tivesse sabido que eram casados, poderia pensar que jamais tinham se encontrado. Pelo seu jeito, imaginei que estivessem a caminho da Vara de Família gratuita para dar entrada no divórcio. Não era o melhor ambiente para fazer uma venda, mas a freguesia andava, no momento, escassa.

Anotei as respostas com cuidado e durante alguns instantes avaliei a reação deles, estudei-os. Fiz cara séria, franzi a testa, contemplei a profundidade das respostas.

— Tudo certo — afirmei. — Só queria ter certeza de que agora entendo vocês. Consideram então que a educação dos filhos é importante?

— Claro — confirmou Bastard.

— Karen? — perguntei.

— Sim — respondeu, com um movimento de cabeça.

Tudo isso era parte do discurso de vendas, fazer com que concordassem tanto e com tanta freqüência quanto possível. Habitue-os a dizer sim, e eles esquecerão como se diz não.

— E acreditam que itens, produtos ou serviços que ajudam na educação das crianças são uma boa idéia? Bastard? Karen?

Ambos concordaram.

— Sabem que — continuei, com expressão de perplexidade... tomara que parecesse espontânea, pois eu a praticara diante do espelho... —, olhando tudo isso, sinto que vocês dois são o tipo de pais que meus empregadores adorariam que eu entrevistasse. É evidente que se preocupam muito com a educação dos filhos e têm um profundo interesse em cuidar que suas necessidades educacionais sejam satisfeitas. Minha empresa nos mandou aqui para tentar avaliar o nível de interesse em um produto que pretendem introduzir nessa área. Agora, Karen e Bastard, já que é evidente que são pai e mãe tão voltados para a educação, ocorreu-me que são exatamente o tipo de gente para quem estou autorizado a fazer uma demonstração desses produtos, supondo, claro, que estejam interessados. Acham que gostariam de examinar algo que é bonito, acessível e, o melhor de tudo, aumentará significativamente a educação e, mais adiante, o potencial de renda de seus filhos?

— Tudo bem — concordou.

Karen permaneceu calada. As rugas ao redor de seus olhos se aprofundaram, suas faces murcharam e os lábios finos se abriram quando ela ameaçou falar.

Eu não a deixaria falar. Jamais tinha sido mandado embora naquele estágio, mas sabia perfeitamente bem que isso poderia acontecer, se eu a deixasse argumentar. Lá fora, o sujeito na picape talvez ainda estivesse à espera, e eu não queria saber de uma coisa nem de outra.

— Para ser franco — falei —, tenho muita gente ainda por visitar nesta área. Fico feliz em ter podido apresentar o material, mas primeiro precisamos fazer um contrato, nós três. Se em algum momento perderem o interesse e pensarem que esse não é o tipo de ferramenta educacional que gostariam de oferecer aos seus filhos, basta que me avisem. Eu me levanto e vou embora. Não quero desperdiçar seu tempo, e tenho certeza de que compreendem que também não quero desperdiçar o meu. Podem me prometer isso, então? No minuto em que deixarem de ter interesse, me avisam? É justo, não é?

— Justo — respondeu Bastard com um riso irônico. — O Congresso nunca aprovou uma lei dizendo que a vida tinha de ser justa. Ainda mais se você for espanhol, negro, mulher ou congressista.

Sorri educadamente, esforçando-me ao máximo para parecer imparcial, outra habilidade que eu tinha aperfeiçoado nos últimos três meses.

— Qual é, Bastard. Vamos falar sério. É justo, não é?

— Claro. Justo — concordou.

Olhou para o teto e soltou um longo suspiro.

— E você, Karen? Posso ficar tranqüilo que me dirá se perder o interesse por essas valiosas ferramentas educacionais que aperfeiçoarão a qualidade de vida de seus filhos?

Trocou um olhar com o marido e estendeu a mão para pegar do balcão um maço de Virginia Slims e uma Bic cor de cereja.

— Sim, claro.

— Muito bem, então. Prontos? — Mais uma pergunta "sim" gratuita.

— Dissemos que estamos prontos — resmungou Bastard na direção do teto.

Fiz um gesto com a cabeça no modo educado, porém autoritário, como Bobby me ensinara, e peguei da bolsa o primeiro folheto, um livrinho colorido, de capa lustrosa, que mostrava dois garotos bem-arrumados, com aparência de bem-sucedidos, esparramados em um chão acarpetado e rodeados por livros. Garotos que eles jamais criariam e com toda probabilidade jamais conheceriam. Garotos que eles gostariam que fossem seus no lugar dos que de fato eram. E isso fazia de Bastard e Karen os candidatos perfeitos para mim.

Bobby nos ensinara que com certeza não havia jeito de vender livros para suburbanos satisfeitos. Eu levara tempo para compreender, mas agora compreendia. Karen e Bastard olharam o primeiro folheto e se impregnaram da visão inicial do futuro dos filhos, viram o que se esperava que vissem — uma vida diferente. Os garotos no folheto não eram ignorantes, malcomportados, filhos destrutivos de adultos ignorantes, malcomportados, destrutivos. Não viviam em um esquálido condomínio de trailers, mas moviam-se despreocupadamente em uma opulenta bem-aventurança suburbana. Riam, brincavam, instruíam-se, seu potencial interior e a aparência externa alimentados pela ininterrupta exposição a maravilhosos tomos de conhecimento secreto. A capacidade de descobrir os cinco principais produtos exportados pela Grécia ou a estrutura social de grupos de chimpanzés-pigmeus ou a história misteriosa do Império Maia deixaria tudo diferente. A mera proximidade de livros que continham fatos gloriosos como esses e muito mais significava a diferença entre sucesso e fracasso.

Consegui dar uma rápida olhada no relógio. Quase 19h30 agora. Eu estava confiante que por volta das 22h esse pessoal estaria comprando a prazo um conjunto de enciclopédias de 1.200 dólares.

A resistência, sem surpresa, veio do apropriadamente chamado Bastard. Comecei com os livros de brinde — o manual da assistência médica de emergência, o guia ilustrado para a identificação de animais selvagens locais, o compêndio de jogos educativos para crianças — e nem chegara ainda à apresentação do exemplar de amostra das *Enciclopédias Champion* quando percebi que já tinha em mãos tudo o que poderia conseguir de Bastard. Ele me interrompeu, zombou dos livros, imitou minha voz, fez cócegas na esposa, tentou fazer cócegas em mim uma vez, levantou-se para preparar um sanduíche.

— Agora — observei, segurando a história dos Estados Unidos para crianças —, vocês podem ver como este é o tipo de livro que seus filhos considerariam educativo e que melhoraria sua compreensão da história norte-americana, concordam comigo?

— Concordo — respondeu Karen.

Em algum momento a ânsia consumista tomara o lugar da apatia absoluta. O inflexível ceticismo no seu rosto se abrandara e seus lábios tinham se aberto não com o intuito de objetar, mas em um indolente desejo aquisitivo.

— Acha que um dia vamos ter uma mulher como presidente? — perguntou Bastard. — Aposto que ela seria puro mel. E teria muito peito. Peitos grandes e fantásticos, cara. Maiores que os de Karen, pelo menos.

— Concordam, então, que uma compreensão maior da história norte-americana será útil para seus filhos?

— Sim — confirmou Karen, apertando um cigarro fumado até o filtro no cinzeiro improvisado... o terço inferior de uma lata de Pepsi rasgada, cujas bordas dentadas evitou com cuidado. — Há muitos tipos de teste na escola e eles precisam saber essas coisas, e este livro pode ajudá-los a conseguir notas melhores.

Ela aprendera durante nossa conversa que gosto de ouvir exemplos concretos de como os livros ajudam, e agora se esforçava ao máximo para apresentar alguns bons.

— Mas os livros vão ensinar datas para eles? É o que quero saber — interrompeu Bastard. — Talvez se eu tivesse sabido tudo sobre Ben Franklin e Betsy Ross, teria trepado mais na escola.

Eu lutara contra isso desde o início de meu discurso, e havia um limite para o meu entusiasmo. O bom senso dizia que eu não faria a venda sem Bastard, e eu não ganharia Bastard sem dobrá-lo. Precisava fazer alguma coisa, então apelei para uma jogada sobre a qual Bobby me falara. Parecera tão brilhante durante a explicação que eu estava ansioso por uma oportunidade para testá-la.

Soltei um suspiro.

— Querem saber de uma coisa? É evidente que este material não é para vocês. Bastard, pedi para me dizerem se não estivessem interessados, mas parece que não foram honestos comigo. Tudo bem que não tenham interesse. Estes livros não se aplicam a todos os pais ou mães... alguns são mais voltados para a educação do que outros... e não vejo problema nisso. Eu só não queria que tivessem me segurado por tantas horas aqui, desperdiçando o tempo de todos nós.

Comecei então a reunir minhas coisas. Não tão devagar a ponto de parecer que queria que me chamassem de volta, mas com a firme determinação de um advogado que acaba de perder uma causa e a única coisa que quer é deixar logo o tribunal.

— Espere — pediu Karen. — *Eu* estou interessada.

— Que história é essa? — cortou Bastard. — Deixe este merda ir embora.

— Bastard, peça desculpas — ordenou a esposa. — *Eu* quero os livros.

— Para quê, porra? Para as *meninas*? — escarneceu.

— A gente manda. — Sua voz soou pequena, patética. Logo, porém, algo se modificou, e ela falou com energia. — Peça desculpas ou... juro por Deus... conto tudo para ele.

Eu não sabia quem seria "ele", mas tinha certeza de que não era eu. E começava a intuir que entrara no meio de alguma encrenca e o mais seguro para reduzir meu prejuízo seria sair logo dali. Com calma estóica, coloquei o último livro dentro da bolsa e me levantei.

— *Bastard, peça desculpas!*

Ele suspirou.

— Desculpe, Lem. Tudo bem? Não é que eu não esteja interessado. Só não gosto de ficar parado tanto tempo. Tenha calma, companheiro. Mostre o resto.

— Fique, por favor — pediu Karen. Sua voz se tornara pequena de novo, a voz de uma criança implorando educação. Por favor, senhor, posso aprender mais um pouco?

Fiz um sinal afirmativo com a cabeça, como um sábio pesando suas opções. Eu tinha querido escapar, mas agora via que a vitória era certa. O truque era me manter sério. Tinham me pedido para ficar. Podiam muito bem pegar logo o talão de cheques e poupar o tempo de todos.

Às 21h45 eu espalhara tudo sobre a mesa ao lado da lata de refrigerante rasgada apinhada de pontas de cigarro marcadas de batom. Estava tudo ali — os livros e folhetos, a lista de preços, o esquema de pagamento e, claro, a solicitação de crédito, o item mais importante. Karen pegou o talão de cheques para o pagamento do sinal: 125 dólares. Como minha mãe, meticulosa ao extremo diante dos tranqüilizantes, preencheu o canhoto antes do cheque e o fez com torturante morosidade. Eu o queria na minha mão. Queria liquidar o assunto. Até que entregassem o cheque, havia sempre a possibilidade de arrependimento.

Eu não queria nem pensar na hipótese de o cheque estragar nosso negócio. Eu fechara a transação antes mesmo de mencionar o cheque. Deixara Karen alucinada pelos livros. Dobrara Bastard, que agora se mantinha sentado sem emitir outro som a não ser o de uma respiração estranhamente ofegante, como se ficasse sem fôlego pelo próprio ato de respirar. Olhou-me com grandes olhos umedecidos, à espera de aprovação. E cavei a aprovação sem nenhum problema.

Karen firmou o talão com a ponta de um dedo cor-de-rosa, destacou o cheque pela parte picotada e estendeu-o para mim. Poderia ter largado na mesa, mas quis que eu o pegasse de sua mão. Isso já me ocorrera antes; acontecia sempre no fim da venda. A venda de enciclopédias tinha me permitido retirar minha pele de secundarista, minha pele de fracassado, e me tornar uma pessoa diferente, uma pessoa que algumas mulheres achavam até um pouco sexy... porque eu tinha poder. O vendedor de livros tem poder do mesmo modo que um professor, um candidato a cargo político ou o protagonista em uma encenação de *Our town* tem. É o poder dos holofotes. Eu era jovem, tinha energia e entusiasmo, viera à casa de Karen e lhe dera razão para ter esperança. Ela não queria exatamente dormir comigo e também não queria exatamente não dormir. Eu compreendia isso com absoluta clareza.

Eu mal tinha encostado o dedo no cheque quando ouvi a porta da frente se abrir. Não me virei, em parte porque queria aquele cheque e em parte porque me condicionara a não olhar para visitantes, não escutar telefonemas. A casa não era minha, o assunto não era meu.

Não desviei a atenção do cheque. Pelo menos não até ver os olhos de Karen se arregalarem, seu rosto empalidecer e a boca se abrir no feitio cômico de um O de surpresa. No mesmo instante, Bastard despencou junto com a cadeira, atingido por um golpe invisível, um golpe que lhe deixou um buraco largo e profundo, um buraco escuro e ensangüentado, no meio da testa.

O segundo eu ouvi. Foi um ruído sibilante, e Karen caiu, também. Não com cadeira e tudo, apenas Karen, que desabou do assento e foi para o chão. O segundo tiro não foi tão caprichado quanto o primeiro, e acima dos olhos era como se alguém a tivesse golpeado com a ponta de um martelo. O sangue começou a se acumular sobre o linóleo bege do chão ao redor de seus cabelos. O ar estava tomado por um cheiro forte e ruim. Cordite. Eu não sabia o que era cordite, não me lembrava sequer se conhecia a palavra, porém sabia que era esse o cheiro que eu sentia. O fedor me tomou de assalto, e veio acompanhado de uma terrível percepção. Dois tiros tinham sido detonados, duas pessoas atingidas na cabeça. Duas pessoas tinham sido assassinadas.

Eu não devia estar ali. Fora aceito na Universidade de Columbia, porém meus pais tinham se recusado a pagar. Eu estava levantando dinheiro, apenas isso. Eu só queria dinheiro para a faculdade. Nada daquilo tinha a ver comigo, e fechei os olhos com força na esperança de que a imagem sumisse. Mas não sumiu.

Virei-me.

TRÊS

POUCOS DIAS ANTES de eu vir para a cidade com os vendedores de livros, Jim Doe começara a ficar inquieto. Dissera a si mesmo que devia cair fora; os riscos não compensavam. Mas logo depois já estava na sua radiopatrulha, observando os motoristas passarem, às vezes preguiçoso demais para mandar parar um idiota qualquer que dirigisse 15 ou até 20 quilômetros acima do limite. Fazer isso o deixava para lá de excitado. Mais ou menos como estar ali, na sua viatura, o rádio em volume baixo com os Oak Ridge Boys ou o Alabama cantando suas porcarias, o cheiro da batata frita do Burguer King French, o sabor penetrante e forte de chocolate e Rebel Yell vindo da garrafa de Yoo-hoo batizada. Isso o fazia lembrar exatamente o que sabia que não devia fazer. Era instinto, afinal de contas. Não se pode pedir a um lobo que deixe de ser lobo. Doe viu então um carro esporte vermelho-sangue que lhe pareceu quase perfeito, ligou a luz giratória e botou a sirene a funcionar. O som sozinho já bastava para deixá-lo em ponto de bala, e sentiu-se de novo com 17 anos.

Consigo entender os resmungos. Como, você se pergunta, sei de tudo isso? Sou secretamente Jim Doe, além de ser Lem Altick? Será um caso de personalidade múltipla?

Não, não é. Mas os acontecimentos do fim de semana tiveram um grande significado para a minha vida, um enorme significado, aliás, e investi um tempo incalculável conversando com os sobreviventes, com as pessoas que escaparam, com as que se desviaram dos tiras, com os tiras dos quais elas se desviaram, com as que foram para a cadeia e com as que conseguiram se livrar dela. Conversei com todas. Sintetizei a questão. Então senti que estava com uma idéia razoavelmente boa do que se passava na cabeça de Jim Doe.

Além disso, você leu aquelas memórias; sabe às quais me refiro. As da infância irlandesa pobre, em que o escritor se lembra com excepcional clareza de qual chapéu sua tia Siobhan usou no seu aniversário de sete anos, que gosto tinha o bolo, qual parente lhe deu de presente a laranja e qual, o ovo cozido. Não acredito. Ninguém se lembra desse tipo de detalhe. É tudo uma licença criativa para dar veracidade à história. E é o que faço agora. É a minha história e vou contá-la do jeito que quero.

Voltemos então a Jim Doe e ao carro esporte vermelho.

A motorista não era tão bonita quanto Doe esperava, mas devia ter perto dos 30 anos. Trinta e poucos, no máximo. Tinha cabelos cheios, louros e encaracolados que lhe agradavam, e vestia uma daquelas camisetas sem gola que todas as mulheres usavam desde *Flashdance*. Nada disso compensava seu narigão e os lábios grossos contra um rosto achatado, nem seus olhos, pequenos demais em relação à cabeça. Ainda assim, a fizera parar. Valia a pena conferir.

Já começava a escurecer. Ele devia estar na casa de Pam a essa hora. Era o aniversário de Jenny, e imaginou que devia comprar um presente. Ela estava completando quatro anos, há dois sabia o que significava um aniversário, e com certeza ficaria muito chateada se o pai não lhe levasse um presente. Pam reclamaria se ele não aparecesse. Não apenas isso, Aimee Toms, aquela cadela sem-vergonha, também reclamaria.

Mais cedo ou mais tarde ele encontraria Aimee no Thirsty Bass, no Sports Hut ou no Denny's, e ela sentaria perto dele com cara triste, sorriria de leve e contaria como Jenny ficara desapontada no dia do aniversário porque o pai não aparecera com um presente. Ela tinha esse tipo de atitude. Todos os imbecis do departamento do xerife tinham, mas Aimee superava todos. Olhava-o com desprezo. Inacreditável. Se sabia tanta coisa, como é que parecia sapatão? Responda essa.

Então ela apareceria, os ombros quadrados como os de um zagueiro de futebol americano, e sacudiria a cabeça, talvez a mão. Não estava tentando dizer a Jim o que fazer. Claro que parecia estranho, mas ela era amiga de Pam *e* policial, e sabia o que isso significava para as duas. Muitos tiras se divorciavam, mas os filhos... os filhos era o que importava.

Se alguém um dia ficasse bêbado o suficiente para engravidá-la, ela saberia se filhos eram importantes ou não. Claro, Doe nem gostava de lembrar-se da vez em que ficara bêbado o suficiente para ir atrás dela, de como agarrara sua bunda e começara a cantar "Amy, what you gonna do?"... aquela música terrível do Pure Prairie League. Ela apenas se esquivara do apertão como se fosse a rainha da Inglaterra. Ou porque gostava de mulher, ele supunha. Como Pam. Aimee talvez estivesse de caso com sua ex-mulher. Que mundo louco era este, afinal?

Assim, se ela tentasse alguma coisa, Jim saberia o que fazer. Muito simples, na verdade. Sacaria a arma e atiraria na nuca de Aimee. Bam! Só isso. Que droga, Aimee. Onde está a sua nuca? Vamos tentar encontrá-la juntos, nós dois. Você sabe, como amiga de Pam *e* como policial.

Ser olhado com desprezo por Aimee Toms... uma simples policial regional que se achava no direito de mandar nele. Doe era o chefe da polícia local. E prefeito. Quanto ganhava? Talvez trinta por ano, se tivesse sorte... se fizesse alguma coisa por fora, o que nunca faria, claro, porque estaria errado. Deixe que Pam seja sua amiguinha sapatão. Ela poderia bancar o pai de Jenny e poupar-lhe o trabalho.

Quando acabasse com a motorista, pensou Doe, iria a uma loja comprar um presente para Jenny. Uma boneca ou um joguinho qualquer. Na verdade, só queria evitar que Pam reclamasse muito e que Aimee lhe dirigisse aquele olhar de reprovação que qualquer dia ainda lhe traria sérias conseqüências. A verdade era que ele não suportava Jenny, sempre agarrada às suas pernas, sempre o abraçando e repetindo "papai, papai, papai". Pam começava a envelhecer, mas ainda conservava um rosto decente, tetas firmes e uma bunda aceitável, embora cada vez mais ampla; e se a criança tinha Jim Doe como um pai, por que tamanha aversão pela própria filha? E elas precisavam parar com o tipo de alimentação que davam à menina, porque ela estava feia que dava dó e começava a ficar igual a uma baleia. Quem a visse poderia confirmar, e Doe sabia que gordura e feiúra eram uma combinação péssima para uma menina.

Doe saiu do carro e ficou parado por um momento, observando a motorista por trás dos óculos de sol espelhados. Queria ter uma visão melhor e deixá-la perceber o tira grande e malvado que estava de olho nela. Ele sabia a aparência que tinha. Nunca deixava de reparar nos pequenos olhares de surpresa. *Bem, olá, patrulheiro.* Como um daqueles rapagões que elas levavam para as festas de solteiras. E que tal se ele tivesse um pouco de coragem agora? As mulheres não se incomodavam com coisas desse tipo. Só se preocupavam com poder e arrogância, e ele tinha ambos em abundância.

Quando Doe se aproximou da janela do carro esporte japonês, ela apertou os lábios em um leve sorriso satisfeito e destruidor. *Olá, bonitão.*

— Algum problema, patrulheiro?

Doe puxou o cinto para cima, o que ele gostava de fazer para que todos vissem o kit completo — a arma, as algemas e o cassetete. Servia de afrodisíaco. Tirou o chapéu marrom de aba larga e secou a testa com a manga. Recolocou o chapéu e dirigiu-lhe um sorriso. Ele sabia que seus dentes eram de uma brancura perfeita, apesar de não escová-los com a freqüência que devia. E talvez fossem um pouco tortos, porém isso era o tipo de coisa que apenas ele percebia, porque era muito exigente consigo mesmo.

— Carteira de habilitação e documentos do carro, senhora.

Ela os tinha à mão e entregou-os.

— Posso saber o que significa isso? Estou com um pouco de pressa.

— Com certeza foi a impressão que tive, pelo modo como dirigia — retrucou Doe. — Lisa Roland, de Miami, é isso? Miami fica bem longe.

— Fui visitar uma colega de trabalho que se mudou para lá. Eu ia agora pegar a auto-estrada.

Elas sempre queriam contar a história de suas vidas, como se pretendessem a aprovação dele ou algo assim.

— Por que está com tanta pressa para chegar em casa, Lisa? Não gosta desta parte do estado?

— Só queria ir para casa, nada mais.

— Gosta da quantidade exagerada de hotéis e turistas em Miami?

— É onde moro.

— Tem um namorado à sua espera. Acertei?

— Escute, o que significa isso?

— O que significa isso? Lisa, sabe que estava em excesso de velocidade?

— Acho que não estava.

— Ah, não? Bem, acontece que tenho você no meu radar portátil dirigindo bem acima do limite de velocidade.

— O senhor deve estar enganado.

Mordeu o lábio, olhou para o lado, para trás. Devia estar nervosa com alguma coisa. Se não estava em excesso de velocidade, por que ficou tão nervosa?

— Ah, é? Bem, se estou, não tenho conhecimento.

— Calma, patrulheiro. Acontece que fiquei de olho no velocímetro e o ponteiro não passou dos oitenta.

— Meu radar registrou 84, Lisa.

— Oitenta e quatro. Pelo amor de Deus. Convenhamos! Não consigo acreditar que o senhor me parou por estar quatro quilômetros acima do limite.

— Bem — argumentou, tirando mais uma vez o chapéu para secar a testa —, no meu entender, limite de velocidade é o *limite*. Não a velocidade aproximada que você decide manter, mas a máxima que pode atingir. O *limite*. Se você tem um aquecedor de água e o fabricante diz que a água não pode passar dos cem graus ou ele explode... o que você faz? Deixa que chegue aos 105 e depois diz que estava apenas cinco graus acima? Acho que quando chegar aos 95 você vai fazer o possível para obedecer às instruções. Com o limite de velocidade é a mesma coisa, no meu ponto de vista.

— Esses equipamentos de radar não têm uma margem de erro de alguns quilômetros por hora?

— Acredito que tenham, mas acontece que dentro dos limites de Meadowbrook Grove o limite de velocidade é setenta quilômetros por hora. Está bem claro nas placas ao longo das estradas. Você não estava então apenas um pouco acima do limite, estava bem acima.

— Meu Deus! Meadowbrook Grove. Que diabo é esse?

— É o perímetro urbano, Lisa. Estamos quase um quilômetro dentro dele e temos ainda mais uns três para o leste.

— Isso é uma armadilha para os motoristas. — Parecia chocada com a constatação e não se esforçou para esconder o desdém. — O condomínio de trailers é uma armadilha para os motoristas.

Doe sacudiu a cabeça.

— É triste quando pessoas que zelam pela segurança dos outros são chamadas de todo tipo de nome. Quer se envolver num acidente? É isso? Levar junto dois ou três?

A mulher suspirou.

— Tudo bem. Faça o que quiser. Vamos, me multe.

Doe inclinou o corpo à frente, os cotovelos apoiados na janela com o vidro abaixado.

— O que foi que disse?

— Disse que vá em frente e me multe.

— Não se diz a um representante da lei o que ele deve fazer.

Algo cruzou o rosto da mulher, uma espécie de percepção, como quando alguém provoca uma serpente com um pedaço de pau, cutucando-a, irritando-a, e de repente percebe que não está diante de uma cobra comum, mas de uma cobra-coral, que poderia matá-lo a qualquer instante. Lisa viu o que devia ter visto mais cedo.

— Escute, patrulheiro, não tive a intenção de ser desrespeitosa. Eu só queria...

Ela tentava um jogo de sedução? É provável que sim, a vagabunda. Espichou a mão e muito de leve, na verdade apenas com a ponta das unhas, roçou de cima a baixo o antebraço de Doe, quase sem perturbar os densos pêlos pretos retorcidos.

Era a desculpa de que Doe precisava. Do ponto de vista técnico, ele não precisava de desculpa, porém gostava de ter uma. De deixar que imaginassem que era por terem feito algo. Que pensassem mais tarde: "Se pelo menos eu não tivesse tocado nele." O melhor é que se culpariam.

O toque era tudo que lhe faltava. Doe deu um passo atrás, tirou a arma do coldre e apontou-a, não mais do que cinqüenta centímetros da cabeça da mulher. Ele sabia o que a arma devia lhe parecer — um objeto enorme, escuro, pulsante, apontado direto para o seu rosto.

— Jamais toque em um patrulheiro! — vociferou. — Está cometendo uma agressão, um delito grave. Ponha as mãos no volante.

A mulher deu um grito. Elas às vezes faziam isso.

— As mãos no volante! — repetiu. Ele parecia exatamente alguém que acreditasse que sua vida estava em perigo, como se precisasse disso para evitar atirar nela. — As mãos no volante! Agora! Olhos para a frente. Obedeça ou atiro *para valer*!

Ela continuou a gritar. Seus olhos pequenos se tornaram amplos como dois pires e seus cabelos louros encaracolados pareceram arrepiar-se de pavor. De algum modo, apesar dos gritos, conseguiu erguer as mãos até a metade do corpo, fez com elas um movimento desajeitado e logo as apoiou no volante.

— Tudo bem, agora. Lisa, faça o que digo e ninguém vai se machucar, certo? Você está presa por agressão a um policial.

Segurou o trinco da porta, abriu-a com força e deu um passo rápido para trás, como se temesse que lava incandescente jorrasse do carro.

Era melhor fazer de conta que era tudo real. Se bancasse o tira arrogante, elas podiam se desesperar ou encher-se de uma raiva justificada e aí sim ele poderia estar com um problema de verdade nas mãos. Se, por outro lado, agisse como se tivesse medo delas, isso lhes daria uma estranha sensação de esperança, como se todo o mal-entendido ainda pudesse ser corrigido.

Com a arma ainda apontada, estendeu o braço e segurou uma das mãos da mulher às costas, depois a outra. Agarrando-as com firmeza, recolocou a arma no coldre e prendeu seus pulsos com as algemas. Apertadas demais, era evidente. Doeriam como o diabo.

O rosto feio da mulher ficou mais feio ainda enquanto ele a empurrava na direção de sua viatura. Carros reduziam a velocidade na estrada — praticamente uma auto-estrada naquele trecho, com mais de sete quilômetros entre os sinais luminosos — para observar, tomando-a por traficante de drogas ou sabe-se lá o quê. Não imaginavam, no entanto, que ela nada fizera além de ultrapassar o limite de velocidade e depois reclamar por ter sido parada. Todos a viram algemada, perceberam o uniforme de policial e deduziram quem estava certo e quem estava errado.

Doe forçou-a a entrar no banco de trás do carro, depois fez a volta e assumiu a direção. Esperou por uma trégua no tráfego e voltou para a estrada.

Tinham andado menos de meio quilômetro quando ela conseguiu pronunciar algumas palavras por trás dos soluços.

— O que vai acontecer comigo?

— Acho que você vai descobrir.

— Não fiz nada de errado.

— Então não precisa se preocupar. Não é assim que a lei funciona?

— É — conseguiu responder. Apenas um sussurro.

— Então não tem nada de mais.

Doe saiu da estrada quando se aproximaram do complexo de suínos. Vinha um cheiro terrível da lagoa de dejetos, que era como a chamavam. Uma latrina para um punhado de porcos que precisavam ser mortos antes que conseguissem morrer por si mesmos, como ele dizia. O cheiro era de merda, também. Pior que merda. A merda mais fedorenta que se possa imaginar. Merda podre. Em alguns dias quase não se sentia o cheiro, a não ser quando se chegava perto, mas quando havia umidade, o que acontecia em grande parte do tempo, e quando soprava um bom vento do leste, Meadowbrook Grove inteira fedia como merda borbulhante, cheia de vermes, fermentada. Mas era para isso que o complexo de suínos estava lá. Para cheirar mal. Assim ninguém sentia o outro cheiro, o cheiro de um negócio rentável.

E a merda de porco tinha outros aspectos úteis, razão pela qual Doe gostava de levar suas garotas para aquele local. Não apenas porque era isolado e jamais alguém pegava aquela estrada, mas também porque ele sabia o que aquele cheiro provocava. Elas teriam a sensação antes mesmo de perceber que ele era real. Ele crescia nelas, como seu terror.

Doe parou o carro meio quilômetro depois, na subida da estrada de terra que margeava pinheiros esparsos, logo após uma curva. Precisou descer para abrir o frágil portão de metal, que mais parecia uma linha na areia do que segurança de fato. Voltou para atravessar com o carro, saiu de novo para fechar o portão e assumiu o volante uma última vez. Segurança em primeiro lugar era seu lema. Estavam bem protegidos pela irregularidade das árvores, e ele conseguiria perceber a chegada de alguém na improvável hipótese de algum motorista perdido decidir tomar aquela direção.

Na clareira, o complexo suíno erguia-se como um barracão metálico maciço e, atrás, ficava a lagoa de dejetos. Doe desligou o motor e percebeu que estava sorrindo; estivera sorrindo por tanto tempo que suas faces doíam. Deus do céu, ele devia parecer um fogo-fátuo do inferno.

— Então, Lisa, tem um emprego? — Acomodou-se melhor no banco e foi invadido por uma sensação confortável... forte e leve ao mesmo tempo. Acabou a garrafa de Yoo-hoo. O bourbon caíra pesado, e ele estava quase bem. Mas nada além de bourbon. Ele sabia que algumas pessoas, pessoas bem informadas, deduziam que ele fabricava metanfetamina, mas ele não tocava na droga. Sabia o que ela causava. Merda, basta olhar para Karen. Fez dela um trapo. Veja Bastard. Fez dele um semi-incompetente.

A mulher no banco de trás girou a cabeça para conferir o que havia ao redor pela primeira vez, talvez, ao perceber que estavam em uma clareira no meio do nada. Seu nariz franziu e de repente seu rosto inteiro se contraiu quando recebeu uma lufada da lagoa de dejetos.

— Onde estamos?

— O pessoal está um tanto ocupado lá no posto policial. Pensei em tomar seu depoimento aqui mesmo. É mais confortável, não acha?

Ela debateu-se um pouco, como se isso pudesse provocar algo além de mais metal machucando sua pele.

— Quero sair daqui. Ligar para um advogado.

— Advogado? Para quê, meu anjo? Você garantiu que não fez nada de errado e advogados são para criminosos, não acha?

— Quero falar com um advogado. Ou juiz.

— Juiz é apenas um advogado fantasiado, no meu livro.

Doe saiu do carro, sem pressa, permitindo-se um minuto para admirar o azul do céu, os fiapos compridos de nuvem como as tiras de algodão que saem de um vidro de aspirina. Então, agindo como se de repente tivesse lembrado onde estava, abriu a porta de trás e entrou. Teve o cuidado de deixar a porta aberta, pois não havia trinco interno e se ela se fechasse os dois ficariam trancados dentro. A última coisa que ele queria era ficar trancado com um traste feio como Lisa. Sentou-se ao lado dela e trocou o ar debochado por um sorriso que ele sabia ser atraente.

— O que disse que fazia?

— Trabalho para o Canal 8, em Miami — respondeu, após um ou dois soluços.

Canal 8? Com certeza absoluta ela não aparecia na TV, não com aquela cara flácida.

— Verdade? O que faz lá? É alguma secretária especial? É isso? Das que sentam no colo do chefe e pegam ditado? Eu mandaria você pegar outra coisa.

Ela baixou os olhos e não respondeu, o que Doe considerou descortês.

Alguém falava com ela e ela não respondia. Que história é essa, ela pensava que era Miss Universo ou coisa parecida? Precisava olhar-se no espelho de vez em quando para ver o que de fato era. E, agora que ele estava mais perto, via que as coisas eram piores do que imaginara — cicatrizes de acne cobertas com maquiagem, um tênue, mas perceptível bigode. Não adiantava Lisa querer tomar uma atitude com relação a ele. Para deixar esse ponto bem claro, colocou a mão espalmada contra a testa dela, com muita gentileza, é verdade, e empurrou-a de leve.

Ela não emitiu nenhum som dessa vez, porém as lágrimas continuaram a cair e escorrer pelo rosto.

— Por favor, me deixe ir — implorou.

— Deixar você ir? Mas que diabo, isto aqui não é a Rússia. Temos leis neste lugar. Procedimentos que precisam ser seguidos. Acha que pode simplesmente cair fora sem pagar o que deve à sociedade? — Balançou a cabeça como se estivesse concordando com alguém em algum lugar, dizendo palavras que a mulher não conseguia ouvir. Então se virou para ela.

— Muito bem, uma mulher com cara de cachorro como você provavelmente ficaria muito agradecida se tivesse a chance de chupar um pau, não acha?

— Oh, meu Deus! — murmurou. Tentou afastar-se dele, que era o que elas faziam, mas não havia para onde ir. Estavam no banco traseiro de um Ford LTD, pelo amor de Deus. Mas era o que elas faziam. Tentavam ir embora.

Doe adorava essa parte. Ficavam tão assustadas que faziam o que ele mandava. E elas adoravam, também. Isso é que era estranho. Ele sabia que elas sairiam do carro lembrando o acontecido. Às vezes ele recebia ligações tarde da noite — que não se completavam —, e tinha certeza do que estava acontecendo. Eram as mulheres que ele possuíra no banco de trás da radiopatrulha. Queriam mais, queriam vê-lo de novo, mas ficavam ao mesmo tempo constrangidas. Sabiam que não deviam querer. No entanto, queriam. Todo aquele *Oh! meu Deus, não!* apenas fazia parte do script.

A verdade era que isso também o deixava um pouquinho triste por causa de Jenny, porque ela provavelmente iria virar uma vagabunda com cara de cachorro como aquela. Sua própria filha, uma vagabunda com cara de cachorro. Na escola secundária ela chuparia paus no banheiro porque esse seria o único modo de conseguir que os rapazes gostassem dela, o que não aconteceria, mas seriam necessários dois anos de muita porrada para ela perceber. Ele conhecia duas secundaristas que eram assim agora. Sentia-se mal por elas e tudo, mas não restava muito a fazer, portanto não havia sentido em evitar a companhia delas, agora, não é?

E aqui estava Lisa se contorcendo, chorando, debatendo-se como um sapo sob uma pá. Enquanto isso, ele sentia uma mandioca crescer dentro das calças. Abriu o zíper e tirou-a para fora.

— Olhe para isto, Lisa. Olhe! Agora vamos, fique boazinha, faça o seu serviço e depois a gente vê se consegue cancelar a multa. Fique boazinha e você volta para o seu carro em 15 minutos. Em 15 minutos a contar de agora você estará cruzando a autoestrada, no caminho de volta para Miami.

Isso sempre ajudava. Você lhes oferece algo real em que se apoiar, coloca-as no futuro. Era só acabar o serviço que podiam ir. E podiam mesmo. Ele não era um monstro nem nada parecido.

Percebeu que a dominara. Ela virou-se devagar. Seus olhos pequenos estavam vermelhos e apertados pelo medo, mas ele também viu esperança neles. Aquela determinação cruel de chupar e agüentar. E a faísca no olhar, como se soubesse que tinha sorte por ter um homem como Jim Doe ao seu lado, insistindo. Talvez não fosse como ela sempre sonhara, mas sonhara, de todo modo.

— Tudo bem — sussurrou. Baixinho. Mais para si mesma, ele deduziu. Ela precisava se controlar. Por quê, ele não sabia. Já devia ter chupado outros paus antes. E se alguma belezinha o trancasse no banco de trás de um carro e o mandasse comer sua xoxota, ninguém veria Doe precisando esforçar-se para fazê-lo. Mas ele supunha que cada pessoa era diferente.

— Tudo bem — repetiu, dessa vez mais para ele. — Vai me deixar ir embora depois?

— Já disse que sim — respondeu Doe com urgência. Com toda aquela conversa ele estava perdendo seu estímulo, começando a amolecer. — Agora chupa, garota.

— Tudo bem — concordou mais uma vez. — Mas precisa me tirar as algemas, primeiro.

— Bela tentativa, Lisa.

— Por favor — insistiu. — Elas machucam. Vou me comportar.

Vou me comportar. Como se fosse uma menina. Bem, por que não? Ele já fizera isso antes. Às vezes elas só precisavam sentir-se um pouco mais à vontade, e ele sabia que aquela garota não tentaria nenhuma brincadeira. Estava dominada.

— Tudo bem, meu anjo. Mas não banque a esperta. Deixe as mãos onde eu possa ver.

Curvou-se e abriu as algemas, estremecendo ao ouvir o clique e depois o suspiro de alívio da acompanhante.

— Obrigada.

Deu uma grande e sonora fungada, da qual ele não gostou muito, pois quem gostaria de ter cabeça misturada com ranho nojento? Mas que se dane, raciocinou.

— Fiz uma coisa por você. Acho que agora me deve um favorzinho.

Seu primeiro pensamento foi que ela estava indo depressa demais. O segundo foi *Deus do céu!* A borda de seus olhos ficou vermelha com a agonia, a insuportável, mas também entorpecente, fisgada de dor em suas bolas, que se espalhava como um choque elétrico para os quadris, descia pelas coxas e subia para a espinha. E de novo. Doía tanto que ele não conseguia mais ver sentido em tudo aquilo. Em algum lugar, no fundo de sua mente, compreendeu. Ela estava socando suas bolas. Não apenas socando, golpeando-as com violência.

Ele recuou na tentativa de livrar-se dela, de escapar pela porta, porém suas costas estavam apoiadas no encosto do banco e, com a sucessão de golpes contra suas bolas, entrou em queda livre de dor, em cima virou embaixo, esquerda virou direita. Não conseguia saber qual direção tomar. Tentou, então, pegar a arma.

Em algum nível, ele sabia que atirar nela no banco de trás de sua radiopatrulha com o pau para fora, na sua própria área de atuação, quando quem sabe quantas pessoas o tinham visto fazê-la parar, e com o carro dela ainda estacionado ao lado da estrada, não era uma boa idéia. Por outro lado, tinha uma vaga noção de que, se enfiasse uma bala naquela cara idiota e horrível, ela sossegaria e a dor iria embora. A dor tinha a ver com o fato de ela estar viva. Não fazia sentido, e ele até sabia que não fazia sentido, mas não se importava.

O problema era que ele não estava com a arma. Tudo estava confuso e distorcido, e ele apalpou ao redor para encontrar o cinto, mas não encontrou. A outra coisa era que, embora a dor continuasse, os golpes tinham parado. Era um avanço.

Mas não muito grande. Lisa conseguira tirar o cinto dele, maldita vagabunda trapaceira, e estava com suas chaves, o cassetete. Estava também com a arma. A dor passava de um lado para o outro abaixo da cintura e ele pedia a Deus que ela não tivesse esmagado suas bolas. O horizonte mudou de posição e ele compreendeu que estava de lado contra o encosto do banco. Ela estava de pé à sua frente, a porta do carro aberta, a camiseta amarfanhada e molhada de lágrimas ou suor, os cabelos em desordem como os de uma vadia ensandecida em um filme pornô.

— Canalha miserável — grunhiu.

A arma estava apontada para ele, o que não o agradava, mas apesar da agonia conseguia perceber que ela não sabia pegar uma arma — segurava-a com as duas mãos como o policial de um filme de segunda categoria. Se quisessem uma opinião, diria que ela nunca atirara em alguém, provavelmente não tirara o dispositivo de segurança. Não que ele quisesse correr o risco de ela descobrir como fazê-lo, se precisasse, pois já provara ser muito esperta. Ainda assim, ela podia ser a puta feiosa mais esperta do mundo, mas se ele tivesse conseguido movimentar o corpo abaixo da cintura, teria se levantado, tomado dela a arma e quebrado seu nariz de batata. Isso é o que teria feito.

— Queria saber minha função no Canal 8? Sou repórter, canalha maldito. Prepare-se para enfrentar as câmeras.

Fechou a porta com um pontapé, trancando-o no banco de trás do carro.

O cheiro de merda de porco da lagoa de dejetos atingiu-o como um insulto, como uma grande risada irônica, como um auditor de impostos, como uma dose de doença venérea. Doe estava trancado. Sentia dor. Suas bolas estavam destruídas. A mistura de Yoo-hoo e bourbon agitou-se ameaçadoramente no seu estômago e logo subiu e jorrou sobre o assento, sobre seu peito, seu rosto, seus braços. Sentiu que desmaiava e permaneceu desmaiado até a manhã seguinte, quando por fim seu assistente o encontrou e acordou-o com uma série de batidas leves e maliciosas com o cassetete na janela.

QUATRO

MEU CORAÇÃO BATIA FORTE, e uma sensação de medo cada vez maior me comprimia o peito. Eu presenciara a morte de duas pessoas. A próxima seria eu. Eu iria morrer. Tudo parecia frio, glacial, lento; irreal e ao mesmo tempo tão dolorosamente, fisicamente e inegavelmente real como se para criar um novo estado de consciência.

Em nenhum momento tomei a decisão de me virar e encarar o assassino, mas aconteceu. Girei a cabeça e vi um homem de estatura descomunal parado atrás de mim, com uma arma apontada na minha direção, ainda que não exatamente para mim. O eclipse lunar de sua cabeça bloqueava a lâmpada nua que pendia do teto, e por um instante ela se tornou apenas uma silhueta escura de cabelos rebeldes. A arma, que eu via com nitidez, tinha um cilindro longo no cano, que reconheci de programas de televisão como um silenciador.

— Droga! — exclamou. Movimentou-se e ficou visível, e então não me pareceu enfurecido ou capaz de matar, apenas perplexo. — Quem é *você*?

Abri a boca, porém me mantive calado. Não que no meu pavor eu tivesse esquecido o meu nome ou de como se emite um som;

mas porque sabia que meu nome não lhe diria nada. Ele queria alguma informação que me incluísse no contexto, que o ajudasse a decidir se devia me manter vivo ou não, e eu não estava disposto a cooperar.

Com a arma ainda apontada para mim, o homem observou minha expressão confusa com um ar de paciência ao mesmo tempo frio como um réptil e estranhamente caloroso. Tinha cabelos louros — brancos, na verdade — espetados como os de Andy Warhol, e era de uma magreza incomum, como Karen e Bastard, mas sem o ar doentio e abatido deles. Na verdade, parecia em boa forma e estava elegante com seus tênis Chuck Taylor, jeans pretos, camisa branca de colarinho e luvas pretas. Uma mochila do tipo escolar pendia com displicência do seu ombro direito. Mesmo na claridade enfumaçada do trailer, seus olhos de esmeralda sobressaíam contra a brancura da pele.

— Fique calmo — ordenou. Sua postura era de um homem sob controle perfeito, mas na minúscula fração de um segundo sua serenidade pareceu esfacelar-se e em seguida se recompor, passando de estátua a cascalho e de novo a estátua.

Deu um passo à esquerda, outro à direita, em vacilante cadência.

— Deve ter percebido que não o matei e posso garantir que não tenho a intenção de matá-lo. Não sou assassino. Cometi um crime. O pior que pode lhe acontecer, se fizer alguma besteira ou me irritar, é eu atirar no seu joelho. Vai doer como o inferno e você pode ficar aleijado, por isso não quero usar a arma de novo. Fique tranqüilo, faça o que eu disser e prometo que nada vai lhe acontecer. — Olhou ao redor e em seguida soltou o ar dos pulmões com tamanha força que seus lábios vibraram. — Droga. Eu estava com a adrenalina a mil e nem reparei em você até atirar neles.

Continuei com o olhar fixo, como em estado de choque, imagino. O pavor tomou conta de mim e um rugido surdo martelou meus ouvidos; meu coração batia forte, mas o som parecia destacado de meu corpo, como o eco quase imperceptível de batidas muito distantes. Meu pescoço doía pela tensão, mas eu não queria desviar o olhar. Movimentação demasiada poderia deixá-lo nervoso.

— O que está fazendo aqui? — perguntou o assassino. — Não tem cara de ser amigo deles.

Eu sabia que era melhor dar uma resposta direta, mas algo no mecanismo de minhas cordas vocais não se movimentou. Engoli em seco, com dificuldade, e tentei de novo.

— Vendendo enciclopédias.

Os olhos verdes se arregalaram.

— Para esses idiotas? Meu Deus! Você devia ter feito isso alguns anos atrás. Talvez um pouco de conhecimento tivesse salvado a dupla. Mas quer saber de uma coisa? Duvido.

Não faça perguntas, adverti a mim mesmo. Simplesmente cale a boca, fique calmo, veja o que ele quer. Ele ainda não o matou, então talvez não mate. Disse que não mataria. Não faça perguntas.

— Por que os matou? — perguntei de todo modo.

— O motivo não lhe interessa. O que interessa é saber que mereceram morrer.

Arrastou a cadeira próxima à minha e sentou-se, fazendo movimentos deliberadamente autoritários, como se fosse um bondoso irmão mais velho disposto a fazer uma preleção sobre como dizer não às drogas. Eu agora percebia que o assassino era mais jovem do que eu imaginara a princípio — tinha talvez 24 ou 25 anos. Parecia alegre, como se fosse dotado de um bom senso de humor — humor seco, eu tinha quase certeza —, o tipo de sujeito que qualquer um gostaria de ter como convidado de uma festa ou que partilhasse o mesmo andar no dormitório. O simples fato de pensar nisso me pareceu idiotice, mas foi o que pensei.

— Seria bom que juntasse suas coisas. Não deixe sinal de que esteve aqui.

Não consegui me mexer. Era como se o fedor do condomínio de trailers começasse a se infiltrar, a superar o cheiro de cigarro, pólvora e suor, mas então percebi que era o cheiro dos corpos — merda, urina e sangue. E ainda havia os rostos de olhar vazio. Observei as cabeças destruídas, inertes em surpresa terminal.

— É importante — insistiu, sem ser indelicado. — Deve juntar suas coisas.

Levantei-me em obediência hipnótica, na expectativa de descobrir que a promessa de não me fazer nenhum mal era mentira. No instante em que me virasse, ouviria o chiado do silenciador e a ruptura abrasadora de metal nas minhas costas. Eu sabia que ele iria me matar. Ao mesmo tempo, no entanto, não acreditava que chegaria a esse extremo. Talvez fosse intuição ou desejo de que assim fosse, mas quando ele disse que não queria me matar, uma parte de mim acreditou em suas palavras. Não me pareceu a desesperada expectativa do condenado de olhos vendados que sente a aspereza do nó deslizar pelo pescoço ao mesmo tempo que tem certeza de que a suspensão da pena chegará a tempo. Por alguma razão, a idéia de que conseguiria escapar vivo me pareceu perfeitamente plausível.

Olhei para meu material. Os livros continuavam sobre a mesa e, por milagre, nenhum estava manchado de sangue. Minhas mãos, grande surpresa, tremiam como um motor de popa, porém comecei a reunir os folhetos, amostras e listas de preço, segurando um a um com a cautela de um policial ao coletar provas, e joguei-os na bolsa mofada de meu padrasto. Peguei o cheque que Karen preenchera e enfiei-o no bolso. Enquanto isso, o assassino começava a organizar as coisas de Karen e Bastard. Colocou o talão de cheques junto de uma pilha de contas ao lado do telefone, devolveu as canetas para uma xícara sobre o balcão que separava a cozinha da sala. Com cuidado para não pisar no sangue, levou minha xícara para a pia e lavou-a bem com uma esponja, conseguindo não sei como manter as luvas razoavelmente secas.

Parecia tranqüilo, muito tranqüilo mesmo, circulando pela sala com concentração imperturbável; era o tipo de pessoa que agia como se tudo tivesse transcorrido conforme planejado, mesmo que isso não fosse verdade. Minha presença no trailer não o perturbara por mais de um instante. Ele mudara o plano, só isso. Eu me descontrolava quando perdia a hora por uma questão de cinco minutos, mas esse sujeito era centrado.

Passou por cima dos corpos, evitou pisar no sangue, e sentou-se ao meu lado. Eu devia ter me encolhido com sua aproximação, mas não acredito que o tenha feito. Sob a intensidade do seu olhar, minha mente ficou vazia, a não ser por um vago temor, não expresso, e por uma esperança irracional.

O assassino apontou a arma para o teto, desatarraxou o silenciador, ejetou o pente e removeu uma bala da câmara. Sempre de olho em mim, colocou esses acessórios na mochila e depositou a arma sobre a mesa. Observei-a. Não tínhamos armas na minha família. Não tínhamos armas de fogo ou facas, nem mesmo tacos de beisebol embaixo da cama. Não mexíamos em armas. Se houvesse ratos na casa, chamávamos um especialista e deixávamos que ele manuseasse as armadilhas e o veneno. Tive uma formação escrupulosa e fui criado para acreditar piamente que, caso manuseasse algum objeto com capacidade de fazer mal, ele se voltaria contra mim como um robô amotinado que destrói seu dono.

Agora eu a tinha na minha frente. Exatamente como no cinema. Compreendi que não estava carregada, mas por um momento pensei que devia pegá-la, fazer algum ato heróico. Talvez pudesse agredir o assassino com a arma. Provocá-lo com ela ou coisa parecida, como um valentão. Mas, enquanto ponderava cada opção, o assassino tirou outra arma da mochila, e agredi-lo com a pistola deixou então de ser uma opção.

De novo pareceu apontar a arma para mim, menos para mim e mais na minha direção, não para me apavorar, mas para garantir que eu manteria a calma, que lembraria quem estava onde na hierarquia.

— Passe a carteira.

Eu não queria entregar a carteira. Nela estava meu dinheiro, minha habilitação para dirigir, o cartão de crédito que meu padrasto relutara em me dar e que eu me permitia usar apenas em emergências extremas, e mesmo assim sem descartar a hipótese de ele reclamar. Por outro lado, se o assassino queria minha carteira, disse para mim mesmo, talvez não tivesse mesmo intenção de me matar. Seria fácil pegar a carteira de meu cadáver. Por isso botei a mão no bolso de trás, consegui tirá-la — não com muita facilidade, pois ela e minhas calças estavam molhadas de suor — e entreguei-a. O assassino habilmente a pegou, protegido pelas luvas pretas, e removeu minha carteira de motorista, na qual eu me achava com cara de idiota, vestido com uma camisa de veludo que com certeza deve ter parecido uma boa idéia na época, embora agora a decisão de usá-la me deixasse intrigado.

O assassino estudou-a por um breve momento.

— Vou ficar com isto, se não se incomodar, Lemuel.

Ele queria minha carteira de motorista. Isso tinha um significado importante; pressagiava que coisas terríveis aconteceriam, embora eu não conseguisse organizar as idéias na minha mente.

— Agora pegue a outra arma. Vamos. Prometo que, se cooperar, nada de ruim vai lhe acontecer.

Eu não queria tocar na arma. Não queria me aproximar dela. O que aconteceria se eu a pegasse? Ele me daria um tiro, alegaria legítima defesa, diria que eu tinha atirado em Bastard e Karen? Pegar a arma era loucura, mas não pegá-la também era, então lentamente passei os dedos ao redor do cabo e levantei-a. Era ao mesmo tempo mais pesada e mais leve do que eu imaginava, e tremeu na minha mão.

— Mire na geladeira — ordenou o assassino.

Sem querer criar problemas nem discutir, fiz o que mandou.

— Aperte o gatilho.

Embora eu soubesse que ele tinha tirado o pente de balas, e entendesse que isso significava que a arma estava descarregada, estremeci quando cumpri a ordem. Apertei com força, esperando um estrondo forte, mas tudo o que ouvi foi um clique abafado. Mantive o braço esticado. A arma continuava a tremer.

— Bom trabalho, Lemuel. Agora coloque a arma na mesa.

Obedeci.

— Então, era essa a jogada — explicou o assassino. — Suas impressões digitais estão agora na arma do crime. Ruim para você, bom para mim, mas vou deixar tudo muito claro. Você sai daqui, não comenta sobre o que viu, e ninguém jamais vai encontrar esta arma, ninguém vai saber que você esteve aqui, e não haverá problema para nenhum de nós. Não quero incriminar você, quero apenas evitar que conte para alguém o que viu. Assim, se decidir ir à polícia, eles irão receber uma denúncia anônima contra você, Lemuel Altick, e descobrir o esconderijo desta arma, o que deixará você marcado como o assassino. Por outro lado, se aceitar que não há mais nada em jogo aqui além do que consegue compreender... e ficar calado... a polícia nunca ligará você ao que aconteceu aqui hoje. Você pode ver que estou sendo bem franco, então guarde isso na sua cabeça se tiver algum escrúpulo moral. Acredite em mim, esses dois eram muito, muito ruins, e mereceram o fim que tiveram. Então, estamos entendidos?

Balancei a cabeça em sinal afirmativo, pensando pela primeira vez que o assassino era provavelmente gay. Não que parecesse efeminado, nem nada, mas havia algo nele, no modo como se movimentava e falava, que parecia conter um significado eloqüente. Então uma pequenina voz dentro de mim disse que não fazia diferença se ele era gay ou não. Não interessava saber o que ele gostava ou não gostava de fazer. Eu precisava me manter concentrado se pretendia evitar ser morto. E agora eu tinha um novo problema: talvez ele de fato me deixasse viver, mas só porque assim poderia me enquadrar como assassino.

Levantei os olhos e o vi balançar a cabeça.

— Eu realmente não gostaria que você tivesse entrado nessa. O que um garoto boa-pinta como você faz vendendo enciclopédias? Está na faculdade?

Engoli em seco.

— Estou arranjando dinheiro. Consegui entrar, mas, como não tenho condições de pagar, tranquei a matrícula.

Apontou para mim.

— Rápido! Qual é a sua peça favorita de Shakespeare?

Eu não conseguia acreditar que estivesse tendo essa conversa.

— Não sei ao certo. *Noite de reis*, talvez.

Ergueu uma sobrancelha.

— É? Por quê?

— Não sei. Devia ser uma comédia, mas é na verdade uma peça cruel e chega a causar arrepios. O vilão é o sujeito que na verdade apenas tenta restaurar a ordem.

— Interessante — comentou, com ar sério. Depois agitou a mão no ar. — De todo modo, que importância tem, não é verdade? Shakespeare é superestimado. Mas veja Milton. Esse sim é um poeta.

O temor, que eu conseguira com perfeição deixar de lado por um tempo, era agora tão intenso que parecia cintilar ao meu redor como eletricidade em uma bobina de Tesla. Pessoas malucas vinham com essa conversa oca antes de matar alguém, não é mesmo? Foi o que aprendi nos filmes. Ainda que eu estivesse interpretando mal esses sinais, eu acabara de ver duas pessoas serem mortas. Cada vez que minha atenção se voltava para algo diferente, cada vez que eu tentava me consolar dizendo a mim mesmo que o assassino provavelmente não atacaria de novo, uma certeza voltava com força terrível. Duas pessoas estavam mortas. Para sempre. O que quer que Bastard e Karen tivessem feito, eles não mereciam ser abatidos como animais.

Ainda assim, mesmo com a tristeza que me invadia ao pensar na indelével crueldade do assassinato, senti que se iniciava um sentimento — de admiração, talvez, embora isso não estivesse muito certo — pelo homem que cometera os crimes. O assassino me aterrorizava, mas eu também queria a sua aprovação. Eu sabia que isso não fazia sentido, porém tinha consciência de que precisava ganhar sua confiança, que foi o que me levou a falar.

— Há mais uma coisa — comecei, com deliberada lentidão e um esforço desesperado para controlar o tremor de minha voz. — Além de Shakespeare, quero dizer. Um cara me viu entrar aqui.

Arqueou as sobrancelhas.

— Que tipo de cara?

— Um cara qualquer. Um caipira horripilante.

— Quando?

— Três horas atrás, eu acho.

O assassino abanou a mão com desdém.

— Esqueça. Ele não vai lembrar quem você é, o que estava fazendo aqui, nada disso. Não vai lhe dar trabalho. E, se ele de fato trouxer os tiras, diga que tentou vender livros para o casal, que não deu certo e que você foi embora. Não há nada que o ligue a esses sujeitos, que sugira que você tinha um motivo. Nada disso.

— Não sei.

— Se a polícia procurar por você, diga que entrou e saiu, que não estava com sorte, que não viu nada estranho... a não ser talvez esse caipira horripilante... e é só o que precisa dizer. Eles liberam você em seguida e vão atrás do caipira. Consegue confiar em mim?

Confiar nele? Ele tinha entrado de repente na minha vida, matado dois compradores potenciais diante dos meus olhos e ainda me deixado como culpado. Assenti com a cabeça.

— Ótimo. Agora eu diria que é hora de você se mandar daqui.

Ir embora parecia uma excelente idéia. Era mais do que eu poderia esperar. Senti as pernas trêmulas, segurei a borda da mesa até conseguir me recompor, e comecei a me movimentar de lado na direção da porta da frente, tendo o cuidado de manter um olho no assassino o tempo todo.

— Lemuel, espero que você prefira sair pelos fundos. Questão de discrição e tudo o mais.

Vagamente humilhado, fui até a sala de estar e destranquei a porta dos fundos. Saí para o pátio, onde o calor e a umidade, pegajosa e fedorenta, afastaram meu temor por um momento. Eu vira duas pessoas serem mortas a poucos passos de mim, sentara à mesa com o assassino, e conseguira sair vivo. Eu não seria morto.

Agora eu só precisava me afastar do local antes que a polícia aparecesse.

Seria fácil atravessar a propriedade do vizinho, por isso fechei a porta às minhas costas e avancei pela escuridão úmida. A lua brilhava pálida atrás de uma densa camada de nuvens. Os grilos cantavam em coro quase estridente, e a curta distância uma rã tropical inescrutável berrava seu canto equatorial. Um mosquito mergulhou rumo ao meu ouvido, mas ignorei seu zumbido explosivo. Segui penosamente adiante, com a vaga consciência, enquanto caminhava, de que as luzes do trailer de Bastard e Karen se apagavam metaforicamente.

Bastard e Karen. Ele, irritante e vagamente sinistro. Ela, bêbada e abatida sem piedade. Morta. Os dois mortos. Seus filhos, em algum lugar longe dali, estavam agora órfãos e não tinham idéia do que acontecera. Suas vidas jovens, como eles as tinham vivido, estavam acabadas. E eu me envolvera nessa história. Testemunhara o indizível terror de suas mortes, depois me sentara com o criminoso e, percebia agora, achara-o estranhamente encantador. Não era como se eu pudesse ter salvado Bastard e Karen, porém disse a mim mesmo que agora poderia fazer alguma coisa. Poderia ir à polícia, e ir depressa, talvez a tempo de eles pegarem o assassino enquanto ele ainda estava no trailer. E, mesmo que não chegassem a tempo, ninguém acreditaria que era eu o criminoso.

Ou então, talvez acreditassem.

O assassino, quando não estava matando, agia como um sujeito sensato. Podia ser que ele acreditasse, que acreditasse de verdade, que Bastard e Karen mereciam morrer. Mas será que algum deles merecia? Eu vivia em um mundo no qual as pessoas más eram mortas por assassinos justiceiros? Nada na minha vida me dizia que era assim; no entanto, essa noite tinha acontecido em minha vida.

Os primeiros dois trailers pelos quais passei estavam escuros, embora eu ouvisse a meia distância o latido sonoro de um cão zangado. Saí em uma rua, embora não naquela onde Bastard e Karen moravam, o que de algum modo me fez sentir melhor. Faltava menos de um quilômetro e meio para chegar ao Kwick Stop, e apenas dois carros passaram por mim, em excesso de velocidade por esquecimento das regras do trânsito. Repeti várias vezes para mim mesmo que conseguiria sair daquela situação, que conseguiria retomar minha vida.

CINCO

FALTAVA MÚSICA NO Cutting Board. Era um restaurante grande, com um nome meio infeliz, e se compunha de uma série de salas interligadas revestidas de madeira, mobiliadas com mesas de toalhas brancas e pesadas cadeiras de madeira. No entanto não tinha música, e isso deixava B.B. desapontado. Ele gostava de música, música suave, daquelas que tocam tão baixinho que quase não se consegue escutar. Fica no ambiente como uma memória distante, mas ainda assim está lá, evanescente, acrescentando textura à refeição, ajudando um pouco se a conversa esfriasse, dando um toque de trilha sonora cinematográfica. Clássico ia bem, se fosse um clássico leve, não as peças estridentes, com sopros e tímpanos, mas a verdade era que B.B. gostava de música de elevador. Sabia que todos adoravam zombar de música de elevador, e deixava que rissem, mas no final concordavam que havia algo de reconfortante nessas músicas que todo mundo já conhecia — talvez de um jeito mais rouco —, agora devolvidas mais suaves, maquiadas, mastigadas, que desciam com tal maciez que nem se percebia estar engolindo algo. Nesse restaurante não havia música. Nem tanque de peixes. Ele gostava de tanques de peixes. B.B.

não era um daqueles fregueses que sentiam um prazer cruel ao escolher qual peixe devia morrer — bastavam as decisões cruéis que ele precisava tomar no trabalho —, porém gostava de observar os peixes. Gostava de vê-los nadar, especialmente o dourado grande de olhos salientes, e gostava das bolhas que se formavam no tanque.

No entanto o Cutting Board tinha palmeiras — um pequeno bosque de palmeiras de plástico fincadas aqui e ali para dar ao local um toque de classe. As palmeiras eram importantes para reduzir a visão. Ele não queria ser visto e não queria ver. O grande mérito de um bom restaurante era a sua relativa privacidade. Colunas até funcionavam, também, mas ele gostava das palmeiras, já que suas folhas acrescentavam uma proteção extra. O restaurante tinha também luz ambiente fraca, de modo que, no final das contas, a semi-obscuridade e as árvores de plástico o tornavam aceitável, apesar dos outros inconvenientes. B.B. voltaria em algum momento. O restaurante jamais faria parte de sua lista de preferidos, mas ele o alternaria com outros. De todo modo, não gostava de ir a um mesmo lugar mais de uma vez a cada seis meses. A última coisa que alguém quer é que os garçons comecem a reconhecê-lo, a lembrar que da última vez em que esteve ali foi na companhia de um garoto diferente, e na vez anterior, também.

Era um restaurante pequeno, de carne e frutos do mar, perto do aeroporto de Ft. Lauderdale, longe o suficiente de Miami para ele não correr o risco de esbarrar em algum conhecido, e que tinha como principal clientela o grupo dos velhos e aposentados, de modo que pessoas como ele — os rejuvenescidos, os cirurgicamente rejuvenescidos, os jogadores de golfe abonados, os que exibiam Rolex no pulso e os que dirigiam conversíveis — jamais seriam flagrados em um lugar como aquele. B.B. tinha a firme convicção de que o melhor era escolher lugares que atraíam velhos e aposentados. Um homem poderia ser um príncipe aos olhos de um garçom apenas por não devolver a água que estivesse na temperatura errada.

Do outro lado da mesa de B.B., iluminada por velas, estava Chuck Finn, concentrado na tarefa de equilibrar uma grossa camada de manteiga em cima de um palito salgado. Chuck conseguiria equilibrá-la por um segundo ou dois antes que escorregasse pela faca, e ele faria movimentos repentinos e espantosamente deselegantes para conseguir recuperá-la. E a cada vez sorriria para B.B., exibiria os dentes um pouco tortos com sofisticado desdém por si mesmo, e depois voltaria à sua atividade. Na terceira vez, B.B. fora forçado a estender o braço para impedir que o menino derramasse sua taça de Saint-Estèphe na toalha. A 45 dólares a garrafa, ele não tinha vontade de desperdiçar uma gota sequer, sobretudo quando o garoto tinha dado o primeiro gole, provavelmente o primeiro gole de vinho de sua vida, e aprovado com aparente conhecimento de causa. Em uma churrascaria, toma-se um bom Bordeaux. Nada muito mais complicado que isso. A maioria dos outros garotos, talvez todos os outros garotos, tinha tomado um gole, feito uma careta e pedido Coca-Cola. Chuck tinha fechado um pouco os olhos em deleite e deixado que a ponta de sua língua rosada tocasse o lábio superior. Chuck o saboreara, e B.B. começou a suspeitar que tinha nas mãos não apenas um menino que precisava de conselhos, mas um já pronto para receber um mentor.

Ele tomara apenas um gole, mas o copo já estava coberto de impressões digitais infantis engorduradas. B.B. compreendeu que ser menino era isso. Meninos criavam confusão. Quase derramavam vinho. Às vezes de fato derramavam, e a não ser que a pessoa estivesse ansiosa para não atrair a atenção dos outros, não se preocupava muito, para não impedir que meninos fossem meninos. Não era esse o papel do mentor. O mentor coloca um menino na direção certa, para que algum dia no futuro, quando chegar a hora certa, ele se torne um homem. Isso é que é ser mentor.

— Seja educado, Chuck — advertiu B.B. no tom que ele julgava ser o mais próximo do de um mentor. — Educação é equilíbrio, e equilíbrio é poder. Olhe para mim. Deve querer ser como eu quando crescer.

B.B. apontou para si mesmo quando falou, como se ele fosse a prova A. Se uma pessoa aponta para si mesmo, as pessoas olham, e ele não tinha motivo para se incomodar com isso. Completara 55 anos naquele ano — já estava um pouco maduro, embora ainda na sua melhor forma — mas as pessoas lhe davam 40, 45 no máximo. Em parte por causa da Fórmula Grega, com a qual tingia os cabelos, e cujo uso elevara a uma arte, e em parte pelo seu estilo de vida. Uma hora com os equipamentos Nautilus três vezes por semana não era um investimento muito grande para manter a juventude. Depois vinham as roupas.

Ele vestia, e não havia outro termo para isso, *Miami Vice*. Já pensava em ternos de linho e camisetas antes de o programa ir ao ar, mas quando viu os personagens se pavoneando com aquelas roupas, B.B. teve certeza de que era aquele o estilo que lhe agradava. Era o estilo certo para um homem de poder oculto, porém latente. E o programa — graças a Deus — estava por si só transformando Miami de uma necrópole de aposentados, manchada por bolsões de pobreza negra ou cubana, em um lugar quase interessante, quase fabuloso, quase atraente. O cheiro de naftalina e ungüento era levado para longe e substituído pelo perfume de loção bronzeadora e de um refrescante pós-barba.

B.B. observou que Chuck continuava a lutar com a manteiga, e que o palito salgado estava agora engordurado, escorregadio e, embora pudesse ser apenas efeito da iluminação, começava até a vergar um pouco.

— Acho que chega de manteiga. — Sua voz soou como a de um mentor... compreensiva, porém firme.

— Gosto de muita manteiga — retrucou Chuck com ingênua animação.

— Entendo que goste, mas existe uma coisa chamada disciplina, Chuck. A disciplina fará de você um homem.

— Não posso dizer nem que sim nem que não. — Chuck largou a faca ainda lambuzada de manteiga sobre a toalha.

— Coloque a faca suja de manteiga no prato de pão, que é o lugar dela, meu jovem.

— Está certo — concordou. Colocou também o palito salgado no pratinho, limpou as mãos no pesado guardanapo de linho colocado no colo e tomou mais um gole do Saint-Estèphe. — É de fato muito bom. Como aprendeu tanto sobre vinho?

Trabalhando como garçom em Las Vegas, tentando agüentar até o final do expediente para poder perder mais dinheiro que eu não tinha, me afundar cada vez mais na mão de um agiota grego de musculatura bem definida não teria sido uma boa resposta, então B.B. se limitou a encolher os ombros com ar de sabedoria, na esperança de que isso impressionasse.

Ele tinha selecionado garotos antes, garotos de sua instituição de caridade, a Fundação de Jovens. Eram meninos especiais, que ele acreditava seriam capazes de jantar com ele, passar algumas horas sozinhos em sua companhia, e amadurecer com a experiência. Procurava calma e firmeza nos garotos, mas procurava também a capacidade de guardar segredo. Esses jantares eram especiais, e porque eram especiais não deviam ser do interesse de mais ninguém. Os jantares eram apenas para os garotos muito especiais e merecedores de assistência extra de um mentor, porém durante os três anos em que vinha levando meninos para jantar fora, uma idéia sempre o perturbava — a de que escolhia seus acompanhantes pela capacidade de guardar segredo, não pela sua disposição de receber um mentor.

Agora ali estava Chuck — calado, um pouco introvertido se não anti-social, leitor de romances vagabundos, escritor de um diário, com cabelos mal cortados por pura distração —, que sabia guardar segredo, tinha senso de humor, apreciava vinhos complexos intuitivamente, era obediente e dócil, mas com uma resistência maliciosa. B.B. sentiu um frenesi de excitação disparar do centro de seu corpo como uma supernova em miniatura. Na sua frente, ousou especular, podia muito bem estar o menino que ele estivera procurando, o que merecia ter um mentor, sua principal razão para querer ajudar garotos.

E se Chuck fosse tudo o que aparentava? Esperto, interessado, com grande potencial de flexibilidade. B.B. daria um jeito de ficar mais tempo com ele? O que diria a imprestável mãe do garoto? O que diria Desiree? Nada podia funcionar sem Desiree, e ele sabia, mesmo sem querer admitir, que Desiree não ficaria satisfeita.

A atenção de Chuck estava agora de novo voltada para o palito salgado. Pegou-o e já se preparava para mordê-lo quando B.B. estendeu a mão e com gentileza segurou o pulso de Chuck. Em geral ele não gostava de tocar os meninos. Não queria que eles ou outras pessoas pensassem que estava fazendo algo que não fosse correto na sua condição de mentor. No entanto, quando algumas vezes duas pessoas estão juntas, elas se tocam. A vida funciona assim. Elas podem acidentalmente roçar uma na outra. B.B. poderia pousar a mão com afeto sobre o ombro de um menino ou correr os dedos por seus cabelos, pressionar a mão nas suas costas, dar um tapinha no seu traseiro para fazê-lo andar mais depressa. Ou algo parecido.

Chuck estava a um segundo de enfiar o palito salgado na boca quando B.B. reparou nas suas unhas. Sujeira preta, envolta em discreto lixo geológico, hibernava sob o abrigo de unhas há semanas, precisando de uma tesoura. Uma ou outra coisa era possível relevar, colocar na categoria meninos-são-meninos, olhar para o lado. Outras, contudo, não. Há coisas que não se podem ignorar. Se B.B. era um mentor, precisava desempenhar seu papel.

Continuou a segurar o pulso do menino com delicadeza, porém com a mão imóvel.

— Largue o palito e vá lavar as mãos antes de comer. Esfregue bem as unhas. Não quero ver sujeira embaixo delas quando voltar.

Chuck olhou para as unhas e depois para B.B. Ele não tinha pai, a mãe era um gnomo impaciente, o irmão mais velho vivia em cadeira de rodas como resultado de um acidente... a mãe tinha entrado com seu Chevette em uma palmeira alguns anos antes, e B.B. tinha uma suspeita que era quase uma certeza de que havia bebida na história. Chuck dormia em uma poltrona-cama de molas rebentadas, tão macia e aconchegante, ele tinha certeza, quanto garfos com as pontas para cima. Saía-se muito mal na escola porque não respeitava os professores e lia o que tinha vontade durante as aulas. Não era o garoto mais fraco da redondeza, mas apanhava muito e gostava de bater, também.

Chuck tinha muito orgulho, o orgulho frágil e amargo de um menino desesperado. B.B. vira o mesmo com muita freqüência — meninos indefesos ficavam com o rosto vermelho, mostrando os dentes como lêmures encurralados, atacando com violência os mentores porque seu orgulho exigia que atacassem alguém, ainda que fosse a única pessoa no mundo disposta de fato a ajudá-los. B.B. entendia a situação, previa o que iria acontecer, sabia como apagar o estopim.

Dessa vez, no entanto, não foi o que aconteceu.

Chuck estudou suas unhas e em seguida se virou para B.B. com outro de seus sorrisos de desdém para consigo mesmo que fez B.B. sentir como se algo em seu corpo tivesse acabado de derreter.

— Estão mesmo muito sujas — concordou. — Vou lavar.

B.B. soltou seu pulso.

— Você é um jovem muito legal — afirmou. E observou Chuck se afastar. O garoto parecia bom, não havia como negar. Fizera um esforço para se apresentar com suas melhores roupas — calças de algodão verde e camisa branca de colarinho. Usava cinto de tecido, as meias combinavam com os sapatos marrons, e os sapatos marrons haviam sido polidos. Tudo aquilo significava uma única coisa: o menino estava aceitando ter um mentor.

Voltou em menos de dois minutos. Esfregara as unhas e voltara. Nem aproveitara para urinar. Sentou-se, tomou outro gole de vinho e fez um sinal com a cabeça para B.B., como se tivessem acabado de selar um contrato.

— Obrigado por me convidar para sair, Sr. Gunn. Fiquei muito satisfeito.

— A satisfação é minha, Chuck. Você é um garoto especial e estou feliz em ajudá-lo no que puder.

— É muita bondade sua. — Chuck sustentou o olhar de B.B. com confiança madura.

O frenesi astronômico estava de volta, transformando-se no evento cósmico particular de B.B. Era quase como se Chuck tentasse dizer-lhe algo, tentasse fazer com que B.B. soubesse que se sentia à vontade com a amizade entre um jovem e seu mentor. B.B. olhou para o menino com sua estrutura franzina, o rosto um pouco redondo demais para o corpo, os cabelos castanhos desgrenhados e os olhos também castanhos estranhamente brilhantes. O menino *tentava* dizer-lhe algo, que estava pronto para ter um mentor, um mentor do tipo que B.B. quisesse ser, e a atmosfera na mesa estava elétrica.

Chuck acabou seu copo de vinho e B.B. serviu-lhe um pouco mais. O menino então mordeu com força o palito salgado. Farelos se espalharam por toda a mesa e o ruído ecoou pela metade do restaurante. Chuck ergueu os olhos para o mentor, o alarme pronto para se estabelecer em seu rosto, porém viu o sorriso divertido de

B.B. e soltou uma risada contida. Ambos riram. Vários aposentados olharam para eles e franziram o cenho em sinal de desaprovação. B.B. fez contato visual com todos, desafiando-os a dizer alguma coisa.

Quando o negro se aproximou de sua mesa, B.B. pensou que pudesse ser o gerente para reclamar. Talvez um dos aposentados o tivesse convencido a adotar uma política imediata de não aceitação de crianças. O negro, no entanto, não trabalhava no restaurante. Foi a iluminação fraca que impediu B.B. de reconhecê-lo à primeira vista. Otto Rose.

Vestia terno azul, e mesmo no escuro B.B. podia dizer que faltava pouco para ser azul elétrico, porém o resto da roupa tinha estilo conservador e formal: sapatos de cadarço polidos com esmero, camisa branca, gravata de listras transversais arrematada com um imponente nó deslizante feito com muita habilidade. Otto rondou a mesa com a pose arrogante que gostava de adotar. Parecia uma mistura de ator com ditador do terceiro mundo. Embora recém-chegado aos 30 anos, o que era irritante o suficiente, mal parecia ter passado dos 20, mesmo com a cabeça raspada. B.B. tinha acompanhado seu cabelo rarear a cada ano, talvez a cada mês, mas agora Otto raspava a cabeça e ficava bem assim. A oleosidade de sua pele brilhava sob a luz das velas das mesas vizinhas.

O súbito e inexplicável aparecimento de Otto Rose significava, sob qualquer ângulo que B.B. considerasse, más notícias. Más notícias porque ninguém, exceto Desiree, devia saber onde B.B. estava. Más notícias porque Otto Rose estava ali, vendo-o fazer o papel de mentor, vendo-o jantar com um menino de 11 anos em um restaurante caro, uma garrafa de Saint-Estèphe aberta e dois cálices, um deles para um garoto menor de idade. Más notícias porque Otto podia ser um amigo nas relações de negócios, mas era o tipo de amigo de quem B.B. adoraria se desligar. Más notícias porque não havia razão no mundo que justificasse Rose querer encontrá-lo a não ser que trouxesse más notícias.

— Olá, meu jovem — Rose cumprimentou Chuck. Seu sotaque antilhano soou carregado, cheio da hospitalidade e do humor insular, como sempre soava quando ele botava seu charme para funcionar. Pousou a mão na garrafa de Bordeaux. — Posso servir-lhe um pouco mais de vinho ou o Sr. Gunn está tomando conta de você?

Chuck agarrou seu palito salgado e ergueu os olhos na direção de Rose, sem fitá-lo diretamente, mas não respondeu. B.B. já esperava isso. O sul da Flórida podia ser diverso — havia cubanos, judeus, pessoas brancas comuns, haitianos, antilhanos, pessoas negras comuns e todos os tipos de sul-americanos, orientais e só Deus sabe quem mais —, porém o fato era que um não queria tomar conhecimento do outro. Garotos brancos recusavam-se a conversar com pessoas negras. Garotos negros recusavam-se a conversar com pessoas brancas. B.B. observara isso um milhão de vezes no seu papel de mentor, e se alguém pretende ser mentor, precisa mesmo entender essas coisas.

Rose, no entanto, estava determinado.

— Sou Otto Rose. Qual é o seu nome, jovem cavalheiro? — Estendeu a mão para cumprimentá-lo.

Chuck parecia saber que tinha caído em uma armadilha, e tendo caído em uma armadilha, antecipou-se.

— Sou Chuck — respondeu com voz inabalável. O aperto de mão pareceu firme e destemido.

— E o Sr. Gunn é seu amigo? É uma excelente pessoa para se ter como amigo.

— É meu mentor — respondeu Chuck. — Ele tem sido ótimo para mim.

— E este é um excelente restaurante para um encontro com seu mentor — retrucou Rose, o humor filtrando-se sob sua voz.

— E nada combina melhor com este momento do que um cálice de vinho. — Pegou o cálice de Chuck e cheirou-o demoradamente com os olhos fechados. — Um Saint-Estèphe? — perguntou enquanto o devolvia à mesa.

— Nossa! — Os olhos de Chuck se arregalaram. — Consegue saber só pelo cheiro?

— Li no rótulo.

B.B. viu que os aposentados no restaurante os observavam. Não gostaram do negro grande e careca parado ali. Os garçons estavam de olho neles também, e não demoraria muito para um se aproximar e perguntar se o cavalheiro gostaria de sentar-se à mesa deles. B.B. estaria ferrado se Rose dissesse que sim, portanto era melhor liquidar logo o assunto.

B.B. levantou-se da cadeira e afastou-se da mesa, adotando uma pose de *Miami Vice*. Ele devia ser uns 15 centímetros mais baixo do que Rose, mas se manteve firme ao lado dele. B.B. sabia quem ele era, sabia o que ele comandava, sabia que tinha gente no estado inteiro que iria se borrar nas calças se ouvisse dizer que B.B. Gunn estava aborrecido. Era hora de ter certeza de que Otto sabia o suficiente para se borrar nas calças.

— Desculpe-me um instante — pediu a Chuck. — Estarei de volta logo que resolver alguns assuntos de gente grande.

— Tudo bem — concordou Chuck. Havia uma certa desesperança em sua voz.

B.B. percebeu no mesmo instante que Chuck podia ser um menino maduro, podia ser um garoto valente, com senso de humor e vontade de superar a miséria de sua vida, porém não queria ser deixado sozinho. Queria, talvez acima de tudo, companheirismo, e essa era apenas mais uma razão para estar irritado com Otto Rose por aparecer desse jeito e arruinar seu jantar.

— Venha comigo — ordenou B.B. a Rose. Era hora de estabelecer hierarquia em seu território. Rose se achava esperto, descobrira onde B.B. tinha ido jantar, fizera insinuações dissimuladas sobre Chuck. Agora, no entanto, era Rose quem seguia enquanto o outro liderava.

Foram para fora e a temperatura subiu quase 15 graus em um instante. O ar estava úmido, pegajoso, e ouvia-se ao longe o zunido dos carros que passavam pela I-95.

Desiree estava encostada no Mercedes conversível de B.B., braços cruzados sobre o peito. Usava com moderação, sem ferir o pudor, jeans Guess apertados e a parte de cima de um biquíni cor de lavanda. O rosado de sua enorme cicatriz brilhava sob a luz néon do restaurante.

Rose deu uma risada sociável.

— Desiree, minha querida! Como vai? — Inclinou-se, colocou a mão na cicatriz apenas para mostrar que ela não o perturbava, e deu-lhe um beijo no rosto. — Não a vi quando entrei.

Desiree deixou-se beijar, porém seus lábios se apertaram em um sorriso cínico.

— Claro que viu, embora tenha se saído muito bem ao fingir que não.

Ele colocou a mão no peito.

— Você me ofende quando fala assim.

B.B. não perdeu a chance.

— Se o viu entrar, por que diabos não o parou?

Deu de ombros.

— Para quê? Você teria saído e estaríamos onde estamos agora.

Para quê? Meu Deus, seria preciso explicar-lhe com todas as letras? Era a hora de ele desempenhar seu papel de mentor. Ela sabia perfeitamente bem que ele não queria ser incomodado. Ela sabia, e deixara Rose entrar porque ainda estava zangada com ele. Já fazia um mês, ela continuava zangada e isso começava a deixar B.B. maluco. Ela era sua assistente, e ele não queria nem pensar em como seria a vida sem ela, mas a vida *com* ela começava a ser um problema.

— Certo — disse B.B. Sorveu o ar com pose autoritária. — Vamos liquidar isso depressa.

— Claro. Tem um jovem à sua espera lá dentro.

— Sou seu mentor — explicou B.B.

— Ah, tenho certeza disso. Vejo que ele gosta de palitos salgados.

O cacete que B.B. começaria a receber esse tipo de insinuação de Otto Rose.

— O que quer? Como soube que eu estava aqui e o que é que não pode esperar até amanhã de manhã?

— Você é mais fácil de ser encontrado do que imagina — afirmou Rose —, e quanto a ser assunto urgente, acho que ficará satisfeito que eu tenha vindo. Número um, acabo de receber uma informação confidencial. Há um repórter em Jacksonville.

— Eles têm um jornal lá — justificou B.B. — E estações de TV, na última vez em que verifiquei. Claro que há repórteres.

Rose soltou sua risada insular.

— Há um repórter para fazer uma matéria sobre a sua equipe.

— Merda. De onde?

— Não sei. Não sei se o repórter planeja observar ou se já existe alguém lá dentro que é um repórter secreto. Não sei o que essa pessoa acredita que ele sabe, mas há provavelmente mais matéria do que ele imagina.

B.B. mordeu o lábio.

— Certo, vamos tomar conta disso. Qual é o número dois?

— Você sabe que a assembléia vai votar aquele projeto de lei na próxima sessão para limitar com rigor as vendas porta a porta. Fiquei sabendo que, se eu for contra, terei sérios problemas de arrecadação de recursos. Você sabe que quero ajudá-lo, B.B. Sempre tomei seu partido, sempre dei valor ao nosso relacionamento. Mas vai me custar caro votar contra esse projeto de lei, e se vai me custar caro, preciso recuperar esse custo em algum lugar.

— Ele quer mais uma doação — explicou Desiree. Ela fazia isso com muita freqüência nos últimos tempos, declarando o óbvio, como se B.B., sem a sua ajuda, não conseguisse entender o que Rose queria dizer.

— Por Deus, Otto, isso não pode esperar?

— Vim procurá-lo a respeito do repórter, mas já que eu estava aqui, bem, me pareceu uma oportunidade tão boa quanto qualquer outra. Claro, sei que estava ocupado com seu pupilo. Se prefere ser mentor a tomar conta de seus negócios, o problema é seu. Contudo, não estou tão seguro assim de que você quer mesmo que a comunidade dos negócios fique sabendo o quanto a função de mentor é importante para você.

Era difícil que Rose não estivesse pressionando, tentando usar sua natureza caridosa contra ele. Uma pessoa queria ajudar os desafortunados e precisava responder a um descarado oportunista atrás do outro. E o importante era que Rose punha todo esse trabalho na prevenção de crimes, em programas pós-escola para crianças de Overtown, e ninguém podia dizer nada porque ele era negro, as crianças eram negras, e tudo isso significava que Rose era um santo. Por isso agora precisava ficar ali, falando bobagem com um deputado enquanto Chuck estava sozinho na mesa, seu bom humor se deteriorando a cada minuto.

— De quanto estamos falando? — perguntou Desiree.

— Do mesmo que na última vez, minha querida.

O mesmo que na última vez significava 25 mil dólares. Esses pequenos pagamentos estavam se transformando em uma enorme quantia de dinheiro.

— Um minuto, Otto — pediu Desiree. Segurou o braço de B.B. e afastou-se com ele cerca de cinco ou seis metros dentro do próprio estacionamento. — O que acha?

— Acho que não quero pagar mais nada para ele.

— Claro que não, mas se esse projeto de lei for aprovado, você terá muito problema.

— Está dizendo então que devemos pagar?

— Provavelmente, mas deixe claro que esta é a última vez. Você não quer que ele pense que pode lhe procurar cada vez que sentir que precisa de alguns dólares extras. Isso começa a parecer extorsão.

B.B. assentiu com a cabeça.

— Quando nos livrarmos dele, ligue para o Jogador e mande que fique de sobreaviso com relação ao repórter. E a equipe deve fazer um pagamento logo após o fim de semana. Confirme que ele vai conseguir o dinheiro.

— Certo

Voltaram para onde estava Rose, que continuava a rir como se estivesse pronto para entregar um telegrama sonoro.

— Consigo o dinheiro na semana que vem — afirmou B.B. —, mas essa é a última vez.

— Calma, amigo. Você sabe que não posso dar nenhuma garantia.

— Também não podemos dar nenhuma garantia. Você me entende, espero.

— Claro que sim, B.B.

— Preciso voltar lá para dentro.

— Eu sei. O menino já deve estar tentado a ser seu próprio mentor — zombou Rose.

Com B.B. de novo no interior do restaurante, Desiree continuou apoiada no carro, os braços ainda cruzados, enquanto olhava para Otto. Seus cabelos louro-escuros cortados na altura dos ombros balançavam de leve com o vento e levantavam seu queixo, o que acentuava o nariz afilado. Ela sabia que, se mantivesse a cabeça exatamente naquela posição, conseguiria parecer mais ácida e mais irritada, e ela queria parecer irritada agora. Desiree não se sentia preparada para enfrentar B.B. Não estava pronta para dizer coisas que precisava dizer. O fim era inevitável, ela sabia, mas não precisava acontecer naquela noite.

Não era por medo. Quem nunca tinha encontrado B.B., quem o conhecia apenas de fama ou pelo tamanho e engenhosidade de sua operação, o temia. Desiree, no entanto, o conhecia melhor. Não, não era por medo. Era por obrigação — e piedade. Mas ela não tinha piedade de Otto Rose.

— Oh, Desiree, fique tranqüila. Não me olhe desse jeito, belezoca. Você sabe que se trata de negócios. Quando se trabalha para um homem como B.B., é preciso esperar que pessoas como eu o tratem como ele merece.

Sacudiu a cabeça.

— Não me ponha contra a parede, Otto, ao falar de B.B.

— Você tem razão. Você é muito leal. Desculpe o que falei. Não vou dizer mais nenhuma palavra sobre B.B., mas posso dizer uma palavra sobre você?

— Se for preciso. — Sua expressão abrandou-se um pouco, sua irritação diminuiu.

Otto aproximou-se um passo.

— Você é *boa*... boa demais para trabalhar para um homem como B.B. Não digo apenas boa no trabalho, que acredito que seja. O que quero dizer é que você é uma pessoa boa.

— Você não parece ter problema por fazer negócios com B.B.

Riu.

— Sou político, minha querida. É tarde demais para eu ser bom. Mas não é tarde demais para você, que é jovem, talentosa e encantadora. Por que não cai fora?

A pergunta a obrigava a uma evasiva, e Desiree lutou contra o impulso de se esconder fisicamente. Ela não queria enfrentar um interrogatório agora.

— Devo muito a ele, Otto, entende? É só o que quero dizer.

— Sei que deve muito a ele. Mas quanto pode dever? O suficiente para ajudá-lo a fazer o que faz? Ou para ajudá-lo com os garotos?

— Ele é apenas mentor dos garotos, Otto. Ninguém tem nada a dizer contra B.B. e seus meninos. Vivo na mesma casa que ele, está lembrado? Estamos juntos em tempo integral.

— Sim, claro. O melhor é deixar que o mundo acredite que vocês são amantes. Ele talvez não faça nada com os meninos, Desiree, mas você deve saber que ele *quer* fazer, e quanto tempo vai levar até conseguir?

— Não quero ouvir falar sobre isso. Não vou escutar.

— Não quero forçar nada. Quero apenas ajudá-la e fiquei ansioso. Então não vamos mais falar de B.B. Vamos falar de você, minha querida.

— O quê? Quer me convidar para sair? — perguntou, mas manteve o tom jocoso, tendo cuidado para sua voz não soar nada além de amarga ou sarcástica.

— Não ousaria esperar sorte tão grande — respondeu Otto. — Tenho algo um pouco mais formal em mente. Sei que você depende de B.B. para proteção, por isso talvez sentisse que teria mais opções se houvesse outra pessoa protegendo-a.

— Você?

— Eu poderia lhe oferecer um emprego no meu escritório, Desiree. Conheço o seu valor e posso garantir que seria um cargo alto. Claro, nada na política paga bem, mas seria uma excelente oportunidade para uma jovem talentosa como você.

— Que tipo de proteção pode me oferecer quando corre o risco de cair fora a cada ciclo eleitoral?

Riu.

— Quem de lá tem condições de me desafiar? Você deve pelo menos ouvir meu conselho, querida. — Fez um sinal positivo com a cabeça. — Vamos conversar um instante no meu carro.

— Tem certeza de que não está me convidando para sair?

— Quase certeza.

Levou-a até seu imponente Oldsmobile amarelo-vivo. Abriu a porta do carona e ela deslizou para o assento de couro. Ele rodeou o carro, entrou, colocou a chave na ignição e ligou o motor. Num instante o ar-condicionado começou a gelar e o rádio a tocar dance music quase como um murmúrio.

Colocou a mão sobre a dela. Talvez planejasse de fato oferecer-lhe um emprego, mas não sabia ao certo se ela estava disposta a lhe dar mais.

— Devo lhe dizer o que tenho em mente? — perguntou Otto.

— Primeiro *eu* devo lhe dizer uma coisa.

Então investiu contra ele, com a rapidez de uma cobra, e colocou a mão em sua garganta. Deslizou por cima dele e ajoelhou-se sobre seu corpo, como se estivessem fazendo sexo. Sentiu a saliência sob suas calças, mas logo a sentiu murchar. Em um instante as duas mãos estavam em seu pescoço e ela se inclinava à frente, colocando todo o peso — nunca superior a 55 quilos — contra ele.

Ela gostava do calor da pele dele, da protuberância sob a palma de suas mãos, sob suas coxas. Era erótico, mas não exatamente sexual. Era estimulante, e isso lhe agradava.

Desiree sabia bem que tinha mãos pequenas e elas não eram fortes, nem para o seu tamanho. A surpresa e os limites do carro trabalhavam a seu favor, porém Otto com certeza conseguiria escapar dela, se tentasse, se tentasse para valer. Contudo, ela teve alguns segundos cruciais, a vantagem da desorientação dele, e planejou estar bem longe antes de ele sequer pensar em lutar.

— Otto, tivemos negócios juntos durante muito tempo e foi proveitoso para todos, mas se alguma vez fizer uma besteira igual a esta de novo, mato você. Se tentar humilhar B.B., fazer insinuações sobre ele, usar isso como alavanca ou seja lá o que for, você vai sumir. Acha que é mais esperto que ele, acha que sou bonita, e talvez você seja e eu também. Mas jamais se esqueça do que mais nós somos. — Soltou sua garganta. — Não queira ser inimigo dele.

Otto tossiu e levou a mão ao pomo-de-adão, mas, fora isso, manteve-se quieto e em silêncio.

Um casal de velhos atravessou o estacionamento e olhou sem constrangimento para a mulher branca tipo mignon a cavalo sobre um negro forte dentro do carro.

— Preciso fazer algumas ligações — justificou-se Desiree.

Deu-lhe um beijo rápido, muito rápido, na verdade, mas diretamente sobre seus lábios secos, e em seguida endireitou-se e abriu a porta do motorista. O velho olhara para o outro lado, mas a mulher continuava com os olhos fixos nela.

— Quer dizer alguma coisa? — perguntou Desiree, e logo dirigiu o olhar vazio e judicioso para longe.

Otto estava agora apenas se recompondo da surpresa. Estendeu o braço para fechar a porta, mas encontrou os olhos de Desiree e, dentre todas as possibilidades, escolheu oferecer-lhe outro de seus sorrisos sarcásticos.

— Quer dizer que não aceita o emprego, minha querida?

— Não agora.

Caminhou devagar até o Mercedes de B.B. e balançou de leve a cabeça. A verdade é que Otto podia ser articulador e intrigante, e ao seu modo podia ter sido exatamente tão mau quanto B.B., mas tinha senso de humor, e isso bastava para fazê-la ter esperança de que não precisaria agarrá-lo de novo pelo pescoço.

Seis

Lá estava eu, sobrevivente de um homicídio duplo, no banheiro público do Kwick Stop. Na metade do caminho para a loja percebi que precisava urinar, e precisava com urgência, com tanta urgência que quase não conseguia acreditar que não tivesse me mijado na hora dos crimes. Era o que me restava fazer se quisesse evitar ir para trás de uma árvore e mijar sob a cobertura das estrelas; mas urinar em público, ainda que sem ser visto, parecia uma péssima idéia. E se eu fosse apanhado? E se os tiras me pegassem e descobrissem alguma prova? Fios de cabelo, fibras, esse tipo de coisa? Meus conhecimentos de investigação policial vinham de uma mistura de televisão e cinema, de modo que eu não tinha idéia de como isso funcionava na vida real.

Quando entrei na loja, localizei o banheiro num instante — na profissão de vendedor de livros de porta em porta a gente desenvolve a habilidade de encontrar toaletes em lojas de conveniência — e corri para o fundo sem sequer me preocupar em aparentar calma. Em geral eu não gostava de demonstrar que precisava ir ao banheiro; era constrangedor que pessoas completamente estranhas soubessem das funções de meu corpo.

Nesse caso, contudo, eu não estava com disposição de entrar na loja de conveniência, fingir um interesse em carne-seca e depois esfregar uma palma da mão na outra, como se perguntasse: Oh, posso lavar as mãos? antes de entrar calmamente no banheiro.

Quando ergui os olhos do mictório, percebi que já devia ter urinado, pois não saía mais nada e a sensação de contrações espasmódicas cedera lugar a um cansaço sereno. Fechei o zíper e lavei as mãos e o rosto, verificando no espelho se estava com algum vestígio de sangue. Nada nos cabelos, nas mãos, nas roupas. Tudo parecia em ordem. Joguei de novo um pouco de água no rosto, porque pensei que isso é o que uma pessoa faz em momentos de crise. Lava o rosto. De fato ajudava ou seria um mito difundido pelos fabricantes de sabonete? Não que os acionistas das empresas de sabonete fossem faturar muito naquele banheiro; a saboneteira em formato de pêra e aparafusada de cabeça para baixo continha apenas resíduos do produto já acabado. Também não havia toalhas de papel — só uma daquelas máquinas giratórias, onde a sujeira de uma pessoa é estampada, lavada ou afixada para sempre antes de a toalha dar uma nova volta. Peguei um chumaço de papel higiênico de um rolo avulso colocado acima da saboneteira de parede e sequei o rosto como pude.

O banheiro cheirava a merda, urina e desodorantes florais que lutavam para disfarçar o fedor de merda e urina. Minhas mãos tremiam sem controle, e senti que precisava vomitar. O problema de vomitar era que eu teria de me apoiar nas mãos e nos joelhos, o chão estava coberto por uma grossa camada de urina seca pegajosa e um pedaço de merda cinzenta se desfazia na privada. Meu cérebro reptiliano não tinha intenção de me deixar marcar território já bem aromatizado por criaturas mais poderosas e menos higiênicas que eu.

Em vez de vomitar, tirei do bolso o cheque, o cheque que Karen tinha preenchido para poder comprar livros para suas filhas agora órfãs. "Karen Wane", li no canto superior esquerdo. Parecia estranho que a conta não fosse conjunta com o marido.

Se eu estivesse preocupado com a aprovação da proposta de crédito, valeria a pena investigar o motivo, mas nas atuais circunstâncias pouco importava. Rasguei o cheque e joguei os pedaços no repugnante vaso necessitado de descarga. Um deles caiu em uma poça viscosa ao lado da privada e precisei segurá-lo pela minúscula borda seca para atirá-lo dessa vez com mais cuidado dentro do vaso. Acionei a descarga usando o bico do sapato para não precisar tocar em nada, e fui lavar as mãos de novo.

Teria sido melhor jogar o cheque em duas privadas diferentes? É claro que os tiras não iam vestir roupas protetoras especiais e entrar em estações de tratamento de esgoto à procura de fragmentos de cheques. Imóvel, precisei controlar uma nova sensação de náusea, um processo que envolvia fechar os olhos e tentar me esforçar para não pensar em nada. Em um minuto tive certeza de que não vomitaria, abri a porta e saí.

A loja de conveniência ficava a três quilômetros do motel. Eu poderia sem problema caminhar até lá, se preferisse, mas não era assim que as coisas funcionavam. Eu precisava esperar por Bobby, por isso peguei um refrigerante de meio litro de um dos balcões refrigerados que ocupavam uma parede inteira, na esperança de que acalmasse meu estômago. Depois fui para a fila, atrás de um sujeito vestido com jeans e camiseta preta.

Eu não conseguia ver o rosto do homem e, à exceção de alguns fios, seus cabelos estavam escondidos sob um boné de beisebol enfeitado na frente com uma bandeira brilhante da Confederação, mas eu podia dizer que ele tinha provavelmente entre 30 e 40 anos e que estava conversando com a jovem do caixa, uma adolescente de corpo farto, mas não muito bonita. Tinha o rosto comprido, um pouco exagerado, e a boca em feitio de U invertido, que parecia nunca se fechar por completo; no conjunto, acabava ficando igual a uma estátua da ilha de Páscoa. Pouco importava, pois o homem com o chapéu da Confederação de Beisebol gostara da fartura da jovem, e seus olhos se fixavam com particular interesse nos seios amplos que transbordavam de uma blusa de mangas curtas com um ou dois botões a mais do que devia abertos. O confederado riu de algo, bateu com a mão espalmada no balcão e espiou para dentro da blusa sem nenhum constrangimento.

— Droga! — exclamou. — Acho que devo ter deixado cair uma moeda aí dentro. Posso pegar? — Levantou a mão como se estivesse pronto para enfiá-la na fenda entre os seios.

— Jim — advertiu a jovem através de um leque de dedos abertos —, pare com isso. — Olhou-me com ar de quem tentava tomar uma decisão, depois tornou a virar-se para o confederado. — Você é tão desagradável.

No rádio, uma voz ansiosa incentivava todos a "Wang Chung" aquela noite, uma das muitas canções confusas que imaginei que compreenderia quando conhecesse melhor o mundo. Mais ou menos como a letra de "Bohemian Rhapsody", para cuja compreensão eu supunha ser necessária uma certa familiaridade com artes e música européias. Uma pessoa instruída saberia precisamente o que era um Scaramouch e por que ele dançaria o fandango.

A iluminação fluorescente da loja, de um brilho artificial, me fez sentir como se estivesse em um palco ou sob o facho de uma lanterna da polícia, o que era uma metáfora particularmente infeliz. Sair dali, escapar das luzes, da música ruim, do freguês e da vendedora excêntricos assumiram um caráter de urgência. De boa vontade eu teria roubado o refrigerante se imaginasse que conseguiria sair com ele. A Kwick Stop, o tipo de lugar onde jamais me sentia à vontade, parecia agora pequena demais, e estava se tornando ainda menor. Eu não queria desistir do refrigerante, e não estava disposto a dar explicações para a jovem do caixa. Também parecia não haver dúvida de que o freguês com o boné de confederado não ficaria satisfeito se um garoto com sotaque do Norte e engravatado lhe pedisse para se apressar. No entanto, eu estava com sede e sentia o estômago cada vez mais embrulhado, por isso abri a garrafa e tomei um gole. Ajudou para que eu me sentisse um pouco melhor. Com menos vontade de vomitar, pelo menos.

— Não pode beber antes de pagar — vociferou o confederado. Forçou um sorriso largo e exibiu uma boca cheia de dentes brancos irregulares. — Isso se chama roubo, e temos leis contra roubo aqui.

Somente então o reconheci. O sujeito da picape Ford parada perto do trailer de Bastard e Karen. Os cabelos cortados de tamanhos diferentes estavam escondidos dentro do boné, mas era ele. Um pânico glacial irrompeu no meu peito e se irradiou para os membros. Mas que diabo eu iria fazer? Correr? O cara tinha me visto entrar no trailer onde duas pessoas foram assassinadas.

A náusea, percebi, provavelmente se originava de minha vontade de suprimir o único fato óbvio no meio disso tudo — quando os corpos fossem encontrados, os policiais começariam a me procurar. Não importava o que o assassino me dissera, não importavam as doces mentiras que tentara invocar, eu sabia muito bem que seria o suspeito número um. Não era uma questão de "talvez" ou "se". Eles tentariam me apanhar. Todas as unidades em alerta sobre Lem Altick. Não se arrisquem com Lem Altick, rapazes, é provável que esteja armado e é um sujeito perigoso. A única dúvida era se o fato de eu ser inteiramente inocente me salvaria. Caminhei até o caixa e coloquei um dólar sobre o balcão. O refrigerante custava 79 centavos.

— Aguarde a sua vez — ordenou a jovem. — Não vê que há outras pessoas na sua frente?

— Não há outras pessoas — retruquei. Minha voz soou irritada e nervosa, e desejei ter ficado calado. — Há *uma* pessoa, e ela não está comprando nada.

— Está sendo grosseiro com a menina? — perguntou o confederado.

— Grosseiro no sentido de atrevido? — perguntei. — Ou grosseiro como se tentasse enfiar a mão dentro da blusa dela?

— Cara, você não sabe com quem está se metendo — advertiu o confederado.

Mas eu sabia. Sabia que estava me metendo com um sujeito que não pensaria duas vezes antes de me socar até me derrubar e de me chutar a cabeça quando eu estivesse no chão. Ainda assim, eu estava preparado para abrir a boca. A coisa mais importante que eu aprendera ao longo dos anos era que o único poder que eu tinha contra alguém como esse camarada era dizer o que me viesse na cabeça. Isso não evitaria que eu fosse agredido. Poderia até provocar uma agressão, mas pelo menos eu perpetuaria o estereótipo de garotos fracos terem excelente habilidade verbal.

Mas eu não estava na escola secundária, e já aprendera naquela noite que estava em jogo muito mais do que alguns hematomas e uma dose de humilhação. Era hora, decidi, de mostrar alguma deferência.

— Não quis bancar o atrevido — expliquei com voz tranqüila. — Quero apenas pagar.

— Ainda não é *hora* de você pagar. Acha que pode circular por aí com esta gravata e esta pasta estranha e que não precisa esperar na fila? Acha que é melhor do que mim?

O currículo de matemática, ciências e redação tinham sido muito fracos, mas o que eu de fato aprendera lá atrás, na escola secundária, era que acusações de que eu pensava que era melhor do que outra pessoa significavam um prelúdio à violência. Algum idiota cada vez mais acelerado, no processo de convencer a si mesmo, alguma testemunha ou Deus de que o chute no traseiro que estava por desferir era absolutamente justificado.

Eu precisava esfriar o ambiente, mas era difícil imaginar minha próxima jogada quando meu cérebro rodopiava de terror. Um minúsculo indício de temor rondava o local, e eu simplesmente não conseguia ordenar meus pensamentos. Então disse o que talvez tenha sido a pior coisa que eu poderia dizer: "Eu."

O confederado inclinou a cabeça e me fitou.

— O quê?

Foi uma experiência extracorpórea. Eu me via falando, mas não tinha força para parar.

— Você quis dizer "Acha que é melhor do que *eu*". *Eu* é sujeito. "*Estou aqui.*" Quem está aqui? *Eu. Mim*, por outro lado, é objeto, o recebedor da ação. "Bob deu a bola para *mim*." Quem deu a bola? Bob, o sujeito. Para quem ele deu a bola? Para *mim*, objeto.

Um sorriso idiota atravessou meu rosto.

O confederado olhou-me como se visse uma figura distorcida pelo espelho de um parque de diversões. A jovem atrás do balcão deu um passo atrás. Seus olhos se arregalaram e ela ameaçou erguer as mãos como se quisesse proteger o rosto de uma explosão iminente.

A explosão nunca aconteceu. Do lado de fora da loja, o Chrysler Córdoba de Bobby parou gloriosamente, como que por milagre, no estacionamento. A mais feliz coincidência de tempo na história do mundo — muito mais feliz do que meus quase 18 anos tinham me levado a esperar ou mesmo sonhar.

— É a minha vez — falei, como se tivéssemos andado passeando, conversando sobre esporte.

O confederado permaneceu calado. Olhei para a jovem no balcão, mas ela não quis que seus olhos encontrassem os meus. Nada a fazer senão esquecer o refrigerante. Coloquei-o então sobre uma pilha de caixas e fiz menção de me encaminhar para a porta.

— Você sai agora e vou dizer que está roubando — avisou a garota do caixa. Sua voz ficara mais baixa e suas mãos, agora caídas ao lado do corpo, tremiam um pouco.

Parei.

— Então me deixe pagar — pedi.

— Deve esperar a sua vez. — Sua voz era pouco mais do que um sussurro.

Agora o sujeito se curvava na minha direção. Não era excepcionalmente alto, apenas 1,80 metro, e estava pertíssimo de mim, mas inclinou-se à frente como um gigante curvando o corpo para oferecer conselho a um anão.

— O que acha que está fazendo? — perguntou. — Me corrigindo?

Virei-me, pedindo a Deus que Bobby me visse e que viesse me resgatar caso pressentisse problema. Sentindo o calor do olhar do caipira, peguei de volta o refrigerante e tirei o dólar do bolso. Recoloquei-o sobre o balcão. Não me importava que fossem idiotas e também não me importava com o troco. A única coisa que importava era eu dar o fora dali.

Afastei-me e empurrei a porta, que fez um alegre coro com o som de minha risada, confusa pela incredulidade.

Eu sobrevivera a um assassinato duplo, a uma conversa com o homicida, a uma surra certa de um caipira a quem insultara. Devia sentir uma dose de alívio, porém o pavor continuava a me revirar o estômago. Eu sobrevivera apenas àquele momento, e muitos outros estavam por vir.

SETE

AINDA NÃO HAVIA NINGUÉM no carro, o que representava um pequeno conforto, uma vez que se tratava de um duas portas e eu detestava ficar espremido no banco de trás. Nos meses transcorridos desde minha contratação, eu me tornara o melhor vendedor de Bobby, e isso significava receber alguns privilégios triviais, como ser apanhado em horários convenientes e ser designado para os bairros mais receptivos.

— Você não parece muito entusiasmado — observou Bobby. — Não pontuou?

Balancei a cabeça e olhei para dentro da loja para me certificar de que não teríamos nenhum tipo de problema. O confederado voltara a flertar com a garota do caixa, e as aparências sugeriam que eu fora mais ou menos esquecido.

— Pontuei, sim. — Abri a bolsa e entreguei o formulário a Bobby. — Quase consegui uma dobradinha, mas no final não deu certo.

Bobby sorriu.

— Verdade, cara? Pontuou dois dias seguidos? Está botando pra quebrar! – Pronunciou a frase, para efeito de motivação de vendas, bem devagar. — Continue assim, mantenha pensamentos positivos. É a atitude positiva que o levará a uma venda dupla ou tripla amanhã.

Bobby era um sujeito grande, grande como um jogador de futebol americano, ou melhor, como um *ex*-jogador de futebol americano. Tinha braços carnudos e pernas grossas, o pescoço quase não aparecia, mas tinha também uma barriga que se projetava sobre o cinto de tecido. Seu rosto era largo e infantil e quase excepcionalmente carismático. Eu queria ser muito esperto para não ser cativado pelo charme de Bobby, mas era atraído de todo modo.

O fato era que eu achava impossível não gostar de Bobby. Ele apreciava a companhia de qualquer um e demonstrava uma generosidade superior a tudo que eu já vira. Em parte isso era devido ao seu domínio da força do dinheiro. Bobby queria sempre demonstrar à equipe que tinha dinheiro, que dinheiro era bom e tornava as pessoas felizes. Ele nos pagava cerveja, almoço e, às vezes, uma noitada. Durante trajetos longos, quando parávamos para um lanche rápido, Bobby dava gorjeta aos empregados do McDonald's e do Burger King. Dava gorjeta aos atendentes das cabines de pedágio e empregados de hotéis. Era, para usar seu próprio termo, uma pessoa *positiva*.

— Não vejo nenhum cheque — exclamou Bobby, agitando o formulário na minha direção. Correu a mão pelos cabelos curtos, com corte quase militar. — Não vai me dizer que esqueceu de novo?

Eu fizera duas vendas no meu primeiro dia de trabalho. No primeiro dia! Ninguém espera que as pessoas vendam no primeiro dia, por isso Bobby ainda não tinha me falado a respeito da proposta de crédito e, em conseqüência, eu não pedira aos compradores que a preenchessem. Bobby tinha então me acompanhado até as duas casas — e a essa altura já passava da meia-noite e todas as luzes estavam apagadas — e havia tirado as pessoas da cama para que, vestidas com seus roupões, preenchessem as propostas de crédito. Eu teria preferido abrir mão das vendas, porém Bobby parecia tomado por um furacão de energia de vendas e insistiu. Como sempre, ele sabia que, podia escapar sem conseqüências. Tinha um jeito comunicativo, um riso atraente e um modo de dizer olá que deixava os estranhos com a idéia de que já tinham sido apresentados a ele, porém esquecido. Se fosse comigo, teriam batido a porta na minha cara, mas Bobby conseguiu que a esposa do dono da segunda casa preparasse para todos um chocolate instantâneo com bolas de marshmallow que se derretiam como nuvens no líquido quente.

E ele tinha motivação. Eu ganhava 200 dólares por cada negócio fechado; Bobby levava 150 dólares toda vez que eu ou outro membro da equipe fazia uma venda. Por isso todo mundo queria ser chefe de equipe. Para ganhar dinheiro fazendo os outros trabalhar.

O formulário que Bobby agora tinha em suas enormes mãos pertencia a Karen e Bastard. Eu entregara as folhas erradas. O alívio momentâneo que eu experimentara ao escapar do Kwick Stop tinha agora desaparecido. Eu estava de volta à montanha-russa e despencava em queda brusca.

— Desculpe — falei. Curvei o corpo e apertei os músculos do abdome para evitar que o medo transparecesse em minha voz. Era como tentar estancar o sangue de um ferimento aberto. Eu sabia que quanto mais tempo passasse, mais tempo eu teria para levar uma vida normal, menos me lembraria de Karen estendida no chão, os olhos arregalados, uma cratera na testa, o sangue se acumulando ao redor como uma auréola. Esqueceria o cheiro acre, penetrante, no ar. Queria que ele desaparecesse.

— Essa foi a venda que furou. — Pesquei de dentro da bolsa o formulário preenchido mais cedo da tarde. Do casal tranqüilo do trailer verde caindo aos pedaços. Com dois filhos e quatro cachorros. Um cheiro de contas não-pagas. Aquela tinha sido moleza.

Bobby examinou-o e fez um sinal positivo com a cabeça.

— Parece muito bom — confirmou, após guardar os papéis dentro de sua própria pasta. — Não deve ter problema para ser aprovado.

Eu perdera comissões e bônus porque algumas solicitações de crédito não tinham sido aprovadas. Perdera inclusive uma grande, enorme, pelo mesmo motivo. Na minha terceira semana de trabalho eu tocara uma campainha e um homem muito magro, pálido como cream cheese, com uma sunga de praia justa, quase careca, só com uma faixa de cabelo não mais larga do que a pulseira de um relógio, atendera a porta e sorrira para mim.

— O que está vendendo? — perguntara.

De algum modo tive a sensação de que não era o momento oportuno para o discurso de vendas tradicional, por isso disse, sem rodeios, que estava vendendo enciclopédias.

— Venha comigo aqui nos fundos, então. Vamos ver o que consegue fazer.

Galen Edwine, meu anfitrião, estava no meio de um churrasco com outras oito ou nove famílias. Enquanto as crianças se divertiam na piscina em plano elevado, passei a conversa em todos — quase vinte adultos. Beberam cerveja, comeram hambúrgueres, riram de minhas piadas. Eu parecia um animador contratado. E, quando tudo acabou, eu tinha fechado quatro vendas. Quatro. Uma quadra. Quadras aconteciam, mas eram tão raras que se tornavam legendárias. Naquele dia houve um bônus de mil dólares para a venda de uma quadra, o que significa que arrecadei 1.800 dólares em um dia de trabalho.

Só que não arrecadei, porque nenhuma das propostas de crédito foi aprovada. Nem uma única. Acontecera comigo antes e aconteceria depois, e nunca deixava de me irritar, mas a tragédia daquele dia realmente me afetara. Eu *tinha* uma quadra, e ela se transformou em pó. Contudo, minha fama estava assegurada e, mesmo sem ter ganhado as comissões, consegui um certo respeito.

— Então — insistiu Bobby —, o que aconteceu neste caso?
— Segurou as propostas de Karen e Bastard.

Balancei a cabeça.

— Cancelaram o cheque.

— Droga, Lemmy. Você entra na casa e não consegue fechar a venda? Nem parece coisa sua.

Ergui os ombros na esperança de que a conversa simplesmente se encerrasse ali.

— Foi o que decidiram no final, entende?

— Quando aconteceu tudo isso?

Talvez eu devesse ter mentido, mas isso não me ocorreu. Não percebi aonde ele queria chegar.

— Não sei. Esta noite. Poucas horas atrás.

Examinou a proposta de crédito por um minuto, como se procurasse algum detalhe esquecido.

— Vamos voltar lá. Se aconteceu poucas horas atrás, aposto que vamos conseguir convencer os dois.

Coloquei a mão no carro em busca de apoio. Sacudi a cabeça. Não conseguia sequer pensar em voltar à cena do crime.

— Não creio que adiante.

— Vamos, Lem. Posso convencê-los. O que há, não quer o dinheiro? Não quer o bônus? Comissão e bônus, estamos falando então de mais 400 dólares no seu bolso.

— Simplesmente acho que não adianta. Não quero ir.

— Bem, quero tentar. Onde fica Highland Road?

— Não me lembro. — Desviei o olhar.

— Espere aqui. Vou perguntar.

Bobby movimentou-se para entrar no Kwick Stop. Imaginei que pedir informações, sobretudo para um cara que já parecia querer me dar um pontapé na bunda, um cara que tinha me visto entrar na casa de Karen e Bastard, e ir *depois* seria pior do que ir logo. Dei um suspiro, disse a Bobby que tinha me lembrado de onde era e fizemos o caminho de volta para o trailer. Ficava a poucos minutos por ruas silenciosas, mas o trajeto parecia não acabar, ao mesmo tempo que pareceu curto demais. Bobby estacionou o carro junto ao meio-fio e saltou, batendo a porta com tanta força que me fez estremecer.

O trailer parecia calmo. Excepcionalmente calmo, um farol de calmaria no oceano de um estridente zumbido de insetos. Nunca um trailer me pareceu tão silencioso como aquele. Em algum lugar, não muito longe, um cachorro latiu — um latido insistente que os cães reservam para quando um suspeito de assassinato anda por perto.

Bobby caminhou até o trailer, subiu os três degraus de concreto rajado e tocou a campainha.

Eu olhava para trás e para a frente com compulsão. Um Datsun batido passou em uma rua perpendicular meia quadra adiante. Diminuiu a velocidade e olhou para nós? Difícil dizer.

Bobby tocou de novo a campainha e dessa vez empurrou a porta de tela e golpeou de leve — como se um golpe pudesse alguma vez ser leve —, logo abaixo do olho mágico. Surpreendi-me pensando que eles jamais preencheriam o cheque se ficassem zangados por terem sido arrancados da cama.

Dos degraus, Bobby inclinou-se para espiar pela janela da cozinha. Fez tanta pressão contra o vidro fino que tive certeza de que o quebraria e cairia lá dentro.

— Cristo! — exclamou. — Saíram ou estão mortos.

Ri, mas logo percebi que Bobby não dissera nada engraçado e então parei. Caminhamos juntos até o Córdoba e atirei-me no banco da frente, respirando assustado e com indescritível alívio enquanto nos dirigíamos para o próximo ponto de encontro.

O ar-condicionado deficiente me deixava desconfortável, e tentei me acomodar contra o couro recém-lavado. Eu queria desmaiar, queria chorar e, de certo modo, queria que Bobby me abraçasse. Bobby, no entanto, estava ocupado com a escolha da estação de rádio, tendo por fim se decidido pela banda Blue Öyster Cult, mas nem a insistência da música para que eu não temesse a Morte me fez sentir melhor.

— Conseguir uma só venda não está mau — afirmou, talvez por pensar que eu provavelmente precisasse de uma injeção de ânimo. Não está mau para o trabalho de um dia. Você ainda está no páreo, mas uma dupla é melhor, certo? Hein? Mas você vai conseguir uma dupla amanhã. Você é um batalhador, Lem. Está fazendo um trabalho excelente.

Se não tivesse ficado entorpecido por presenciar um duplo assassinato, tenho certeza de que os comentários positivos de Bobby me deixariam animado. Eu detestava o modo como absorvia os elogios de Bobby, como se o fato de ser um bom vendedor de livros, de vender enciclopédias para pessoas que jamais as usariam e que não teriam condições de pagá-las, valesse um afago na cabeça. Como um cachorrinho, Lem. Mas eu gostava disso. Duas pessoas mortas, buracos nas suas cabeças, sangue e pedaços de cérebro no linóleo descascado, e ainda assim eu gostava disso.

Os outros três vendedores da equipe de Fort Lauderdale — Ronny Neil, Scott e Kevin — foram se empilhando um a um no banco de trás, a cada ponto de encontro. Todos tinham ressentimento contra mim, já que Scott era ao mesmo tempo gordo e desinteressado pelas idéias convencionais de higiene pessoal, forçando os outros a viajar espremidos. Eu, por outro lado, espichava as pernas no espaço de que dispunha e me deliciava com o ar relativamente fresco.

Kevin era um sujeito calado, baixo e atarracado, porém afável ao seu modo. Era fácil esquecer que ele estava junto, mesmo nas viagens longas. Ria das piadas dos outros, mas nunca tinha uma para contar. Sempre concordava quando alguém reclamava de fome, mas é provável que ele próprio tivesse morrido de fome antes de sugerir que parássemos para lanchar.

Ronny Neil e Scott, por outro lado, não eram tão discretos. Tinham sido contratados juntos e se comportavam como companheiros em tempos de guerra, alistados na mesma cidade e designados para o mesmo pelotão. A amizade deles consistia, no meu entender, em Ronny Neil dar um piparote na cabeça de Scott e chamá-lo de gordo babaca.

Ronny Neil achava-se atraente ao extremo, e talvez fosse. Tinha feições pronunciadas, grandes olhos castanhos do tipo que toda mulher parece gostar. Seus cabelos lisos, cor de palha, desciam até o pescoço, e ele era musculoso sem ser corpulento. Não que tivesse tempo para levantar pesos enquanto vendia livros, mas em algumas ocasiões o surpreendi fazendo flexões e abdominais no quarto do motel. Nos dias em que eu conseguia acordar cedo para dar uma corrida antes do encontro matinal, Ronny Neil me aconselhava com ar convicto a começar a levantar peso em lugar de fazer exercícios de veado. No entanto, ele com certeza refletia, se havia algo que um judeu devia saber fazer, era correr.

Cada vez que apanhava alguém — na loja de conveniência designada —, Bobby o levava para trás do carro e abria o porta-malas para ocultar a conversa do resto da equipe. Quando entrava no carro, não podia perguntar se os outros tinham conseguido vender ou não. Não se podia perguntar como tinham procedido. Não se tinha permissão para contar algum fato que tivesse ocorrido naquele dia, a não ser que estivesse completamente desvinculado do assunto venda de livros. Bobby e os outros chefes sabiam que não havia como evitar que as pessoas falassem sobre sua atividade. Se alguém fazia uma venda tripla ou quádrupla — às vezes bastava uma dupla —, na manhã seguinte todos de todas as equipes saberiam, mas não era permitido fazer comentários dentro do carro.

Essas regras pareciam não se aplicar a Ronny Neil, que não sabia ficar calado tanto em relação a vendas quanto ao que quer que fosse. Ronny Neil era um ano mais velho do que eu e freqüentara uma escola do outro lado do país, por isso não o conheci antes, mas a máquina de criar boatos produzira alguns detalhes interessantes. Pelo relato de todos, ele tinha sido um chutador muito útil no time de futebol americano da escola, convencera-se de sua qualidade e fora levado a crer que uma bolsa de estudos de futebol estaria garantida. O que aconteceu, no entanto, foi que a única oferta que recebeu foi de uma faculdade tradicionalmente de pretos na Carolina do Sul, interessada em diversificar sua população de estudantes. Ronny Neil aceitara, muito irritado, e voltara no final do primeiro ano com a bolsa de estudos revogada. Nesse ponto os detalhes tornam-se confusos. Ele tinha sido mandado embora porque não conseguiu manter boas notas, porque se envolveu em alguma bebedeira ou em um escândalo sexual sórdido que a universidade quis a todo custo abafar ou — e essa era minha hipótese favorita — nunca conseguiu evitar a palavra *crioulo* em tom pejorativo, ainda que os estudantes negros representassem a maioria, na proporção de trezentos para um.

Nas viagens de volta ao motel, ele nos contava como tinha pontuado e partilhava conosco alguns dos incidentes mais implausíveis de sua vida pitoresca. Contava-nos sobre como substituíra, por um breve período, o baixista do Molly Hatchet, como fora convidado a ingressar na força de operações especiais da marinha, como fizera Adrienne Barbeau gozar bolinando-a com o dedo após o casamento de um primo — embora nunca tivesse ficado claro o que uma estrela de cinema fazia no casamento de seu primo. Ele contava essas histórias com tanta convicção que eu me perguntava se minha visão do universo não estaria irremediavelmente distorcida. Seria possível que eu vivesse em um mundo no qual Adrienne Barbeau se deixaria bolinar por um idiota como Ronny Neil Cramer? Era difícil acreditar que sim, mas como saber ao certo?

Por outro lado, ele também se gabava de coisas que eram verdade. Como a história da última vez em que estivemos em Jacksonville, quando ficamos no mesmo motel e ele roubou uma chave-mestra do carrinho de limpeza e entrou em meia dúzia de quartos sem ser notado, levando câmeras, relógios e dinheiro de carteiras. Ele se fartara de rir ao ver Sameen, o indiano proprietário do local, defender a mulher — arrumadeira do hotel — da acusação de roubo. Ele nos contou que no ano anterior, antes das eleições, vestira terno e gravata e saíra para solicitar donativos para o Partido Republicano. Pedia que as pessoas preenchessem cheques nominais a "RNC" e depois simplesmente completava seu sobrenome. Locais decadentes que trocavam cheques ao longo da rodovia federal não viam problema em descontar cheques para R. N. Cramer.

Naquela noite ele discorria sobre como uma ruiva ardente implorava para ficar com ele enquanto o marido apenas observava, incapaz de fazer qualquer coisa para impedir.

— Tem certeza de que não era o marido que queria você? — perguntou Scott, as palavras saindo em tom alto e esguichando saliva devido ao seu ceceio acentuado.

— Xim, xertexa abxoluta — zombou Ronny Neil. Deu um piparote no ouvido de Scott. — Você fede mais que um monte de merda, seu babaca língua-presa.

Para alguém que acabava de ser insultado, injuriado e ridicularizado por um defeito na fala, Scott levou a agressão numa boa. Senti uma raiva solidária em nome de um sujeito que eu não suportava.

— Como pode saber qual o cheiro do monte de merda — perguntou, sério —, a não ser que tenha chegado bem perto e enfiado o nariz nele?

— Xei o que um monte de merda xignifica, veado idiota, porque extou xentado ao lado de um.

Calado, Ronny Neil desviou o olhar, desconcertado por Scott ter se ofendido com observação tão espirituosa.

De volta ao motel, atravessamos o estacionamento principal, abrigado entre duas alas do prédio de dois andares em formato de L. Ali estavam os carros dos perdidos, dos errantes, dos que estavam sem gás, dos cansados, de quem tinha abandonado os sonhos no Norte ou no Oeste e agora desejava que suas vidas adquirissem algum sentido a partir de nada mais complicado do que a ausência de neve. À luz do dia os prédios tinham tons de verde-claro a turquesa brilhante, uma sinfonia de cores da Flórida. À noite, tudo parecia desoladoramente cinzento.

Ficamos enfileirados no quarto do Jogador. Seu nome verdadeiro era Kenny Rogers, por isso o apelido viera com deprimente inevitabilidade, mas fazíamos de conta que o considerávamos extremamente espirituoso. No meu entender, o Jogador não era dono da empresa que tinha contrato com os editores das *Enciclopédias Champion*, mas seu cargo era alto. A cadeia de comando estava perdida no meio de um emaranhado de tramas nebulosas e eu suspeitava que isso fosse intencional, porém de uma coisa tinha absoluta certeza: cada coleção de livros vendida significava dinheiro no bolso do Jogador.

Ele devia ter uns 50 anos, embora parecesse mais jovem. Seus cabelos brancos um pouco compridos lhe conferiam um ar angelical, e o rosto sempre risonho fazia dele um vendedor natural. Olhava diretamente nos olhos do interlocutor, como se essa fosse a única pessoa no mundo. Sorria para todos com afetuosa familiaridade, as rugas ao redor dos olhos se acentuando com o bom humor. "O danado já nasceu vendedor", como Bobby costumava dizer. Ele ainda batia de porta em porta dois ou três dias por semana, para se manter atualizado, e corria o boato de que não perdia uma venda há mais de cinco anos.

Quando entrei, o Jogador ainda não tinha chegado. Era sempre o último a aparecer, e surgia no quarto com o ar pomposo de um astro do rock subindo ao palco. Ronny Neil e Scott estavam afastados, em um canto, e comentavam alto sobre a caminhonete que Ronny Neil tinha em casa, sobre como os pneus eram grandes e sobre o tira que o parara por excesso de velocidade, liberando-o em seguida por ter ficado encantado com os pneus.

A equipe de Gainesville do Jogador chegou, afinal, caminhando com a confiante sensação de superioridade de uma comitiva real. O Jogador dirigia uma van, portanto tinha uma equipe grande — nove ao todo —, mas apenas uma mulher. A venda de enciclopédias envolvia desafios específicos para mulheres, e mesmo as boas em geral não duravam mais de duas ou três semanas. Rara era a equipe com mais de uma mulher. Longas horas gastas em caminhadas à beira de estradas, visitas desacompanhadas a casas de estranhos, clientes devassos e insinuações obscenas de outros vendedores faziam minguar suas fileiras, e eu suspeitava, com grande tristeza, que essa também não duraria. No entanto, eu pensava nela desde que me fora apresentada, no fim de semana anterior.

Chitra. Chitra Radhakrishnan. Durante a última semana, eu me pegara dizendo seu nome em voz alta, apenas pelo prazer de ouvir sua sonoridade. Seu nome soava mais ou menos como seu sotaque. Suave, cadenciado, lírico. E ela era bonita. Estonteante. Muito mais bonita do que qualquer mulher que eu me julgasse no direito de admirar, mesmo à distância. Alta e graciosa, com pele caramelo e cabelos pretos presos em um rabo-de-cavalo, tinha olhos grandes da cor de café com creme. Seus dedos eram longos e finos, pintava as unhas de vermelho vivo e usava toneladas de anéis de prata, até no polegar, o que eu nunca vira alguém fazer.

Eu mal a conhecia, tivéramos uma única conversa mais prolongada, mas essas poucas palavras me deixaram eletrizado. Eu não sabia dizer por que devia ser essa a mulher a me deixar tão completamente embevecido. Havia outras mulheres no grupo, embora não muitas, e no passado tinha havido, no sentido puramente objetivo, outras bem mais bonitas. Não me interessei por nenhuma delas.

Eu tinha de pensar que talvez fosse porque Chitra era estrangeira. Talvez o fato de ser indiana no meio de uma população inteiramente branca a deixasse deslocada e por isso acessível. Ou talvez porque apesar de sua beleza, que era considerável, havia algo vagamente estranho a seu respeito — um caminhar um pouco deselegante, um jeito ausente, retraído, de segurar a cabeça durante uma conversa.

Qualquer que fosse o motivo, eu não era o único a admirá-la. Até mesmo Ronny Neil, que reclamava com veemência de seus contatos diários com pessoas de cor, não conseguia desviar os olhos dela. Ali, no quarto do Jogador, ele se levantou e foi até ela, sem mais nem menos. As palavras fluíam de sua boca com extrema facilidade. Só consegui ouvir que Ronny Neil disse "Olá, gatinha", e Chitra sorriu como se ele tivesse dito algo que merecesse um sorriso.

Senti uma raiva que me confortou — confortou pela sua familiaridade e por não ter nenhuma relação com o assassinato, que por um momento consegui enfiar em um pequeno compartimento limpo no fundo de minha mente. Eu até entendia que Ronny Neil gostasse de Chitra. Ela era bonita. Isso bastava para ele. Mas por que Chitra se dignaria a dirigir a palavra a Ronny Neil? Com certeza ela era a anti-Ronny Neil, com todo o seu recato, seus olhares céticos para o Jogador, a bondade que irradiava e que se opunha à hostilidade de Neil.

Eu não sabia quase nada a seu respeito, porém já tinha certeza de que Chitra era inteligente, de que era perspicaz, mas também de que era da Índia. Estava nos Estados Unidos desde os 11 anos — isso ela me contou em uma rápida conversa que tornei possível com a ajuda de uma estratégia na noite do sábado anterior —, mas ainda assim vinha de um país estrangeiro. Falava inglês bem, pois já estudava antes de chegar, mas falava no modo formal que muitos estrangeiros usam, sugerindo que estão sempre tropeçando em alguma palavra, sempre fazendo escolhas, preocupados com erros.

Para mim, o fato de ser estrangeira criava a possibilidade de que ela talvez não fosse capaz de reconhecer a fornalha de cafajestismo latente dentro de Ronny Neil. Com certeza não havia caipiras em Uttar Dinajpur, de onde me contara que sua família tinha emigrado. Eles tinham idiotas de suas próprias categorias, claro — idiotas típicos de Uttar Dinajpur, idiotas que levantariam bandeiras da babaquice no instante em que entrassem em um bar ou restaurante de Uttar Dinajpur —, mas seria difícil para um norte-americano reconhecer uma pessoa dessas pelo que ela era. Chitra era esperta, mas Ronny Neil podia mesmo assim ser indecifrável para ela. Por isso fiquei de olho nela. Para que estivesse a salvo.

Ronny Neil sentou-se ao seu lado e os dois começaram a conversar em voz baixa. O fato de não conseguir ouvir uma única palavra do que diziam me deixou furioso e, por um momento, pensei em me levantar, ir até onde estavam e me intrometer na conversa. O problema era que isso me faria parecer tolo e desesperado, me deixaria em situação mil vezes pior.

Minha posição era satisfatória no momento. Na semana anterior, após duas cervejas Miller rapidamente consumidas, eu conseguira reunir coragem para sentar-me ao lado dela e me apresentar como que por acaso. Ela ouvira meus conselhos de colega, rira de minhas histórias sobre a guerra dos vendedores de livros — uma risada genuína também, quase convulsiva, que veio acompanhada de um leve balançar do tronco. Falou sobre os romances de que gostava, contou que após o verão entraria para o Mount Holyoke, onde, já decidira, se especializaria em literatura comparada e filosofia. Adorava viver nos Estados Unidos, afirmou, mas sentia falta da música indiana, da comida de rua e das dezenas de variedades de manga que podia comprar nos mercados e feiras. A conversa tinha sido ótima e cheia de promessas, porém só começou às 2h da manhã, e eu mal conseguira superar meu nervosismo inicial quando ela anunciou que precisava mesmo dormir um pouco.

Eu a vi na manhã seguinte, mas limitei-me a sorrir com educação e a dar-lhe bom-dia, temendo me trair e revelar que gostava dela. Agora eu estava imóvel e desviara minha atenção dela tanto quanto possível antes de lançar olhares dissimulados. Então os observei conversar enquanto tentava não pensar nos corpos mortos que eu vira naquela noite. Embora "corpos mortos" já lembrasse um pouco de suavização, eu não vira corpos mortos, vira corpos que se transformaram em mortos. Isso, com certeza, devia impedir que eu continuasse a pensar em Chitra, no seu pescoço longo e gracioso, na vago indício de entresseio que se insinuava através da blusa. Devia, mas por algum motivo não foi o que aconteceu.

Nesse meio-tempo, o Jogador tinha começado a falar. Estivera dizendo algo sobre como tudo se baseava na atitude, sobre como as pessoas *queriam* o que tínhamos para vender.

— Ah, sim, meus amigos — gritou. Seu rosto começava a escurecer, não com o vermelho-sangue de esforço, mas com o rosa vibrante da exuberância. — Vocês sabem, eu os vejo todos os dias.

Ficam na frente de casa, com suas piscinas de plástico, suas bicicletas e suas estatuetas de jóquei. Sabem o que eles querem, não? Comprar. Querem sempre comprar algo. Observam ao redor com seus olhinhos gananciosos e se perguntam: "O que posso comprar? Em que posso gastar meu dinheiro, que me fará sentir melhor comigo mesmo?"

O Jogador parou, desabotoou o colarinho da camisa azul e afrouxou o nó da gravata com um dedo, sem nenhuma cerimônia.

— Vejam bem, eles não entendem o sentido do dinheiro. Vocês, sim. Eles querem se livrar dele. Querem que vocês fiquem com ele. Sabem por quê? Porque é bom ter dinheiro. Conhecem aquelas músicas? Vocês sabem quais... elas dizem que dinheiro não é importante. Que só o amor interessa. Está certo. Amor. Vocês encontrão o amor verdadeiro e, enquanto tiverem um ao outro, nada mais conta. Podem morar em um barraco desmantelado contanto que tenham amor. Podem dirigir um carro velho e batido contanto que tenham amor. Isso é incrivelmente bonito.

E então fez algo estranho. Levou os braços à frente, abertos, como se fosse abraçar um urso, e simplesmente parou, manteve a pose no ar. Não fazia isso em todas as sessões, nem mesmo a cada fim de semana, mas eu já o vira nessa pose três ou quatro vezes. Era uma encenação esquisita, mas o grupo adorava. Todos aplaudiram e deram vivas enquanto o Jogador se manteve na mesma posição por vinte, talvez trinta segundos, para logo voltar à sua conversa oca.

— Sim — prosseguiu, como se não tivesse brincado de estátua —, são palavras agradáveis, mas essas canções não falam do que acontece quando o sujeito de um bairro melhor passa com seu Cadillac novo em folha a caminho de sua bela casa e estremece ao ver aquela mulher apaixonada parada à frente de seu barraco desmantelado. Vejam, agora aquele carro batido não parece mais ser suficiente. As pessoas para quem vocês vendem estão à procura de algo. Vocês também. Elas estão à procura do que vocês têm para lhes oferecer... uma sensação de fazer a coisa certa. Oh, Senhor! É tudo tão bonito, meus amigos! Vocês acreditam em Deus? É bom que agradeçam a Ele agora mesmo por ajudá-los a encontrar esse emprego, esse emprego que permite que ajudem aos outros ao mesmo tempo em que ajudam a si mesmos.

A lengalenga durou ainda mais meia hora. O Jogador fez com que os vendedores bem-sucedidos se sentissem os tais, e os que não tinham pontuado morressem de vontade de voltar para a rua e fazer nova tentativa. Ele possuía e utilizava uma energia incrível que eu percebia e compreendia, ainda que me deixasse indiferente. Onde todos os outros babavam pelo seu entusiasmo, eu via o cerne da maldade, como se não fosse dinheiro, mas raiva, o que o motivava. Via o sujeito que, sem nenhum pudor, roubaria a pobre mulher apaixonada de seu pobre, porém apaixonado, homem, apenas pelo prazer de ser mesquinho.

— Tem mais uma coisa — disse o Jogador à sua equipe. Estava esbaforido, um pouco arqueado e com a respiração ofegante. — Acabo de saber que talvez haja um repórter interessado em nós. Não conheço os detalhes, mas ele quer ver o que fazemos. Pode até já haver alguém infiltrado entre nós, pelo que fui informado. E olhe, pessoal, vou dizer uma coisa para vocês sobre a matéria: VENDEDORES DE ENCICLOPÉDIA TRAZEM CONHECIMENTO E OPORTUNIDADE A FAMÍLIAS CARENTES não dá uma manchete tão boa quanto VENDEDORES DE ENCICLOPÉDIA LOGRAM CLIENTES. Por mais que nos custe acreditar, é assim que vão querer nos mostrar. Portanto, se algum repórter se aproximar de um de vocês, não quero que digam nada. Nada a não ser "Sem comentário". Ouviram bem? Descubram os nomes, peguem um cartão de visita se conseguirem e tragam para mim. Estamos entendidos?

— Estamos! — bramiu o grupo.

— Essas pessoas querem que vocês parem de ganhar dinheiro e nossos clientes, de se instruir. Não sei que diabo de problema eles têm, mas enquanto eu estiver à frente desta equipe, continuaremos a fazer do mundo um lugar melhor, e ganharemos dinheiro ao mesmo tempo.

Terminado o encontro, começamos a nos reunir junto da piscina, como fazíamos todas as noites. Circulei pelo meio do grupo, tentando não perder Chitra de vista. Ouvi quando disse algo para Ronny Neil e se afastou. Ele hesitou e foi atrás, mas tive a sensação de que não estavam saindo juntos.

Ao lado da piscina, os chefes de equipe pegavam caixas de latas grandes de cerveja — Bud, Miller, Coors ou a que fosse mais barata —, e as enfiavam em recipientes com gelo. Alguém traria um rádio ou um toca-fitas. Se as pessoas nos quartos acima deles se incomodavam com o barulho, nunca ficamos sabendo.

Eu sempre me juntava a eles, pelo menos durante algum tempo, mas naquela noite não tive disposição. Precisava ficar sozinho. O encontro pós-venda fora uma tortura, mas pelo menos me distraíra por alguns minutos; agora, de novo só, sentia que precisava escapar. Não estava em condições de manter uma conversa fútil, de rir de piadas tolas. Receava que, se tomasse uma cerveja ou duas, começaria a chorar.

Voltei para o quarto. Havia duas camas e éramos quatro colegas — Ronny Neil exigia uma só para ele, e Scott e Kevin estavam dispostos a partilhar a outra, o que significa que acabei no chão. Não pagávamos o motel do nosso bolso, por isso não podia me queixar. Era difícil dizer quanto era culpa do quarto e quanto dos meus colegas, mas quando entrei o cheiro de mofo, suor, cigarro e de algo azedo atingiu os meus sentidos. Ainda assim, a sensação de isolamento e privacidade me deu um novo alento.

Sentei-me sozinho por um momento, os olhos parados na tela vazia e cinzenta da televisão. Talvez houvesse alguma notícia sobre os assassinatos. Talvez eu devesse assistir. Continuei com os olhos parados, com medo do que poderia ver ou não ver, até que, num ímpeto de bravura, inclinei-me à frente e liguei o botão.

A essa altura o último noticiário já teria acabado havia muito tempo, mas imaginei que, tendo havido um crime, as estações locais estariam felizes com a possibilidade de usar seus equipamentos de transmissão ao vivo, em geral inúteis. Nada. Nenhum carro de polícia ou helicóptero rondando o trailer. Sentei-me na beira da cama, as mãos apertadas contra a colcha surrada que cheirava a uma mistura de cinza e loção pós-barba, e olhei com olhos mal focados para John Carson, que ria histericamente de Eddie Murphy. Na verdade, eu não sabia o que ou quem Eddie Murphy estava imitando, mas ver Johnny Carson me fez bem. Eu poderia de fato ter presenciado um assassinato em um mundo cheio das risadas gostosas de Carson?

Eu gostaria de refletir sobre a dúvida, mas havia perguntas demais. Abri então a gaveta da mesa-de-cabeceira e peguei o catálogo de telefone para procurar Serviços de Saúde Oldham. Nada nas Páginas Amarelas nem nas páginas brancas de assinantes comerciais. Isso não provava nada. Poderia ficar perto sem ser no mesmo condado, mas, a não ser que eu soubesse onde se localizava exatamente, não via como conseguir um número para ligar e perguntar quem eram e... e o quê? Se conheciam um cara chamado Bastard? Essa não era na verdade uma conversa que eu gostaria de ter.

Levantei-me e olhei pela janela, empurrando a grossa cortina escura para um lado e tentando não tossir com a tempestade de poeira que desencadeara. Cerca de trinta vendedores de livros estavam do lado de fora agora. O som de música e de risadas se filtrava pela janela. Desliguei por um momento o botão do ar-condicionado para conseguir ouvir o que havia para ser ouvido. Através do vidro, eu mal conseguia distinguir a letra extremamente otimista de "Walking on Sunshine". A música estava sendo tocada em todo lugar naquele verão e, ao mesmo tempo que eu a odiava, não podia negar que seu ritmo era contagiante. Anunciava com alegria que havia gente se divertindo em algum outro lugar. Possivelmente em todos os outros lugares. Claro, era uma diversão idiota, que entorpecia a mente, mas era de todo modo diversão, e ficar sentado em um quarto de motel saturado de fumo e com manchas antigas de esperma incrustadas no carpete, tentando decidir se eu de fato vira duas pessoas serem mortas a tiro naquela noite, era muitíssimo menos divertido do que descer até a piscina, beber cerveja aguada e quem sabe até flertar com Chitra.

Olhei de novo pela janela e lá estava Chitra, sentada na borda de uma cadeira reclinável de ripas, do tipo que as pessoas malucas por banho de sol em todo o país — em todo o mundo, pelo que eu sabia — suportavam para se bronzear. Uma lata de cerveja estava abrigada entre seus dedos longos repletos de anéis de prata e com unhas vermelhas. Como todos, ainda vestia o traje de vendas — no seu caso, calças pretas e blusa branca, o que a deixava parecida com uma garçonete. Uma bela garçonete.

O fato era que eu faria 18 anos em janeiro, e esse negócio de virgindade começava a me incomodar. Não de um modo desesperado, como se precisasse correr para um puteiro, mas como se visse a vida passar diante de mim. A sensação era de que todo mundo que eu conhecia tinha sido convidado para uma festa na qual eu fora barrado. Eu podia ouvir a música, o eco das risadas e o tilintar das taças de champanhe, mas não conseguia entrar.

Do meu quarto, percebia a distância o rosto risonho de Chitra. Era um riso largo, fácil, franco e desinibido. Ela era uma daquelas garotas bonitas que na verdade não gostavam muito nem tiravam partido do poder que garotas bonitas exerciam sobre os homens, por isso via o mundo como um lugar muito mais agradável do que de fato era. A brutalidade de pessoas como Ronny Neil permanecia invisível a ela não apenas porque não reconheceria nele um caipira se decidisse preparar roscas fritas no seu gramado dentro de uma 4x4, mas também porque eles não se portavam como idiotas perto dela, não é mesmo? Não a insultavam, não ocupavam seu espaço, não a faziam pensar que a mais fina teia de aranha bastava para mantê-la a salvo de um monumental pontapé na bunda. Não, eles se esmeravam, comentavam como era bonita, cediam-lhe seus lugares, ofereciam-lhe barrinhas de Kit Kat. E por um momento senti uma grande inveja — inveja não daqueles que estavam próximos de Chitra, mas da própria Chitra e do universo fantástico, belo e protegido para o qual recebera passe livre.

Agora jogava a cabeça para trás e soltava uma grande e sonora risada, tão alta que pude ouvir através do vidro, apesar da distância e da música que jorrava dos enormes equipamentos estereofônicos portáteis. Ela estava rodeada por um grupo. Marie, do escritório de Jacksonville, duas pessoas de Tampa, Harold, de Gainesville, que eu suspeitava ser um rival.

A princípio não reconheci o sujeito que estava tão empenhado em alegrá-la. O guarda-sol da mesa que ocupavam estava aberto, e o ângulo parecia estranho. Pelas roupas, eu podia garantir que não era Ronny Neil e, de todo modo, Ronny Neil não era muito engraçado. Até contava algumas piadas sujas ou racistas no carro, mas eram idiotas demais, e apenas Scott ria. Com certeza absoluta não fariam Chitra jogar a cabeça para trás e rir.

Foi então que vi quem a fazia rir. Alto, magro, de jeans preto, camisa branca com o colarinho erguido, cabelos mais brancos ainda do que a camisa, espetados em cima e compridos atrás.

Era o assassino. Chitra conversava com o assassino.

OITO

LATAS VAZIAS DE BUDWEISER já se espalhavam pelo vão da escada externa. O Jogador, Bobby e os outros chefes de equipe nos pediam para não acumular lixo, mas não havia como fazer um bando de vendedores de livros exaustos, ansiosos após um longo dia para sentar-se e beber cerveja, recolher suas latas vazias. Os chefes na verdade não se preocupavam, contanto que os livros fossem vendidos, e Sameen e Lajwati Lal, proprietários do motel, ficavam satisfeitos, ainda que não exatamente felizes, desde que as contas fossem pagas. Hospedávamo-nos no motel toda vez que íamos a Jacksonville, e eles não estavam dispostos a criar confusão com quem mantinha uma conta de tamanho considerável, de modo que no final nenhuma reclamação era feita.

Comecei a descer a escada, quase escorreguei em uma poça de cerveja derramada, mas me recuperei com um salto no ar e aterrissei no chão do primeiro andar.

Para chegar à piscina era preciso atravessar um pequeno pátio, passar pela recepção e sair na outra extremidade. Eu nunca chegara tão longe. Quando aterrissei, senti um cheiro doce e familiar, e só depois de sentir a mão de alguém no meu ombro percebi do que se tratava.

Maconha. Não que eu visse algo de especialmente sinistro na maconha. Está certo, eu associava seu uso ao meu pai, mas meu pai também usava calças, e eu não tinha intenção de deixar de usá-las só por isso. Eu fumara algumas vezes, e embora ela sempre me deixasse com dor de cabeça e paranóico, imaginava que às vezes é preciso ter espírito esportivo e exercer uma política de boa vizinhança. Mas ali, na estrada, com os vendedores de livro, eu associava maconha a uma única coisa: caipiras.

— Onde está a animação judia? — perguntou Scott com seu jeito estranho de falar. Não era muito sério o seu defeito, apenas parecia que ele tinha acabado de aspirar hélio também. Segurava meu ombro com uma de suas mãos enormes, e não havia nada de amigável no gesto. Segurava com força, mas mesmo assim eu teria conseguido escapar se quisesse; isso, no entanto, envolveria alguma ginástica, o que me pareceu de repente uma humilhação. Melhor, pensei, agir como se não me importasse. Essa era uma estratégia da qual me valera repetidas vezes no tempo de escola. Nunca funcionou, mas eu me apegava à rotina tão desesperadamente quanto um marinheiro se apega à oração na iminência de uma tempestade.

— Sim, onde extá? — imitou Ronny Neil. O fato de me perturbar não significava que Scott estava livre de escárnio.

Olhei para a mão de Scott.

— Preciso ir a um lugar -- expliquei. O cheiro azedo de seu corpo há muito tempo sem banho começava a superar o da maconha.

— A que lugar você precisaria ir? — perguntou Scott. Seus olhos já estavam vermelhos e meio fechados, e ele balançava o corpo de leve, com dificuldade para se manter de pé. Tentei não olhar para as espinhas que se acumulavam em seu queixo, grandes e com uma secreção branca no miolo.

— Sim — repetiu Ronny Neil, jogando os cabelos para trás como um ator em um comercial de xampu. Aspirou longamente seu charuto, prendeu a fumaça por um momento, depois a jogou na minha cara.

Compreendi como era grave jogar fumaça em alguém. Uma pessoa joga fumaça na sua cara, você baixa o pau nela se tiver chance. Era uma ofensa grave, motivo para guerra nuclear.

— Bobby quer me ver — respondi com voz áspera. Parecia uma boa mentira. Ninguém queria enfrentar o lado mau de Bobby. Não havia vantagem nisso.

— Que se foda Bobby, que se foda você e que se fodam todos os babacas dos seus amigos — retrucou Ronny Neil.

— Isso — observei — é foda que não acaba mais.

— Cale a boca, seu merda — retrucou Scott. Enfiou o dedo no meu estômago. Não com força extrema, mas com força suficiente para doer.

Ronny Neil deu um tapa na nuca de Scott.

— Eu disse que era para acertar o cara, gordo idiota?

— Só dei um empurrão nele — respondeu Scott em tom de desafio.

— Bem, não quero xaber de xó dar um empurrão ele. Não dê um empurrão em ninguém até eu mandar, idiota. — Virou-se para mim. — Acha que Bobby é tão importante? Ele não tem merda nenhuma por aqui, e não sabe porra nenhuma do que está acontecendo. O Jogador confia em *nós*. Entendido? Não em você e não em Bobby. Portanto, pare de se esconder atrás dele como se ele fosse sua mãe.

— Bobby é um babaca filho-da-puta — acrescentou Scott. — Dá as melhores áreas para um fresco como você.

— Um frexco como você — repetiu Ronny Neil.

— Sabe de uma coisa? Começo a sentir que estou sobrando nesta conversa — expliquei. — Acho que o educado seria eu me desculpar.

— Acho que o educado seria você tomar no rabo.

— É engraçado — retruquei —, como os padrões de educação variam de cultura para cultura.

— Você se acha esperto. Não faturou esta noite de novo?

Ronny Neil estendeu o cachimbo para Scott, que olhou para a sua mão por um instante, tentando imaginar como me manter onde ele queria sem tocar em mim. Scott então estudou o terreno e moveu-se para um lado e para o outro, balançando-se para impedir que eu escapasse.

— Não é verdade que não faturei — respondi. — O que não significa que isso lhe diga respeito.

— Quando pegar no sono esta noite — anunciou Scott —, vamos foder você.

Eu ouvira essa ameaça antes, mas ela nunca tinha dado em nada.

Eles não queriam ser demitidos, queriam apenas me deixar com medo. E funcionou, porque, embora ainda nunca tivessem me feito nada, não significava que não fariam. Com certeza eram capazes de tentar. Sujeitos como Ronny Neil e Scott não tinham um futuro real, não um futuro que pudessem imaginar ou esperar com ansiedade. O fim do secundário sempre significou que eu poderia deixar o pior para trás; para Ronny Neil e Scott, significava que o melhor tinha acabado. Eles eram perfeitamente capazes de fazer algo terrível e irreversível, de mandar a si próprios para a cadeia, tudo por um capricho.

Minha determinação inabalável de não vacilar diante deles começava a desmoronar. Eu vira coisas demais naquele dia, e agora podia sentir as lágrimas brotarem em algum lugar na minha garganta. Precisava encontrar algum modo de acabar com aquela situação.

— O que exatamente vocês acham, rapazes, que estão fazendo?

Todos nos viramos. Sameen Lal surgiu furioso da recepção carregando um objeto longo que reconheci como um taco de críquete na mão. Ele devia ter 40 e poucos anos, era alto e esguio, com cabeleira preta espessa, maçãs do rosto bem definidas, olhos pequenos e intensos, e um elegante bigodinho. Hospedamo-nos no seu motel muitas vezes e ele reconhecia alguns de nós e tinha opiniões sobre aqueles que reconhecia. Ele e a esposa tinham me escolhido para receber acenos amigáveis, um ou outro "bom-dia", um cumprimento simpático à noite. Por algum motivo sabiam meu nome. Também pareciam entender que Ronny Neil e Scott significavam encrenca.

— Sinto cheiro de algo ilegal — anunciou Sameen. — Quero que vocês, rapazes, dêem o fora daqui.

— Como vai, Sameen? Também senti o cheiro — concordou Ronny Neil. — Acho que Lem andou fumando maconha. Melhor você chamar a polícia e entregar o cara.

Não era a idéia que eu tinha de uma boa piada, daquela menos ainda. Por sorte, Sameen entendeu com quem estava lidando.

— Acho sua história muito improvável. Este motel é meu e estou dizendo para darem o fora, ou conto para o chefe de vocês o que aconteceu.

— Eu não faria isso se fosse você. Detestaria ver este motel queimar de cima a baixo, se é que entende o que quero dizer.

— O que ele quer dizer é incêndio premeditado — falei, fazendo um esforço para parecer sério agora que meu salvador estava por perto.

— Nunca ameacei nada — retrucou Ronny Neil. — Só quero que, quando este lugar pegar fogo, vocês lembrem que nunca ameacei nada.

— Não quero ouvir suas besteiras — cortou Sameen. — Vocês são uma dupla de bandidos. Agora caiam fora, já falei.

— Tudo bem, então. — Ronny Neil agarrou meu braço e começou a conduzir-me para longe. — Vamos.

Sameen ergueu o taco de críquete. Apenas poucos centímetros, mas estava claro que ele falava sério e que compreendia muito mais do que sua conduta reservada sugeria.

— Deixem o garoto em paz e se mandem daqui.

— Não gosto do modo como está querendo mandar em nós, Sameen — advertiu Ronny Neil. — Você não decide quem vai para onde, entendeu?

Um olhou para o outro, ambos esperando que algo definitivo acontecesse. Adiante, junto da piscina, no meio da confusão de conversa e música, ouvi algumas palavras, sem dúvida a voz de Chitra, e tive vontade de encontrar um jeito de me desculpar. Para o bem dela, sim, mas para o meu, também. Eu não queria estar lá para presenciar mais violência, mesmo que isso significasse Ronny Neil ter a cabeça rebentada por um zeloso vigia da recepção.

— Desculpe, Sr. Lal, tem um cliente à sua espera, e se não se importar, tomo conta de Lemuel.

O assassino caminhava na nossa direção com passo preguiçoso. Tinha um riso animado no rosto e uma das mãos erguida em um semi-aceno. Ronny Neil, Scott e Sameen olharam. Olharam para o sujeito com cara de maluco, cabelos brancos rebeldes e entusiasmo contagiante.

— Sou amigo de Lemuel — explicou o assassino a Sameen. — Ele está bem agora.

— Como sabe meu nome? — perguntou Sameen.

— Está gravado no seu taco de críquete.

Sameen apertou os olhos com desconfiança.

— Posso deixá-lo com ele? — perguntou.

Concordei com um gesto de cabeça. Eu tinha receio de fazer qualquer outra coisa.

Sameen também fez um sinal com a cabeça.

— Me procure se tiver mais problemas — disse-me antes de voltar para o escritório.

Gostei que Sameen tivesse vindo me ajudar. Eu estava grato, comovido até, mas nunca imaginara que esse homem inofensivo, quase invisível, mesmo com o taco na mão, seria páreo para Ronny Neil e Scott. O assassino, por sua vez, era uma outra história.

A breve sensação de alívio que senti acabou num instante. O assassino podia fazer Ronny Neil e Scott recuarem, mas eu não podia deixar de pensar que estaria mais bem servido com Ronny Neil e Scott. Tive vontade de pedir que não me deixassem sozinho com ele.

— O que quer? — perguntou Ronny Neil com voz lenta e pastosa. Endireitou o corpo, mas era quase dez centímetros mais baixo do que o estranho.

— Vim apenas à procura de Lemuel — esclareceu o assassino. Colocou a mão em meu ombro e tentou me conduzir na direção da piscina.

Eu não queria ir. Queria me agarrar a algo, resistir. Mas não havia como resistir a ele, e então o segui.

— É seu namorado? — gritou Ronny Neil.

Ignorei-os. Mas o assassino, não. Virou-se, enfiou o polegar e o dedo indicador em uma arma fictícia e disparou balas invisíveis contra eles.

Era para eu ficar apavorado? Perguntei a mim mesmo. Eu já sabia que ele andava pela área. Decidira ir até a piscina justamente porque ele estava lá. E estávamos em público. Apesar disso, no entanto, senti um calafrio de terror pela sua simples proximidade.

Como se dominasse a situação, como se fosse o anfitrião e eu o visitante, o assassino conduziu-me até onde estavam reunidos os vendedores, junto da piscina. Para um criminoso, não parecia temer aglomerações.

No meu atordoamento, não a vi aproximar-se. Mas lá estava ela.

— Conheci seu amigo — disse, apontando na direção do assassino com os dedos de unhas vermelhas. Parou ao meu lado, deu um sorriso afetuoso, bobo, até, como se tivesse bebido uma cerveja demais. E falou comigo... nossa primeira troca de palavras do fim de semana. Apesar de meu temor, senti emoção ao ouvir sua voz, suave a alta, a pronúncia às vezes um pouco britânica, às vezes, não. — É muito engraçado.

Peguei uma lata de cerveja, abri e bebi sem sentir o gosto, com cuidado apenas para não me engasgar.

— Sim, é um grande sujeito — confirmei. Voltei-me então para o assassino. — O que veio fazer aqui?

Tentei não tremer a voz e chegar ao tom que teria usado com qualquer pessoa conhecida que tivesse aparecido de repente. Não consegui.

— Procurar por você, Lemuel. Pode nos deixar a sós por um minuto?

— Claro — concordou Chitra.

O assassino colocou a mão nas minhas costas e empurrou-me para longe da aglomeração. Não gostei nem um pouco que ele me tocasse daquele modo, em parte porque era um assassino, mas também porque as pessoas se apressariam a me rotular de gay. Não que se interessassem muito por minha orientação sexual, porém o insulto chegava facilmente a sujeitos como Ronny Neil e Scott, para quem "veado" se alternava à perfeição com "boiola" e "judeuzinho".

O assassino parou ao lado do baleiro automático instalado entre os dois banheiros públicos. Um repugnante perfume adocicado de desodorizante pairava no ar.

— Por que voltou ao trailer, Lemuel? — perguntou o assassino.

Então era essa a razão para ele ter me seguido até aqui. Senti o silvo do pânico em meus ouvidos. Eu tinha sido apanhado. Mas apanhado no quê, exatamente? Talvez, tentei dizer a mim mesmo, eu devesse relaxar. Agora que eu sabia o que era, conseguiria lidar com a situação. Talvez. Por outro lado, um sujeito que resolvia seus problemas matando tinha agora um ponto para discordar de mim, e isso era desanimador.

— Não tive escolha. — As palavras se atropelaram, precipitadas e ocas. Nada na linguagem corporal do assassino sugeria ameaça, mas eu precisava acreditar que o que dizia era para salvar minha vida. — Sem querer entreguei a proposta de crédito errada para o chefe de minha equipe. — Expliquei o resto, como Bobby tinha querido voltar, como se recusava a aceitar um não como resposta.

O assassino analisou minha explicação por segundos, apenas.

— Está certo — concordou —, mas seu chefe não viu nada de estranho?

Balancei a cabeça.

— Ele apenas tocou a campainha e bateu na porta, depois fomos embora.

— Porque me pareceu até um pouco engraçado. Do ponto onde eu estava, observando, parecia engraçado.

— É, eu sei. Mas não pude fazer nada.

— Acho que ninguém se deu mal, não é mesmo? — Deu um tapinha no meu ombro. — E conheci aquela jovem encantadora. — Inclinou-se para chegar mais perto de mim. — Acho que ela gosta de você — sugeriu num sussurro estranho.

— É mesmo? O que foi que ela disse?

De repente me dei conta do absurdo da pergunta, da conversa, e corei.

— Disse que achou você atraente. O que é verdade, mesmo com seu jeito tímido.

— Pode devolver minha carteira de motorista?

Eu queria ouvir mais sobre o que Chitra falara, queria interrogar o assassino, obter cada detalhe do que ela dissera, como dissera, como surgira o assunto, sua linguagem corporal, sua expressão. Quase comecei o interrogatório, mas não podia esquecer que ele não era um amigo, que não era alguém com quem eu conseguiria falar sobre uma garota. Eu estava também ansioso por mudar de assunto, pois não estava interessado na avaliação que o assassino provavelmente gay fazia de minha aparência atraente.

Deu de ombros.

— Posso. — Remexeu no bolso e encontrou-a. — Mas já sei seu nome e endereço e, portanto, você sabe muito bem que posso encontrá-lo se tentar alguma coisa. Mas não acredito que isso será um problema. E tem mais. Uma coisa é enquadrar uma pessoa por assassinato, outra coisa é fazê-la esperar numa fila do Departamento de Trânsito.

— Contanto que se tenha o sentido de prioridades em ordem.

Guardei a carteira no bolso, com uma estranha sensação de alívio. O assassino agia com bom senso, e talvez eu não precisasse mesmo me preocupar. Não podia, no entanto, ter certeza. O fato de ele não ser sempre, o tempo inteiro, um homicida, não modificava o que ele tinha feito, e não me deixava menos inquieto.

Pensei em fazer uma observação que o encorajasse a ir embora quando vi algo em minha mente, como se fosse um flash cinematográfico. Tínhamos estado lá dentro, limpado o local, mas algo nos escapara.

— Porra! — sussurrei.

O assassino ergueu uma sobrancelha.

— O que foi?

— O talão de cheques. — Minha voz saiu como um grasnido. — Karen preencheu um cheque para pagar os livros, e anotou no talão. O recibo. Fui o único que trabalhou naquela área. Os tiras podem pensar que fui eu.

— Que merda. — O assassino sacudiu a cabeça. — Por que não pensou nisso antes?

— Porque não estava preparado. Não sou profissional. Não tinha uma lista de itens para conferir um a um.

— Sim, tem razão. — Parou por um momento, quieto, processando a nova informação. — Tudo bem, Lemuel. Precisamos voltar.

— O quê? Não podemos.

— Sim, precisamos voltar. Do contrário você, meu amigo, vai parar na cadeia.

— Não quero voltar — insisti em voz baixa. — Não posso fazer uma coisa dessas.

— Quer que eu vá sozinho? Para salvar sua pele? Não é justo.

Pensei em dizer que em primeiro lugar não tinha sido eu o autor das mortes de Bastard e Karen, mas sabia como as palavras soariam ao sair de minha boca — absurdas e banais ao mesmo tempo. E não se pode ser petulante com um criminoso.

O assassino olhou-me e empinou a cabeça como um cervo exibindo-se para crianças.

— Você não está com medo de mim, Lemuel, não é?

A pergunta poderia ter soado estranha ou sinistra, mas na verdade havia algo de comovente nela. O assassino não queria que eu tivesse medo.

— Você sabe... — comecei. Eu não tinha idéia do que dizer.

— Já lhe disse. Não vou prejudicar ninguém, mas precisa confiar em mim agora, pois estamos juntos nessa história.

— Quero que tudo se dane — avisei. — E que você se dane, também. — Depois, pensando melhor, acrescentei: — Não é nada pessoal, falo sério, mas isso não tem nada a ver comigo. Não tem nada a ver com a minha vida. Não estou envolvido em crimes, assassinatos, invasões de domicílio. Não posso fazer parte disso. A primeira coisa que vou fazer de manhã é chamar um táxi, ir para a estação rodoviária e voltar para casa.

— É uma excelente idéia — garantiu o assassino. — Escapar é uma estratégia razoável às vezes. Há algumas coisas das quais se deve correr. O único problema, Lemuel, é que esta especificamente vai correr atrás de você. Entendo que queira se livrar de tudo e também é o que quero, mas, para que isso aconteça, precisa ir até o fim. Se correr agora, todos os olhos se voltarão para você.

Eu não queria aceitar o que ele dizia, mas sabia que era verdade.

— Não consigo acreditar.

— Você não tem culpa — afirmou o assassino —, mas não é um desmentido que vai lhe tirar dessa. Lemuel, *eu* vou tirar você dessa.

Olhou-me, um sorriso devoto no rosto pálido, e acreditei nele. Por mais inexplicável que fosse, acreditei nele. A atitude racional seria correr, gritar, me entrincheirar no quarto e chamar a polícia. Seria o único modo de eu sair daquela situação, porém o assassino era tão tranqüilo, tão astuto, que era difícil acreditar que eu me sairia melhor do que ele. Se eu chamasse a polícia, acabaria na cadeia, e se repelisse o assassino, acabaria na cadeia. Eu não queria ir a nenhum lugar com ele. Ele era um assassino, e eu não queria ficar sozinho com um assassino.

— Certo — suspirei.

— Agora, precisamos ir pegar o talão de cheques. Nós dois, entendido? Você consegue fazer isso.

Fiz que sim com a cabeça para indicar minha concordância, incapaz de reunir palavras.

O assassino dirigia um sedã Datsun um pouco destruído, cor de carvão, ou cinza, ou qualquer outra. Era difícil identificar no escuro. Eu imaginara vagamente que ele dirigiria um Aston

Martin, um Jaguar, ou outro carro digno de um James Bond, com assentos ejetáveis, torres de tiro retráteis, um botão que o transformasse em lancha de alta velocidade no mesmo instante. O que mais havia nele eram revistas velhas e caixas de suco de laranja vazias acumuladas no chão no lado do passageiro. Havia uma pilha de livros no banco de trás — livros com títulos estranhos como *Libertação animal* e *A história da sexualidade — volume 2.* Quantos volumes uma história da sexualidade demandaria?

Eu ficara nervoso ao entrar. Não tínhamos permissão para deixar o motel, e não tínhamos permissão para sair com amigos que por acaso vivessem na cidade. Se eu tivesse relatado a provocação de Ronny Neil e Scott, não tenho dúvida de que teriam se exaltado e me xingado por ter falado demais. Também sabia que não hesitariam em me entregar se me vissem sair. E se me entregassem? Dada a enormidade do crime que eu estava acobertando, escapulir à noite não parecia afinal de contas tão terrível assim.

O assassino manteve os olhos fixos à frente e as mãos no volante na posição de dez para as duas. Parecia calmo e relaxado; apenas uma noite comum de uma vida comum. Eu não me sentia calmo nem relaxado. Meu coração batia forte, o estômago estava embrulhado e a náusea voltara, dessa vez intercalada com bolas viscosas de medo. Sair no encalço do talão de cheques tinha me parecido a única saída, mas agora eu perguntava a mim mesmo se não acabava de assinar minha própria sentença de morte.

— Por que tanto trabalho para me ajudar? — perguntei, quase que só para quebrar o terrível silêncio. O assassino ouvia uma música estranha, vazia, pesada, que tocava baixinho no toca-fitas. O cantor gemia que o amor o destruiria de novo. — Você podia simplesmente ter fodido comigo, se quisesse.

— Podia. Tem razão. Mas não quis.

— Por quê?

— Para início de conversa, se os tiras pegam você, há sempre a possibilidade que indique o caminho até mim. É pouco provável, mas pode acontecer. Melhor pegarem qualquer outro do que você. Além do mais, não seria justo você ir para a cadeia por isso. Ainda que fosse preso e absolvido, seria extremamente injusto se eu tivesse condições de impedir. Fiz o que fiz para aquelas pessoas porque era a atitude ética a tomar. Não tem nada a ver deixar outra pessoa sofrer para vantagem minha. Qual é o objetivo de se ter um comportamento ético se as conseqüências serão antiéticas?

— Posso saber por que era ético matá-los?

— Melford.

— O quê?

— Melford Kean. É esse o meu nome. Imagino, agora que trabalhamos juntos, que deva saber meu nome. Assim talvez confie em mim. E agora não precisa mais pensar em mim como "o assassino" ou algo parecido. — Estendeu a mão direita.

Com plena consciência do absurdo da situação, apertei-a. Foi um aperto firme, mas a mão de Melford Kean me pareceu fina e precisa, como um instrumento musical. Não era a mão de um assassino — mais parecia a de um cirurgião ou artista. E a serena autoconfiança de seu cumprimento ajudou a afastar de mim a idéia de que o fato de ele me revelar seu nome não fazia com que eu me sentisse mais seguro, mas menos seguro. Eu sabia seu nome. Isso não me tornava um perigo para ele? Não deixei transparecer minha dúvida, no entanto. Ao contrário, disse:

— Tenho pensado em você como "o assassino".

— Acho até legal. O assassino. Agente misterioso de forças desconhecidas. — Riu.

Não vi onde estava a graça. Para mim era mais ou menos verdade.

— Já que somos amigos — propus —, talvez possa me dizer por que matou aqueles dois.

— Não posso, Lemuel. Até gostaria, mas não posso porque você ainda não está preparado para ouvir. Se eu contar, você vai dizer: "Ele é maluco", e sua opinião a meu respeito e a respeito do que faço será definitiva. Mas não sou maluco. Apenas enxergo as coisas com mais clareza do que a maioria.

— Não é isso que as pessoas malucas dizem?

— Acertou na mosca. Mas é também o que as pessoas que vêem com mais clareza dizem. A questão é quando acreditar em quem diz isso. Sabe alguma coisa sobre ideologia?

— Ideologia política, você quer dizer?

— Ideologia no sentido marxista. O modo pelo qual cultura produz a ilusão de realidade normativa. Discurso social nos diz o que é real, e nossa visão da realidade depende igualmente desse discurso como de nossos sentidos. Às vezes até mais. Você precisa entender que estamos todos olhando o mundo de perto através de uma gaze, de uma névoa fina, de um filtro... e esse filtro é a ideologia. Vemos não o que está lá, mas o que presumem que acreditamos estar lá. Ideologia torna algumas coisas invisíveis e faz outras que não estão presentes parecerem visíveis. Isso é verdade não apenas com relação ao discurso político, mas com tudo. Como as histórias. Por que as histórias sempre precisam ter um componente amoroso? Parece natural, certo? Mas só é natural porque acreditamos que seja. Ou que esteja na moda. É por ideologia que as pessoas em uma era podem pensar que suas roupas parecem normais e neutras, mas vinte anos mais tarde elas são absurdas. Num minuto jeans listrado é o máximo, no minuto seguinte é uma piada.

— Então, você está acima de tudo isso? — perguntei.

— Do jeans listrado? Estou. A maior parte do tempo, porém, estou envolvido com ideologia como qualquer outra pessoa. Contudo, saber que a ideologia existe nos concede um pequeno poder sobre ela, e se você estreitar os olhos consegue ver com um pouco mais de clareza do que a maioria. Isso é de fato o melhor que você pode esperar. Porque somos todos produtos de ideologia, nenhum de nós, nem mesmo o mais inteligente, o mais atento, o mais revolucionário, consegue escapar... mas podemos tentar. Precisamos tentar sempre. E talvez você possa tentar, também, de modo que, quando eu vir você estreitar os olhos, lhe direi.

— Isso para mim soa como um imenso monte de merda. — No mesmo instante me arrependi do que disse.

— Olhe, sei que é errado simplesmente deixar você no escuro, por isso vou lhe fazer uma pergunta. Não acho que terá condições de responder agora, mas quando puder, saberei que tem condições de enxergar além de nossos antolhos culturais. Então poderei lhe contar por que fiz o que fiz. Certo?... Ótimo. As prisões existem por aí há séculos, certo?

— É essa a pergunta?

— Não, vou lhe fazer uma série de pequenas perguntas. Elas levarão à grande pergunta. Avisarei quando chegarmos lá. Então, prisões, certo? Por que mandamos criminosos para prisões?

Espiei a escuridão através da janela. Casas escuras, ruas escuras deslizando ao nosso lado no meio da noite. As pessoas dormindo tranqüilamente, vendo televisão, fazendo sexo, comendo alguma coisa antes de deitar. E eu dentro de um carro conversando sobre prisões com um sujeito maluco.

— Por fazer coisas como matar pessoas em seus trailers? — arrisquei. Foi como a lição de gramática na loja de conveniência. Eu precisava aprender a calar a boca.

— Você é um cara engraçado, Lemuel. Mandamos as pessoas para a prisão para que sejam punidas, certo? Mas por quê? Por que essa punição?

— O que mais quer fazer com eles?

— Que diabo! Dá para fazer muita coisa. Digamos que um cara é arrombador, consegue entrar nas casas, pega jóias, dinheiro, o que for. Não machuca ninguém, apenas leva bens. Há muitas maneiras de se lidar com ele. Você poderia matá-lo, cortar suas mãos, fazê-lo usar roupas especiais ou dar-lhe uma tatuagem específica. Poderia fazer com que prestasse serviços comunitários, poderia oferecer conselhos ou ensinamentos religiosos. Poderia examinar sua formação e verificar se ele precisa de mais estudo. Poderia exilá-lo. Ou mandá-lo estudar com monges tibetanos. Por que usamos prisões?

— Não sei. É o que usamos.

Melford tirou a mão do volante por um momento para poder apontar para mim.

— Correto. Porque é o que usamos. Ideologia, meu amigo. Desde o instante do nascimento, somos treinados para ver as coisas de um certo modo, e esse modo parece natural e inevitável, não valendo a pena ser questionado. Olhamos para o mundo e pensamos que vemos a verdade, porém o que vemos é o que se espera que vejamos. Ligamos a televisão e pessoas contentes estão comendo no Burger King ou bebendo Coca-Cola, e achamos que faz sentido que hambúrgueres e Coca-Cola sejam o caminho para a felicidade.

— Isso não passa de publicidade — justifiquei.

— Mas publicidade faz parte do discurso social e molda nossas mentes, nossas identidades, tanto quanto... se não mais... qualquer outra coisa que os pais ou as escolas nos ensinam. Ideologia é mais do que uma série de pressuposições culturais. Ela nos torna dependentes, Lemuel. Somos dependentes dela, de tal modo que servimos à cultura ao contrário de a cultura nos servir. Vemos a nós mesmos como autônomos e livres, mas os limites de nossa liberdade têm sempre sido delineados pela ideologia que estabelece a fronteira de nossa visão em túnel.

— E quem controla a ideologia? Os maçons?

Sorriu de leve.

— Adoro teorias da conspiração. Os maçons, os Illuminati, os jesuítas, os judeus, o Clube Bilderberg, e meu favorito: o Conselho de Relações Exteriores. Excelente material. Mas o erro desses teóricos da conspiração é que eles vêem o resultado como indício de intrigantes. Para eles, porque há uma conspiração, deve haver conspiradores.

— E isso é errado?

— Totalmente errado. O mecanismo da ideologia cultural está no piloto automático, Lemuel. É uma força... como uma pedra que rola uma ribanceira. Ela segue numa direção, toma velocidade, e é quase impossível de ser parada, mas não há inteligência por trás da pedra. Ela depende de leis da física, não de sua própria vontade.

— O que me diz dos sujeitos ricos em salas enfumaçadas que tramam para nos fazer comer mais fast-food e tomar mais refrigerantes?

— Eles não estão direcionando a pedra. Estão sendo esmagados por ela, exatamente como o resto de nós.

Durante alguns instantes considerei essa idéia, depois continuei.

— Isso não está me ajudando com a pergunta sobre prisão.

— Ela é extremamente básica, na verdade. Por causa de nossa ideologia, mandar criminosos para prisões nos parece inevitável. Não como uma escolha, uma opção entre muitas, mas como *a* coisa. Agora podemos voltar para nosso arrombador hipotético. O que se espera que aconteça com ele na prisão?

Sacudi a cabeça e sorri diante do absurdo da situação, em que eu jogava esse jogo peripatético com um assassino. Era uma situação absurda, mas a verdade era que eu estava gostando. Durante os poucos segundos em que consegui esquecer quem de fato Melford Kean era, do que eu o vira fazer mais cedo naquela noite, gostei de falar com ele. Melford se comportava como se fosse muito importante, como se soubesse das coisas, realmente soubesse, e toda aquela história de prisões talvez não fizesse sentido, mas tive certeza de que me levaria a algo, e a algo interessante.

— Imagino que ele pense em seus crimes e que se sinta infeliz com a prisão para que, quando sair, não os cometa de novo.

— Sim, claro. Punição. Vá para seu quarto por dizer bobagem. Da próxima vez que quiser dizer bobagem, não diga, porque sabe o que vai lhe acontecer. Punição, sim, mas também punição como reabilitação. Pegar um criminoso e fazer dele um cidadão produtivo. Assim, quando você apanha um arrombador e o manda para a cadeia, o que acha que acontece com ele? O que ele aprende?

— Bem, acredito que ele na verdade não se reabilite. O que quero dizer é que é de conhecimento geral que, quando se manda um arrombador para a cadeia, ele volta um ladrão armado, um assassino, um estuprador ou coisa parecida.

Melford assentiu com a cabeça.

— Tudo bem, então prisioneiros vão para a cadeia e aprendem a se tornar criminosos mais perfeitos. Isso lhe parece certo?

— Sim.

— Acha que o presidente Reagan sabe disso?

— É provável.

— E nossos senadores, deputados e governadores? Sabem?

— Suponho que sim. Como poderiam não saber?

— Diretores de presídios? Guardas? Policiais?

— É provável que saibam com mais detalhes do que a maioria.

— Certo, está pronto para a grande pergunta? Todo mundo sabe que as prisões não servem para reabilitar. Se de fato sabemos que elas fazem exatamente o contrário, o que significa dizer que transformam acusados de crimes menores em bandidos importantes, por que as mantemos? Por que mandamos os proscritos sociais para academias do crime? Essa é a sua pergunta. Quando puder responder, e souber que a resposta está certa, eu lhe direi por que precisei fazer o que fiz.

— O que é isso? Um enigma?

— Não, Lemuel. Não é um enigma. É um teste. Quero saber o que você consegue ver. E, se você não conseguir pelo menos tentar ver através do filtro, não há sentido em saber o que está do outro lado, pois diga eu o que lhe disser, você não terá condições de ouvir.

Melford entrou à esquerda na Highland Street, onde Bastard e Karen tinham estabelecido seu lar até a hora em que foram mortos. Descemos metade do quarteirão e me perguntei se ele planejava parar bem na frente do trailer. É provável que não, concluí. Apenas observar a área, primeiro.

A jogada provou ser inteligente, já que quando passamos por ele vimos que havia um carro da polícia na entrada de veículos. Quase não o percebemos, porque todas as luzes estavam apagadas. Até os faróis dianteiros e os flashes azuis e vermelhos do giroscópio que anunciam uma emergência. No escuro, mesmo sem luzes no carro e sem luzes na varanda, percebi um policial vestido com uniforme marrom e chapéu amplo conversando com uma mulher, a mão apoiada em seu ombro. E ela chorava.

Nove

— Fique calmo — disse Melford após termos passado a salvo pelo policial, que nem ameaçou saltar para dentro do carro e sair em nossa perseguição. Nem sequer reparou em nós. — O que esperava? É claro que encontrariam os corpos mais cedo ou mais tarde. Você não pode ter ficado surpreso.

— Eu esperava que conseguíssemos pegar o talão de cheques — expliquei, com a voz estridente e quase histérica.

— Está certo. O talão de cheques. Bem, o cheque não estava preenchido no seu nome, é isso? Estava no nome de uma empresa?

— Técnicas para o Avanço Educacional. É para quem trabalho.

— Deus do céu! Você deve adorar o descaramento deles. Como é que vão saber que era você quem estava oferecendo o avanço educacional?

— Eu era o único que trabalhava naquela área. Além disso, minhas impressões digitais estão no trailer inteiro. Se examinarem todas, alguma vai ser a minha. Droga. — Soquei o joelho com a palma da mão.

— Não vai provar nada. Você foi lá, tentou vender alguns livros para eles, não conseguiu. Você não tinha motivo para matar. Fique tranqüilo, vai dar tudo certo.

Melford colocou de leve a mão no meu ombro.

Ótimo. Agora o assassino gay vai me fazer uma proposta.

— Não é o que quero como solução. Ficar tranqüilo e ser absolvido.

A mão, felizmente, voltou para o volante.

— Talvez você nem seja indiciado.

— Uau! Grande consolo. Só falta agora você me animar dizendo que posso aguardar o julgamento em liberdade. Apenas alguns minutos atrás, você afirmou que minha simples detenção já seria uma injustiça.

— Certo, certo. — Ergueu a mão como se eu fosse uma esposa resmungona. — Vou pensar em algo.

Melford estacionou o carro e, pela primeira vez desde que vimos a radiopatrulha perto do trailer de Karen e Bastard, examinei os arredores. Estávamos do lado de fora de um bar, pelo menos parecia ser um bar — um prédio caindo aos pedaços, com pintura branca descascada e mais de vinte veículos, a maioria picapes, estacionados na frente. O estacionamento era um terreno aberto, danificado pelo peso de pneus e de bêbados.

Não foi exatamente como se a música estridente parasse na hora em que entramos, mas poderia ter sido. Homens ergueram os olhos de suas cervejas. Homens ergueram os olhos da mesa de sinuca. Os que estavam no bar esticaram o pescoço para olhar. Nenhuma mulher que eu pudesse ver. Nem uma única.

Parte de mim queria acreditar que Melford sabia exatamente o que estava fazendo, mas o bar me parecia uma péssima idéia. A fanfarrice de David Allan Coe explodia da vitrola automática e me prestou um bom serviço ao abafar o ruído de sangue latejante em meus ouvidos. A visão do policial me aterrorizara de tal modo que uma dor fria me rasgava o corpo, como se tivesse sido golpeado no coração por uma lâmina de gelo.

O lugar resumia-se a um salão comprido com chão de concreto e paredes de blocos de concreto com um relógio de propaganda da Miller, um anúncio luminoso da Budweiser e um pôster gigante das rechonchudas garotas-propaganda da Coors. Não havia cadeiras, apenas mesas e bancos de piquenique, e ao fundo, no canto, uma enorme e antiquada vitrola automática — do tipo arredondado em cima. Mais perto do bar de madeira surpreendentemente ornamentado havia quatro mesas de sinuca em bom estado, todas ocupadas. No meu entender, significava que havia, a qualquer momento que fosse preciso, oito caipiras de armas em punho.

Melford abriu caminho até o bar, onde nos sentamos enquanto ele fazia sinal para o barman, um sujeito corpulento, de rabo-de-cavalo, que aparentava cinqüenta anos de uma vida difícil — abatido, com múltiplas queimaduras nas mãos, como se tivesse deixado alguém cutucá-lo a noite inteira com um cigarro aceso. Melford pediu duas Rolling Rocks, que o barman largou no balcão com um golpe seco. Olhei as tatuagens azuis desbotadas que subiam pelo seu antebraço. Ele observou minha gravata de tricô azul, que eu gostaria de ter lembrado de tirar. Atrás de nós, bolas de sinuca chocavam-se com uma ameaça real.

— Quatro dólares — disse o barman. — Os rapazes querem comer alguma coisa antes que a cozinha feche? Temos um bom hambúrguer aqui, mas Tommy, o cozinheiro, está a 15 minutos de ficar bêbado demais para manusear a grelha.

— Marcados no cronômetro? — perguntou Melford.

— Só dêem uma olhada na cor da cara dele. Estamos a 15 minutos agora de ele desmaiar ou sentar num canto e chorar. Também aceitamos apostas sobre o que vai acontecer primeiro.

— Preciso esperar até conhecer Tommy melhor.

— É justo, mas a aposta quente hoje é nas lágrimas. Então, rapazes, querem hambúrguer?

Apesar de tudo que acontecera, percebi que estava com fome, na verdade com um buraco no estômago que me fazia sentir à beira da falência de órgãos.

— Eu quero — avisei. — Ao ponto.

— Com fritas ou empanados?

— Anéis de cebola empanados.

— Só uma porção de anéis de cebola empanados — pediu Melford, rasgando com a ponta do dedo o rótulo da cerveja.

— Falou e disse. Um hambúrguer com anéis de cebola empanados e uma porção só da cebola.

— Não quero hambúrguer — corrigiu Melford. — Nada para mim e para ele só uma porção de anéis de cebola empanados. É melhor uma porção dupla. Ele parece estar com fome.

O barman chegou o corpo à frente.

— Como é que você sabe o que seu amigo quer mais do que ele mesmo?

— Como é que você sabe se seu cozinheiro vai chorar e não dormir?

O barman concordou.

— Você tem razão.

Melford sorriu.

— Anéis de cebola empanados. — Largou uma nota de 5 dólares no balcão. — Fique com o troco.

O barman agradeceu com a cabeça.

— Devo comer anéis de cebola empanados? — perguntei. — Isso faz parte do código secreto de ideologia, também?

— Mais ou menos. Se quiser ficar colado em mim, deve deixar de comer carne.

— Não quero ficar colado em você. Quero você fora da minha vida, assim como quero o dia de hoje fora da minha vida.

Não basta a punição de ter de ficar colado em você? Devo abandonar o hambúrguer, também?

— Posso entender como se sente — admitiu Melford. — Não é nada pessoal. Foi um longo dia para você.

— Obrigado pela compreensão.

Desviei o olhar e respirei fundo para me acalmar. Eu precisava lembrar que simplesmente porque Melford dizia que Karen e Bastard tinham merecido o que receberam não significava que era verdade. Seria melhor não irritá-lo. Por isso mudei de assunto.

— Não come carne? Que história é essa, você é uma espécie de vegetariano?

— Sim, Lemuel, ao observar que não como carne você deduziu corretamente que sou vegetariano. E lhe digo mais. Se você soubesse a quantidade de animais torturados que existe, desistiria de comer carne por vontade própria. Mas não sabe e é provável que não se importe, por isso o estou forçando a abandonar a carne. Vamos voltar ao assunto mais tarde e você vai saber por quê. Por enquanto basta me acompanhar e seguir o caminho ético.

— Vou receber lições de ética de *você*?

— Engraçado como funcionam as coisas.

— Nunca conheci um vegetariano antes — afirmei. — Não é de admirar que seja tão magro.

— Quer bancar minha mãe? Será que minha mãe está usando uma máscara de látex ou algo parecido? Por misericórdia, Lemuel. Peço apenas que não coma alimentos que envolvam morte ou exploração de animais, e tudo ficará bem. E não quero ouvir falar que sou bom de conversa. Se comêssemos apenas animais nocivos que tivessem feito escolhas éticas ruins, para mim já estaria bom. Eu preferiria comer aqueles dois no condomínio de trailers a um hambúrguer.

— Você não está se saindo bem nessa tentativa de me convencer de que não é maluco.

— Melhor mudar para um assunto mais agradável. Fale um pouco daquela sua dama encantadora. Como ela se chama? Chanda?

— Chitra — corrigi, em parte me sentindo um idiota por falar sobre ela enquanto havia uma crise tão terrível na berlinda e em parte querendo agradecer a Melford por me dar a oportunidade de falar nela.

— Vocês vão namorar? — perguntou, sem nenhum tom de zombaria na voz.

Dei de ombros, vagamente constrangido.

— Tenho coisas mais urgentes com que me preocupar no momento. Além disso, somos quase estranhos. Só a conheci na semana passada.

— Só me conheceu hoje, e veja como já somos próximos.

Preferi ignorar a afirmação.

— Não vejo hipótese de acontecer alguma coisa entre nós. Preciso trabalhar o ano inteiro para juntar dinheiro para a universidade, e ela vai para Mount Holyoke dentro de dois meses.

— Há sempre o relacionamento a distância — assinalou.

— Pode ser. A mim parece que seria difícil levar adiante, com tantas coisas para nos distrair a atenção e tudo mais. Mas suponho que estou mais aliviado por ela ir para uma escola de meninas.

— Faculdade de mulheres.

— O quê?

Tomou um gole de cerveja.

— Não é uma escola de meninas. É uma faculdade de mulheres.

— E que importância tem isso, se me permite perguntar? — Eu não estava com disposição de aturar besteiras.

— Eu acho importante. E você, também. As palavras contam, Lemuel, elas têm poder e ressonância. Jamais haverá igualdade genuína sem uma linguagem suscetível ao gênero.

Nesse momento algo duro atingiu a parte de trás da minha cabeça. Foi de repente e assustou-me mais do que machucou. Virei-me e havia dois homens com tacos de sinuca na mão. Rindo.

Ambos usavam jeans desbotados e camiseta — uma era preta e estava em frangalhos, a outra era amarelo-clara e tinha OSTRAS DO BOB escrito de atravessado na frente. Embaixo, o desenho de uma ostra e as palavras *Me chupe* saindo de dentro de sua — não sei, boca, buraco de ostra, ou seja lá que nome for.

Em oposição ao aperto na garganta e às batidas aceleradas do coração, senti um misto de raiva e angústia se formar dentro de mim. A angústia de *Por que eu?* Éramos dois sentados ali. Eu, pelo que sabia, tinha a aparência de um garoto comum. Estava de gravata, certo, mas e daí? Melford, por outro lado, com seu extravagante cabelo pós-eletrocução descolorido, com certeza seria um alvo melhor. No entanto, foram atrás de mim. Sempre iam atrás de mim.

O silêncio durou menos de dois segundos. Ambos me encararam. Desviei o olhar.

— Rapazes, estão longe da mesa de sinuca, não acham? — observou Melford.

Ele vai matá-los, pensei, entorpecido agora pela impotência. Vai haver mais mortes, bem aqui. Precisarei ver mais gente morrer, uma sala inteira.

Ostras de Bob deu um sorriso forçado, mostrando uma fileira de dentes escurecidos.

— Talvez sim. O que tem a ver com isso?

— Eu? — Melford deu de ombros. — Na verdade, nada. E você, o que tem a ver?

— O quê?

— O quê?

— O que foi que você disse?

— O que foi que *você* disse?

— Não sei que porra está querendo.

— Para ser sincero, não estou querendo porra nenhuma.

— Não gosto de ver veados aqui — disse o da camiseta preta.

— Acho que nossa política exterior em El Salvador está mal-orientada — retrucou Melford.

O da camiseta preta franziu a sobrancelha.

— De que porra está falando?

— Não sei. Imaginei que estávamos apenas dizendo coisas que nos vêm à cabeça. Seu comentário pareceu sair ao acaso, então achei que podia fazer um também, por minha conta. — Levantou a cerveja e bebeu meia garrafa, terminando-a com um gole enorme. Sacudiu-a diante deles, documentando que estava vazia. — Quer mais uma?

— O que tem a ver com isso?

— Nada. Eu ia pedir agora mesmo mais cerveja, e como estamos conversando, me pareceu educado pedir uma para você. Quer?

O sujeito fez uma pausa, pois a vontade de tomar cerveja colidia com uma raiva despropositada. Talvez se Melford tivesse parecido nervoso, incomodado ou com medo, teria sido diferente, mas eu já começava a compreender o poder da calma de Melford.

— Tudo bem, claro — aceitou o de camisa preta. Piscou rapidamente e mordeu o lábio, como se tivesse entendido algo mal e agora não quisesse admitir.

Os dois jogadores de sinuca trocaram olhares. Ostras de Bob ergueu os ombros.

Melford fez sinal para o barman e pediu as cervejas. Os jogadores de sinuca pegaram as suas, o de camiseta preta agradeceu a Melford com um sinal de cabeça, e ele e o amigo voltaram para a mesa. Estavam aturdidos, não olhavam um para o outro.

— Que diabo! — sussurrei dentro de uma cestinha de anéis de cebola empanados fumegantes, que chegara durante o confronto. — Pensei que levaríamos um chute no rabo.

— Eu não. Veja, aquele cara imaginou uma de duas reações... eu lutaria com ele ou bancaria o covarde. Tudo o que fiz foi abordar um ângulo diferente, e de repente a ameaça de violência sumiu. Nada mais que isso.

Ele fez a história parecer tão simples.

— Sim. O que aconteceria se ele decidisse tirar você do banco e dar com o taco de sinuca na sua cabeça?

Melford bateu de leve no bolso.

— Nesse caso eu teria matado o sujeito.

Deixei a frase em suspenso por um momento, sem saber ao certo se a resposta me agradara ou me deixara apavorado.

— Por que então não pegou e não matou os dois?

— Estou querendo me defender, e estou querendo lutar pelo que é direito, mas não vou agir indiscriminadamente. Tudo o que eu queria era sair daquela situação sem que você fosse ferido, e agi do modo como imaginei que causaria menos dano.

Encarei-o, sentindo não apenas alívio e gratidão, mas também um tipo estranho de admiração. Foi então que percebi pela primeira vez que, do mesmo modo como eu gostava que Bobby me elogiasse quando conseguia uma boa venda de livros, gostava também da atenção de Melford. Era bom ver que ele parecia gostar de mim, que queria ficar ao meu lado. Melford era *alguém* — maluco, violento e inexplicável, mas alguém, de todo modo e, como eu acabara de ver, alguém ocasionalmente heróico.

— O que vamos fazer com relação ao talão de cheques? — perguntei.

— Esperar.

— Esperar o quê?

— Bem, sabe onde está localizado o trailer? Em que jurisdição?

Balancei a cabeça.

— Na cidade de Meadowbrook Grove, uma fatia de terra extremamente desagradável entalhada no condado, que consiste num grande condomínio de trailers e uma pequena fazenda para a criação de suínos. O policial que você viu do lado de fora do trailer é o chefe de polícia. Também é o prefeito... um canalha descomunal chamado Jim Doe. E ele não gosta muito dos policiais do condado. Há grande possibilidade de que espere até de manhã para chamar os verdadeiros policiais. De outro modo ele terá de ficar acordado a noite inteira. Por isso vamos aguardar. Vamos aguardar até que tudo fique bem e fique tarde, e então entramos no trailer, passamos por baixo de alguma fita amarela na cena do crime e pegamos o talão de cheques. — Examinou a cesta à minha frente. — Posso pegar um anel de cebola empanado?

Eu não sabia quando os bares da área fechavam, se é que fechavam, mas aquele não dava sinal de diminuir o movimento às 2h45 da manhã, quando Melford bateu de leve no meu braço e disse que era hora de ir. Segui-o obedientemente.

No carro, Melford escutou outra fita, uma música triste e desafinada que me agradou, apesar do que estava me acontecendo. Talvez fossem as quatro cervejas.

— Quem é?

— The Smiths. O álbum se chama *Meat is murder*.

Ri.

— Qual é a graça?

— Só me parece um pouco forte — respondi. — Isto é, se você quer ser vegetariano, tudo bem. Mas carne não é crime. É carne.

Melford sacudiu a cabeça.

— Por quê? Por que está certo expor criaturas que têm sentimentos, carências e desejos a qualquer tipo de sofrimento que escolhemos simplesmente para podermos ter comida desnecessária? Temos condições de conseguir todos os nutrientes de que precisamos em legumes, verduras, frutas, grãos e nozes. Nossa sociedade decidiu que os animais não são seres vivos, que não passam de produtos em uma fábrica, merecendo não mais consideração do que componentes de automóveis. Então os Smiths estão certos, Lemuel. Carne é crime.

É provável que eu tivesse me calado por aí sem a cerveja, mas eu tinha bebido quatro.

— Tudo bem, está certo. Carne é crime. Mas sabe o que mais é crime? Espere, me deixe pensar. Ah, sim. Agora me lembro: assassinato. Assassinato é crime. É isso. Matar duas pessoas que estão tratando de suas próprias vidas. Invadir a casa e abater um casal com tiros na cabeça. Isso é crime, também, eu acho. Os Smiths têm um álbum sobre isso?

Melford sacudiu a cabeça como se eu fosse um garoto que não conseguisse assimilar uma idéia simples.

— Eu lhe disse. Eles foram assassinados.

— Mas não estou preparado para saber por quê.

— É isso.

— E sou uma pessoa ruim por comer carne.

— Não, você é uma pessoa normal por comer carne, porque tormentos desenfreados e matanças dolorosas de animais têm se tornado a norma em nossa cultura. Você não pode ser julgado por comer carne. Até aqui, pelo menos. Por outro lado, se ouvir o que lhe digo, se pensar sobre isso nem que seja um pouco, e depois voltar a comer carne... nesse caso, sim, você é uma pessoa ruim.

— É um tormento para os olhos — falei. — Não é como se arrastassem vacas para fora de cubículos escuros e as acordassem para execuções simuladas. Os animais ficam por perto, mugem, comem pasto, e quando chega a hora, são mortos. Suas vidas são um pouco mais curtas do que teriam sido se não fosse isso, mas não precisam se preocupar com fome, predadores ou doenças. Talvez seja uma troca decente.

— Claro, parece perfeito. O fazendeiro Brown aparece uma vez ou outra para bater de leve nas ancas dos animais ou talvez dedilhar um pouco seu banjo enquanto masca um talo de feno. Acorde, amigo. Essa fazenda idílica não existe mais, se é que algum dia existiu. As pequenas fazendas estão sendo absorvidas por corporações gigantescas. Estão sendo construídas as chamadas fazendas-fábricas, nas quais é mantido o maior número possível de animais, em prédios escuros, onde são, sem exagero, entupidos de drogas para que consigam sobreviver em condições tão antinaturais. Recebem hormônios do crescimento para ficar grandes e ter bastante carne, ainda que não queiram comer. Recebem aplicações de antibióticos para que não adoeçam, mesmo que passem a vida inteira amontoados. E então você, meu amigo, dá uma mordida em seu bife grande e suculento, e quer saber? Está comendo antibióticos e hormônio do crescimento bovino. Coma bastante carne e sabe Deus o que vai lhe acontecer. Se uma mulher come carne de gado, porco e galinha quando está grávida, o que ela vai passar para o bebê? Além de ser extremamente cruel, é um desastre iminente na saúde púbica.

— Bem, mas se a saúde pública está sob ameaça, como é que o público não se preocupa?

— O público... — Soltou um suspiro de desdém. — Lembre-se da ideologia. O público recebe a informação de que carne é um produto seguro e saudável, e então aceita.

— Você vive do quê, então? De ovos e queijo? — perguntei.

Riu.

— De jeito nenhum. Sou vegetariano mesmo, cara. Não como produto animal. Nenhum.

— Qual é... Não consegue suportar a exploração de uma galinha?

— Se alguém pudesse me provar que as galinhas não sofrem, eu comeria ovos — explicou. — Mas você não tem idéia. Elas são amontoadas em galinheiros tão apertados que não conseguem sequer se mexer. Seus bicos e pés ficam infeccionados e elas sentem extrema dor física. Talvez ainda mais do que gado e suínos, as galinhas passam por suplícios inenarráveis, provavelmente porque são aves e nos preocupamos ainda menos com elas. Estamos falando de animais que nunca viveram um único momento sem dor, medo ou desconforto. Isso com relação às fêmeas. Os machos nascidos das poedeiras são simplesmente jogados em sacos até serem triturados vivos para servir de alimento para as fêmeas. Quer que lhe conte como as vacas leiteiras vivem?

— Não exatamente isso. Quero que me conte como *você* vive. O que come?

— Em casa, minha cozinha é bem suprida, e me alimento bem. Mas a verdade é que se alguém decide ser vegetariano, e é, não pode comer fora com freqüência, a não ser que consiga ser criativo. Mas pode se olhar no espelho e saber que está fazendo a coisa certa. Além disso, tem o bônus extra de sentir que é mais justo que os outros. E isso rende um bom assunto em festas. — Balançou a cabeça com conhecimento de causa. — As mulheres adoram vegetarianos, Lemuel. Vão achar que você é um cara que sabe das coisas. Você vai para a faculdade, começa a fazer um estardalhaço sobre o que pode e o que não pode comer, e acredite em mim, as mulheres puxam esse assunto e são capazes de desmaiar por você ter uma alma tão sensível.

Passamos mais uma vez pelo trailer e vimos que ele estava agora abandonado. Nenhum sinal de policiais nem da cena do crime, e então Melford baixou o som e estacionou em um pequeno centro comercial com uma loja de conveniências fechada, uma lavanderia e um local que se intitulava joalheria, porém mais parecia, através da grade de ferro, uma casa de penhores. Preso em uma cabine de telefone próxima do carro havia outro panfleto sobre animal sumido, dessa vez um terrier escocês marrom chamado Nestle.

Estávamos a apenas três quadras, se cortássemos caminho pelos fundos dos outros trailers, da casa de Bastard e Karen. A temperatura baixara para cerca de trinta graus, mas o ar continuava pegajoso por causa da umidade, e o condomínio de trailers cheirava a privada entupida. Nada daquilo parecia incomodar Melford, que sabia onde encontrar aberturas nas cercas, onde cortar caminho para evitar latidos de cães — e tudo me dizia que ele passara um bom tempo estudando a redondeza. Então talvez o assassinato de Bastard e Karen não tivesse sido um ato de violência casual.

Chegamos aos fundos do trailer — que, na verdade, não estava com a fita amarela que isola a cena do crime — e Melford tirou do bolso algo que me pareceu uma arma de raio barata de um episódio do *Dr. Who*, com múltiplas pontas de espessuras variadas projetando-se do cano.

— Uma ferramenta para abrir fechaduras de segurança — explicou. — É muito útil ter sempre uma à mão.

Olhos apertados pela concentração, Melford encostou-se na porta dos fundos do trailer apenas por um momento antes de ouvirmos um clique. Abriu a porta com um empurrão enquanto recolocava a ferramenta no bolso.

Pegou depois uma lanterna de bolso, com a qual examinou a cozinha por um instante.

— Uau! — exclamou. — Que estranho. Dê uma conferida.

Eu não pretendia ver os corpos de novo; na verdade, tinha até gostado da escuridão da peça, que me permitia evitar a visão dos corpos, agora sem dúvida rígidos, mas de todo modo olhei de relance, pois sabia que era o que Melford esperava de mim. Porém logo arregalei os olhos, e percebi que o emprego da palavra *estranho* por Melford não tinha sido em vão.

Bastard e Karen continuavam estendidos no chão, olhos abertos, duros como manequins ensangüentados e exangues.

Ao seu lado havia um terceiro corpo.

DEZ

TALVEZ NÃO FOSSE JUSTO, mas culpei meu padrasto por tudo de ruim que aconteceu naquele fim de semana. Claro que pelo menos em parte era culpa de Andy, mas o estranho foi que tudo acabou como acabou por causa das duas únicas boas idéias que Andy já tivera, as duas idéias que mudaram minha vida para melhor.

Ele tivera incontáveis idéias ruins — que eu não devia comprar roupas novas a intervalos menores do que dois anos, que devia esperar até os 16 anos para requerer minha permissão para aprender a dirigir, que devia limpar a churrasqueira cada vez que ele a usasse, pois assim os melhores carvões poderiam ser recuperados e usados de novo. Essa especificamente foi a idéia que me deixou com maior ressentimento, porque quando voltei da garagem, coberto de suor e fuligem, as narinas entupidas de pó preto, tossindo um catarro acinzentado, descobri que era impossível negar a desolação dickensiana de minha vida.

A primeira boa idéia veio no verão após meu primeiro ano do curso secundário.

Andy Roman tinha casado com minha mãe seis meses antes e eu engordara sem parar desde então. Minha mãe não dizia nada enquanto o filho passava de magricela a robusto e depois a gordo, como também não dizia nada quando eu carregava para meu quarto sacos de biscoitos e caixas de roscas fritas para comer durante intermináveis sessões solitárias de reprises de *Happy days* e *Good times*. A apatia, fiquei sabendo mais tarde, se originava das doses cavalares de Valium que ela tomava. Eu pensava que ela simplesmente tinha tendência a dormir demais e a tirar sonecas. Eu aceitava que algumas pessoas cochilavam entre o café-da-manhã e o almoço e de depois do almoço até a hora de começar a preparar o jantar.

Se Andy sabia da fixação dela pelos comprimidos — e tinha de saber —, não demonstrava preocupação. Apesar de seu estado de confusão, quando às vezes vagava de uma peça para outra, segurando uma concha plástica de sopa ou um descanso de panela enquanto procurava algo que não conseguia lembrar o que era, minha mãe conseguia limpar a casa e preparar as refeições — e isso era tudo que Andy exigia.

Uma vez ou outra ele tentava fazer com que minha mãe partilhasse a sua obsessão com meu contínuo aumento de peso, mas ela se limitava a dar de ombros e murmurar observações sobre meninos em fase de crescimento. Ele não aceitava e um dia anunciou que tomaria conta de mim se ela não o fizesse. Essa decisão marcou o início de um disciplinado regime de escárnio para me ajudar a emagrecer. No entanto, seis meses me chamando de Bunda Grande e sugerindo sem sucesso que eu levantasse meu enorme traseiro da cadeira e saísse de casa para brincar ao ar livre e tomar um pouco de sol não foram suficientes para resultados significativos, então, em um raro momento de dedução intelectual, adotou uma nova técnica.

— É hora de uma conversa séria — declarou um dia durante o café-da-manhã. Minha mãe, que nos olhava por uma fresta dos olhos, já tinha anunciado que iria deitar, por isso estávamos sozinhos, Andy e eu.

Ele estava com 50 e poucos anos, 15 a mais do que minha mãe, e parecia um homem que caminhava a passo acelerado para a categoria dos anciãos. Tinha queixo grande, manchas pardas na pele e pesadas bolsas sob os olhos verdes embaçados. Apesar da avaliação rigorosa que fazia de mim, ele próprio estava pelo menos 15 quilos acima do peso. A maior parte de sua cabeça ainda contava uma cobertura decente, mas o cabelo que tinha era grisalho, fino e longo demais para um homem de sua idade. Jogava golfe com a incessante intensidade de um advogado da Flórida, o que de fato era, e a exposição constante ao sol deu à sua pele uma aparência de maçã assada demais. No entanto, vinha de uma geração que acreditava que a pessoa nunca estava bronzeada demais, e que a pele de um paquiderme era mil vezes preferível à vergonha da palidez.

Andy empurrou os óculos bifocais de armação preta para o alto do nariz, que se tornara visivelmente abatatado nos últimos dois anos.

— Sei que quer ir para uma faculdade quando terminar o secundário — afirmou. — Mas vamos encarar os fatos. Todo mundo quer a mesma coisa, e o que há de tão bom em você para que algum lugar decente o aceite? Estou certo?

Menos de um ano antes, eu percebera, em uma espécie de epifania estética, que odiava a Flórida. Odiava o calor, odiava os sapatos brancos e os cintos brancos, odiava o golfe, o tênis, as praias e os prédios *art déco* decadentes que cheiravam a gente velha, as palmeiras, os caipiras e o pessoal barulhento transplantado do Norte, os canadenses desorientados que nos visitavam no inverno e a irrelevante tristeza dos pobres, quase todos negros, pessoas que pescavam em canais de água estagnada para garantir o jantar. Odiava a grama alta, os terrenos baldios cheios de areia, as cobras venenosas e o mortífero bagre asiático, os crocodilos comedores de cães, os inevitáveis esporões-de-galo com seus numerosos espinhos, a mania de palmitos gigantescos e aranhas do tamanho de uma mão fechada e uma multidão de formigas-de-fogo e o resto dos mutantes tropicais que diariamente nos lembram de que os seres humanos não tinham o direito de viver ali. Tudo o que eu sabia, em um nível fundamental, porém inarticulado, significava que eu odiava minha vida e queria uma nova. Desde então eu falava em ir para uma faculdade, para longe, como se o período de três anos fosse apenas um pequeno obstáculo.

— Precisa descobrir como vai convencê-los de que não é apenas mais um perdedor — advertiu Andy. Ele se apoiava com os dois cotovelos na mesa de café branca ovalada e estava praticamente debruçado sobre seu café-da-manhã constituído de panquecas e salsichas preparadas no microondas.

— Sei que não quer ouvir isto — continuou —, mas o que precisa fazer é entrar para a equipe de corrida no próximo ano. Suas notas têm sido razoáveis... — eu tinha média 3.9, o que pessoalmente me parecia muito longe de razoável... —, e estar fazendo o trabalho de final de curso é ótimo, eu acho, mas a prática de algum esporte seria um ponto a mais para a conquista de uma vaga. E, se quer que eles pensem que você pode ter esse ponto a mais, não vai ser como está agora. — Inflou as bochechas. — Quer que eles olhem para a sua cara e pensem "Esse cara é de fato empreendedor" e não "Esse cara é um toucinho e tanto". Eles com certeza já têm gente suficiente desse tipo.

Compreendi logo por que Andy sugeriu corrida e, de um modo vago, fiquei grato por isso. Esportes coletivos não me levariam muito longe, não após a desastrosa experiência com *softball* na quinta série. Corrida, por outro lado, oferecia certas vantagens. Era essencialmente um esporte solitário praticado na proximidade de outras pessoas. Ninguém estava contando que eu não me ferrasse, pelo menos não do mesmo modo como estariam se eu praticasse algum esporte coletivo.

— E, claro — prosseguiu Andy —, não é como se você tivesse sempre sido bom em corrida ou em qualquer outra coisa, mas com o equivalente a um verão inteiro de trabalho pesado talvez consiga pelo menos estar bem o suficiente para ser o pior cara da equipe.

Nossa casa em Terrapin Way circundava um lago artificial que peixes comuns, rãs coloridas, patos de bico protuberante e ocasionais crocodilos itinerantes faziam de lar, e Andy anunciou que tinha demarcado na estrada que passava ao redor uma trilha de exatamente um quilômetro.

— Vamos fazer um trato — propôs, tamborilando no garfo com a unha feita em manicure. — Você vai se exercitar. Entre agora e o início das aulas, vou lhe dar um dólar por cada trecho de um quilômetro que conseguir correr e 10 dólares por cada cinco quilômetros consecutivos que conseguir completar.

Tinha parecido uma ótima oferta. Diabos, para ser sincero, devo dizer que era uma oferta realmente generosa, um raro momento de relação inspiradora entre padrasto e enteado, embora eu compreendesse que também era o caso de Andy querer apenas mostrar como era justo. Já era, contudo, uma boa coisa, ainda que eu nunca tivesse me dado bem em corrida. Nas aulas de ginástica, quando o instrutor nos mandava dar voltas completas, eu era o primeiro a me render e caminhar o resto do trajeto, apertando o lado, com dor, enquanto os outros garotos me ultrapassavam em velocidade e olhavam para trás com desprezo. O dinheiro podia ser uma motivação para eu melhorar meu desempenho, mas era também humilhante receber dinheiro para fazer o que outros garotos conseguiam fazer de graça e sem dificuldade.

Então desisti. Eu não queria ir para a pista e suar enquanto Andy me observava lutar para botar um quilômetro embaixo do cinto. Eu não queria ter um acesso de raiva quando passasse na frente de casa e Andy soltasse um inevitável "Vá em frente, Bunda Grande!".

A verdade era que eu queria emagrecer. Queria fazer dieta, mas não conseguia, porque assumir um compromisso com um programa de perda de peso seria como dizer a Andy que ele estava certo, que tinha razão quando me chamava de Gorducho, Bunda de Toucinho e Bola de Banha todos aqueles meses.

Eu sabia que a negociação da corrida era uma coisa estranha. Andy falara nela apenas uma vez, o que significava que continuar com ela podia ser mais ou menos indiferente. Eu podia fazer dieta enquanto me exercitava, e fingir que a dieta era um novo estilo de me alimentar para ficar em forma. E jamais poderia aceitar um centavo do seu dinheiro por isso. Precisava manter Andy fora do meu emagrecimento.

Não havia condições de eu correr em torno de Terrapin Way. Muitos garotos da escola moravam em Hibiscus Gardens, nossa subdivisão, e como alguns inclusive viviam em casas ao redor do lago, eu não queria que me vissem — não até conseguir correr com tranqüilidade, não até conseguir completar cinco quilômetros. Eu precisava do escudo do sucesso, uma vez que eles também gostavam de me chamar de Gorducho e Bola de Banha, embora usassem Cu de Toucinho em vez de Bunda de Toucinho, sem se preocupar com o possível senso de decoro de meu padrasto. Em vez de atacar logo a estrada, eu ia para o meu quarto, calçava o tênis, ligava o rádio e corria sem sair do lugar. No início, mal agüentava dez minutos, depois 15. Dentro de uma semana já conseguia me exercitar durante meia hora e uma semana mais tarde me considerei pronto para correr de verdade.

Imaginei meu retorno triunfante para a escola, magro e em boa forma, animado dentro das roupas novas que Andy teria de pagar, já que as antigas estariam grandes demais, já estavam grandes demais. Os provocadores teriam de encontrar uma outra vítima que azucrinar.

Nunca acreditei de fato nisso, nem devia. Esse tipo de transformação é a matéria-prima do cinema hollywoodiano para adolescentes, mas jamais permitida na vida real. No cinema, a garota feia veste roupas novas e faz um corte de cabelo diferente, tira os óculos e — *surpresa!* — passa a ser a pessoa mais popular da escola. Na vida real, quando nós, rejeitados, tentamos chegar um pouco mais alto, nos puxam para baixo, cortam nossas asas, nos enfiam numa caixa. Embora eu tenha voltado naquele setembro em tão boa forma quanto qualquer outro aluno saudável da décima série, continuavam a me chamar de Cu de Toucinho e assim foi até o fim do curso.

A fantasia, no entanto, era motivação suficiente. Comecei a correr na pista enquanto Andy estava no trabalho e minha mãe saía para suas pequenas incumbências. Eu não queria que eles soubessem. Não até eu conseguir correr cinco quilômetros sem parar. Acabou sendo muito mais fácil do que eu imaginava, e, seis semanas após minha primeira volta solitária, contei a Andy que estava pronto para ser testado para correr no ano seguinte.

— Ótimo — comentou com um constrangido encolher de ombros. Era evidente que se arrependia de ter me oferecido o dinheiro e agora queria dificultar ao máximo minha abordagem do assunto.

Como era de esperar, me saí muito bem na corrida. Passei a fazer parte da equipe e consegui resultados mais do que razoáveis. Eu não me destacava na velocidade, mas tinha boa resistência, por isso em algumas das corridas longas eu agüentava bem mais do que alguns de meus adversários, o suficiente para assegurar um terceiro e, uma vez ou outra, um segundo lugar. Seria um bom impulso para meu ingresso na faculdade, e eu nem era o cara mais lento da equipe.

A segunda boa idéia veio um pouco mais de meio ano depois, durante as férias de inverno do meu segundo ano do secundário. Eu estava deitado na minha cama, lendo, quando ouvi uma batida na porta. Deve ter sido umas duas horas após o jantar, e eu conseguia ouvir a televisão ligada na sala, onde minha mãe teria cochilado no sofá com a natureza-morta com maçãs, que ela bordava havia nove meses, no colo.

Andy não esperou resposta. Abriu a porta e enfiou a cabeça.

— O que está acontecendo aqui? Alguma besteira?

Sentei-me na cama e larguei o livro aberto na página onde estava. Andy ficou calado por um momento, apenas se apoiou no batente da porta, um riso estranho no rosto. Seus óculos de armação retangular grossa tinham escorregado para a ponta do nariz de balão.

— Acho — anunciou — que você devia concentrar sua atenção numa das escolas da Ivy League. Harvard ou Yale, de preferência, mas Princeton ou Columbia seria também uma opção. Eu diria que até Dartmount e Brown, se for preciso.

O próprio Andy tinha freqüentado a Universidade da Flórida e depois uma universidade local sem reputação nacional para a extensão em direito, mas parecia querer demonstrar que conhecia um bocado da complexidade das seis universidades que formavam a Ivy League.

— Claro — acrescentou — que sabemos que não se pode contar com seu pai para uma ajuda em dinheiro.

Meu pai vivia naquela época em algum lugar da Jamaica, onde trabalhava como guia turístico para mergulhos com garrafas de oxigênio e, se as conversas ouvidas ao acaso pudessem ser confiáveis, fumava prodigiosas quantidades de maconha. Eu o imaginava sentado numa praia em um círculo de rastafáris de olhar vitrificado, chupando preguiçosamente um baseado da grossura de um charuto. Alguns de meus amigos tinham descoberto o *reggae*, mas eu não suportava os anseios políticos de Bob Marley, a raiva movida a maconha de Peter Tosh, as auto-exaltações do presunçoso Yellowman — não quando meu pai estava fora, levando a vida de um rasta branco. Além disso, ele deixara definitivamente de pagar pensão para a manutenção do filho e a última notícia recebida dele tinha sido dois anos antes, quando me telefonara visivelmente bêbado em uma tarde quente de abril para me desejar um feliz aniversário de 15 anos. Eu tinha 13 na época, completados em janeiro.

— Talvez então não tenha sentido ir para um lugar desses — sugeri. — Eu estava confuso, e apresentar um contra-argumento parecia o melhor modo de saber qual era o jogo de Andy. — Já que é tão caro, quero dizer.

Nunca me ocorrera ir para uma escola da Ivy League. Sempre acreditei que elas eram reservadas para os bonitos e privilegiados com pinta de artista de cinema, rapazes charmosos e garotas com muito dinheiro, riso fácil e rostos corados pelas tardes despreocupadas nas colinas de esqui.

— Se continuar com notas altas e se der bem no exame de aptidão para a universidade — profetizou Andy —, você tem condições de conseguir uma ajuda financeira decente. Além disso, o esquema que montei para você com a equipe de corrida deve ajudar. Eles fazem uma boa redução e você consegue alguns empréstimos. E, se isso não cobrir o total — anunciou magnanimamente —, tentamos outra coisa.

A semente estava plantada. Eu sempre me considerara inteligente, sempre me julgara capaz de fazer coisas dignas de pessoas inteligentes — mas ir para Harvard ou Yale parecia tão longe do meu alcance quanto me tornar um astronauta ou embaixador na França. Contudo, Andy sugerira e eu agora queria. Queria as oportunidades que um diploma pela Ivy League ofereceriam. Eu poderia me tornar um historiador importante, dirigir filmes ou entrar para a política. Já que a possibilidade existia, eu sabia que essa era a saída, a saída para um futuro diferente e bem distante da Flórida.

No verão seguinte, durante a visita aos meus avós em Nova Jersey, organizei uma ida a Columbia, Harvard, Princeton e Yale no decorrer de três fins de semana distintos. Quando visitei o campus Upper West Side da Universidade de Columbia, foi minha primeira viagem à cidade de Nova York, apesar da visita anual a meus avós, que moravam no condado de Bergen, a 45 minutos de distância e tráfego leve. Fiquei instantaneamente seduzido pela cidade e pelo campus, e fui embora com a certeza de que era para Columbia que eu queria ir.

Na verdade, no momento em que o carro atravessou a ponte George Washington, eu soube que Nova York era o lugar que eu tinha sempre conhecido nos recessos escondidos de minha mente. Talvez tivesse absorvido Nova York da televisão e do cinema. Devo ter visto a cidade representada na tela incontáveis vezes, porém ela nunca significara nada de especial, a não ser uma paisagem estranha e urbana. Mas na realidade, vendo a cidade de perto, com seu barulho, as pessoas, as calçadas manchadas de chiclete, cobertas de lixo e entulho e fervilhando de sem-teto, ela parecia aos meus olhos inteiramente diferente. Eu descobrira a anti-Flórida.

— Columbia é legal — garantiu-me Andy —, e se esse for o único lugar onde você vai conseguir entrar, ótimo. Mas não deve ser sua primeira escolha. Harvard deve ser sua primeira escolha.

Cruzou os braços com ar de quem tem conhecimento de causa, embora o mais perto de Harvard que eu vira Andy tenha sido no aeroporto Logan para trocar de avião.

Como era previsível, não fez muita diferença, pois Yale, Harvard e Princeton disseram não. Columbia disse sim, do mesmo modo que, por incrível que pareça, Berkeley, e a minha segurança: a Universidade da Flórida. Quando recebi a aceitação em uma tarde chuvosa de sábado, corri para contar a Andy, que repousava em sua cadeira reclinável na sala íntima, assistindo a golfe na televisão.

— Columbia — observou. — Pelo menos é alguma coisa depois de levar um chega-pra-lá de Harvard e Yale.

— Quase não consigo acreditar — exclamei. Caminhei de um lado para o outro, excitado demais para ficar parado, ainda que por um instante. — Cara, viver em Nova York! Vai ser muito legal.

Andy fez uma cara comprida, sinal certo de que as coisas estavam por azedar. Balançou a cabeça enquanto se preparava para me jogar um balde de água fria.

— Você deve pensar duas vezes nisso. A Universidade da Flórida é uma boa escola. Se for para Nova York, com certeza será assaltado.

— Há milhões de pessoas em Nova York. Não podem ser todas assaltadas.

— Algumas são, mas você não vai ser? É isso? Qual é, acha que vai ficar imune?

— Não acho que valha a pena me preocupar com isso.

— Bem, recebi uma excelente educação na Universidade da Flórida — prosseguiu Andy. — O que é bom para mim não é bom o suficiente para você?

— Não quero ir para a Universidade da Flórida. Quero ir para Columbia. Você foi o primeiro a dizer que eu tentasse ir para uma escola da Ivy League.

Andy deu um muxoxo e olhou por cima do meu ombro para ver alguém perder uma tacada de um metro.

— E foi uma boa idéia. E você tentou. Estou apenas dizendo que talvez você não queira ir para Columbia. Harvard ou Yale, tudo bem. Mas elas já disseram não. Talvez tenham visto algo na sua ficha de inscrição que mostrava que você não foi feito para uma Ivy. Não acha que é um pouco humilhante ir para Columbia só porque as duas lhe bateram com a porta na cara?

— Isso é tão ridículo que nem sei o que dizer.

— Se usasse um vocabulário melhor, talvez Harvard até o tivesse aceitado. Acho que o ensino de uma escola do governo é muito melhor. Você não vai querer se transformar em um esnobe da Ivy League, ou vai?

Não havia hipótese de eu permitir que ele me deixasse confuso. O principal em Columbia era que lá ninguém me conheceria. Ao contrário da Universidade da Flórida, Columbia não teria ninguém da minha escola secundária ou do meu bairro. A maioria das pessoas, quando eu dizia para onde estava me inscrevendo, pensava que eu me referia à Carolina do Sul. Quando eu chegasse a Columbia, eu não seria mais o perdedor que fora uma vez gordo — seria quem eu dissesse que era. Não se tratava apenas de uma fuga da Flórida, era uma oportunidade de ouro, talvez a melhor que eu poderia algum dia ter, algum dia sonhar. E eu sabia que não iria desperdiçá-la.

No dia da formatura, enquanto tomava soda-laranjada com parentes na minha casa antes de ir com amigos para a festa que o primo de um deles organizara, Andy chamou-me de lado.

— Veja bem, andei examinando a papelada de inscrição para Columbia. Talvez este não seja o melhor momento para lhe dizer, mas não vejo como vai bancar os estudos. Além da ajuda financeira e dos empréstimos, você vai precisar de 7 mil dólares por ano. Isso representa quase 30 mil dólares. De onde vai tirar?

Olhei para o chão.

— Você disse que me ajudaria.

— E ajudei, não foi? — Não perguntei como, uma vez que invariavelmente a resposta acabaria no tipo de discurso como "comida na mesa, roupa no lombo", e eu não estava interessado. —

Vamos com calma, Lem. Não sou seu pai. Seu pai está longe, fumando maconha e correndo atrás de nativas de peito de fora. Uga buga — acrescentou, arregalando os olhos. — Talvez ele pudesse pagar para você. Chegou a pedir?

— Não sei como entrar em contato com ele.

— Então quer que eu pague seu curso e nem sequer pediu ajuda ao seu pai?

— Você disse que ajudaria — foi a melhor resposta que consegui. Era minha formatura, e Andy soltava essa bomba como se a tivesse guardado para o efeito máximo.

— Vamos com calma. A Universidade da Flórida é ótima.

— Não vou para lá — afirmei, tentando manter a decepção fora de minha voz. — Vou para a Columbia.

Andy sorriu e sacudiu a cabeça.

— Então acho que você precisa juntar um monte de dinheiro neste verão, não é mesmo?

No dia seguinte telefonei para o setor de inscrição na Columbia e consegui trancar a matrícula. Comecei então a pesquisar. Como conseguiria acumular 30 mil dólares em um ano? Não levei muito tempo para perceber que minha melhor aposta seria em vendas. E a venda de enciclopédias parecia ser o ponto de partida perfeito.

ONZE

— É REALMENTE ESTRANHO — insistiu Melford. — Não é o tipo de coisa que se poderia esperar.

Morte e escuridão escondiam sua fisionomia, mas eu podia garantir que a terceira pessoa era uma mulher mais velha, com uns cabelos curtos muito ondulados e eriçados. Usava jeans apertados e uma blusa aberta, que me pareceu ser da mesma cor da escuridão. Uma língua enorme se projetava da boca sufocada, como um personagem de desenho animado surpreendido no meio de um estrangulamento. Pelas marcas no pescoço, deduzi que tinha sido esse o modo utilizado.

— Quem é? — consegui perguntar.

— Agora você me pegou. Mas imagino que seja a mulher que vimos quando passamos por aqui de carro mais cedo.

— Bem, o que aconteceu? — Odiei o tom de lamento de minha voz, mas achei que tinha o direito. Já era bastante ruim ter presenciado dois assassinatos naquele dia, ter estado perto o suficiente para sentir o cheiro do sangue que escorreu das cabeças de Bastard e Karen. Agora havia mais uma vítima. Não fui feito para esse tipo de coisa e a verdade é que precisei de muito esforço muito para não desmoronar. Nem sequer sabia o que *desmoronar* significaria naquele caso, mas tinha certeza absoluta de que descobriria quando isso acontecesse.

Melford sacudiu a cabeça.

— Imagino que o tira tenha matado a mulher.

— O quê?

— Quem mais? Vimos os dois juntos. Agora ela está morta a uma pequena distância de onde estavam. Por que um tira a deixaria sozinha na cena do crime, onde o assassino poderia apanhá-la? E, como sabemos que o assassino não a apanhou, devemos admitir que o tira a matou.

— Mas isso não faz sentido.

Melford estava a ponto de dizer algo, mas calou-se quando ouvimos o barulho de pneus do lado de fora, o ruído de um motor e depois o motor ser desligado.

Desligou a lanterna e foi até a janela.

— Miseráveis — sussurrou. Virou-se então para mim. — Tudo bem, escute. A notícia ruim é que há dois sujeitos lá fora, e um deles é o policial. Sem uniforme, mas policial. Mas não entre em pânico. Estão numa picape e vieram com os faróis apagados, por isso duvido que se trate realmente de diligência policial oficial. É só nos escondermos, e tudo acabará bem.

As quatro cervejas davam voltas violentas no meu estômago e subiam até a garganta em pequenos espasmos ácidos.

Deixei que Melford me conduzisse pelo braço para um quarto ainda menor e depois para dentro de um guarda-roupa na parede oposta, com portas dobráveis de ripas. Dava para a cozinha, de modo que tínhamos uma visão razoável da ação. Mas não foi isso que reparei no quarto. O que reparei foi que não havia nada além de caixas. Algumas transbordavam de camisas velhas e jeans rasgados, outras eram caixas de arquivo, mas a maioria estava fechada e lacrada. Em uma delas estava escrito SAÚDE OLDHAM com caneta preta grossa. As paredes estavam nuas à exceção de um calendário de dois anos antes, com imagens de filhotes de cães e gatos, e estacionado em outubro.

Não era um quarto de criança. Nem um cômodo que tivesse sido algum dia um quarto de criança e que agora era outra coisa. Nenhuma criança vivia ali. Então por que Karen e Bastard mentiram para mim?

A porta dos fundos abriu-se com violência e pude ver, por trás das ripas, dois vultos entrarem, um deles examinando o ambiente com uma pequena lanterna. Estava escuro demais para ver muito mais do que isso.

Por um momento senti uma nova onda de pânico. E se tivessem vindo buscar algo... algo que poderia muito bem estar em um guarda-roupa como em qualquer outro lugar? A idéia me deu uma vontade louca de urinar, e cerrei os dentes na tentativa de fazer retroceder a ânsia de esvaziar a bexiga.

Pelo menos havia Melford. Melford continuava com sua arma. Melford não permitiria que fôssemos apanhados. Essa era a medida de como minha vida mudara nas últimas 24 horas. Eu agora dependia de alguém que matasse meus inimigos por mim.

— Que inferno! — exclamou um dos dois. — Temos um bocado de gente morta aqui, Jim.

— Eu sei.

— Santo Deus! Olhe para eles. Quem pode ter feito uma coisa dessas? Um verdadeiro massacre!

— É o que parece.

— Tem alguma idéia?

— Por enquanto não. Isto é, deve ter sido por causa do dinheiro. Mas quem? Que merda, ninguém mais sabe da grana, a não ser nós, que estamos envolvidos. Bastard andava falando demais, é a única coisa que posso imaginar.

— Eu também, que inferno.

— Você tem razão.

— Merda. Bastard filho-da-puta. Com Frank fora de combate no mês passado, vocês estão de novo sem químico. B.B. não vai gostar de saber.

— É, estou vendo o que consigo. Mas não posso botar um anúncio no jornal.

— Jim, que porra Bastard estava fazendo aqui?

— Não sei. — Havia um tom duro na sua voz.

— Consegue acreditar que ele andava comendo aquela mulher repugnante? Porra, talvez uns dois anos atrás ainda desse, mas agora ela parecia um cadáver, cara, com toda a droga que andava fabricando. Prefiro trepar com alguma avó bem velhinha.

Uma pausa. Depois:

— Cale essa boca e me ajude com esta merda.

— Uau! — Uma risada. — Você não estava pensando em afogar o ganso com uma coisa daquelas, estava? Tenho uma ou duas vovós que posso lhe apresentar.

— Pretende passar a noite dizendo besteira, ou podemos acabar logo com isso?

Eu estivera observando por entre as ripas, inteiramente absorto, como se não me encontrasse no guarda-roupa de um trailer, mas em um cinema, assistindo ao filme mais empolgante do mundo. Sentia-me estranhamente calmo, desligado de tudo. E de repente não me senti mais tranqüilo. Não tive mais a impressão de estar em um cinema. Fazia calor e minha sensação era de confinamento e pavor como nunca sentira na vida.

Porque percebi que conhecia os dois homens. O tira, Jim, era o sujeito da loja de conveniência, o que me tratara com grosseria no episódio do refrigerante, o mesmo dentuço do Ford que me perturbara perto do trailer. Com a possibilidade de ser preso por assassinato, eu ainda tinha conseguido irritar o maldito chefe de polícia.

O outro eu não conseguia enxergar bem a ponto de identificar, porém reconheci a voz. Tive certeza de que conhecia aquela voz. De algum lugar. Eu *conhecia* o outro homem.

Observei quando estenderam um plástico grande no chão, colocaram nele o corpo da mulher mais velha e o enrolaram. O tira agarrou em uma ponta, o sujeito com a voz conhecida na outra, e o transportaram para fora da casa.

Prestamos atenção ao silêncio à nossa volta, pontuado apenas por um grunhido ou palavrão ocasional, e depois o baque surdo de algo pesado aterrissando em uma padiola. Voltaram em poucos minutos.

— Droga — exclamou o tira. — Com os outros dois vai ser uma nojeira. Bem que eu gostaria de ter trazido luvas ou coisa parecida.

— Porra — observou o homem com a voz que eu reconhecera. — Alguém com certeza meteu bala nesses babacas. Veja os buracos. Precisos, caprichados. Tem jeito de execução.

— Quem morreu e fez de você um defensor do cumprimento das leis? — perguntou o policial. — Você tem assistido televisão demais.

— Tem certeza de que não machucou a perna? — perguntou o outro. — Tenho a impressão de que está com dificuldade para caminhar.

— Já falei, estou bem. — A voz soou seca, inflexível.

— Ouvi que respirou com dificuldade um segundo atrás, também, como se sentisse dor.

— Esqueça, pelo amor de Deus.

Estenderam outro plástico e em seguida ergueram o corpo de Karen. O policial queixou-se de ter ficado com miolo de puta nas mãos e limpou-as no joelho ao mesmo tempo que enrolavam o corpo e o levavam para fora.

Estavam ofegantes quando voltaram.

— Bastard filho-da-puta — praguejou o policial. Chutou o corpo, embora não com muita força. Depois de novo. O som era como se alguém chutasse um saco de areia. — Não sei que porra ele fez, nem quem o deixou desse jeito, mas imagino que tenha merecido.

— É, talvez — opinou o outro. Seguiu-se uma pausa. — Acha que quem fez isso ficou com o dinheiro?

— Ainda nem pensei nisso, pateta. — Deu um sorriso de escárnio. — Acha que dou bola para o fato de estarem mortos? O negócio é o dinheiro. Já andei por aí e examinei a casa. Revirei tudo, mas não encontrei um centavo. Nem sequer uma pista de qual era a dele.

— Ainda acha que tinha alguma coisa por baixo do pano? — perguntou. Olhou então para o outro lado e não consegui ouvir direito o que falou, mas tive certeza de que continha a palavra *Oldham*.

— Deve ter — respondeu o policial. — Sei quanto ele faturava e que grande parte era em dinheiro vivo. Sua carteira estava sempre gorda. Simplesmente não consigo imaginar que tenha ganhado *tanto* dinheiro fazendo aquela porcaria. Mas imagino que pretendia se livrar de mim, desaparecer com o dinheiro. E, como revistei tudo, só posso imaginar que tenha escondido na lagoa de dejetos.

— Você não pode estar falando sério — duvidou o outro. — Deve estar de sacanagem comigo. Como é que vamos conseguir encontrar essa grana lá dentro?

— Não sei. Deve haver um jeito de drenar o lugar, dragar, fazer sei lá o quê. Jesus! Eu com certeza gostaria de não ter precisado arrastar esse babaca morto. Ele nem merecia ser desovado por mim.

— Vamos simplesmente fazer o que é preciso. Não podemos falhar em nada.

E deve ter sido pela palavra falhar, porque de repente reconheci o segundo homem. Era o Jogador. O Jogador, o que comandava a operação porta a porta das Enciclopédias Champion no estado da Flórida. O guru das enciclopédias estava no trailer, em carne e osso, removendo os corpos das pessoas que Melford tinha matado. Pelo menos a maioria delas Melford tinha matado.

Melford cutucou meu braço. Eu devia ter feito algum ruído, porque seus olhos faiscaram, ainda que a escuridão fosse quase total. Prendi a respiração.

Pegaram Bastard e o arrastaram para fora. Quando voltaram estavam quase sem fôlego. Ouvimos o *glu-glu-glu* de alguém bebendo de uma garrafa. Agora carregavam balde, panos de chão, toalhas de papel e um frasco de detergente. Ainda não tinham acendido as luzes, mas iluminaram o ambiente com duas lanternas e se puseram a trabalhar para eliminar as provas do crime de Melford. Levaram mais de meia hora para acabar.

— É difícil saber apenas com a luz das lanternas — observou o policial —, mas acho que está bom. Volto de manhã para dar uma verificada geral no claro.

— Se aquele comedor estava de sacanagem e o dinheiro se foi, vamos ficar na maior merda. B.B. vai ficar fulo de raiva.

— Que se foda aquele babaca. E que se foda Bastard. E que eu me foda também! — A última frase foi acompanhada de um grito, como se sentisse uma dor súbita.

— Sabe de uma coisa? Se sua perna está incomodando, é melhor procurar um médico. Por que esperar?

— Feche essa maldita boca e pare de falar em médico. Estou bem.

— Só acho que é melhor garantir. Ei! Dê uma olhada nisto — exclamou o Jogador. — O talão de cheques de Karen.

Melford bateu de leve nas minhas costas. Devo ter feito algum ruído de novo.

— Acha que ela tinha algum dinheiro na conta? — perguntou o policial.

— Diz aqui que o saldo é de quase 3 mil. Como é que uma vagabunda fedorenta e repugnante como essa consegue 3 mil dólares? Acho que não faz mal nenhum preencher um cheque. Compensar algumas perdas. Talvez eu consiga fazer o idiota do Pakken preencher. Ele não vai saber que está errado, e isso ajuda. E não deve ser problema para ele atravessar a fronteira, imagino.

E foram embora.

Permanecemos no guarda-roupa por mais uns 15 minutos. Tinham feito um bom trabalho de limpeza. Pelo menos a caneta-lanterna de Melford não detectou sinal de sangue. Imaginei que o FBI provavelmente encontraria. Eles tinham laboratórios criminais para fatos como esses. Mas seria preciso estar procurando sangue, e se não havia corpos, por que alguém procuraria sangue?

— Tudo bem — disse Melford. — Vamos dar logo o fora daqui.

Só depois de estarmos de volta ao seu Datsun foi que ousamos tocar no assunto.

— Estou ferrado — falei. E me sentia ferrado. Tinha a sensação de estar a ponto de despencar em um abismo. Parecia que eu estava caindo do alto, à espera apenas do impacto contra o chão.

— Não penso assim.

— É mesmo? Por que não? — Ouvi minha voz soar esganiçada. — Por que não estou ferrado? Diga por que não estou ferrado.

— Porque os caras que têm a prova contra você são criminosos poderosos, só por isso. Criminosos poderosos não buscam a lei, Lemuel. Evitam a lei. Não vão investigar. Não vão sequer examinar para saber a favor do quem os cheques foram emitidos.

O único problema era que o Jogador veria o cheque em nome da Técnicas para o Avanço Educacional. Veria isso na mesma hora e saberia quem tinha estado lá. Mas o Jogador pensaria em algo além de coincidência? Ele me conhecia apenas de vista, e não imaginaria que eu tivesse algo a ver com a história. Ainda assim, eu estava apavorado. E não ousava falar com Melford sobre o Jogador. Melford poderia me considerar um elo fraco demais, ligado como eu estava a um desses criminosos poderosos. Poderia, e possivelmente iria, matar-me apenas para se garantir.

E havia algo mais, algo que não fazia sentido.

— Não eram casados — falei em voz alta.

— O quê?

— As pessoas que você matou. Bastard e Karen. Não eram casados. E não tinham filhos.

— Sim, bem, eu poderia lhe ter dito isso.

— Então por que mentiram para mim?

— Não sei. Alguma coisa maluca está acontecendo. Alguma coisa maior do que eu imaginava.

— Por que o policial estaria escondendo os corpos das pessoas que você matou? E sobre o que estariam falando? Sobre os negócios paralelos de Bastard? Era isso? E o dinheiro desaparecido?

— Não sei — respondeu Melford.

— E o que acha da tal Saúde Oldham? — perguntei. — Eles tinham algumas canecas e outros itens. Bastard me disse que desconhecia esse serviço, mas tive a impressão de que estava mentindo.

Melford sacudiu a cabeça.

— Não sei de nada.

Observei-o. Melford mentia, também. Eu não conseguia dizer exatamente como sabia, mas sabia. Tínhamos conversado sobre assuntos pesados a noite inteira, mas havia algo na voz de Melford que eu não percebera, algum tipo de tensão. Qualquer que tivesse sido o envolvimento de Bastard, Melford sabia exatamente qual era.

— O outro sujeito que estava com o tira — falou Melford. — Eu me pergunto quem seria.

Não fiz comentário. Meu coração batia forte e minha cabeça latejava. Senti o impulso de confessar, como se tudo fosse de alguma forma culpa minha, porém permaneci calado.

— Provavelmente algum assecla. — Melford salvou-me, respondendo à sua própria pergunta. — Mas vou lhe contar uma coisa. Precisamos descobrir quem era aquela mulher, o terceiro corpo.

— Por que nos preocuparmos com isso? — perguntei.

— Porque, se as coisas não andarem do nosso jeito e eles decidirem que querem correr o risco e aplicar a lei tintim por tintim e o tira nos descobrir e quiser nos prender, vamos precisar de alguma influência. Se a gente conseguir desmascará-los, talvez chegue a algum tipo de entendimento.

— Quer descobrir quem era aquela mulher para termos condições de chantagear o tira criminalmente insano?

— Está bem claro, não?

Doze

Mais cedo naquela noite, Jim Doe tinha estado no trailer da polícia, sem esperar nada específico, mas algo ruim, de todo modo.

— Os testículos continuam a doer?

Pakken estava sentado na frente de Doe. Com os pés sobre a escrivaninha, bebia café em um gigantesco copo de isopor com o nome de um posto de gasolina. Circulava com ele na mão havia duas ou três horas e devia estar agora mais frio do que não sei o quê.

A pergunta saiu a troco de nada, uma vez que ambos tinham ficado calados durante horas. Pakken estava ocupado com uma das revistas de descobrir palavras de que gostava, a caneta hesitante sobre as páginas cor de cebola. Doe folheava um exemplar do *Sports Illustrated*, sem prestar muita atenção a um artigo sobre a equipe dos Dolphins de Miami. Ainda estava sem uniforme, de calças jeans e camiseta preta. Às vezes sentia vontade de relaxar no trailer da polícia, só isso.

Doe era capaz de jurar que Pakken tinha acabado de encontrar uma palavra difícil. Ele gostava de puxar conversa depois de descobrir uma. Falava sobre qualquer coisa, na verdade, porém mais cedo ou mais tarde tentava introduzi-la no assunto.

— Acabo de encontrar "substancial" — explicou com orgulho de menino.

Essas interrupções eram irritantes como o inferno sob as melhores circunstâncias, mas ainda piores agora que o tópico predileto de Pakken era os testículos de Doe.

Foi Pakken quem encontrou Doe após seu infeliz incidente com a puta de Miami, Pakken quem foi ver o que tinha acontecido quando Doe não apareceu no dia seguinte. Foi Pakken quem deduziu o que podia ter havido, conhecedor que era de onde o chefe gostava de levar as damas — e não era pouca gente que trabalhava para aquele idiota. Doe ainda estava desmaiado quando Pakken o encontrara de manhã cedo. Espiara pela janela do carro, um riso sarcástico estampado no rosto amplo e achatado que terminava em sobrancelhas maciças e um crânio pronunciado de homem das cavernas. Doe tinha movimentado diversas vezes as pálpebras e dito:

— Minhas bolas. Ela esmagou minhas bolas.

— O que aconteceu, chefe?

Suas bolas estavam inchadas e doloridas. Doía até para movimentar as pernas.

— Uma puta me atacou — murmurou.

Pakken soltou uma risada.

— Ah, essa é boa. *Ela* atacou.

Doe lutou para colocar-se de pé, e uma dor forte atravessou suas bolas, mas ele mordeu o lábio e conseguiu sair do carro. Então deu um tapa no rosto de Pakken. Com força.

— Do que está rindo, miserável?

Pakken enfiou com cautela o dedo indicador no peito do chefe.

— Por que fez isso?

— Uma mulher estava em excesso de velocidade, seu incompetente — vociferou Doe. — Arriscava a vida dela, a vida de outros, e depois ainda atacou um patrulheiro. Acha isso engraçado?

Pakken continuava a esfregar o local avermelhado do rosto.

— Que diabo! E eu que pensei que você tivesse apenas tentado conseguir uma chupada dela.

Agora, quase uma semana mais tarde, estavam sentados no trailer, Pakken com o café frio na mão e Doe recostado em sua cadeira e tomando pequenos goles da garrafa com a mistura de Yoo-hoo e Rebell Yell. Era uma espécie de ritual, os dois sem nada para fazer, conversando ou não, mas Doe não queria olhar para a cara de idiota de Pakken. Suas bolas continuavam inchadas, ainda sensíveis. Um pouquinho melhor. Ele tinha quase certeza de que estavam melhor hoje do que ontem. Tateou com a mão dentro das calças, e a pressão contra seu escroto provocou dor, uma dor viva, porém talvez um pouco menor do que a última vez em que fizera o mesmo teste. E Pakken rira dele. Era desrespeitoso rir de um patrulheiro machucado em serviço. Estaria doente esse babaca para rir desse jeito?

Imaginou que Pakken não estava doente, claro. Era jovem, apenas. Seu tio, Floyd Pakken, tinha sido o cérebro por trás de Meadowbrook Grove. Sugerira o nome, embora não existisse o prado, o riacho ou o bosque constantes do nome, mas soava muito melhor do que *Condomínio de trailers com cheiro de merda de porco*. Tinha sido idéia de Floyd converter o condomínio de trailers em municipalidade independente, para reduzir o limite de velocidade e ver o dinheiro entrar. E entrou. Todos os moradores conseguiram gás e eletricidade grátis, o que não era pouca coisa durante os picos de uso de ar-condicionado nos meses do verão. Receberam água de graça, assim como serviços básicos de telefonia. Três ou quatro grandes churrascos por ano, um carnaval na primavera, comemoração de Halloween para as crianças, uma festa pelo dia da independência com um ou dois artistas country em início de carreira. Eram mais felizes do que porcos no meio da merda, o que, por ironia, precisavam tolerar para conseguir tudo aquilo. Ou, mais precisamente, precisavam suportar o cheiro de porcos no meio da merda, uma vez que a cidade também incorporara a granja de suínos existente nas terras da família de Doe, ali perto.

Todos os anos o Gabinete do Prefeito, que se resumia, basicamente, ao prefeito, emitia um relatório que detalhava a receita proveniente de infrações de tráfego e as despesas com impostos, serviços e salários, e as contas sempre fechavam com perfeição. Talvez guardassem alguns dólares para reinvestir no ano seguinte. Por que não? Ninguém prestava muita atenção ao relatório, e ninguém, pelo que Doe sabia, se preocupava em descobrir se era fajuto ou não. Mas claro que era fajuto.

Floyd tinha sido muito astuto ao bolar esse esquema e pôr a si mesmo no comando. Doe sempre imaginou que Floyd tinha alguma coisa além de seu salário espantosamente generoso, do qual todos sabiam, já que fizera a boa ação de devolvê-lo à cidade. Doe suspeitara, e tinha sido a escolha óbvia para prefeito e chefe de polícia depois que Floyd morreu, junto com duas prostitutas cubanas de 14 anos de idade, em um terrível acidente de carro. Com duas semanas no cargo, examinando relatórios e seguindo a trajetória do dinheiro, Doe não conseguia parar de fazer intermináveis elogios à genialidade de Floyd. Dois meses depois, ria de Floyd por pensar pequeno demais. Floyd separava 20 ou 30 mil dólares por ano. Bom para ele. Abençoado seja seu coração pequeno. Três anos mais tarde, Doe triplicava esse valor. Fácil. E ficaria ainda melhor.

Fazendo o jogo certo, tendo paciência, não sendo burro, Doe poderia separar 100 mil dólares por ano. Quando tivesse 1 milhão, diria que era hora de se aposentar. Tomaria o rumo das ilhas

Cayman, onde seus atuais 130 mil dólares repousavam tranqüilamente. Compraria uma casa grande e passaria o resto de seus dias bebendo daiquiris de morango e trepando com turistas. Não podia querer nada melhor.

Tudo corria às mil maravilhas. O esquema com as multas, o trato com B.B. — tudo. Até o momento. Ele mal conseguia esperar para ver se a repórter de Miami apareceria. O fato era — e Doe sabia disso por experiência — que a maioria das mulheres não dizia uma única palavra sobre o que acontecia com elas. Tinham uma espécie de programa, como um robô ou algo parecido, que fazia com que, quanto pior as tratassem, menor a possibilidade de tomarem alguma atitude. Um ou outro podia exagerar, como ele fizera com a ex-mulher; mas elas em geral aceitavam, porque sabiam o que poderia acontecer.

Quantas de fato queriam levar o assunto aos tribunais? Elas sabiam o que as aguardava.

— *Conte a verdade agora. A senhora achou Sua Excelência, o prefeito Doe, muito atraente, não foi?*

— *Sim, no início. Mas...*

— *E a senhora ficou pelo menos até certo ponto lisonjeada que ele quisesse manter relações sexuais com a senhora, não ficou?*

— *Sim, fiquei, mas...*

— *E em algum momento durante suas interações a senhora gostou da sensação de estar com seu pênis de tamanho desmesurado dentro da boca? Lembre-se, a senhora está sob juramento.*

— *Nunca pedi que fizesse isso.*

— *A senhora gostou? Responda a pergunta.*

— *Sim! Sim! Estou tão envergonhada, mas gostei muito.*

Onde estava a mulher que gostaria de se expor a uma situação dessas? Doe, porém, tinha um mau pressentimento com relação à repórter. Ela escapara antes de ter a chance de realmente entrar no jogo. O fato de ela ter esmagado seus bagos podia levar algumas pessoas a acreditar que ela de fato não queria chupá-lo. Além do mais, ela era repórter em Miami, e nada a deixaria mais feliz do que um artigo sobre esses interioranos ignorantes e suas armadilhas para flagrar excessos de velocidade.

Na manhã seguinte ao incidente, depois de ter ido para casa e tomado uma ducha — com o corpo inclinado para evitar que a água batesse em suas bolas, e a cabeça erguida para não precisar olhar para as horríveis partes arroxeadas, inchadas —, tinha conseguido se vestir, embora a cueca e a calça causassem um certo incômodo, e voltara ao trailer da polícia a fim de ligar para a Patrulha Rodoviária da Flórida.

— Aqui é Jim Doe. Sou chefe de polícia e prefeito em Meadowbrook Grove.

— É mesmo? — perguntou a voz do outro lado da linha. Seguiu-se um riso abafado, semi-escondido. Todos sabiam sobre Meadowbrook Grove.

— É. Preste atenção, o caso é constrangedor, mas eu estava multando uma mulher ontem à noite...

— Vou avisar a mídia — informou o sabe-tudo.

— Eu estava multando uma mulher ontem à noite — continuou Doe —, e acho que deixei a guarda baixa. Ela era jovem, parecia inofensiva e, bem, me pegou mais ou menos de surpresa. Conseguiu me derrubar com a porta do seu carro e arrancou antes que eu pudesse me levantar. Mas ainda anotei a placa e o registro.

— Foi isso que aconteceu?

— Foi. Não sei por que ela arrancou daquele jeito, mas devia estar escondendo algo, imagino.

— É o que você calcula, então?

— E ela me derrubou. Atacou um oficial de polícia.

— Ela atacou você *e* um oficial de polícia?

— Escute aqui. Não quero discutir com você e tenho certeza

de que, se fosse um patrulheiro rodoviário que ela tivesse atacado, vocês acionariam um helicóptero no mesmo instante.

— Um patrulheiro rodoviário não seria derrubado.

— Estou apenas tentando denunciar uma pessoa perigosa. Ela me derrubou, pode muito bem apontar uma arma para um de seus homens. Não entendo. Está dizendo que eu não devia ter comunicado?

Deu um longo suspiro.

— Tudo bem. Passe os dados.

Doe leu a informação e desligou. Ele diz que ela tentou escapar. Ela diz que ele tentou atacá-la. Se necessário, ele admitirá que é possível que ela tenha, por alguma razão, acreditado que ele iria atacá-la e ele concordaria que ela fosse liberada dessa vez com uma advertência. Mas agora estava feito, então era a palavra dela contra a dele. Devia valer alguma coisa, já que, transcorridos alguns dias, ele ainda não ouvira nada.

Meia hora depois de ter perguntado pela última vez.

— Como estão se comportando as jóias de família? — insistiu Pakken.

— Por que não se preocupa com quem anda correndo demais? — retrucou Doe, irritado.

— Porque estou de folga, só por isso.

— O que lhe falta é iniciativa.

— Talvez falte, mas consegui "iniciar" — respondeu, virando o livro para que Doe enxergasse a palavra circundada com caneta vermelha.

— Aplique algumas multas ou vá para casa.

Pakken deve ter imaginado que o que Doe queria era ficar sozinho, então resmungou qualquer coisa, recolheu sua tralha sem nenhuma pressa e saiu dez minutos mais tarde. Doe levantou-se e caminhou com passo vacilante e as pernas abertas até o balcão carregando o que considerava sua válvula de escape, e acrescentou um pouco mais de uísque ao seu Yoo-hoo. Conseguiu voltar para a escrivaninha — sem ninguém por perto, não precisava se esforçar para aparentar que estava tudo bem — e botou os pés para cima, separou as pernas, dando às partes machucadas um pouco de espaço para respirar.

O telefone tocou. Talvez fosse de novo a maldita Pam; ela ligava duas vezes ao dia para reclamar que ele tinha esquecido o aniversário de Jenny. Ele explicara que não tinha sido esquecimento, que estava envolvido em problemas policiais sérios e que não tinha conseguido se liberar. Por algum motivo a desculpa não a convencera.

Melhor seria deixar tocar, mas ele tinha responsabilidades com a comunidade, então resolveu atender.

— Polícia de Meadowbrook Grove.

— Quero falar com o *chefe* Doe. Aqui fala o oficial Alvarez, da Patrulha Rodoviária da Flórida.

— Aqui é Doe. — Com o sobrenome Alvarez, Doe imaginou que o sujeito teria pelo menos um pouco de sotaque, no entanto ele *hablava* inglês bastante bem.

— Sim, estamos fazendo o acompanhamento de sua denúncia. Escute, falamos com a mulher. Ela disse que você a liberou com uma advertência e foi só.

— O quê? — Doe girou as pernas depressa demais e precisou controlar o ímpeto de ganir ao telefone.

— Foi o que falei, ela disse que você a parou, fez uma advertência e a liberou.

Quando foi que liberei alguém só com uma advertência? Quase deixou escapar a pergunta, mas se controlou.

— Então foi isso?

— Bem — continuou Alvarez —, o que parece é que um dos dois não está dizendo a verdade.

— Ei, espere um minuto — começou Doe. Nesse exato momento a outra linha tocou. A dor em suas bolas, a outra linha chamando. Ele ia acabar perdendo a cabeça.

— Não, espere *você* um minuto — cortou Alvarez. — Um dos dois não está dizendo a verdade. Podemos abrir uma investigação, se quiser, ou deixar o caso como está. O que quer fazer?

Como seria possível ele saber o que queria fazer, se suas bolas doíam e o telefone não parava de tocar? Já tinha tocado umas 12 vezes. Quem seria que não estava querendo desistir?

Mas a verdade era que a mulher não queria insistir nas acusações. Talvez isso significasse que estava guardando a bomba para a sua própria reportagem. Mas não, isso não daria certo. Ela negara à polícia estadual que tivesse havido um incidente. Fazer alegações públicas agora equivaleria a declarar-se mentirosa. Ela se calaria e poria a matéria de lado.

— Então deixe como está — decidiu Doe.

— Tem certeza, *chefe*? Ouvi dizer que um representante da lei foi atacado.

— Ouviu o que eu disse, *señor*. — Doe imaginou que a conversa com aquele idiota estava encerrada, por isso apertou com força o botão pisca-pisca da linha que não parava de tocar. — Polícia de Meadowbrook Grove. O que aconteceu de tão importante?

Um soluço e em seguida uma pausa.

— Jim?... Jim, é você?... Oh, meu Deus. Jim.

A voz estava ao mesmo tempo abatida e perturbada, soluçante e chorosa. Um acidente de carro, talvez. Se fosse na área deles, o problema era deles, o que sempre o incomodava, de todo modo. Talvez devesse comprar um carro-guincho, ter um serviço paralelo de reboque, pois assim pelo menos os acidentes poderiam render alguns dólares. Ou, melhor ainda, levar os carros para fora dos limites da cidade. Deixar que o condado se ocupasse deles.

Então identificou a voz: Laurel Vieland. Que merda, ele não falava com ela fazia cinco ou seis anos, talvez. Desde que ela se mudara para Tallahassee. Mas a filha. Com ela a história era outra. Karen estava ótima anos atrás, antes da metanfetamina. E, se não tinha querido desistir na época, com certeza não tinha problema hoje. Nenhuma inibição.

Laurel e Karen formavam a única dupla mãe-filha com quem Doe já trepara. Não ao mesmo tempo — e agora com absoluta certeza ele não iria querer. De todo modo, havia alguma coisa. E Karen tinha uma filha. A menina vivia com o pai em algum lugar no norte do país, e ele sabia que o pai nem ao menos a deixava ver Karen, não desde que Karen tivera uma crise por causa da metanfetamina dois anos antes. Mas a família voltaria a se reunir algum dia. A menina voltaria para casa em Meadowbrook Grove, com 13 ou 14 anos, e Doe exerceria sua mágica sobre ela. Teria então trepado com três gerações de uma única família. Ele não conhecia ninguém que tivesse feito o mesmo.

— Laurel, é você, minha querida?

Mais soluços.

— Jim. Eles estão mortos. — A voz saiu como o sussurro de um fantasma. — Bastard e Karen. Estão mortos.

— Deus do céu! Onde foi o acidente?

— Não foi acidente. — Mais choro. Choro, choro, choro. Que diabo, vamos, desembuche logo. Claro que não se pode dizer uma coisa dessas, porque as pessoas se ofendem, ainda que seja o que precisam ouvir. Ainda que secretamente queiram que lhes digam isso, não se pode dizer.

Doe já pensava no dinheiro. Talvez em Karen um pouco, também, mas acima de tudo no dinheiro. Então Bastard tinha voltado lá. Ele ainda não conseguia acreditar que Bastard estava na casa de Karen. Ele sabia, *sabia* que Doe andava trepando com ela e se mudara, assim mesmo. Doe tinha visto com os próprios olhos naquela noite. E tinha visto Karen vê-lo, também. Exatamente como tinha planejado. Deixar que ela soubesse que estava em dificuldades. Aquele garoto imbecil, vendedor de enciclopédias, foi lá, e ele imaginou que ela o tivesse retido dentro de casa, como se isso fosse impedir Doe de tentar alguma coisa.

Nada importava tanto quanto o fato de Bastard ter acabado de voltar de suas arrecadações e de ter com certeza perto de 40 mil dólares para entregar. Era dinheiro que não acabava mais, em espécie, e se Bastard estava morto, Doe conseguiria encontrá-lo? E se a grana estivesse no carro e tivesse voado pelos ares? E se ele a tivesse escondido em algum lugar e agora ninguém mais a encontrasse?

Doe disse a si mesmo que precisava acalmar-se. Talvez ele não estivesse morto. Talvez estivesse apenas morrendo. Laurel idiota! Não havia ninguém morto, ele podia apostar. Morrendo, talvez, mas não morto. Doe conseguiria chegar a tempo e se ajoelharia ao seu lado enquanto Bastard colocaria a mão ensangüentada em seu ombro, o traria para perto e diria suas últimas palavras em um sussurro: "Está no armário de ferramentas." Ou algo parecido. Não no armário de ferramentas. Bastard não tinha um armário de ferramentas.

Roçou os dentes irregulares para a frente e para trás, como um par de serras contrárias.

— Onde foi o acidente, Laurel? Vou até lá.

Tomou o resto da bebida.

Soluços. Soluços intermináveis interrompidos por um longo suspiro e depois por uma espécie de gemido. Em seguida mais soluços. O fio do telefone era longo e lhe permitia ir até o pequeno refrigerador/freezer pegar uma nova garrafa de Yoo-hoo. Bebeu o suficiente para fazer espaço na garrafa e depois, com o telefone acomodado entre a orelha e o ombro, despejou nela o equivalente a quatro doses de Yell. Instalou-se de novo na poltrona e botou os pés para cima.

— Não foi acidente — insistiu. — No trailer de Karen. Atiraram neles.

Doe saltou da poltrona. O movimento rápido acabou sendo um erro terrível. A dor que sentiu parecia uma punhalada.

— Você está no trailer agora?

— Es... es... estou — respondeu entre soluços.

— Fique onde está e não chame ninguém.

Desligou o telefone com tanta força que derrubou a garrafa de Yoo-hoo. O líquido marrom se espalhou pela escrivaninha, manchou suas calças. Agora precisaria vestir o uniforme — apertar as bolas de novo. A semana estava mesmo se tornando um desastre.

A viatura chegou ruidosamente à entrada de carros de Karen, os faróis iluminando Laurel, parada, os olhos inchados e as mãos cobrindo a boca. Doe desligou as luzes no mesmo instante. Ele em geral sentia prazer em ostentar as luzes da polícia, mostrar ao mundo quem ditava as regras, mas dessa vez algo lhe dizia para ficar na sua e não aparecer muito. Bastard estava morto e 40 mil dólares tinham sumido.

Deu apenas dois passos na direção de Laurel, e ela correu e o abraçou. Arfava como ao telefone, só que agora ele não podia deixar de sentir as lágrimas que corriam pelo seu pescoço, e sentiu-se na obrigação de passar os braços pelas suas costas, que não eram mais do que ossos salientes e um pouco de carne, como barro molhado envolto em tecido. Tinham trepado quando ela era uma coroa que ainda despertava desejo. Agora era apenas uma velha, tinha talvez 55 anos, e continuava a se vestir como prostituta, embora todos percebessem que seus peitos pareciam salames pendurados em um balcão de mercearia.

— Calma, *baby* — consolou-a. — Conte o que aconteceu.

Ele sabia que estava lá para isso, de modo que a respiração ofegante e os soluços não o irritaram demais. Por fim ela se recompôs o suficiente para falar.

— Minha caçarola de louça. Emprestei minha caçarola de louça para ela no dia de Ação de Graças. E tenho visita este fim de semana.

Doe já tinha visto isso antes, e não suportava. A choradeira, a conversa sem sentido.

— Liguei para ela hoje de manhã — prosseguiu. — Perguntei se podia passar aqui e ela disse que sim e eu queria vir mais cedo, mas precisava fazer o cabelo e demorou mais tempo do que eu esperava.

— Hã-hã. — Doe batia a ponta do sapato contra uma pedrinha.

— Disse que viria mais cedo, mas acabei vindo um pouco mais tarde. Eu ia entrar de mansinho e só pegar a caçarola, sem perturbar ninguém. Não achei que era importante, mas quando entrei no trailer...

O que aconteceu no trailer ele teria de descobrir por conta própria, uma vez que tudo o que conseguiu dela foi uma longa lamentação, seguida de mais soluços e respiração entrecortada. Que confusão.

— Meu bebê — exclamava Laurel. — Meu único bebê.

Bebê uma ova. Karen era uma piranha bem grandinha. E não é que ela e Laurel fossem excelentes amigas nem nada. Metade do tempo uma não suportava a outra. Poucos meses antes, ele ouvira dizer que as duas tinham se agarrado aos socos quando Laurel surpreendeu Karen tirando dinheiro de sua carteira. Agora vinha com essa história ridícula de "meu bebê".

Como a porta do trailer estava aberta, Doe afastou-se das lamúrias da mulher e subiu os degraus. Dentro a escuridão era total, mas um degrau lhe bastava.

Lá estavam eles, mais mortos do que sei lá o quê. Bastard, o idiota. Morto. Karen, a prostituta. Morta. Que trapalhada. Mais do que trapalhada, pois Doe não sabia quem fizera aquilo, o que o deixava inquieto. O fundamental no negócio deles era que coisas desse tipo não acontecessem.

Voltou para onde estava Laurel, que segurava um cigarro entre os dedos paralisados. Seus olhos se arregalaram, à espera de um diagnóstico profissional. Talvez ela pensasse que de algum modo ele poderia fazer tudo aquilo desaparecer. Como responsável pelo cumprimento da lei, teria condições de dizer-lhe que de modo algum os dois estavam mortos de verdade. O que ela via eram bonecos. Atores. Truque de iluminação.

Sem chance. Doe não estava disposto a aliviar o lado ela. Sabia muito bem o que aconteceria, ainda que não tivesse pensado a fundo na questão. Não havia tempo para pensar a fundo, apenas para agir.

— Ligou para mais alguém? — perguntou.

Ela balançou a cabeça.

— Ninguém mais sabe?

Balançou a cabeça de novo.

— Há quanto tempo Bastard se encontrava com Karen?

Laurel fixou os olhos nele. Não respondeu.

— Há quanto tempo? — insistiu, levantando a voz.

— Havia alguma coisa entre você e Karen, Jim? — perguntou com voz branda.

Droga! Ela estava a fim de levar o caso para o lado pessoal.

— Laurel, sou um policial, aqui. Preciso saber. Há quanto tempo eles se encontravam?

Laurel ergueu os ombros.

— Dois ou três meses, eu acho. Dessa vez. Mas estiveram juntos antes.

— Que merda! — exclamou. Quase bateu nela ali mesmo. Bem que teria merecido.

Ele podia garantir que ela sabia. Podia garantir pelo modo como o olhava. Ela sabia que ele tinha trepado com sua filha, e sentia ciúmes. Ele não tinha tempo a perder com uma mulher baixa como essa.

Doe entrou de novo no trailer. Foi até onde estava Bastard e, por puro prazer, deu-lhe um bom pontapé na bunda. O corpo estava pesado para um cara franzino. Olhou para Karen. Sua cabeça era uma confusão só. Tinha sido sempre uma confusão só, pensou, e tentou não rir. Bem, trapacear prostitutas acabava levando a isso. Era a única certeza que todos tinham.

Doe suspirou. Fez um sinal com a cabeça para ele mesmo, o sinal de que estava tudo bem, e então se encaminhou para a porta.

— Laurel! Meu Deus! Venha cá, depressa! Karen ainda está respirando! Está viva! Santo Deus, acho que ela vai ficar bem.

Laurel entrou correndo, direto para os corpos. Doe saíra do caminho e estava junto à parede que separava a cozinha da pequena sala. Ela correu para Karen e ajoelhou-se, o que sabia fazer muito bem, e encostou a mão no rosto da filha.

Não encontrou o que esperara — calor, cor e movimento. O rosto estava frio e emborrachado, e mesmo no escuro podia ver que os olhos de Karen estavam arregalados, fixos no vazio que vem depois da vida.

Começou a virar-se para Doe.

— Mas... Ela não está...

Foi só o que conseguiu dizer antes de o cabo da arma de Doe rebentar o lado de sua cabeça, fazendo-a desabar sobre o cadáver da filha. Sua mão deslizou para dentro de uma poça de sangue coagulado.

De modo algum Doe continuaria a golpeá-la na cabeça. Às vezes as pessoas agiam depressa, ou pelo menos era o que ele ouvia, mas não no caso dele. Doe sabia que às vezes é preciso acertar uma pessoa cinco ou seis vezes — e com bons golpes, também —

antes que ela cale a maldita boca para sempre. Ele, ao contrário, aproveitou o atordoamento de Laurel e agarrou seu pescoço esquelético, seu pescoço de peru, e o apertou com força. Pressionou os polegares contra a garganta flácida.

Ela lutou. Com certeza lutou, mas nem perto do que ele esperava. Era como se ela tivesse desistido, como se soubesse que era tarde demais. Mais do que isso, Doe sabia o que ela estava pensando, e por alguma razão isso o incomodava. Ele queria limpar a barra.

— Não matei os dois — disse, olhando bem dentro dos olhos saltados da mulher. — Não sei quem foi, mas não fui eu. A única pessoa que estou matando hoje é você.

Apertou com mais força ainda até suas mãos doerem, e quase gostou do calor latejante da garganta contra suas mãos. Por um instante, imaginou se devia parar, deixá-la levantar-se, dizer-lhe que era tudo brincadeira. Não acendera as luzes do carro, mas talvez os tivessem visto juntos, visto ela chorar. Ainda assim, que importância isso tinha? Uma mãe em pé do lado de fora do trailer da filha, chorando. Acontecia todo dia. Ninguém pensaria duas vezes, disse a si mesmo, e sob as mãos era como se um osso de galinha se partisse.

Treze

Desiree sentou-se na cama, as pernas cruzadas, vestindo apenas calcinha e a parte de cima do biquíni, tendo no colo um exemplar do *I Ching*. Durante as três últimas semanas ela tinha voltado inúmeras vezes ao mesmo símbolo. Quanto mais fazia a pergunta, quanto mais procurava a resposta, voltava sempre para o *hsieh*.

Desenhou-o nas costas da mão esquerda com uma caneta Pilot para poder pensar nele sempre. Meditar sobre ele. Quando afinal o desenho desaparecia aos poucos da pele, ela o refazia. Na semana anterior, tinha passado diante de uma lojinha ao longo da auto-estrada federal onde faziam tatuagem e pensara em mandar fazer uma definitiva nas mãos, mas concluiu que não havia sentido em tornar permanente um símbolo de mudança.

B.B. viu o desenho na sua mão e disse que parecia um monte de linhas, e ela pensou consigo mesma que todos pareciam, mas esse pictograma, ela sabia, derivava da imagem de duas mãos segurando os chifres de um boi. Significava transformar, atacar e solucionar um problema. Era seu símbolo. Ela precisava resolver o problema, e o problema era sua vida com B.B.

Tinha agora 24 anos e estava com ele havia três. Preparava suas refeições, dirigia seu carro, organizava sua agenda, reservava lugares em restaurantes. Fazia as compras de mercado e pagava suas contas, atendia a porta, preparava seus drinques. Ele precisava dela, e ela sabia, adorava que precisasse. Sentia-se grata, também. Tinha ficado completamente desorientada quando ele a levou para dentro de casa. Ele o fizera por razões próprias, para exorcizar seus demônios, mas de todo modo fizera.

Nos primeiros dias, semanas, meses até, não dormia um sono profundo, ficava sempre atenta à maçaneta da porta, esperando ver B.B. esgueirar-se protegido pela escuridão e reclamar seu direito. Talvez não naquele primeiro dia, quando seu mau cheiro era tão grande que ela mesma precisou respirar pela boca para não sentir náusea, mas depois de limpa, de abandonar a droga e de comprar roupas novas, a história foi bem diferente. Seu rosto antigo começou a voltar para o espelho. A carne aumentou e encobriu os ossos, o rosto ficou rosado e redondo, o nariz, menos estreito, menos pronunciado, os cabelos, menos quebradiços. Tornara-se ela mesma.

B.B. tinha dito a ela que, acontecesse o que acontecesse, por mais limpa e mais feliz que estivesse, ela jamais deixaria de querer usar. A droga sempre a perseguiria. Seria uma sombra que não a largaria; uma corda no pescoço que não pararia de se estreitar.

Ele estava errado. Estava errado porque Desiree já tinha uma sombra, já tinha uma corda no pescoço. A droga a dissimulara, escondera — e com a graça de Deus era o que mais lhe tinha agradado no início. Mas quando ficou limpa, quando se deitou na cama de B.B. na casa de Coral Gables, observando a interminável rotação do ventilador de teto, ouvindo o som distante de máquinas de cortar grama e de alarmes de carro, encontrou o caminho de volta para a irmã.

Aphrodite morrera durante o procedimento para separá-las. As meninas não tinham ainda completado dois anos quando se submeteram à operação que a mãe sabia ser complicada e que colocava em risco a vida das duas crianças. O médico a pressionara, no entanto, dizendo que a universidade em que trabalhava cobriria os custos. Era uma grande oportunidade para as crianças e para a ciência.

As meninas, que nasceram unidas do ombro até o quadril, tinham sido separadas no que os médicos chamavam de onfalopagia "menor". Sim, as meninas estavam unidas, mas principalmente por músculos e tecido vascular. Dos órgãos, apenas o fígado era partilhado, e eles acreditavam que conseguiriam separá-lo com possibilidade de as duas meninas viverem. O médico tinha sido claro: era *possível* que ambas vivessem, provável que uma morresse e improvável que nenhuma sobrevivesse.

Aphrodite morreu. Durante a operação, não depois, o que talvez, nas palavras do médico, fosse melhor, pois se livrava de dias intermináveis de dor. Mas o prognóstico para Desiree era muito bom. Teria uma cicatriz para o resto da vida, uma cicatriz grande, no entanto levaria vida normal.

Desiree aprendeu que ser normal era apenas uma questão de ponto de vista. Agüentar zombaria no vestiário da escola, a cada novo ano acostumar-se a ser vista como aleijão, ter receio de usar roupa de banho, por exemplo? Essas coisas eram normais? Não eram estranhas, claro, além do limite do aceitável. Muitas crianças gordas, feias e malformadas tinham experiências similares, e nem por isso se apresentavam em circos, mas o mundo inteiro sabia de

Aphrodite. Sabia que Desiree tivera uma gêmea siamesa. As crianças na escola, desde que ela se entendia por gente, puxavam os olhos para baixo com os dedos indicadores e cantavam a canção do gato siamês de *A dama e o vagabundo*. De algum modo, e de forma inevitável, ficaram sabendo o nome de Aphrodite e perguntavam por ela como se ainda estivesse viva, ainda unida a Desiree. Ao longo de todos os anos até a escola secundária, houve pelo menos dois garotos — e uma vez até quatro — que apareceram na festa de Halloween fantasiados de gêmeos siameses.

Depois havia a mãe, que sempre apregoava ter preferido Aphrodite. Mesmo antes de terminar a escola primária, Desiree já perguntava a si mesma se isso era verdade ou se diziam apenas para machucá-la; mas perguntar a si mesma e até acreditar que não era verdade não diminuía sua aflição. Sua mãe adorava se lamentar, colocar a cabeça entre as mãos e exclamar: “Oh, por que não foi Aphrodite quem se salvou?”

E havia a própria Aphrodite. Desiree começou a ouvir a voz da irmã mais ou menos na época de seu aniversário de 12 anos. A mãe passava aquela semana fora da cidade, tinha viajado para Key West com um novo namorado, embora o relacionamento — grande surpresa — nunca tenha ido a outro lugar além da sala de emergência. Chamar de voz o que ouvia talvez fosse exagero. Aphrodite estava lá, era uma presença, uma sensação, uma compulsão, uma espécie de fluxo de informação intuitiva. Quando Desiree conhecia uma pessoa e de imediato gostava ou desgostava dela, sentia que era a irmã que a atraía ou repelia.

No início isso a agradava, representava um bálsamo para a solidão de sua vida, mas quando chegou aos 15 anos as coisas começaram a mudar. Conheceu pessoas que não se importavam com a cicatriz, que gostavam de se reunir, ouvir música, puxar um fumo. Aphrodite não gostava dessas pessoas, mas elas gostavam muito de Desiree. Então Desiree descobriu que a metanfetamina calava a voz de Aphrodite. Ardia no início, queimava o nariz com uma dor tão forte que ela inalava água e a expelia como uma baleia. Na segunda vez não queimou tanto. Na vez seguinte, se queimou ela não percebeu.

Assim tinha sido até B.B. encontrá-la. Ou ela encontrá-lo. Ele dirigia pela orla de Fort Lauderdale, parou sua Mercedes em um sinal luminoso com a capota e os vidros arriados e Randy Newman explodindo como se fosse Led Zeppelin.

Ele tinha o que ela queria: dinheiro vivo. Queria dinheiro vivo porque precisava desesperadamente de droga, a ponto de quase morrer. Em tempos passados, a droga a tirara do mundo normal e a jogara em um lugar poderoso onde ela tinha condições de fazer o que quisesse, dizer o que quisesse. Sentia-se incólume e realizada, não mais sujeita aos caprichos da mãe, dos professores ou da gêmea morta.

Agora a história era diferente. A metanfetamina ainda a animava, não havia dúvida, mas não a levava às alturas. E as quedas — as quedas eram piores do que ela poderia algum dia ter imaginado. Via-se embaixo da terra, enterrada sob sua própria sepultura, arranhando o fundo do próprio caixão. Estava seca e vazia, uma esponja espremida e gasta, e faria qualquer coisa para voltar atrás, para pelo menos recomeçar o ciclo. Nem que fosse para abordar um estranho na orla de Fort Lauderdale. Quaisquer restrições que tivessem alguma vez regido sua rotina tinham sido erodidas pela fadiga infinita e pelas noites insones, desde quando sua memória alcançava, o que não significava muito tempo, já que sua memória não funcionava bem naquela época. Uma boa dose de pânico se mantinha presente logo abaixo do nível da consciência. A boca continuava seca mesmo depois de beber algo, e ela nunca sentia fome, por menos que tivesse comido.

Apesar de tudo, nunca fizera nada parecido com aquilo antes. Ela trepava e chupava pela droga, mas era sempre com algum cara conhecido; no entanto, quanto mais pensava, mais certeza tinha de que isso não importava muito. Era apenas uma questão de minutos. De quê? Sexo? Grande coisa! Eles tentavam dar grande importância ao sexo, mas era bobagem. Acabava em poucos minutos, ela ganhava algum dinheiro e podia comprar droga.

Mesmo naquele momento, com a pressão da necessidade e do terror nos ouvidos, podia ouvir a voz abafada da irmã. Não conseguia entendê-la, mas sabia que ela estava lá, com um protesto distante. Mas o sujeito dava a impressão de estar a fim. Bem-vestido, cabelos penteados com cuidado, pintados com esmero. Usava alguns enfeites de bom gosto e caros — o tempo passado em lojas de penhores o ensinara a perceber a diferença. Ele não parecia ser simplesmente mais um médico, um advogado ou um rico investidor imobiliário da Flórida ao volante de um conversível. Era outro tipo de gente. Tinha a marca, o sinal, o tom vibrante só audível para alucinados pelas drogas e para cães. Mentia sobre o imposto de renda, traía a mulher, ferrava os parceiros. Uma coisa. O cara da Mercedes era um vigarista, e tinha dinheiro.

Ela aproximou-se, sorriu para ele. Usou seu melhor sorriso, que era radiante. Pelo menos tinha sido tempos atrás. Se soubesse a aparência que tinha agora — esquelética, olhos encovados, lábios finos, vergões vermelhos no rosto e nas mãos —, jamais teria se oferecido, jamais teria pensado que alguém iria querê-la. Mas não sabia, por isso sorriu, e ele se virou para olhá-la.

— Chupo por 10 dólares, gostosão — ofereceu.

Ele começou a levantar a janela — uma defesa de valor mínimo, com a capota do conversível arriada — e ela esquivou-se do vidro que subia, prestes a praguejar. Então ele parou. A janela voltou a descer.

— O que está usando?

— Foda-se — respondeu, e começou a dar-lhe as costas, porém devagar. Sabia que o assunto não estava encerrado.

Ele tirou do bolso uma nota de 20 dólares e mostrou-a a Desiree.

— O que está usando?

Ela parou. Podia ouvir Aphrodite, a voz que estivera abafada e muda durante anos. Podia ouvi-la agora, profunda e ecoante, como a água que pinga, distante, em uma caverna. Uma sensação tão forte que quase conseguia intuir as palavras. *Não conte para ele.* E foi por isso que contou.

— Metanfetamina.

Ele estudou-a por mais um minuto e logo destravou a porta com um movimento rápido do dedo.

— Entre.

Ela entrou. Por que não? Ele tinha aparência boa para um cara mais velho. Provavelmente limpo, com certeza rico. A outra voz — a que dizia que ela poderia morrer, poderia acabar jogada em um terreno baldio, atirada de um hidroavião dentro do parque de Everglades —, essa não importava naquele momento. A necessidade a impelia, a necessidade. A necessidade. Rasgando-a pelo meio, puxando-a, esmagando-a, tirando-lhe o chão de baixo dos pés e empurrando-a para a lama. Por isso entrou.

O homem da Mercedes, no entanto, não queria que ela o chupasse. Queria que ela ficasse limpa.

B.B. não se interessava por sexo. Dois meses mais tarde, quando Desiree já se tornara uma espécie de empregada doméstica que dormia no emprego, o desinteresse ficou evidente. Ele não gostava de mulheres. Não olhava para elas quando passavam na rua ou no shopping, não para as sedutoras, as graciosas ou as bonitas. Para as que tinham jeito de piranha ou ar sexy ele olhava, mas não com desejo. Era mais um olhar hostil, ou talvez divertido, até.

De início, supôs que ele fosse gay, o que não representava um problema para ela. Tinha conhecido muitos homossexuais na rua, e mesmo que não tivesse, passara tempo demais sendo objeto de escárnio para julgar alguém por ser de algum modo diferente ou fora dos padrões de normalidade que a televisão impõe. E que nunca lhe soavam verdadeiros. B.B. também não ligava muito para homens. Nem para os que eram ao mesmo tempo bonitos e, sem sombra de dúvida, gays.

Era perfeitamente possível que ele fosse assexuado, mas o íntimo de Desiree e a voz de Aphrodite duvidavam. Talvez fosse assexuado, talvez não, no entanto havia algo mais, também. Algo em que as gêmeas não conseguiam pôr seus dedos respectivamente lascivos e efêmeros. Era o vazio que o circundava. Ele parecia entorpecido a metade do tempo. Resgatara Desiree, está certo, porém jamais agia como uma pessoa que resgataria um viciado em drogas. Só quando estava fazendo alguma caridade para um de seus meninos parecia inteiramente vivo. Ou às vezes enquanto observava um menino. Podiam estar em um restaurante, andando pela praia ou fazendo compras, que suas pupilas se dilatavam, a postura melhorava sem, no entanto, parecer artificial, e seu rosto ficava saudavelmente corado, como se estivesse apaixonado. Cada vez ele parecia se apaixonar.

Uma vez ela puxou o assunto. Uma única. Porque a verdade era que havia algo quase admirável com relação ao desejo de B.B. por meninos. Ele queria estar com eles — ela percebia. Na rua, tinha visto homens que procuravam meninos, meninas, crianças tão pequenas que nem sabiam o que era sexo. Eram predadores, monstros, e ela se arrependia de não ter matado todos eles. B.B. era assim, mas ao mesmo tempo não era. Transformava seu desejo em caridade; escondia-se do mundo, talvez até dele mesmo. E os ajudava. Se havia um modo de ser admirado por tal desejo, com certeza era esse.

Ela estava com ele havia mais de um ano, tornara-se parte tão fundamental de sua vida quanto suas pernas, quando, durante o jantar, decidiu que tinha chegado a hora. Era o aniversário de B.B. e ele bebera um pouco demais das garrafas de vinho tinto que tinha guardado. Talvez ela também tivesse bebido um pouco demais.

— Sobre você e os meninos — começou.

— O quê? — Mastigava um bife de filé mignon grosso, sem gordura e malpassado que ela grelhara. No prato, ao lado de uma porção de aspargos, dois tipos de molho — um de pimenta e o outro de alho.

— Só queria deixar bem claro que entendo você, certo? Sei por que faz o que faz, B.B., e considero um grande desafio. Se precisar de alguma coisa, de algum tipo de ajuda, pode se abrir comigo.

Largou o garfo e encarou-a. Seu rosto ficou vermelho, as veias do pescoço saltaram e, por um momento, ela pensou que ele fosse rebentar, explodir, atirar o prato nela, mandá-la embora. Ao contrário, soltou uma risada grossa, gutural.

— Não você, também! Oh, Desiree! Sei que as pessoas adoram imaginar o pior, mas pensei que que pelo menos você me entenderia.

— E entendo — garantiu.

— Só quero ajudar. Passei maus pedaços quando era pequeno, e agora que posso, quero ajudar outros garotos. É isso. Não sou pervertido. Se você não entende que posso querer ajudar um menino sem a intenção de comê-lo, ninguém vai entender.

Não estava zangado, nem mesmo triste. Parecia acima de tudo exausto.

— Está certo, B.B. — Sabia que não era isso, mas concordou com a cabeça. Ele podia esconder do mundo seus impulsos, contanto que os escondesse de si mesmo, também.

Assim pelo menos ela não precisava se preocupar que o amigo, patrão e companheiro fosse sair por aí comendo meninos. Ele podia fazer uma porção de coisas erradas, ser uma porção de coisas ruins, mas mantinha todas elas sob controle. Ainda assim, Aphrodite não se aquietaria. Gêmeas mortas, no entanto, podem reclamar até certo ponto, mas acabam por desistir, e suas objeções abrandaram depois dos primeiros meses. Sim, talvez fosse um erro trabalhar para um homem que ganhava dinheiro — montanhas e montanhas de dinheiro — do modo como B.B. ganhava, mas alguém faria isso, e se ela parasse de trabalhar para ele, continuaria a haver um número infinito de problemas no mundo, mas não haveria comida nem abrigo para a pobre Desiree. Ela teria muita dificuldade em conseguir um emprego sem o secundário completo e tendo como experiência anterior apenas a de assistente pessoal de um criminoso.

Além disso, B.B. a queria por perto, achava que tinha valor, levava em conta suas opiniões. Ela lhe devia a vida, por isso fingia não perceber o prazer que ele sentia ao colocar a mão no ombro de um menino, ou como seus olhos se iluminavam quando via um dos protegidos em traje de banho. Ela conseguia viver como sua aliada, seu disfarce para o mundo.

Então as coisas deram uma guinada radical. Um mês antes, tinham ido a um jantar para se reunir com um sujeito que dirigia uma operação de venda de enciclopédias na Geórgia. B.B. andava pensando — mais ou menos pensando, seria melhor dizer — em expandir as atividades, e isso poderia ter incomodado Desiree se ele realmente falasse sério, mas jamais expandiria. Ganhava o dinheiro de que precisava e detestava controvérsias; por que arriscar um território novo e cruzar as fronteiras do estado?

O encontro foi péssimo, e tanto ele quanto Desiree não gostaram do sujeito da Geórgia, acharam que não merecia confiança. Desiree ficou aliviada, e supôs que B.B. também. Era quase como se ele estivesse à procura de um modo de comemorar, e quando viram um garoto caminhando ao longo da praia, algo visivelmente mudou no rosto de B.B.

O menino aparentava ter talvez 11 anos, era bonito, tinha feições marcantes, mas cambaleava. Como se estivesse bêbado —

talvez pela primeira vez. Tinha um sorriso alegre e meio idiota no rosto, cantava alto sozinho e de vez em quando fingia tocar uma guitarra invisível enquanto caminhava.

— Por que não pára o carro? — perguntou B.B. — Podemos dar carona para o menino.

Desiree não queria parar, mas o sinal luminoso mudou para vermelho e ela não teve escolha.

— Quer lhe dar uma carona para onde?

B.B. forçou um sorriso, como se o que ocorria a ele devesse também ocorrer a ela.

— Para nossa casa.

Desiree manteve os olhos fixos à frente.

— Não.

— Não?

— Não. Não vou permitir que isso aconteça.

B.B. mordeu o lábio.

— Não vai permitir que aconteça exatamente o quê?

— B.B., é melhor esquecer o assunto. Vamos para casa.

— Se digo que vamos dar uma carona para o garoto, é porque vamos. — Sua voz ficou mais alta. — Você não me diz não e ele não me diz não. Ninguém me diz não. Pare o carro e convença o menino a entrar com uma conversa açucarada, ou você estará na rua amanhã e se prostituindo por droga em uma semana.

— Está certo — acatou com voz macia. Escolheu as palavras de propósito, porque a crueldade dele exigia tratamento na mesma moeda, e ela queria que ele pensasse, ainda que por um segundo, que vencera. — Tudo bem, ótimo. — O sinal mudou e ela passou em velocidade pelo menino.

Na manhã seguinte, sua mala feita e a sacola de ginástica foram saudadas com flores, chocolates e um envelope cheio de dinheiro. Ele não pediu desculpas, não disse que lamentava ter tentado transformá-la em caftina, mas ela sabia que lamentava.

Apesar de tudo. Ela sabia que ficaria mas, enquanto desfazia a mala, Aphrodite deixou claro que se tratava de um adiamento, não de uma permanência. Desiree não resistiu, não discordou nem deu de ombros, porque não era uma opinião. Era um fato.

Os dois perceberam. O impulso dentro de B.B. estava vindo à tona, e mais cedo ou mais tarde coisas ruins aconteceriam sob seu teto. Talvez ela conseguisse mantê-lo sob controle, mas por quanto tempo? Para sempre? Parecia improvável. O que a apavorava, no entanto, não era a idéia de que B.B. cederia aos seus piores instintos, se tornaria o monstro ao qual resistira; era que não teria forças para combatê-lo. Ela se convenceria de que seria pior se não estivesse por perto, de que o ajudava a evitar danos a mais meninos ainda. Ela o ajudaria com este, como o ajudara com seus negócios. Por quanto tempo uma pessoa conseguiria participar de maldades sem ela própria se tornar má? Ou ela se tornara culpada no momento em que aceitou a caridade de B.B., no momento em que decidiu ficar após saber quem e o quê ele era?

Precisava ir embora. Precisava seguir em frente. Aphrodite sussurrava esse conselho para ela em um mantra perpétuo, como o próprio som da respiração. Nem o *I Ching* conseguia parar de repetir isso.

Se B.B. entraria em pânico caso ela fosse embora, pouco importava. Se ela não tinha para onde ir, pouco importava. Tinha o que precisava. Tinha o dinheiro que economizara — dinheiro suficiente para viver durante um ano ou dois enquanto pensasse no que fazer. E tinha informações sobre os negócios de B.B. Não que quisesse extorqui-lo ou ameaçá-lo, mas tinha a sensação de que, quando ele percebesse que ela não voltaria, quando percebesse que tinha ido de vez, ficaria muito, muito aborrecido.

E, quando um homem está muito aborrecido e tem um bando de gente como Jim Doe e o Jogador trabalhando para ele, as coisas podem se complicar.

QUATORZE

O TELEFONEMA CHEGOU no meio da noite. B.B. nunca atendia as ligações; não era do seu feitio. Gostava, no entanto, de manter o telefone perto da cama. Era um desses telefones de escritório com a campainha estridente e múltiplos botões que permitem ver qual linha está em uso. Tinha apenas uma linha, mas ele gostava da idéia de ter várias.

E gostava de ficar atento para saber quando a linha estava em uso. Não que não confiasse em Desiree. Claro que confiava. Confiava nela mais do que em qualquer outra pessoa, mas por que correria riscos?

A TV estava ligada, mas mostrava apenas chuvisco. B.B. olhou o relógio digital: 4h32. Um telefonema a essa hora não devia ser boa coisa. Sentou-se na cama e acendeu a lâmpada de cabeceira em feitio de girafa com a cabeça erguida para comer folhas. A cúpula era a copa da árvore. B.B. permaneceu imóvel, os olhos fixos no azul e rosa do papel de parede rococó até que ouviu uma batida leve na porta.

— Quem é?

Uma fresta se abriu.

— O Jogador.

— Porra.

Ergueu o fone e apertou o botão para selecionar a linha certa. Ele sempre deixava o telefone em uma das linhas mortas, já que gostava da sensação de apertar o botão quando atendia uma chamada. Isso o fazia sentir-se um executivo. O que em essência era, só que um tipo de executivo nada convencional.

— Então, como é que estão as coisas? — perguntou ao Jogador. — Tudo em ordem?

Houve uma pausa. Era um tipo de pausa que não agradava muito a B.B.

— Não exatamente. — A voz parecia desanimada. — Não telefonaria se estivesse.

— O que está querendo dizer? — Olhou para Desiree que, encostada na porta com os braços cruzados, o observava. Usava um roupão de banho branco e provavelmente nada por baixo. Muitos homens a achariam sexy, com ou sem cicatriz, imaginou. E o fato de que ela talvez fosse considerada sexy lhe pareceu, por um instante, um tanto sexy. Mas logo a sensação passou.

— O que estou querendo dizer — explicou o Jogador — é que temos um problema sério, e que eu talvez não consiga resolver.

B.B. detestava ter de falar em código ao telefone, mas ainda que não houvesse prova de que os agentes federais davam alguma bola para o que ele fazia, era preciso admitir que escutavam as conversas, o que significava que era importante ficar algum tempo sem tocar diretamente no assunto, e isso era constrangedor quando não se sabia sequer de que assunto se tratava.

Quem precisava dessas chateações? Não era para tudo isso estar livre de chateações? Na verdade, não, mas esperava-se que fosse fácil, e ele imaginava que era. B.B. tinha herdado o complexo suíno perto de Gainesville do pai de seu pai, um velho de bochechas rosadas e tufos de cabelos grisalhos que pareciam ter sido enfiados na sua cabeça por um inimigo vingativo. Era tão intratável que parecia uma paródia de um velho intratável, que xingava e cuspia fumo com raiva e recusava afagos, abraços de netos, sanduíches de presunto — o que quer que lhe fosse oferecido. As visitas à granja tinham sido um tormento constante. O velho o fazia tirar merda de porco com uma pá, enxugar litros e litros de mijo dos animais, puxar pelas patas carcaças de porcos mortos.

Se ousasse insinuar uma expressão de queixa, o avô mandava que calasse a maldita boca e lhe dava um tapa na cabeça, às vezes com a mão, outras com um saco quase vazio de forragem, e uma única vez com uma merendeira de metal antiga. Havia outras punições, também, no galpão vazio, quando B.B. quebrava o "código do fazendeiro", uma extensa lista de regras que tinham sido excluídas do famoso *Almanaque do pobre Ricardo*. B.B. nunca aprendeu o código nem entendeu suas regras ou parâmetros, mas algumas vezes por ano o avô o abordava, parecendo especialmente alto e sujo. Dava uma grande cuspida na direção de B.B. e dizia que ele tinha quebrado o código do fazendeiro e que precisava ser enquadrado no galpão. Ele não tinha idéia do que o avô pretendia, não tinha idéia do que enquadrar um menino queria dizer. O velho era um monstro, e na época em que B.B. teve idade suficiente para tomar suas próprias decisões, jurou que nunca mais voltaria a vê-lo.

Então, dez anos atrás, o avô morreu. Tinha chegado aos 97 anos, mantido vivo por uma ira aquiliana desmedida e um ódio também quase sobrenatural de benfeitores, mulheres, televisão, políticos, empresas, mudanças na moda, e de um mundo que se tornava cada vez mais jovem enquanto ele se tornava cada vez mais velho. O próprio pai de B.B. tinha morrido muito antes em um acidente de moto temperado com muita bebida e cocaína, um verdadeiro suicídio, levando em conta que ainda por cima estava sem capacete. Após a morte do avô chegou a carta registrada do advogado dizendo que ele tinha herdado a granja, o que aconteceu no momento certo, também, já que as coisas não estavam indo muito bem para B.B. em algumas das várias frentes em que se aventurara, inclusive as de vendedor de carros, corretor de imóveis não-licenciado, paisagista, guarda de segurança e jogador de pôquer em Las Vegas.

Esta última envolvera longas e delirantes corridas sob as luzes de cassinos que não viam diferença entre noite e dia, embriaguez e sobriedade, ganho e perda. Ele agora se lembrava das risadas hiperbólicas, de ter puxado para junto do peito pilhas de fichas e também de ter ficado no dia seguinte misteriosamente sem dinheiro de novo. Mas não eram lembranças que lhe ocorriam com muita freqüência. Quando pensava em Las Vegas, ainda pensava no grego sem camisa a quem ficara devendo (e ainda devia) 16 mil dólares e que mandara um bandido dar-lhe uma surra tão forte com o cabo de uma vassoura que suas costas ainda doíam quando espirrava, mais de dez anos depois. Pensava na sua retirada vergonhosa da cidade, dentro de um ônibus e disfarçado de padre ortodoxo oriental, o único traje que conseguira às pressas. Era isso ou fugir da cidade como pirata ou múmia.

Sem outras opções, assumiu a granja de suínos. Pagou suas dívidas, ainda que escassamente, mas fedia muito e o deixou com nojo dos animais, animais que cheiravam mal, cagavam, precisavam de comida, berravam de dor e mereciam morrer como punição por estarem vivos. E pegou nojo também da terra em si — uma granja terrível pelas memórias do avô maldito, para quem ele esperava sinceramente que existisse um lugar chamado inferno. O galpão, pela simples proximidade, perturbava de tal modo seu sono que ele convenceu três moradores locais, barrigudos e de braços fortes, a botarem-no abaixo. Pagou-os em cerveja e um porco assado inteiro.

Voltar para a granja, trabalhar na propriedade do avô, tinha sido degradante, um pesadelo terrível, mas ele estava quebrado, completamente quebrado, e a granja lhe permitia sobreviver. Tinha dinheiro para a comida, um teto sobre a cabeça e, uma vez ou outra, os vinhos que aprendera a apreciar em Las Vegas.

Então o sujeito que ele conhecia mais ou menos — com quem falara algumas vezes em um bar local, amigo de um dos homens que tinham derrubado o galpão —, motociclista membro de uma gangue chamada Cães do Inferno, o procurou uma noite. O que diria se dois dos rapazes instalassem um pequeno laboratório na propriedade? Ninguém saberia, já que o cheiro dos porcos esconderia o cheiro da metanfetamina sendo cozida. B.B. não precisaria fazer outra coisa a não ser ficar calado, e para isso receberia mil dólares por mês.

Era um bom negócio. Após um mês sem nenhum interesse, B.B. começou a acompanhar os cozinheiros da metanfetamina para aprender a prepará-la, e descobriu como era fácil transformar o equivalente a algumas centenas de dólares de um medicamento vendido livremente em qualquer farmácia em uma anfetamina tão potente que fazia cocaína parecer uma xícara de café aguado. Então os homens que trabalhavam no laboratório foram apanhados quando faziam a distribuição. Imaginou que sobraria para ele, também, mas isso nunca aconteceu. Imaginou que outros membros da operação apareceriam para assumir o laboratório, mas ninguém se manifestou. Ficou então na propriedade com uma máquina de fazer dinheiro plenamente operacional. Seria loucura ignorá-la.

O problema era que B.B. não chegara a aprender a primeira regra sobre distribuição de drogas. Não tinha idéia de como funcionava. Não conseguia se imaginar na esquina, usando uma capa e fazendo psiu para todo sujeito esquelético que se aproximasse com uma camisa larga demais e expressão perdida no olhar. Continuou a fabricar metanfetamina — não grandes quantidades, apenas trinta ou cinqüenta gramas por mês — enquanto aprendia a técnica certa de produção. Parecia uma boa idéia manter a quantidade limitada, uma vez que fabricar metanfetamina sem saber o que se está fazendo é como segurar um frasco de nitroglicerina em uma montanha-russa.

Ele fabricava e estocava. Nada além de um passatempo, na verdade, como colocar navios dentro de uma garrafa. Bastavam dois dias de trabalho e lá estava ele, o delicioso pó amarelo. B.B. aprimorou-se, adquiriu confiança, fabricou mais, aprendeu como se desfazer das sobras, tão tóxicas que comiam até o solo. Em um ano tinha o equivalente a milhares de dólares em droga e nenhuma idéia de como descarregá-la.

Quando leu na seção de negócios de um jornal local que os donos das Enciclopédias Champion procuravam alguém para comandar uma operação no estado, tudo começou a se encaixar. Convenceu-os de que era um empreendedor, de que conseguiria dirigir o negócio de livros tão bem quanto dirigia sua "operação agrícola" — expressão que usou. Mas seu entusiasmo não os contagiou. Nenhum deu à sua perspicácia mais atenção do que os chefes de equipe davam à perspicácia de novos vendedores de livros. Contrate quantos puder, atire-os às ondas e observe quem continua a flutuar.

Isso aconteceu três anos após Las Vegas, e quando B.B. se encontrou com os principais chefes de equipe no estado, conhecia um deles. Um sujeito que atendia pelo nome de Kenny Rogers e se intitulava o Jogador. Ele não reconheceu B.B., mas B.B. o reconheceu. O Jogador era o bandido que agredira B.B. com o cabo de vassoura no seu apartamento de Las Vegas. B.B. no chão, as mãos sobre a cabeça, o latido do cachorro do vizinho, o som da TV do vizinho cada vez mais alto para fazer de conta que não ouvia, e os soluços do próprio B.B. enchendo seus ouvidos.

Ao contratar o Jogador, B.B. pensara apenas em vingança, em exorcizar seus demônios. Deixaria que trabalhasse para ele, que pensasse que estava fazendo um grande negócio, que participava dos mais profundos segredos da organização, que fazia parte de todo o processo de planejamento. B.B. mantinha o Jogador por perto, imaginando onde e como acertaria contas com ele, quando deixaria tudo certo no universo. O tempo passava, no entanto, e a vingança não acontecia. O Jogador fazia dinheiro para B.B., dinheiro demais para excluí-lo tão sem pensar, e a grande verdade era que se B.B. de fato se vingasse, não teria mais o prazer de prever a satisfação do troco. Por isso B.B. mantinha o Jogador onde estava e uma vez ou outra pensava no que poderia aprontar para ele.

As coisas tinham corrido tão bem durante tanto tempo, que ele devia ter esperado por algo assim.

— Vai conseguir o que lhe pedi? — perguntou B.B. Bateu seguidas vezes com o lápis na mesa-de-cabeceira.

— Não sei. — A voz do Jogador parecia sem conteúdo. — Neste momento está em falta.

— Em falta? Meu Deus! Onde está o sujeito que devia ter?

— Se ferrou. Se ferrou para sempre e de um jeito muito confuso, se entende o que quero dizer.

— Que diabos está acontecendo? Quem despachou o cara?

— Não tenho idéia — respondeu o Jogador. — Estamos tentando descobrir.

— Sim, e estão tentando conseguir meu material, também?

— Estamos, sim, mas neste momento não temos um lote completo para liberar.

— Será que preciso ir até aí? — perguntou B.B.

— Não acho necessário. Podemos cuidar de tudo. Manterei vocês informados.

B.B. desligou o telefone. Ele os manteria informados. Ótimo, com seus joguinhos de adivinhações?

Virou-se para Desiree.

— Vista-se. Vamos a Jacksonville.

Ela torceu o nariz.

— Detesto Jacksonville.

— Claro que detesta Jacksonville. Todo mundo detesta Jacksonville. Ninguém vai a Jacksonville porque gosta.

— Então por que as pessoas vão a Jacksonville?

— Para recuperar seu dinheiro — explicou B.B. —, e para garantir que ninguém vai tentar roubá-lo.

E talvez, pensou, para controlar o Jogador. Se ele tivesse perdido o pagamento, havia uma boa chance de ele ter vivido mais do que merecia. Talvez até se conseguisse recuperar o dinheiro.

O Jogador desligou o telefone. O filho-da-puta viria, com toda a certeza. A última coisa de que ele precisava era que B.B. e o aleijão de sua namorada bagunçassem o negócio. Tecnicamente, claro, o negócio era de B.B., mas para o Jogador isso era uma mera circunstância. Ele tropeçara no negócio. Conhecera algumas pessoas. Formara algumas alianças. Muitas coisas. O dinheiro entrava não porque B.B. era muito esperto, mas porque as pessoas queriam comprar metanfetamina, fabricar a droga era barato, não havia muita competição no mercado, e os tiras estavam ocupados demais perseguindo caubóis da cocaína para se preocupar com metanfetamina caseira. Podiam vendê-la em caminhões de sorvete — diabos, praticamente conseguiram — sem que os agentes federais ou locais percebessem. Eles tinham peixe muito maior com que se preocupar do que um bagulho caseiro que podia ser produzido a partir de um remédio comum para asma.

A verdade era que havia muito mais dinheiro a ser feito, e o Jogador estava enojado e cansado de bancar a babá desse zoológico enciclopédico. Não teria condições de agüentar por muito mais tempo, e estava disposto a ir em frente, ajudar a expandir o império. Precisava de algo menos oneroso fisicamente, algo que lhe permitisse sentar e pensar. E fazer dinheiro. Dissera isso a B.B., embora deixasse de fora a parte referente à preocupação sobre sua força. B.B. não tinha se interessado.

— Neste momento — dissera —, estamos todos fazendo dinheiro, os tiras estão distraídos, e tudo corre às mil maravilhas. Se nos tornamos gananciosos, tudo pode desmoronar.

Era fácil para B.B. ficar satisfeito com o estado das coisas. Ele não precisava circular com vendedores palermas e com idiotas como Jim Doe. Não precisava se preocupar em fazer as macaquices de vendas duas vezes por dia. E não havia motivo para se preocupar com o dia — que poderia chegar em dois anos, talvez até no ano seguinte — em que não teria mais condições de fazer isso, quando as contas médicas começassem a se acumular, quando precisasse de dinheiro para garantir que alguém cuidaria dele para que não acabasse na mão de auxiliares psicopáticos que cravariam alfinetes em seus globos oculares só por brincadeira.

Tudo o que o Jogador sempre demonstrara fora eficiência e lealdade, e estava ficando farto da ingratidão de B.B. Não apenas ingratidão — havia algo mais. A nova residência de B.B. na terra do esquecimento. Ele se desligara. Estava em outro planeta. Não havia como dirigir esse tipo de operação. O Jogador trabalhara com gente de Las Vegas que tinha condições de comandar seis operações ao mesmo tempo, manter três conversas telefônicas e prever o resultado das partidas de futebol de um fim de semana inteiro — e dedicar atenção integral a tudo.

B.B. não conseguia decifrar se a luz amarela indicava acelerar ou reduzir a velocidade sem que Desiree precisasse lhe dizer.

E claro, o dinheiro era bom, mas não seria suficiente — não quando ele começasse a declinar.

Tinha sido forçado a abandonar o trabalho para o grego de Las Vegas quando a paralisia começou. Claro que devia ter procurado logo um médico. Se uma pessoa está com o pé levantado para dar um chute no traseiro de alguém e de repente fica paralisado, como se tivesse se transformado em um boneco articulado, é sinal de que precisa correr para o médico. Mas foi um incidente isolado, um fato eventual, e por isso logo o esqueceu. Voltou a acontecer três ou quatro meses mais tarde, durante um encontro com uma vedete. Estragou tudo. Então de novo três meses depois, dessa vez enquanto jogava golfe. Uma tacada e a paralisia, sem mais nem menos.

Trabalhava para o grego naquela época, e o grego tinha querido saber, com justa razão, que merda estava acontecendo.

Cinco médicos depois, estava confirmado. ELA: esclerose lateral amiotrófica. Doença de Lou Gehrig. Uma forma de distrofia muscular. Ele era agora um dos filhotes de Jerry Lewis. A doença podia começar de modos variados — espasmos musculares, perda de coordenação, problemas na fala, falta de capacidade motora e as paralisias ocasionais específicas do Jogador. Progrediria até ele se transformar em um nada fisicamente, incapaz de se mover, até de respirar ou engolir sozinho, enquanto sua mente, por outro lado, se manteria em perfeito funcionamento.

Podia acontecer devagar ou podia acontecer depressa. Ninguém sabia. No caso do Jogador, o desenvolvimento parecia ser lento, por isso teve tempo de organizar sua bagunça. Não era a morte que ele temia. Sabia que a morte não era o fim; vira desenhos de fantasmas, ouvira gravações de vozes do outro mundo, até procurara um médium que conseguiu fazê-lo falar com a mãe morta. O fato de saber que o corpo não passava de uma concha e que a alma continuava a viver o ajudara no seu trabalho em favor do cumprimento das leis em Las Vegas. Não é tão difícil dar uma pancada mortal em alguém quando se sabe que não está causando um dano permanente. O que o assustava era o tempo que levaria para morrer, quando estivesse sozinho e indefeso, e a única coisa que o manteria livre de maus tratos e de agressões era dinheiro. Precisava de dinheiro.

Se contasse a verdade a B.B., ele se mostraria solidário, compreensivo, e o mandaria seguir seu caminho. Talvez com uma boa gratificação, mas nem de perto suficiente. O Jogador precisava de dinheiro, montanhas e montanhas de dinheiro, dinheiro suficiente para pagar as contas, pagar uma enfermeira só para ele e pagá-la tão bem a ponto de fazer qualquer coisa para mantê-lo feliz e saudável.

Do modo como as coisas andavam, a causa teria problemas. Nos últimos seis meses B.B. se tornara mais distraído do que nunca. Os negócios declinavam, e ele não parecia se importar. E Desiree, a prostituta dissimulada, estava a fim de alguma coisa. Ele tinha certeza. Talvez planejasse assumir o controle, cortar o Jogador de vez. Mas em nenhuma hipótese ele trabalharia para ela, e podia garantir que de modo algum permitiria que ela o descartasse. Se alguém devia assumir o controle no lugar de B.B., que fosse o Jogador.

Desiree manteve os olhos fixos à frente. Ao seu lado, no banco do passageiro, B.B. estava quieto, a cabeça levemente inclinada para o lado oposto. Não dava para saber se ele estava mesmo dormindo, ou se fingia. Sua fita *Little criminals*, de Randy Newman, tinha acabado um minuto antes, e agora havia apenas o chiado silencioso do rádio. Ela queria mais música, o rádio, qualquer coisa que a ajudasse a se manter acordada. A fadiga, a escuridão da autoestrada e a luz ofuscante do tráfego na pista contrária a levavam a um estupor hipnótico.

— Divertiu-se com Chuck?

B.B. agitou-se.

— O que quer dizer com isso?

— Perguntei se você se divertiu.

— Tivemos um jantar produtivo — justificou. — É um bom garoto. Inteligente. Preparado para ter um mentor. Até mais do que isso, você sabe, se estivesse disposto a se abrir.

Ela preferiu encerrar o assunto.

— Tudo bem.

Permaneceram calados por alguns minutos. Desiree estremeceu quando passaram por dois quatis esmagados à beira da estrada.

— Eu não queria ser assim — desabafou B.B.

Desiree engoliu em seco. De certo modo tinha esperado por isso, pela grande confissão, e ficara apreensiva. Quando ele contou sobre sua vergonha, sobre os desejos que o dominavam, sobre como o tinham vitimado quando menino — o que quer que isso significasse —, ela teve medo de sentir piedade e compaixão, e que a vontade de ir embora se perdesse em uma mistura de culpa e obrigação.

— Nunca quis me envolver nisso, você sabe. Mas aconteceu.

Sentiu-se aliviada. Ele não queria falar sobre o que sentia por meninos, queria falar sobre ser um fornecedor.

— Não tenho condições de julgar ninguém, B.B.

— Nunca quis me envolver nisso — repetiu. — Não gosto. Viveria longe dos porcos se pudesse, mas acontece que me acostumei a ter dinheiro. Mas é como uma mancha na minha alma. Uma opressão. Continuo a pensar que quero me livrar disso.

— Então se afaste. Simplesmente se afaste. Ninguém o impede.

— Estava pensando em outra coisa. Estava pensando que alguém talvez pudesse assumir no meu lugar. Que *você* poderia assumir no meu lugar. Eu incluiria você nos lucros e poderia me afastar de tudo, trabalhar na Fundação de Jovens em tempo integral. Levar uma vida decente.

— Isso me deixa lisonjeada — agradeceu. — É realmente fantástico que confie tanto em mim, B.B. Mas preciso pensar.

— Está certo — concordou. E mergulhou de novo no silêncio. Desiree não queria pensar no assunto. A idéia de B.B. de limpar a mancha de sua alma significava entregar o trabalho sujo para outra pessoa e apenas ficar com os lucros. Muito de leve, sacudiu a cabeça. Não queria que ele visse, porém sentiu que precisava fazer um gesto para o universo. Suas decisões estavam ficando cada vez mais fáceis.

QUINZE

O DESPERTADOR DISPAROU às 7 horas. Em geral, após ficar algum tempo na área da piscina, as pessoas começavam a se retirar para dormir entre 1h e 2h, e dificilmente alguém ficava até as 3h. Isso significava que era fácil conseguir quatro horas de sono, que Bobby dizia serem suficientes. Ele devia saber. Estava sempre entre os últimos a deixar a área da piscina, e jamais parecia cansado. Eu não conseguia me lembrar de tê-lo visto alguma vez bocejar.

Eu me acostumara à fadiga do mesmo modo como alguém se acostuma a um tumor no rosto — a pessoa nunca esquece dele, mas não esquecer não significa obrigatoriamente pensar nele. Eu acordava todas as manhãs exausto, confuso, um pouco tonto, e essa sensação na verdade nunca me abandonava.

Bobby costumava chegar bem-humorado ao nosso quarto ao redor das 7h20, escancarar a porta e irromper como um personagem de peça musical pronto para começar a cantar. Queria ter certeza de que todos estavam acordados e bater papo com o primeiro que tivesse ido para o chuveiro e que a essa hora em geral já estaria vestido, pois precisavam ser rápidos já que havia ainda quatro pessoas para tomar banho e café antes do encontro preparatório das 9 horas.

Como costumava acontecer, fui o primeiro a entrar no chuveiro, embora tivesse sido o último a ir para a cama — cama era um eufemismo para um pedaço de chão. Eu me arrastara até o quarto pouco antes das 5 horas, tirara a roupa em silêncio e fora dormir no espaço entre a televisão e o armário sem porta, descansando a cabeça em uma camiseta suja. Não tinha sobrado travesseiro para mim.

Consegui dormir, tenho quase certeza, porém foi um sono entrecortado, durante o qual sonhei, basicamente, que estava deitado no chão, acordado, e que tentava dormir. Pelo menos não sonhei com venda de livros, e foi a primeira vez em semanas que pude dizer isso. E não sonhei com os corpos de Bastard e Karen, o que era uma espécie de misericórdia.

Quando o despertador tocou, levantei-me de um salto como apenas alguém com insônia crônica poderia ter feito, e fui para o banheiro. Após tomar uma chuveirada e vestir minha outra calça cáqui, camisa azul-clara com colarinho abotoado e uma gravata estreita, amarela como o sol do meio-dia, senti-me quase como eu mesmo de novo. Consegui esquecer o que ocorrera no trailer, a noite com Melford e os acontecimentos anteriores no trailer. Quase consegui quase esquecer que me envolvera em um assassinato duplo, e em um terceiro assassinato que comprometia um policial trapaceiro e o chefe da empresa para a qual eu trabalhava.

Estava sentado na cama, observando minhas mãos levemente trêmulas, tentando ter vontade de tomar o café-da-manhã, quando a porta se abriu e Bobby entrou de repente.

— O primeiro a se levantar, e não estou surpreso — exclamou. — Gostei de ver, Lemmy. Já avaliei a área de hoje e tenho um local excelente para você. Mas precisa me prometer que vai fazer uma venda dupla. Deve chegar lá pelas 11 horas. Terá 12 horas. Acha que pode me prometer uma dupla? Pelo menos, é o que quero dizer. Uma dupla pelo menos.

— Posso tentar — respondi sem muita convicção.

— Pare com isso, ele está cansado — interveio Scott. Ele ainda estava deitado, sem camisa, o barrigão e o peito muito brancos à mostra. — Não sei quanto ele dormiu esta noite. Quem sabe você dá essa área para outra pessoa, Bobby. Alguém que não deixe escapar a oportunidade.

Bobby deu um sorriso forçado como se Scott tivesse acabado de dizer que gostava de seu corte de cabelo.

— Reservei essa área para Lemmy. Se produzir tanto quanto ele, você também pode conseguir, como ele.

— Agora me explique como é que isso vai acontecer algum dia se toda vez é para ele que você dá as melhores áreas?

Bobby sacudiu a cabeça.

— Um bom vendedor vende em qualquer lugar. E quando Lemmy apareceu, ele não ganhou o filé mignon, assim como nenhum dos novatos ganhou. Você não teve tratamento especial quando chegou aqui.

— Como até hoje não tenho — resmungou.

— Foi aí que Lemmy provou ser bom. Você quer uma fatia do filé-mignon, então mostre que merece.

— O caso é que ele teve sorte — retrucou Scott. — Ele não passa de um judeu rico que quer cada vez mais dinheiro.

— Pare com isso, Scottie. Lemmy é um bom sujeito.

— Bom no quê? Em dar o rabo, aposto — intrometeu-se Ronny Neil, ainda deitado na outra cama, braços e pernas bem separados. — Você é bom em dar o rabo? — perguntou-me.

— Defina "bom" — pedi.

— Que saco! Vocês parecem drogados hoje — observou Bobby. — Mas estou contente que esteja vestido, Lemmy. O Jogador quer ver você.

Ronny Neil, que continuava deitado, levantou-se num salto. Como Scott, dormia sem camisa, mas, ao contrário de Scott, exibia um corpo musculoso e bem definido. Tinha peitorais pequenos, mas rijos, e os músculos das costas se projetavam como asas. No ombro direito tinha a tatuagem de uma cruz, feita à mão e com tinta, como as que os prisioneiros fazem uns nos outros.

— O que o Jogador quer com ele? — perguntou Ronny Neil.

Bobby deu de ombros.

— Acho que precisa descobrir isso com o próprio chefe, Ron.

Ronny Neil apertou os olhos na direção de Bobby.

— Ele não tem nada a ver com o Jogador. Não quero saber dessa história de o Jogador chamar Lem.

— Chamar Lem para *quê*? — perguntou Bobby.

— Não quero que Lem fale com o Jogador — insistiu Ronny Neil. Não foi uma reclamação, parecia mais um resmungo.

O fato de eu também não querer falar com o Jogador não parecia contar muito. Senti um início de pânico que me perturbou. Teria o Jogador de algum modo descoberto que Melford e eu tínhamos nos escondido no armário? O talão de cheques estava em seu poder, o que significava que sabiam que alguém da empresa tinha estado lá, e àquela altura era provável que já imaginassem que o alguém em questão era eu.

— Vamos, Lemmy — insistiu Bobby. — Não quero fazer o chefão esperar.

— Ele fica muito à vontade com o chefe — zombou Ronny Neil. — Vou enfiar uma faca no rabo dele.

— Isso ajuda a saber se alguém é bom ou ruim em dar o rabo? — perguntei.

— Ah, não diga bobagem, Ron. — Bobby colocou a mão no meu ombro e levou-me para fora.

Eu não conseguia acreditar que ele deixaria por isso mesmo. Talvez pensasse que ser mais duro com eles tornaria a situação pior para mim. Talvez imaginasse que deixar as coisas como estavam não afetaria o número de livros vendidos. Talvez estivesse fechado no seu mundinho e não percebesse que Ronny Neil era um babaca medroso e que Scott era um babaca medroso e patético.

Seria possível uma coisa dessas? Bobby teria passado pela vida de modo tão despreocupado, com seu eterno sorriso de vendedor e seu grande entusiasmo, a ponto de não saber o que significava ser o escolhido, ser humilhado por sujeitos maiores e mais malvados que sentiam prazer em lembrá-lo de que pintavam e bordavam com você ao seu bel-prazer? Bobby seria como Chitra, insulado da crueldade do mundo, não por sua aparência, mas por uma armadura impenetrável de otimismo e generosidade?

Se fosse esse o caso, significava que Bobby e eu vivíamos em lugares inteiramente distintos — o mesmo para um observador de fora, porém opostos quando examinados sob nossas perspectivas particulares. Onde eu via perigo e ameaça, Bobby via apenas provocação inocente — um pouco áspera, talvez, contudo ainda inocente.

E se Bobby vivesse nesse mundo extraordinário justamente porque acreditava nele? Eu vira como Melford conseguira abrandar os ânimos no bar na noite anterior, mas ele o fizera conscientemente. E se Bobby fizesse esse tipo de coisa o tempo inteiro e apenas não soubesse que estava fazendo? Ele via o lado melhor das pessoas, e recebia bondade e liberdade de movimento em troca.

Se isso fosse verdade, significava que eu era de algum modo responsável por Ronny Neil e Scott me odiarem tanto. Vi o lado pior de dois caipiras ignorantes, eles perceberam, reagiram, partiram para a ação. Foi assim?

O que me perturbava com relação a essa idéia, o que de fato me perturbava, não era tanto que eu precisava assumir a culpa por Ronny Neil ameaçar enfiar uma faca no meu rabo — embora isso fosse inegavelmente repugnante —, mas que isso se assemelhava demais com o que Melford tinha falado na noite anterior. Todos nós vemos o mundo através do véu de uma ideologia, dissera. Melford pensou que o véu vinha de fora de nós, do sistema ou algo parecido, mas talvez fosse mais complexo. Talvez tecêssemos nossos próprios véus. Talvez o mundo nos fizesse e nós, em troca, fizéssemos o mundo.

Com certeza Melford não era a única pessoa que pensava nisso. Mencionara Marx e os marxistas, mas devia haver outros — filósofos, psicólogos e sabe-se lá o quê. Se eu estivesse indo para Columbia e não ao encontro do Jogador, do Jogador que ocultava cadáveres e acobertava provas, poderia ter esperança de descobrir algum dia. No entanto, a não ser que o exemplar de amostra das *Enciclopédias Champion* que eu carregava comigo por todo lado abordasse a questão, eu provavelmente não descobriria em pouco tempo.

Dezesseis

Caminhamos ao longo da sacada que circundava o motel como se fosse o corredor que conduzia à cadeira elétrica. Para mim, pelo menos, a sensação era essa. A manhã estava clara, ensolarada, com apenas raras pinceladas brancas no céu, e como o calor extremo, que parecia embotar o cérebro, ainda não começara, Bobby estava de bom humor. Tinha as mãos enfiadas nos bolsos da calça cáqui de algodão e os lábios franzidos em um leve assobio. Talvez algum sucesso do Air Supply.

— Então, o que o Jogador quer comigo? — arrisquei.

— Acho que tem novidade. Imaginei que soubesse.

Nenhuma pista. Eu estava a ponto de fazer perguntas paranóicas e tolas: parecia zangado quando pediu que me chamasse? Disse que descobriu algo, talvez? Alguma coisa em um talão de cheques que pegou do trailer de uma pessoa morta? Engoli todas essas perguntas. O que Melford faria? Era o que eu gostaria de saber. Melford, concluí, diria a si mesmo que o Jogador não estava a fim de me matar, não quando havia meia dúzia de pessoas que sabiam que eu iria ao seu quarto. Melford imaginaria que o Jogador estava em busca de informações. Melford veria isso como uma oportunidade para conseguir alguma informação para si mesmo.

Estávamos a apenas quatro portas do quarto do Jogador, por isso parei.

— Qual é a do Jogador, afinal?

Bobby parou, também, mas com relutância.

— O que quer dizer com isso?

— O que quero dizer é que ele trabalha para essa empresa Técnicas para o Avanço Educacional, certo? Mas eles não fazem parte das Enciclopédias Champion. Como funciona tudo isso?

— Não temos tempo para aula de civismo, Lemmy. O chefe está à espera.

— Calma — pedi, tentando aparentar tranqüilidade. — Só quero entender como tudo isso funciona.

— Quer saber *agora*? — Ele deve ter percebido que seria mais prático responder do que argumentar, então apertou os lábios e esvaziou os pulmões. — A Técnicas para o Avanço Educacional contrata a Champion, entende? Contrata em várias cidades e nos arredores, e na Flórida os contratos são para Fort Lauderdale, Miami, Tampa, Jacksonville e Gainesville. É por isso que voltamos muitas e muitas vezes a esses lugares.

— Quem é o dono da Técnicas para o Avanço Educacional? O Jogador?

Bobby sacudiu a cabeça.

— Não, mas ele tem um cargo alto, talvez o segundo mais importante. O chefão é um sujeito chamado Gunn, que nunca vi. O Jogador fala com ele o tempo inteiro, e ele até já pensou algumas vezes em nos visitar, na estrada, mas na verdade não se preocupa em falar conosco, gente miúda.

— Pelo que você sabe, é um cara legal?

Bobby encolheu os ombros.

— Talvez. Acho que sim. Mas vou lhe dizer uma coisa. — Olhou ao redor com ar conspirador. — Tem uma mulher que trabalha para ele. Ela é bem fogosa, usa sempre a parte de cima de um biquíni, mas tem uma cicatriz repugnante que desce pelo lado do corpo, como se ela tivesse sofrido um acidente grave de moto ou coisa assim. É uma cicatriz muito feia mesmo, mas ela gosta de mostrar. Não quero julgar ninguém por ser infeliz, nem nada, mas ai! Não precisa mostrar para o mundo. Sabe como é?

Respondi que sabia, embora não soubesse.

— Muito bem, então chega de detalhes insignificantes. — Bobby bateu as mãos, satisfeito com a conclusão. — Vamos ver o chefe.

O Jogador estava em sua sala, atrás da escrivaninha de madeira aglomerada lascada, examinando solicitações de crédito. Vestia calça de algodão esverdeada, camisa branca sem gravata, mocassins marrons. Colocados no alto do nariz, seus óculos o faziam parecer um contabilista do século XIX, efeito que seus cabelos lisos, espessos e um pouco longos só faziam aumentar. Faltava-lhe apenas um colarinho alto e suíças.

— Sente-se — ordenou o Jogador. Indicou com a cabeça uma cadeira junto à janela.

Caminhei até ela e sentei. A cadeira tinha pernas grossas de madeira e era estofada com couro gasto tão fino que ameaçava rebentar como um bolha de sabão. Meu coração martelava o peito e minhas mãos tremiam. Levantei os olhos para meu chefe, sem ter idéia do que esperar. Eu provavelmente devia estar tentando imaginar que tipo de pergunta o Jogador poderia fazer para que eu pudesse dar uma boa resposta, mas não conseguia pensar com clareza. Tudo girava ao meu redor em redemoinhos sombrios.

— Deixe-nos sozinhos agora — disse o Jogador, dirigindo-se a Bobby.

— Certo.

Bobby bateu com força um calcanhar no outro, quase numa saudação militar, e se retirou.

O Jogador continuou a examinar a papelada, olhando por cima dos óculos empoleirados no nariz. Por que usá-los se não para ler?

— Como tem passado, Lem? Está tudo bem?

— Tudo ótimo — respondi, embora minha voz não parecesse ótima. Parecia que eu tinha algum problema.

— Tudo ótimo, não é? Vamos ver. — Fitou-me até que desviei o olhar. — Como sabe, Bobby diz que você é um vendedor nato. Dá sempre a tacada certa. Foi você quem conseguiu aquele *grand slam* que acabou dando errado pouco tempo atrás, não foi?

— Fui eu sim.

— Que coisa chata. Isto é, você faz um bom trabalho, devia receber sua recompensa, certo? Um vendedor mais experiente teria deduzido que aqueles caras eram caloteiros, mas você não pode se culpar por não saber o que apenas anos na profissão pode ensinar.

— Creio que não.

Eu não tinha me culpado, e não conseguia imaginar o que um vendedor mais experiente teria deduzido. Claro, Galen vivia em um lugar meio decadente, mas tinha uma bela caminhonete, sua esposa usava jóias decentes. Seus amigos pareciam todos legais, também. Nenhum deles faria figuração no seriado *Knots Landing*, mas do mesmo modo nada sugeria que procurariam a previdência social no dia seguinte.

— Estou mais preocupado com isto aqui — explicou o Jogador. Segurava um formulário de solicitação de crédito: o de Karen. Não que eu o conseguisse ler do outro lado da sala. Mas eu sabia qual era. — Bobby disse que você completou o processo e que eles cancelaram o cheque. É verdade?

— É.

— Isso não pode acontecer.

— Eu sei.

— Você chega até onde chegou, devia fechar a venda. Devia ter fechado no minuto em que entrou por aquela porta. O cheque devia ser uma formalidade, não o instrumento que cancela um negócio. Entende o que quero dizer?

A voz do Jogador se mantinha calma o tempo todo, mas havia nela uma insistência, também, uma espécie de gravidade crescente. Além de raiva, talvez.

— Entendo o que quer dizer. As palavras, as idéias por trás das palavras. Tudo. — Eu tinha a nítida sensação de que estava falando demais, mas não sabia o que ele queria de mim.

— Se entende — retrucou o Jogador —, não há motivo para perdermos tempo falando sobre essa besteira, certo? — Deu um leve sorriso. — Então quero que me conte o que aconteceu com o casal. Você tinha os dois na mão, eles preencheram a solicitação de crédito, estavam prontos para fechar o negócio, e então o quê?

— Voltaram atrás.

Minha voz soou um pouco esganiçada, por isso olhei para as minhas mãos, na tentativa de esconder o constrangimento. E o medo. Este Jogador, o Jogador à minha frente, não tinha nada a ver com o orador à moda antiga que nos fazia sermões sobre vendas. Este não era o supervendedor Jogador. Era o Jogador que se desfazia de cadáveres no meio da noite.

— Voltaram atrás — repetiu. — Diga alguma coisa que ainda não sei. Por quê? Por que voltaram atrás, porra?

Talvez raiva não fosse o sentimento adequado ao falar com um cúmplice de assassinato, mas foi o que senti. Além disso, eu mesmo era cúmplice de um assassinato, então precisava imaginar que isso manteria equilibrado o campo de ação.

— Veja bem, Bobby lhe disse que dou sempre a tacada certa, e dou mesmo. Vendo muitos livros. Nunca as pessoas cancelaram um cheque antes, e não há razão para pensar que isso vai se repetir. É uma coisa que acontece.

— É uma coisa que acontece? Bem, e se não fazemos nada, Lem, logo são duas coisas que acontecem, e mais tarde três coisas que acontecem. Que tal me dizer quantas vendas precisa perder antes de eu começar a me preocupar? Quantas? Vamos, diga.

Deixei a pergunta no ar por um momento antes de responder.

— Mais de uma. — Eu queria desviar o olhar, porém ordenei a mim mesmo que mantivesse os olhos firmes. O problema era dele, não meu.

— Mais de uma? Tudo bcm. Mais de uma. Mas não quero que seja mais de uma. Quero que seja menos de uma. É um pouco tarde para isso, compreendo, mas estou pensando... e talvez nisso eu seja meio maluco... estou pensando que pode ser melhor acabar logo com isso para você não ficar plantado na casa de alguém por três malditas horas, fazer o sujeito preencher o formulário de crédito e depois deixar melar o negócio. É isso que estou pensando, Lem. Conte então o que aconteceu.

Mordi o lábio. Essa não era a sala do diretor da escola. Eu não corria o risco de minha mãe receber um telefonema. Eu corria o risco de ser executado, como Bastard e Karen. Eu vira tudo. Sabia o que isso queria dizer e precisava encontrar uma saída.

Com base na conversa que ouvira por acaso, eu tinha quase certeza de que o Jogador conhecia Bastard e Karen, que sabia alguma coisa sobre suas personalidades, por isso qualquer história que eu apresentasse precisaria parecer plausível.

— Enquanto a esposa preenchia o formulário, o marido começou a criar mil problemas. Parecia um palhaço, sabe, e tentou desviar a atenção da mulher, gritou insultos para ela, para mim. Assim continuou sem parar e percebi que ela estava preocupada. Parecia nervosa. Começou a falar em dinheiro.

— Que dinheiro? — perguntou o Jogador. — Quanto dinheiro?

Senti que atingira o nervo. Ele e o chefe de polícia tinham estado à procura de dinheiro. Pelo que entendi, muito dinheiro. Respirei fundo e esforcei-me para agir como se não tivesse idéia do que ele pretendia saber.

— Dinheiro apenas. Só isso. Então, quando chegou a hora do cheque, ela disse que não queria preencher.

— É mesmo? — perguntou o Jogador. Tirou os óculos e esfregou os olhos com o dorso da mão.

Tive certeza de que estava me saindo bem.

— Então eu... bem... tentei mais uma vez. Mostrei de novo tudo o que já tinham visto, falei que tinha pedido que me avisassem caso não tivessem interesse. Fiz todos os procedimentos que discutimos durante o treinamento, mas ainda assim não consegui convencê-la. Acho que o marido ficou zangado, então tive certeza de que a venda estava perdida de vez.

— Você está dizendo besteira — exclamou. — Por que diabos eles iriam querer enciclopédias?

Encarei-o.

— Bem, não sei. Por que alguém iria querer enciclopédias? São livros ótimos e...

— Por favor, me poupe de tanta idiotice. O que fez então?

Dei de ombros.

— Saí.

— Saiu? Simplesmente deixou o lugar? Disse: "Que diabo, não preciso de 200 dólares. Já ganhei isso uma vez, não me interessa ganhar de novo." Foi o que disse para eles?

— Acha que teria ajudado?

Seu rosto ficou vermelho, mas ele se manteve calado. Estava claro agora que o Jogador queria outro tipo de informação, uma informação que não sabia como arrancar. Por isso engoli minha irritação. O que eu tinha a fazer, percebi, era tirar proveito de sua confusão, de sua busca desesperada. Precisava imaginar um meio de conseguir que tudo trabalhasse a meu favor.

— Eu não sabia mais o que fazer. Tive a sensação de que eles queriam que eu fosse embora, como se estivesse irritando os dois. Não sabia como reverter a situação. — Suspirei. — Então, pode me dizer o que eu devia ter feito?

— O quê? — O Jogador deu-me um sorriso de desprezo, espantado com a audácia da pergunta.

— O que quero dizer é que, se a questão é eu evitar perder o cliente de novo na hora de receber o cheque, preciso saber como agir. O que você teria feito?

Os olhos do Jogador se estreitaram e seu rosto se contraiu.

— Você me diz, Lem. Pense um pouco, depois volte aqui e me diga. Neste exato momento estou mais interessado no que você fez. Então, foi embora? Eles estavam fazendo o quê quando você saiu?

Tive a sensação de estar ganhando um pouco de terreno, por isso insisti.

— Por quê? Qual é a relação com o fato de eu ter perdido a venda?

— Apenas responda minha pergunta, por favor. — O Jogador desviou o olhar.

— Acho que nada. Estavam sentados à mesa da cozinha, fumando, zangados demais um com o outro para falar.

Olhou-me com expressão vazia. Então senti uma pitada de inspiração. O ideal seria que eu tivesse mais tempo para pensar e ter certeza de que não era uma idéia surpreendentemente idiota, porém eu não tinha tempo, e decidi arriscar. Parei e olhei para longe, como se refletisse.

— Antes de chegar lá, vi aquele cara assustador por perto.

O Jogador endireitou-se na cadeira.

— Que cara assustador?

Dei de ombros, como se a história não fosse importante.

— Apenas um cara que me parou, queria conversar comigo. Dirigia uma picape Ford escura e tinha um corte de cabelo estranho... curto na frente, comprido atrás. Tinha dentes estranhos, também. Acho que era ele também que andava rondando o trailer no escuro quando saí, mas não tenho certeza. Não consegui ver quem era, mas foi uma sensação estranha que tive, sabe como é?

Tentei parecer mais intrigado do que satisfeito comigo mesmo. Estava claro que o Jogador e o outro camarada, Doe, trabalhavam juntos — e tinham trabalhado com Bastard e Karen. Agora eu fazia com que o Jogador suspeitasse de Doe. Se conseguisse incutir bastante tensão do tipo *Tesouro de Sierra Maestra* nos dois, eles se esqueceriam de mim e do cheque que nunca chegou a ser preenchido.

— Tudo bem — respondeu o Jogador. — Saia daqui.

Ergui-me e comecei a caminhar na direção da porta.

— Isso não vai acontecer de novo — afirmei com voz animada, como um vendedor de livros medíocre.

O Jogador sequer levantou os olhos.

— Isso é muito bom, porra.

DEZESSETE

TINHA SONHADO COM os corpos, com a complicada tarefa de removê-los, e por isso mesmo acreditava que não se deve fazer nada desagradável imediatamente antes de dormir. Acaba ficando na cabeça. No seu sonho, Doe carregava o corpo de Karen, magro e leve, como um manequim de loja, jogado sobre o ombro. Ao seu lado, com Bastard de arrasto, estava não o Jogador, mas Mitch Ossler, o gordo trapalhão. No sonho, Doe apenas esperava que ele largasse Bastard. E ele largava. Largava e o corpo se desvencilhava do lençol improvisado em mortalha e saía rolando, embora estivessem em terreno plano.

Mitch Ossler era assim. Tinha ensinado os outros a preparar a metanfetamina, e sabia o que estava fazendo. Disso não havia dúvida. Mitch conseguia preparar depressa, e fazia um produto confiável. Estava sempre atento às novidades e aparecia com novas receitas. Foi ele quem descobriu como transformar mijo de viciado em droga de novo. Mitch, no entanto, nunca teve cabeça para detalhes, para pequenas coisas como segurança e cuidado para manter-se vivo. Ninguém de fato tinha ficado surpreso — surpreso para valer — quando o acidente aconteceu. Era uma coisa que estava fadada a acontecer, e Mitch parecia ser exatamente o tipo de pessoa com quem aconteceria. O idiota estava montando um laboratório novo; deixou uma fornada esquentar demais e ela lançou um violento jato de vapor direto no seu rosto.

Ninguém tinha sentido cheiro de nada, mas Mitch, que ficou com o rosto completamente vermelho e inchado pelo jato quente, disse que era gás mostarda. Invisível, quase inodoro, e em 12 horas seus órgãos começariam a se romper. Precisava ir para um hospital.

A verdade é que Doe não podia deixar Mitch ir para o hospital, não podia deixar que ele inventasse alguma história maluca sobre como ficara exposto a gás mostarda. Não era exatamente como se ele tivesse defendido sua trincheira contra uma ofensiva alemã. Então tinham queimado o laboratório novo, e Mitch foi o primeiro a acabar na lagoa de dejetos. O que foi péssimo, pois ele conhecia uma porção de coisas úteis.

Doe levantou-se mais cedo do que teria gostado e mais tarde do que deveria. Forçou-se a sair da cama e cambaleou pelo quarto, indo do armário para a cômoda, voltando em seguida, mantendo as pernas afastadas para aliviar a dor. Não olharia mais para as suas bolas. Decidira simplesmente parar de olhar. Esperaria uma semana e então olharia de novo, se surpreenderia ao ver um saco normal. Era muito melhor do que examiná-las todos os dias como se fosse hipocondríaco.

Ninguém teria imaginado, ao ver seu trailer, ao ver o que havia dentro do seu trailer, que ele tinha uma conta gorda e que crescia depressa nas ilhas Cayman, e era exatamente assim que ele gostava. Claro, seu trailer era um pouquinho maior do que quase todos os outros em Meadowbrook Grove, e era mantido com um pouquinho mais de cuidado. Tinha uma jovem que vinha duas vezes por semana fazer arrumação, e por isso ele não precisava se preocupar com bobagens como lavar e passar roupa ou guardar a louça. Era por isso que grande parte das pessoas vivia mal. Precisava escolher entre a liberdade da preguiça e a tirania da limpeza.

Doe sabia que uma faxineira era a terceira via. No seu caso, ele tinha uma jovem atarracada de 16 anos, com muita acne e olhos caídos. Sua mãe disse que ela era um pouco retardada, e Doe não teve dificuldade em acreditar ao ver como ela se movimentava pesadamente pela casa, falando e rindo sozinha. No entanto limpava com um cuidado que beirava a obsessão, e não roubava nem se intrometia onde não era chamada. O melhor de tudo era que ele quase nunca sentia vontade de transar com ela, feia como era. Uma vez até pensou em derrubá-la e comê-la pelo rabo, só por uma questão de princípio, pois assim poderia escapar impune. Pagaria com um biscoito, um pirulito ou outra coisa qualquer, e tudo ficaria bem. Mas o telefone tocou ou alguém bateu na porta, e ele se desinteressou.

A primeira coisa que fez naquela manhã foi arrastar-se até o chuveiro e encontrar uma posição que impedisse a água de atingir seus bagos. Ficou ali por um longo tempo, talvez longo demais, mas por fim forçou-se a sair, e após secar-se rapidamente com a toalha enfiou uma calça jeans folgada e uma camiseta dos Tampa Bay Buccaneers. Com o café-da-manhã na mão — um saco de Doritos e uma Pepsi da geladeira —, foi para o carro.

Bastard estava morto, e isso seria um problema. Agora precisava ter cuidado para que outros problemas não surgissem. Precisava fazer suas rondas, garantir que tudo parecesse normal. Bastard tivera uma emergência familiar, ele poderia dizer. Precisara se ausentar, visitar a mãe moribunda, comer a irmã moribunda, qualquer coisa. Bastard descobriu que tinha câncer de cólon e foi procurar tratamento em outro lugar. Podia ser uma boa. Servia também para explicar o sumiço de Karen. Ele merecia que o mundo pensasse que tinha câncer no rabo.

Enquanto isso, Doe precisaria arranjar alguém depressa, porque se a produção parasse eles teriam problema. Ainda que Doe soubesse em princípio como preparar a droga, não estava disposto a correr o risco de receber um jato de gás mostarda capaz de derreter seus órgãos. Assim, até que recrutassem uma nova pessoa, os negócios continuariam na mesma. Grande parte da distribuição era feita por intermédio dos rapazes da enciclopédia — os dois babacas em quem o Jogador estava de olho —, de modo que isso não seria problema. Como sempre, viriam para a cidade uma vez por mês, percorreriam os bairros, abasteceriam os traficantes. Tudo bem organizado. Os tiras não olhariam para eles duas vezes.

O problema não eram eles. O problema era o produto extracurricular do qual o Jogador e B.B. não tinham conhecimento. As coisas tinham crescido nos últimos tempos, e Doe começara a extrapolar o limite dos vendedores. Havia agora outros distribuidores, e se eles não conseguissem o que queriam, iriam reclamar. Se os compradores viciados não conseguissem o que queriam, fariam mais do que reclamar. Criariam problemas, invadiriam casas, destruiriam lojas de conveniência, roubariam velhinhas na rua, tudo para conseguir os malditos 10 dólares que satisfariam seu vício. Esses idiotas seriam presos, e quando estivessem diante dos investigadores, burros demais para requerer um advogado, falariam.

Doe foi até o complexo suíno e estacionou a caminhonete nos fundos. Estava só — não podia ser diferente —, mas mesmo assim olhou com atenção ao redor. Só viu pinheiros, a superfície ondulada da lagoa de dejetos, uma ou outra garça voando acima de sua cabeça, e um trio de patos desengonçados — daqueles feios, com um calombo nodoso no bico. Um sapo enorme, quase do tamanho de um prato, interrompia com cara de poucos amigos a sua trilha. Era baixo e gordo, e estava escarrapachado como se seu próprio tamanho tivesse sido um erro terrível. Doe avaliou a distância até a lagoa de dejetos. Talvez fosse possível, com muito esforço, empurrá-lo até lá, observá-lo chafurdar e morrer mergulhado na merda. Mas não o fez. Deixá-lo vivo já era punição suficiente.

Mitch concebera a porta do laboratório de modo a ficar praticamente invisível para quem olhasse de fora e não conhecesse sua localização — apenas ripas no metal corrugado que recobria a parte externa do complexo suíno. Doe deslizou os dedos entre as ripas e empurrou o trinco. A porta abriu-se e um jato de ar frio o atingiu em cheio. Ele sempre estremecia. Sempre. Como se o ar frio pudesse conter a mesma nuvem tóxica que matara Mitch. Mas era apenas o ar-condicionado a pleno vapor. Ao contrário do complexo suíno propriamente dito, que ele conservava apenas frio o suficiente para manter os porcos vivos, o laboratório era um gelo total. Se ficasse acima de 18 graus, alarmes disparavam para alertá-los. Ele tinha um receptor especial em casa, no carro e no escritório. Parecia uma boa idéia, considerando todo o material que existia lá dentro; se ficasse quente demais, uma imensa nuvem tóxica em forma de cogumelo irromperia do local. Por isso ele mantinha a temperatura abaixo dos 18 graus.

Meu Deus, ele odiava o lugar, e o evitava sempre que podia. Bastard facilitara as coisas. Embora fosse um bosta, era competente no que fazia, conseguia garantir que tudo correria a contento, além de preparar a droga depressa e com segurança. Tudo isso liberava Doe de fazer mais do que visitas esporádicas ao local. Diria adeus a essas facilidades por algum tempo. Praticamente moraria naquela pocilga até sentir que poderia confiar no novo responsável pela fabricação — tão logo encontrasse um.

Depois do frio, o primeiro impacto que sentiu foi o do fedor. Uma proeza e tanto, considerando que caminhara pela margem da lagoa de dejetos. Mas era para isso que a lagoa de dejetos existia — para disfarçar o fedor, o fedor aderente, cortante, que embrulhava o estômago como mijo de gato e que entrou com força pelos seus olhos e subiu para o cérebro no instante em que cruzou a soleira da porta. Doe pegou depressa uma das máscaras iguais às usadas por trabalhadores que removem asbestos e que ficavam penduradas perto da porta. Ajudou um pouco, mas ele ainda sentia o cheiro e ouvia, através da parede, o grunhido baixo e patético dos porcos.

O equipamento para preparar a droga estava espalhado por toda parte — embalagens vazias de combustível para fogão, fluido para principiar o fogo, amônia, iodo, barrela, produto para desentupir canos, propano, éter, tíner, fluidos refrigerantes, clorofórmio, além de contêineres de ácido hidroclórico sinistramente marcados com mais símbolos de caveira e ossos do que um refúgio de piratas. Havia caixas abertas de medicamentos para resfriado e asma, material que compravam aos lotes do México. Em um canto, centenas de caixas de fósforo vazias, muita madeira e, espalhadas pelo chão, milhares, talvez milhões, de pequenas hastes de madeira cujo fósforo vermelho Bastard devia ter gastado horas raspando e colocando dentro de um misturador enquanto escutava Molly Hatchet. Esperava-se que de vez em quando ele se desfizesse de grande parte desse material, levasse para algum lugar fora da cidade e queimasse. Santo Deus, não seria preciso esvaziá-lo, mas parecia que Bastard tinha sido um pouco negligente nos últimos tempos. O fato de ter sido negligente com o lixo sugeria que tinha sido negligente com outras coisas, também, e essa era a idéia mais perturbadora que alguém em sã consciência poderia ter.

Doe caminhou ao redor de uma grande mesa de madeira com três chapas quentes, meia dúzia de cafeteiras e uma enorme caixa de sal-gema tombada. Movimentou-se em torno da cova — um buraco com três metros de diâmetro e talvez dois e meio de profundidade, cavado diretamente na terra, onde despejavam a barrela e o ácido usados. Depois fez o caminho de volta, passando pela velha e pesada máquina de fazer gelo. O processo de resfriamento exigia uma grande quantidade de gelo, e Doe achava suspeito demais comprarem repetidas vezes. Ouvira falar de dois sujeitos na Califórnia, onde a polícia começava a prestar atenção à metanfetamina, que foram apanhados porque compraram uma embalagem de 12 cervejas e 20 sacos de gelo. Um policial de olho atento viu a transação, imaginou que algo estranho estava acontecendo e os seguiu até o laboratório. Por isso Doe tinha comprado essa máquina velha fora do estado. Uma razão a mais para ele ter continuado enquanto os outros caíam diante do seu poderoso império.

Atrás da máquina de gelo, que empurrou para o lado, encontrou o ponto que procurava na madeira aglomerada que cobria a parede. Um toque rápido e a lingüeta se abriu, revelando o cofre. Dois pensamentos cruzaram a mente de Doe. Um: que ele encontraria o dinheiro ali dentro, que Bastard vinha guardando o dinheiro no cofre, embora soubesse que não devia manter dinheiro vivo e produto juntos. O outro pensamento foi que o cofre estaria completamente vazio. Nenhum dos dois estava certo.

Dentro do cofre encontrou uma sacola marrom do supermercado Publix cheia de dezenas de pequenos sacos plásticos de um pó amarelado. No total, cerca de 250 gramas de metanfetamina diluída com precisão. Sem considerar as despesas gerais, a droga teria custado umas duas centenas de dólares em ingredientes para a preparação. Seria possível vendê-la por algo em torno de 5 mil dólares.

Doe fez mais uma inspeção rápida. Queria ter certeza de que não havia nada no fogo, nada quente, nada no mecanismo, quando Bastard tinha sido morto.

Era esse o problema do produto. Era bom, lucro puro, e a polícia não ligava a mínima para ele. Mas podia explodir se alguém o olhasse atravessado. A fabricação consistia em encharcar remédios comuns para resfriado com produtos químicos tóxicos, retirando deles a efedrina; e o processo requeria — e produzia como subprodutos — materiais tão mortais que seria possível lutar uma guerra com eles. Doe ouvira inúmeras histórias — laboratórios de metanfetamina explodidos, todos os preparadores mortos ou, pior do que mortos pelas queimaduras do ácido e da barrela, consumidos por produtos químicos que ressecavam seus pulmões e os faziam rezar por uma bala na cabeça.

Tudo parecia desligado, frio, sem risco de explosão — nada da espuma característica de reação química, nada de fumaça, cheiro de queimado ou o chiado de produtos químicos em processamento. Doe saiu apressado, apagou a luz, e não retirou a máscara até estar do lado de fora e poder respirar o fedor de merda pura da lagoa de dejetos.

De volta à caminhonete, previu que poderia ter tudo sob controle em poucas horas. Dirigir até Jacksonville, descarregar o produto para os distribuidores. Em dois locais precisaria recolher embalagens de sessenta litros de urina. Tinha sido Mitch, o ignorante Mitch, agora morto, quem descobrira que um sujeito cheio de metanfetamina processava muito mal a droga e era possível reciclar sua urina. Proporcionariam bons negócios para quem fornecesse quantidades sadias do material, e havia um certo prazer em fazer as pessoas se viciar em metanfetamina e depois colher seu próprio mijo para mantê-las viciadas.

Bastard tinha adorado essa parte. Agora o babaca estava morto. Doe não sabia o que isso provava, mas tinha certeza de que provava alguma coisa.

Dezoito

TODA VEZ QUE PEGÁVAMOS a estrada, acabávamos em um motel perto de uma filial da Waffle House. Talvez a lei da Flórida determinasse que os motéis precisavam ser construídos perto de uma Waffle House. Uma coisa pode ser tão verdadeira quanto qualquer outra, eu começava a compreender. Eu não estava exatamente com fome, mas pensei que devia comer algo, e assim, após deixar o quarto do Jogador, fui para o restaurante. Era quase certo que a maioria dos vendedores estaria comendo lá — inclusive, eu esperava, Chitra, que parecia ter me achado simpático.

A Waffle House ficava do outro lado da rampa de acesso à rodovia, e para chegar até lá era preciso atravessar um terreno baldio coberto de areia, erva daninha espinhenta e enormes casas de formigas-de-fogo. Grilos gordos e sapinhos do tamanho da unha de meu dedão saltavam para me abrir caminho enquanto eu seguia com cuidado para garantir que não pisaria em nada que pudesse me morder. Lixo da auto-estrada espalhava-se pelo campo, e havia pilhas de garrafas de cerveja verdes e marrons quebradas, além de um barracão de madeira caindo aos pedaços e quase tão comprido e largo quanto três banheiros químicos colocados lado a lado. Decidi fazer um trajeto que desviasse dele para o caso de algum andarilho ter se alojado ali.

Estava quase chegando à Waffle House quando ouvi passos às minhas costas. Ronny Neil e Scott.

Ambos vestiam calças jeans 501 e camisa com botão no colarinho — a de Scott era de uma trama de algodão amarelo-claro, quente demais para a estação. A de Ronny Neil era branca, mas tinha manchas embaixo dos braços da cor da camisa de Scott. Os dois usavam gravatas antiquadas que com certeza tinham pertencido aos seus pais, embora a de Ronny Neil fosse tão larga e curta que poderia muito bem ter sido herdada do avô.

— Aonde vai? — perguntou Scott.

— Ao restaurante — respondi.

— A porra dessa resposta está certa? — perguntou Ronny Neil.

Continuei a caminhar.

— Não ouviu o que ele disse? — perguntou Scott. — Ele falou com você.

— Perdão pela indelicadeza — retruquei. — Sim, Ronny Neil, a porra dessa resposta está certa.

— Controle seu linguajar — protestou Ronny Neil. — E vou lhe dizer mais uma coisa. Você não é tão esperto quanto imagina.

— Olhe, vou comer alguma coisa — expliquei, tentando acalmar um pouco os ânimos.

— Nós também. — Scott deu um sorriso torto. — Por que não nos paga o café-da-manhã?

— Paguem vocês.

— Bancando o judeu pão-duro? — perguntou Scott. — É isso? Economizando seus centavos?

— Não sou eu que estou querendo um café-da-manhã de graça.

Ronny Neil deu um tapa atrás de minha cabeça. Aconteceu tão depressa que se alguém visse talvez não tivesse certeza do que de fato acontecera. Mas não havia como errar o golpe. Ronny Neil usava um anel no dedo, talvez não ao contrário, mas ele sabia como bater primeiro com o anel. Atingiu-me no crânio com um golpe tão forte que trouxe lágrimas aos meus olhos.

Fiquei paralisado pela incredulidade e pela raiva. Eu não estava mais na escola. Presumia-se que esse tipo de coisa não devia mais acontecer. Apesar das longas horas e das condições extenuantes, sem falar no dinheiro, eu adorava vender enciclopédias, porque isso me colocava um passo adiante da escola secundária. Ninguém conseguia ver que eu já tinha sido gordo, que costuma ser motivo de chacota. Só conseguiam ver o novo Lem, em boa forma, esbelto, bom vendedor. Agora, com Ronny Neil e Scott, a sensação de impotência me deixava de tal modo enfurecido que precisei de muita força de vontade para não agredir um deles. Os dois. Uma agressão inútil e sem sentido, claro, mas tive vontade de agredir assim mesmo.

— Tenho uma faca Buck no bolso — ameaçou Ronny Neil. — Meu irmão está na cadeia por assalto à mão armada, e tenho três primos presos, também. Um por roubo de carro e outro por homicídio culposo, embora fosse em verdade assassinato e ele tenha conseguido escapar da acusação. Isso é o que acontece num primeiro delito, que seria o meu caso se matasse você. Se acha que tenho medo de passar alguns anos na cadeia, experimente fazer alguma coisa comigo.

— Quem sabe quer nos pagar o café-da-manhã agora? — ceceou Scott.

— Isso mesmo — concordou Ronny Neil. — Extá pronto para pagar o café-da-manhã para nóx?

Quando entramos na Waffle House já havia grupos de vendedores de livros em alguns dos reservados. Sob certas circunstâncias — nos encontros pós-venda, em geral —, os vendedores de livros podiam formar um grupo sociável, mas em geral permanecíamos em nossos próprios grupos. A equipe de Fort Lauderdale se reunia com a equipe de Fort Lauderdale e a de Jacksonville com a de Jacksonville. Não havia razão especial para isso, e não era de modo algum uma segregação promovida pelos chefes de equipe. Havia, no entanto, uma competitividade cega entre os grupos, e nunca um se tornou muito amigo do outro.

As pessoas nos olharam quando entramos, nos cumprimentaram amigavelmente com a cabeça, mas ninguém acenou ou gritou: "Ei, venham cá, sentem conosco." O que achei ótimo. Eu não precisava que minha humilhação se tornasse pública.

Levaram-me para um dos reservados e me fizeram entrar. Scott bloqueou minha passagem e Ronny Neil sentou-se do outro lado. Imediatamente apanhou o cardápio e começou a examiná-lo com atenção.

— A refeição mais importante do dia — anunciou. — Muita gente não sabe disso.

A garçonete, uma loira roliça já perto dos 30 anos, aproximou-se e começou a arrumar a mesa.

— Como está, gatinha?

— Ótima, neném.

Seria uma daquelas abomináveis trocas de palavras educadas, cheias de bajulação gratuita, e de algum modo isso me enfurecia mais do que meu quase seqüestro.

— Só para dois — expliquei. — Não vou ficar.

— Vai ficar, sim — determinou Scott.

— Não, não vou. Levante-se e me deixe sair.

— Não ligue para ele — disse Ronny Neil para a garçonete. — Ele deve ter esquecido o que meu grande amigo Buck lhe falou.

Balancei a cabeça.

— Scott, saia do meu caminho.

— Sente e cale a boca — insistiu.

— Xente e cale a boca — repetiu Ronny Neil.

Virei-me para a garçonete. Era uma tentativa extremamente arriscada e perigosa, mas eu não conseguiria manter meu auto-respeito se retrocedesse agora. Estava farto de retrocessos, pelo menos naquele momento.

— Chame a polícia, por favor. — Claro que eu não queria a polícia por perto, mas como não estava em Meadowbrook Grove valia a pena pelo menos invocar a idéia de que a lei fosse cumprida.

Seus olhos se estreitaram.

— Está falando sério, meu amor?

Assenti com a cabeça. Ela fez o mesmo.

— Ei, espere — interveio Ronny Neil. Ergueu as mãos no gesto universal de rendição pacífica. — Não há necessidade de tanta ameaça. Estamos apenas nos divertindo um pouco. — Dirigiu-se para Scott: — Levante esse traseiro gordo. Não vê que ele quer sair?

Forcei o caminho e passei por Scott, evitando contato visual com a garçonete ou com qualquer dos outros vendedores. Eu não sabia como eles interpretariam a discussão, e não queria saber. Voltei-me então para Ronny Neil.

— Não me encha o saco — falei com voz baixa e calma.

Talvez se estivéssemos em um filme uma sombra percorreria seu rosto. Ele reconheceria que tinha ido longe demais, estremeceria e voltaria a se encolher no almofadão do reservado. Este era o mito: valentões são covardes, e se alguém os enfrenta, recuam. Era a mais insidiosa das fábulas, claro. Era a mentira que os pais contavam aos filhos porque gostavam de contá-la a si próprios; era uma desculpa para evitar o constrangimento social de se envolver, de tomar partido dos filhos, de enfrentar os pais dos valentões, com certeza tão amedrontadores e briguentos quanto sua prole.

Ronny Neil virou-se para Scott e os dois deram uma risada abafada.

— Acho que o jeito é vermos você mais tarde, então — desafiou Ronny Neil.

Dentro da Waffle House eu sentira o ambiente frio pelo ar-condicionado e vibrante pela energia. Havia conversa alta, música, o chiado da grelha, o clique da caixa registradora, o tilintar das moedas jogadas na mesa como gorjeta. Fora, o mundo estava quente, quieto e pegajoso. Eu tremia em espasmos rápidos e fortes, e a idéia de fuga ou luta golpeava minha mente, mas ela de repente se tornou distante, como se a discussão com Ronny Neil e Scott, e depois meu pedido para que a garçonete chamasse a polícia, fossem uma vaga lembrança ou uma história que eu inventara.

Haveria conseqüências. Eu sabia. Sabia que minha situação tinha chegado a um ponto quase inconcebível de perigo. Não era mais uma questão de garotos se referindo um ao outro com palavrões ou de piparotes ocasionais e dados com vontade nos lóbulos das orelhas. O caso agora era extremo e perigoso. Qualquer coisa podia chegar a qualquer hora e de qualquer lugar.

Apertei os olhos para enxergar o lado oposto do estacionamento e vi Chitra encaminhando-se para o restaurante. Mantinha a cabeça baixa, levemente encurvada, e seu andar parecia um pouco trôpego. É bem possível que não fosse nem um pouco sensual, mas considerei-o atraente ao extremo — e por isso extremamente sensual. É estranho como as coisas funcionam.

Seu olhar encontrou o meu e ela sorriu.

— Oh, já tomou café?

Tive certeza de que ela procurava companhia, e eu devia ser um companheiro tão aceitável quanto uma dezena de outros. Ou quase certeza, porque Melford dissera que ela me achava simpático.

— Não — respondi. — Tem uma IHOP a quatrocentos metros daqui. Vamos até lá?

— O que há de errado com a Waffle House?

— Não consigo acreditar que esteja falando sério — respondi com um sorriso forçado. Eu não queria lhe contar sobre Scott e Ronny Neil. Não queria parecer fraco na frente dela. E não queria precisar explicar do que se tratava. Eu não sabia do que se tratava.

Chitra na verdade não disse que queria tomar café-da-manhã no outro lugar, mas estávamos nos dirigindo para lá, caminhando no lado irregular da rua, tentando não entrar muito na área coberta por erva daninha, a não ser quando um carro ou um caminhão gigantesco nos forçava a recuar. A cada dez passos mais ou menos eu olhava de esguelha para o seu perfil, angular, escuro e comovedoramente bonito. Duas vezes ela me flagrou, dirigiu-me um esboço de sorriso e logo desviou o olhar. Eu não sabia o que pensar, mas tinha a sensação de que talvez seu esboço de sorriso fosse suficiente para me ajudar a superar aquela confusão.

No restaurante, que tinha um cheiro forte de xarope de bordo, nos sentamos e observamos a garçonete nos servir café em xícaras brancas grossas com gotas escorrendo pelos lados. Foi como uma permissão para começar a falar a sério. Eu não sabia o que devia dizer.

— É a primeira vez que ficamos sozinhos desde a semana passada — começou Chitra.

Parecia promissor.

— Acho que é. — *Pense em algo inteligente. Algo espirituoso, sedutor e persuasivo.* — E a ocasião apresenta todo tipo de oportunidade.

Seus olhos se estreitaram.

— Para o quê, por exemplo?

Eu teria ido longe demais? Teria sido insolente? Excessivamente sugestivo? Precisava me recuperar depressa.

— Para conversar. Não que eu queira criticar alguém, mas você não é como o resto do pessoal que vende livros.

— Você também não.

— O que está querendo dizer? — perguntei.

— O que *você* está querendo dizer? — Deu um sorriso zombeteiro para a xícara de café.

Senti o rosto queimar.

— Sabe, você apenas parece mais equilibrada do que muitos dos outros. Vai para uma faculdade de mulheres e tudo o mais.

Olhou-me com ar de agradável surpresa. Eu marcara um tento, graças ao treinamento de sensibilidade de Melford.

— Espero que lá seja um lugar mais amistoso para mim do que o mundo da venda de livros.

— Aposto que sim. Bem, nunca lhe perguntei, mas como alguém como você acaba aqui?

Deu de ombros, talvez não muito à vontade com a pergunta.

— O verão chegou e eu precisava de um dinheiro extra, mais do que conseguiria ganhar trabalhando em uma loja de shopping.

— Sei como é. — Eu já tinha lhe contado sobre minha luta para conseguir dinheiro para a Columbia.

— Gostaria de ter podido esperar um ano, como você. Meu pai é dono de uma lavanderia a seco, e teve problemas com o locador, um trapaceiro, e acabou se endividando. Mas ele se recusa a aceitar que eu lhe ofereça o dinheiro que reservei para a faculdade. Por isso estou tentando ganhar um dinheirinho extra para tirar esse fardo das suas costas.

Ri.

— Tenho o problema oposto. Meus pais têm dinheiro, mas não me dão.

— Bem, acredite em mim. Também tenho problemas com meus pais. Eles acham que sou americana demais, detestam o modo como me visto, a música que escuto, meus amigos, meu namorado.

Tomei um gole de café com ar indiferente e forcei um sorriso que deve ter parecido grotesco. Acho que dei a impressão de que tentava fazer os cantos de minha boca se encontrarem em algum lugar na parte de trás de minha cabeça.

— É mesmo? — consegui perguntar.

Suas sobrancelhas se franziram.

— Ex-namorado, na verdade. É isso. De todo modo, as pessoas de minha família são especialistas em ter sensações com relação às pessoas. Meu pai tinha uma determinada sensação a respeito de Todd. Meu namorado.

— Ex-namorado — corrigi. — Não é isso?

Dirigiu-me um de seus olhares zombeteiros, oblíquos.

— Certo. Ex-namorado. Tente dizer isso para ele. As coisas nesse departamento não têm andado muito tranqüilas. De todo modo, meu pai tinha certeza de que Todd era sinônimo de problema e nada o fazia mudar de opinião.

— Você disse que essas sensações eram comuns em sua família. Não sentiu a mesma coisa com relação a Todd?

— Sim, senti.

— Mas foi uma sensação diferente?

— Não, também tive a sensação de que ele era sinônimo de problema. No entanto, às vezes as garotas gostam disso. Talvez — prosseguiu —, ao seu próprio modo, você também crie problemas, Lem.

A garçonete chegou a tempo de evitar que eu tentasse imaginar que diabos ela estava querendo dizer. Pude então me dedicar à escolha do que comer no café-da-manhã. Ocorreu-me que eu de fato não sabia como pedir um café-da-manhã, não agora que decidira ser vegetariano. E de quando era essa decisão? Eu não sabia, mas me parecia estranho agora pensar em comer carne, e imaginei que talvez fosse melhor dar um tempo até conseguir pensar um pouco mais no assunto. Pedi então mingau de aveia, por garantia, e avisei à garçonete que não pusesse leite ou manteiga.

Chitra pediu omelete de queijo.

— Você é vegetariano? — perguntou, quando a garçonete se afastou.

Não sei por quê, mas corei. Dada a sua revelação de que se sentia atraída por pessoas que eram sinônimo de problema, uma categoria à qual eu agora inexplicavelmente pertencia, eu não sabia por que meu possível vegetarianismo a afetaria tanto. Mas parecia afetar.

— Mais ou menos, talvez. Ainda estou no início, mas meu amigo Melford, que você conheceu, está tentando me doutrinar. E acredito que depois de ouvir certas coisas sobre o tratamento dispensado aos animais fique difícil fazer de conta que não se sabe.

— Então não me conte — pediu. — Gosto demais de galinha. — Talvez eu tenha parecido desapontado, porque ela sorriu para mim e encolheu os ombros. — Há quanto tempo é vegetariano?

— Não muito tempo.

— Quanto tempo é não muito tempo?

— Desde ontem à noite.

Riu.

— Algo especial aconteceu ontem à noite? Será que conheceu uma garota vegetariana atraente?

Nesse ponto pensei que não poderia ficar mais nervoso do que estava.

— Na verdade, não. Com certeza não. Não conheci nenhuma garota. Eu estava apenas conversando com Melford, e ele tem todos os argumentos possíveis. Todos muito convincentes.

— Então Melford é assim — observou Chitra. — Conversei pouco com ele, mas percebi que tem muito carisma. A gente fala com ele e tem a impressão de que o conhece há longo tempo, então fica fácil se abrir. Contei algumas coisas para ele, mas talvez devesse ter ficado calada.

Como ter me achado simpático, pensei. Na verdade, quase fiz o comentário, mas me contive a tempo. Queria que ela gostasse de mim, não que visse como eu podia ser esperto à custa dela.

— Sim, tem muito carisma.

— Há quanto tempo o conhece?

— Não muito tempo.

— Há mais tempo do que você é vegetariano, espero.

— Um pouquinho mais — respondi, tentando soar brincalhão e informal, mas detestando a meia-mentira.

— Ele é agradável. Mas, para ser franca, mesmo assim não gostei muito dele. Ou gostei, mas não confiei nele. Não sei, não quero ficar de marcação com seus amigos nem nada, mas se você não o conhece tão bem assim, seria melhor ter cuidado, porque a verdade é que, com relação a sensações a respeito de pessoas, tive uma em relação a Melford.

— Oh? — Meu oh informal.

— Tive a sensação de que ele próprio é sinônimo de problema. Problema real. Não como Todd, que podia acabar com tanta facilidade na cadeia quanto numa faculdade comunitária. Ou como você, no seu modo interessante de ser confuso. Estou falando em problema sério, mesmo.

Havia tanto a dizer, na verdade, que eu quase não sabia por onde começar. Que tipo de ex-namorado seria esse que podia acabar na cadeia? Pergunto o motivo? Como, precisamente, eu era interessante e confuso? Além de tudo, ela tinha pegado pesado com Melford. Ela teria vibrações do tipo oh, talvez ele tenha acabado de matar algumas pessoas?

— O que isso quer dizer, exatamente? Problema sério mesmo.

Levantou as mãos.

— Desculpe-me por ter falado. Não é assunto meu. Estou preocupada, só isso.

Não pude deixar de sorrir. Estava preocupada comigo.

Peguei um saquinho de açúcar e comecei a puxar de leve um dos cantos.

— Já que estamos falando em confiança — arrisquei —, tem um assunto que gostaria de abordar com você.

— Oh? — Inclinou-se à frente, e seus olhos enormes ficaram ainda maiores.

Ela gostava de mim. Devia gostar. Estava flertando comigo. Não estava?

— Acontece que... — comecei. Puxei o canto do pacotinho de açúcar de novo, dessa vez com força suficiente para rasgá-lo, e o açúcar se espalhou pela mesa. Estava difícil. — Acontece que tenho a sensação de que Ronny Neil está interessado em você.

— Ronny Neil Cramer — completou com ar tristonho. Apoiou a mão no queixo e revirou os olhos. — Chitra Cramer. Sra. Ronny Neil Cramer. Que cor sugere para minhas damas de honra?

— Está me provocando — retruquei.

— Pensa mesmo que eu precisaria ser alertada sobre um sujeito como esse?

— Não sei. Imaginei, sabe como é, você não é americana, e ele tem um tipo tão americano. Pode não ser tão óbvio para você quanto é para mim.

— Hã.

— Ofendi você?

Permaneceu calada por um instante. Depois, abriu um enorme sorriso fascinante, branco contra o vermelho vibrante de seus lábios.

— Não, de modo algum. Só queria que ficasse um pouco embaraçado.

No caminho de volta para o motel, Chitra não parou de me olhar e de forçar sorrisos que me pareceram de uma crueldade absurda. Aquilo me deixava meio maluco.

— O que há de tão engraçado? — perguntei, por fim.

— Fui criada numa família de hindus não-praticantes — explicou. — Meus pais não são religiosos, e comíamos peixe e frango, mas carne vermelha, nunca. Falta de hábito, suponho. Jamais comi um hambúrguer.

— Está brincando.

— Não, nunca comi mesmo. Acha que devia?

— Bem, hambúrguer é bom, mas como novo vegetariano, não posso endossar uma decisão dessas.

— Sabe de uma coisa? — Ela agora brincava com uma pequena mecha de cabelo acima da orelha direita. Suas orelhas eram extraordinariamente pequenas. — Acho que devíamos ir comer um hambúrguer.

— Só que sou vegetariano. Você esqueceu essa parte.

— Nunca comi, e você a rigor não deve comer. Aí é que está a graça. Não acha o que é proibido excitante?

Não consegui pensar em um modo de dizer a ela que para mim bastavam as coisas proibidas que enfrentara nas últimas 24 horas.

— Hambúrguer não é proibido para mim. Eu é que parei de comer.

— Está me desafiando, é isso? Minha missão agora será fazer você ceder à tentação.

— Tenho muita força de vontade.

— Veremos.

— O que quer dizer com isso?

— Quero dizer que todos têm um ponto vulnerável.

— Não eu — insisti. — Quando decido fazer uma coisa, não volto atrás.

— Ah, é? E se eu me oferecesse para dormir com você, comeria um hambúrguer?

Parei de repente.

Ela soltou uma risada, brincalhona e estranhamente inocente.

— Na verdade não estou me oferecendo para dormir com você — explicou, sem parar, de modo que precisei me apressar para alcançá-la. — Estou afirmando o que penso. Você acha que tem uma vontade de ferro, mas veremos.

— Está admitindo que quero dormir com você. — Eu não conseguia imaginar por que diria uma coisa daquelas, mas me senti exposto.

— Acho que estou, sim — respondeu.

Não tive reação, e caminhamos por um momento envoltos em um silêncio constrangedor, ainda que amigável. Decidi que era hora de mudar de assunto e fiz a pergunta que me interessava. Meu tom precisava parecer informal, despretensioso.

— E então, que tal é fazer parte da equipe do Jogador?

Estudou-me enquanto caminhávamos.

— Por que pergunta? — Sua voz soou estranhamente vazia.

— Por nada. Estava apenas pensando. Trabalho para um sujeito legal, mas você trabalha para o chefão. Estava imaginando como seria.

— Ah, estou certa de que é praticamente a mesma coisa que trabalhar em qualquer outra equipe. Ou talvez eu não tenha tido ainda tempo suficiente para saber.

— Ele é sempre como a gente vê nas reuniões? Entende o que quero dizer? Sempre tão vibrante?

— Às vezes.

— Ele fala sobre seu próprio chefe?

Seguiu-se uma pausa. Longa. Estranhamente longa, como se ela procurasse o melhor modo de responder.

— Por que tantas perguntas?

— Sou um cara curioso.

— Bem, há coisas mais interessantes sobre as quais um curioso pode perguntar.

— O quê, por exemplo?

— Sobre mim — afirmou.

E isso praticamente matou minha linha de questionamento.

DEZENOVE

DETERMINAR UM LUGAR para os encontros era a parte mais complicada, uma vez que o Jogador não queria ser visto com Jim Doe em público e imaginava que o sentimento fosse recíproco. Isso significava que o trailer da polícia e o restaurante estavam fora de cogitação. Assim, com muita freqüência se encontravam no quarto do motel onde o Jogador se hospedava. Doe tinha se queixado desse acerto, achava que era um lugar festivo demais, mas, como não conseguira apresentar alternativa aceitável, a combinação continuava a valer.

Agora ele estava no quarto do Jogador e bebia uma xícara de café Dunkin' Donuts, ao qual adicionara uma dose exagerada de Rebel Yell. Ajudaria a manter a cabeça desanuviada.

O Jogador olhou-o de cima com aquele jeito arrogante que deixava Doe com vontade de lhe enfiar a mão na cara. Doe sabia o rumo que as coisas começavam a tomar. A poeira tinha baixado, todo o trabalho duro de Doe estava se perdendo numa nuvem de cobiça, e agora aquele babaca procurava decifrar quem estava a fim de desbancá-lo e como.

— Você ainda está caminhando engraçado — comentou o Jogador. — Devia consultar um médico.

— Dei um mau jeito enquanto arrastava os corpos.

— Você já estava caminhando engraçado antes de arrastar os corpos. Se está com dor na perna, ou seja lá onde for, não pode continuar assim. Peça para um médico examinar.

Doe não precisava desse papo furado.

— Não é nada. Meu Deus! Já tenho problemas suficientes e ainda vem você querendo bancar minha mãe.

— Tudo bem. Deixe pra lá. Falei que era melhor procurar um médico, só isso. — Fez uma pausa de um minuto para reorganizar as idéias. — Falei com o rapaz.

— Falou? — perguntou Doe. — O que foi que ele disse?

— Droga! Iam comprar, mas refugaram no último minuto. O que não entendo é por que convidaram o cara para entrar, deixaram que ele ficasse lá durante três horas, fingiram que tinham filhos.

— Karen tem filhos — argumentou Doe. — Tinha, pelo menos. Do primeiro marido. Um idiota chamado Fred George, acredita numa coisa dessas? Dois primeiros nomes. Trabalhava para o banco e achava que isso era o máximo, que todo mundo ficava encantado com ele, como se fosse um jogador de futebol profissional ou coisa desse tipo. Pulou fora e levou as crianças quando Karen começou a se envolver com a metanfetamina.

— Por que ela fingiria que estava interessada em comprar enciclopédias? Ela não sabia do acerto comigo, ou sabia?

Doe desconhecia a resposta, mas tinha certeza de que o Jogador *pensava* que ele sabia, *pensava* que ele estava sendo esperto tirando o máximo da conversa.

— Não sei, Jog. Acho que não. E, quanto ao motivo, não imagino o que passou pela cabeça dela. Não sei o que estava fazendo lá com Bastard. Talvez ele estivesse a fim de nos desbancar, você sabe. Talvez tivesse um plano para esconder o dinheiro lá, talvez estivesse fazendo uma transação com o dinheiro, que acabou dando errado. Pode ser uma porção de coisas.

— O garoto disse mais uma coisa.

— É mesmo? — Tomou outro gole do café. Devia ter usado mais Yell.

— Disse que viu você do lado de fora, rondando.

— Ele não me conhece. Como pode dizer que me viu?

O Jogador estalou os lábios com impaciência.

— A descrição que fez coincidia com você.

— Um sujeito boa-pinta?

O Jogador arregalou os olhos.

— O quê?

— Essa é a descrição que levaria você direto para mim. Um sujeito boa-pinta.

— Vá para o inferno, Doe. Para você isso não passa de uma grande piada? Temos cadáveres empilhados até a altura dos nossos paus, o dinheiro sumiu e B.B. está pegando no meu pé.

— B.B. está sempre pegando no seu pé.

— Bem, nem sempre, tanto que agora, enquanto nós dois conversamos, ele está vindo pessoalmente descobrir que fim levou seu maldito dinheiro.

Doe sentiu que empalidecia.

— Meu Deus, ele não vai trazer aquela puta disforme, ou vai?

— Ele leva Desiree para todo lado, e como está vindo para cá, imagino que ela venha também. Faz sentido, não acha?

— Aquela mulher é esquisita. E tem uma cicatriz asquerosa. Mas alguma vez você já pensou que ela é também um bocado... sabe como é... sexy? Como se a gente não quisesse trepar com ela, mas se ela chega com uma conversa do tipo "Qual é, benzinho, vamos lá", a gente provavelmente acaba fodendo a feiosa. Entende o que quero dizer?

— Você é quem vai acabar fodido, e não por Desiree, se não começar logo a cooperar comigo.

Doe ficou de pé.

— Espere um segundo, Jog. Não gosto nem um pouco do seu jeito de falar. Está insinuando que sou *culpado* de alguma coisa?

A expressão do Jogador não se alterou.

— Estou apenas tentando descobrir por que Bastard agiu de modo tão estranho, deixando um de meus vendedores falar durante três horas. E estou tentando imaginar por que você ficou rondando o local o tempo inteiro.

— Vi o cara na rua, falei umas coisas para ele. Foi só. Não entendo por que diabos Bastard o convidou para entrar. Talvez achasse tudo uma grande brincadeira.

— Quer ouvir minha teoria?

Doe não queria exatamente ouvir sua teoria, mas imaginou que precisaria ouvi-la, quisesse ou não, por isso não viu sentido em recusar. Voltou a sentar-se.

— Minha teoria — começou o Jogador — é que Bastard convidou o rapaz para entrar porque estava com medo de que alguma coisa lhe acontecesse e imaginou que precisaria de uma testemunha. Como você andava rondando o local, vai parecer para muita gente que era de você que ele estava com medo. E, como vocês dois pareciam estar comendo a mesma mulher, ele é assassinado e nosso dinheiro desaparece, o que muita gente vai achar é que você matou o cara e pegou o dinheiro.

Doe esbarrou na xícara de café e o derramou na mesa de madeira aglomerada.

— Quer me dizer exatamente quem vai pensar isso?

— B.B. — respondeu o Jogador. — E, se você não encontrar o dinheiro, vai ficar numa merda monumental, meu amigo.

Isso ajudou a passar um pouco a raiva de Doe. Era verdade. O Jogador era um cara detestável e pretensioso, mas sabia das coisas. Se B.B. vinha conferir o dinheiro era porque não acreditava que Doe conseguisse controlar a situação. Se o dinheiro não aparecesse, o acerto poderia estar em risco.

Contudo, não parecia inevitável que B.B. fosse culpar Doe. Toda aquela história de como as pessoas veriam as coisas era conversa fiada. O Jogador arranjaria um modo de B.B. proteger o próprio rabo.

O fato era que Doe daria um jeito de aparecer com o dinheiro se fosse preciso. Significaria uma viagem até as ilhas Cayman, e doeria, mas era uma coisa que ele poderia fazer. Precisava admitir que o dinheiro *tinha* sumido sob a sua guarda. Contudo, apenas consideraria essa opção quando todas as outras estivessem esgotadas.

— Então você acha que aconteceu o quê com ele?

— Não sei, porra — respondeu o Jogador. — Essa história me deixa enfurecido, mas acho bom você descobrir.

— É — concordou Doe. Acabou seu café e largou a xícara, deixando uma película de líquido na mesa. Com toda a pressão que o Jogador estava colocando em cima dele, Doe começava a pensar que talvez o próprio Jogador estivesse com o dinheiro. Talvez tivesse matado Bastard e Karen e afanado a bolada. Doe nunca vira o Jogador matar ninguém, mas o tinha visto espancar alguns viciados, tentando extorqui-los. Ele podia muito bem ter procurado Bastard por algum negócio comum, as coisas talvez tivessem ficado fora de controle, e a notícia seguinte foi que Bastard e Karen estavam mortos. Agora ele tentava cobrir seu rastro ou encontrar algum modo de tirar proveito da situação.

Era possível que o Jogador o estivesse colocando contra a parede não apenas por precaução — mas colocando-o contra a parede, ponto final. E isso significava que Doe precisaria ter uma idéia inteligente para sair dessa.

Depois que Doe deixou o quarto, B.B. saiu do banheiro, onde estivera escondido na banheira atrás de uma cortina de plástico marrom, manchada por uma Via Láctea de bolor. Entrou no quarto e sentou-se ao pé da cama. Espanou com a mão a poeira do terno de linho e alisou o friso das calças.

B.B. sentou-se na poltrona, mas ergueu-se quase no mesmo instante.

— A cadeira está molhada.

— É só água — explicou o Jogador. — Derrubei gelo ontem à noite.

— Viu que eu ia sentar numa cadeira molhada e não me disse nada?

— Meu Deus. Derramei água ontem à noite e esqueci completamente.

B.B. voltou ao banheiro e pegou uma toalha de mão, que apertou repetidas vezes contra o traseiro.

Ele sempre fora um pouco esquisito, mas era assim que andava nos últimos tempos — preocupado com a roupa, o cabelo e os sapatos, como uma mulher, atormentado com os mínimos e mais estranhos detalhes da operação, fazendo com que a garota de biquíni marcada por uma cicatriz fizesse todo o trabalho importante. Nos últimos tempos andava distraído, como se os negócios o estivessem afastando de algo mais importante.

Naquela manhã, enquanto esperavam que Doe aparecesse, depois de combinar que B.B. se esconderia no banheiro, ele sumira sem dizer ao Jogador aonde iria nem quando estaria de volta. Depois disso, nem sinal de B.B. O Jogador tinha enfiado a cabeça na fresta da porta e o vira, na sacada, observando dois garotos sem camisa junto da piscina. Se Doe tivesse aparecido, o plano teria ido por água abaixo.

Não que o Jogador se preocupasse. Se B.B. andava querendo se envolver com meninos, galinhas ou acidentes funestos, o problema era dele, mas não devia esquecer que estava à frente de um negócio. Isso é que era importante. Assumiu a responsabilidade pelo negócio, fique de olho na bola.

Foi naquele momento — quando viu B.B. inclinado no parapeito, dirigindo um olhar malicioso para dois meninos como um bêbado em um clube de strip-tease — que o Jogador soube que não poderia deixar as coisas continuarem como estavam. Para o bem de todos. O único problema era que ele não tinha idéia de *como* assumir o controle. Aquilo não era *O poderoso chefão*. Ele não poderia fazer seus rapazes matarem os rapazes de B.B. Não havia rapazes com os quais falar nem matança. A operação deles não funcionava desse jeito. Eles a mantinham sem grande alarde, tanto com relação à venda de enciclopédias quanto à granja de suínos.

Agora B.B. olhava para ele, o rosto liso de bebê um pouco vermelho, esfregando a bunda como se tivesse acabado de se cagar.

— Da próxima vez tenha um pouco mais de cuidado.

— Sim. Claro. Sem dúvida. — O Jogador ergueu as mãos num gesto de rendição. — Desculpe por você ter sentado na cadeira molhada. Vamos em frente.

B.B. atirou a toalha na cama do Jogador.

— É que não gosto de sentar em coisas molhadas.

— Vamos em frente.

Pressionando com a mão o canto da cama para testar alguma umidade oculta, B.B. refletiu por um momento e depois sentou com muito cuidado, como se a cama pudesse transformar-se em fonte se ele não tivesse cautela.

— Aqueles dois meninos na piscina. Sabe quem são?

— Por que eu haveria de saber quem são os meninos na piscina?

— Poderiam ser... não sei... conhecidos, talvez. Já viu os dois com os pais?

— Que importância tem isso?

— Você sabe que dirijo uma instituição de caridade para jovens abandonados. Eu me pergunto se precisariam de ajuda. Caso os pais apareçam, me avise como são, certo?

— Certo, mas podemos voltar ao Doe? O que achou?

B.B. balançou a cabeça.

— Acho que ele está todo encrencado, mas isso não quer dizer que foi ele quem pegou o dinheiro.

— Quer dizer o quê, então?

— Principalmente que ele está encrencado. Mas ele sabe que é melhor que o dinheiro apareça. Estou satisfeito que Desiree não estivesse comigo para ouvir o que ele tinha a dizer. Ela não gosta desse tipo de conversa. Se ele fala daquele jeito na frente dela, mato o infeliz.

— Alguém vai precisar fazer isso.

O Jogador não sabia se era verdade ou não. Mesmo que Doe tivesse apanhado o dinheiro, ele ainda era essencial para manter a operação Jacksonville em atividade. E o Jogador sabia que ele próprio era necessário para que a operação de livros funcionasse sem dificuldade. A única pessoa que não fazia a sua parte, parecia, era B.B.

B.B. olhou para o Jogador.

— Você é incrivelmente rápido quando se trata de violência, não é?

— Eu só falei.

— Eu sou o único que fala, certo? Não esqueça.

— O quê? Não posso dar sugestões?

— Se forem boas, pode.

— Nossa Senhora, você está irritado hoje. Vamos esquecer isso. — Olhou pela janela. — Acha que vale a pena Desiree ficar atrás do rapaz?

— Não, é perda de tempo. Por isso mesmo vou mandar que ela faça isso.

O Jogador balançou a cabeça.

— Está certo, B.B. O que você disser.

— É isso. O que eu disser.

O Jogador não respondeu. Não havia resposta que o impedisse de ficar furioso.

De volta ao seu quarto, B.B. sentou-se ao lado da cama e pegou o telefone. Discou o número que tinha memorizado, mas que até então não chamara. Por um instante achou que o martelar que sentia no peito podia ser sinal de algo sério. Apesar da aparência jovem, já passara dos 50 anos, e pessoas da sua idade, pessoas aparentemente saudáveis da sua idade, caíam mortas por problemas cardíacos a todo instante.

Estava muito nervoso. Estranho que se sentisse tão nervoso, como um garoto ao convidar uma menina para sair. Era apenas um telefonema, nada mais.

Ouviu um clique e já se preparava para desligar quando uma voz familiar atendeu.

— Alô?

— Chuck? — perguntou B.B.

— Sim?

— É B.B.

— Oh! — exclamou com entusiasmo, um entusiasmo animado e encorajador. — Olá.

— Olá — repetiu B.B. Permaneceu um instante em silêncio enquanto punha os pensamentos em ordem. — Ouça, liguei só para dizer que... você sabe... me diverti muito na sua companhia ontem à noite. — Esperava que a frase não soasse ridícula.

— Sim, foi divertido — concordou Chuck. — A comida estava ótima.

— E o vinho?

— É. Não contei para a minha mãe, mas estava bom, também.

— Não tem vontade de experimentar outros?

— Pode ser.

— Tenho uma ótima seleção em casa.

— Tudo bem.

O jovem pareceu hesitar. Não teria gostado da idéia de ser convidado para uma visita ou não sabia exatamente o que uma ótima seleção de vinho significava?

— Que tal aparecer na semana que vem? Para ver a seleção. Escolher algumas garrafas especiais.

— Seria legal. Obrigado, B.B.

Ficou sem fôlego. Chuck queria visitá-lo. Queria beber vinho com ele. Desiree não iria gostar. Imaginaria que ele estava com segundas intenções. B.B. pensaria nisso mais tarde, porque Chuck era um menino especial, talvez o menino mais especial que ele já encontrara, e havia muito a lhe ensinar e mostrar. Era isso que significava ser um mentor.

A distância, ouviu a mãe de Chuck gritar seu nome com a voz esganiçada de um gnomo.

— Ouça — falou B.B. — Preciso ir, mas passe na fundação no início da semana que vem e então marcamos um horário. — Arranjaria uma desculpa para Desiree sair de casa naquela tarde. Qualquer coisa.

— Para mim está ótimo. A gente se vê outra hora, B.B.

Desligou e sacudiu a cabeça como se para certificar-se de que não estava sonhando. Então era isso, o menino que B.B. sempre conhecera estava lá. O menino a quem ele podia mostrar coisas, educar e orientar, e juntos poderiam mandar que o mundo se fodesse com suas suspeitas intolerantes.

Talvez tudo estivesse mudando. Talvez *fosse* hora de ir em frente, entregar o negócio para Desiree. Ela ficaria aterrorizada com a idéia, claro, mas bastaria que ele a ajudasse a adquirir confiança. Isso a tiraria de casa, com certeza.

Havia uma última coisa, no entanto. Ele não poderia entregar o negócio para Desiree enquanto o Jogador ainda dirigisse a operação. Desiree não seria o novo B.B.; seria o novo Jogador, só que com mais responsabilidade. E isso significava que chegara finalmente a hora. Ele mantivera o Jogador por perto durante tempo suficiente, saboreando a oportunidade, aproveitando a sensação de brincar com ele. Agora era hora de livrar-se dele.

O fato de não ter idéia de como botar a idéia em prática não o incomodava nem um pouco.

VINTE

EU ESTAVA DESANIMADO, no carro, enquanto Bobby nos transportava de um lado para outro, tentando nos estimular para mais um dia de vendas. Apontava para casas cafonas, apontava para móveis de jardim, tobogãs, redes de vôlei. Finalmente me largou um pouco antes das 11 horas. Passaria no Kwick Stop para me pegar dentro de 12 horas.

Tinha havido épocas em que eu gostava daquilo, da sensação de ter o dia inteiro pela frente, em cada casa uma perspectiva de venda, potenciais 200 dólares. Certos dias a falta de resposta às minhas batidas e o latido abafado por trás das finas portas metálicas não me perturbavam. Certos dias eu mal sorria para as pessoas que me olhavam com expressão vazia enquanto fazia meu discurso introdutório, e os avaliava. Avaliava-os pela apatia. É por isso que vocês vivem nesta pocilga. É por isso que seus filhos vão viver num trailer, como vocês, quando crescerem. Porque vocês não se preocupam com nada.

Não que as enciclopédias fossem importantes. Claro, seria possível que elas fizessem alguma diferença na vida de uma pessoa, mas se um garoto quisesse saber algum detalhe sobre a população do Togo ou a história da metalurgia, encontraria a resposta na escola ou na biblioteca. Por outro lado, a disposição dos pais de comprar os livros, de investir o dinheiro, sinalizava alguma coisa, e havia ocasiões em que eu de fato acreditava na importância do trabalho.

Não naquela manhã. Pulei casas que não pareciam cafonas. Bati em portas com total indiferença, murmurei meu discurso decorado. Transcorrida meia hora, eu estava com uma mulher miúda, bonita, porém sardenta demais, quase no ponto. Estava preparada para morder a isca, eu sentia, mas abrandei o discurso, desculpando-me por invadir sua casa.

Eu sabia que meus dias como vendedor de livros tinham chegado ao fim. Voltaria para Fort Lauderdale domingo à noite e cairia fora, e a idéia de minha liberdade iminente me deixava ao mesmo tempo excitado e deprimido. O que fazer com o resto do meu dia? Se pelo menos houvesse um cinema por perto. Uma boa livraria, uma biblioteca. Um shopping center. Algum lugar aonde pudesse ir para me acalmar.

Mas durante 12 horas? De repente o dia se espichava interminavelmente. O calor me atingia em cheio e eu sentia a ferroada do suor dentro dos olhos. A expansão interminável do tempo me envolvia, me sufocava como a umidade. Seria bom se eu engrenasse nos livros, só por mais dois dias. Ainda assim, eu cairia fora, ainda assim me afastaria daquilo tudo e nunca mais voltaria.

Às 12h30 eu caminhava ao longo de uma rua movimentada, sem ao menos me preocupar em olhar para as casas pelas quais passava, quando ouvi um carro reduzir a velocidade atrás de mim. Virei-me e vi o velho Datsun de Melford, um verde-escuro desbotado à luz do sol.

Baixou o vidro.

— Entre.

Continuei a caminhar e Melford manteve o mesmo ritmo lento.

— É melhor não.

— Calma. Vai fazer o quê, chutar pedra o dia inteiro? Tenho ar-condicionado, música, conversa espirituosa.

Disse a mim mesmo que não tinha escolha, que o cara era um assassino, e uma pessoa inteligente faz o que um assassino manda fazer. Mas eu deixara de ter medo de Melford. Não por completo, talvez — não ousaria provocá-lo nem ficar por perto quando alguém o provocasse, mas, apesar de seu crime, ele não era com Ronny Neil e Scott, de quem eu de fato tinha medo.

Suspirei, assenti com a cabeça, e então Melford parou. Rodeei o carro e entrei pela porta do carona. O ar-condicionado estava bem forte e dava uma sensação boa. Ficamos em silêncio por alguns minutos enquanto Melford passava diante de casas, trailers e uma seqüência de lojas com uma da Kmart, uma de material esportivo e um restaurante italiano. Quem saía da Kmart, tive certeza, era Galen Edwine, o homem em cuja casa eu vendera o *grand slam* que acabou não dando certo. Em verdade, não muito longe de onde eu estivera vendendo na véspera.

Melford viu-me olhando na direção das lojas.

— Deus meu, adoro a Flórida — confessou.

— Está brincando. Detesto este lugar. Não vejo a hora de cair fora daqui.

— Acho que é você quem está brincando. Esta é a terra sem arte, valores, ou até mesmo a orientação cultural mais básica. Nada importa a não ser bens imobiliários e shopping centers. Há mais campos de golfe do que escolas, condomínios pré-fabricados que crescem como cânceres, além de uma população perigosa de motoristas cada vez mais velhos, a Klan, os chefões das drogas, furacões e verões de 12 meses.

— Tudo isso parece coisa ruim para mim.

Sacudiu a cabeça.

— Na Flórida é preciso viver em perpétua ironia. Isso evita que você estabeleça uma visão falsa.

— A única coisa que quero é cair fora e nunca mais voltar — insisti.

— Bem, é um ponto de vista válido, imagino.

Seguimos em silêncio por mais dez minutos até que perguntei para onde estávamos indo.

— Você vai ver.

— Quero saber agora.

Embora eu tivesse sentido uma estranha simpatia por Melford, apesar de tudo o que vira, não podia tolerar uma resposta dessas. Não podia tolerar ser enrolado e deixado no escuro.

— Você é danado de curioso, não é mesmo?

— Só não quero ser baleado na cabeça nem coisa parecida.

No mesmo instante me arrependi do que disse — não por ter me comprometido, mas porque fiquei com a impressão de ter ferido os sentimentos de Melford. Seus olhos se apertaram e ele desviou o olhar.

— A essa altura você com certeza já percebeu que não resolvo todos os meus problemas com violência — disse. — Violência é uma ferramenta. É como um martelo. Tem seus usos, e é ótimo para esses usos. Mas, se alguém usar um martelo para trocar a fralda de um bebê, terá problema. Decidi usar violência com aqueles dois porque pensei que era a coisa certa a fazer.

— Tudo bem — concordei. — Compreendo. — Não compreendia, e meu tom de voz deixava isso bem claro.

Melford sacudiu a cabeça.

— Não gosto de machucar ninguém, Lemuel. Só machuco quando não há escolha.

— Mas não vai me dizer o motivo.

— Vou lhe dizer o motivo quando você conseguir me dizer por que temos prisões.

— Não tenho energia para seus enigmas de prisões. Quero saber o motivo.

— E eu quero responder, mas até que você esteja pronto não há possibilidade. Seria como falar com uma criança de quatro anos sobre relatividade. Pode haver a vontade de compreender, mas não a capacidade.

Pensei em soltar uma resposta defensiva, como se ele pensava que eu não era mais esperto do que uma criança de quatro anos, mas eu sabia que não era isso que ele queria dizer.

— No momento — prosseguiu Melford —, o importante é que estamos nessa história juntos. Você está numa enrascada, meu amigo. Nós dois estamos. Há perigo ao nosso redor, e tivemos o azar de aterrissar no meio dele.

— Mas não tenho nada a ver com essa história. A culpa não é minha.

— Está certo. A culpa não é sua. E, se sua casa tivesse sido atingida por um raio e começasse a queimar, também não seria culpa sua. Aí você fica parado e grita na direção das chamas, ou faz o possível para se salvar e apagar o fogo?

Não tive resposta porque ele era convincente demais para me deixar chateado.

Melford parou do lado de fora de um restaurante chinês e avisou que era hora de almoçar. Eu estava com uma fome razoável, pois comera muito pouco no café-da-manhã. Tinha achado o mingau de aveia sem leite com gosto de goma de polvilho e estava nervoso demais ao lado de Chitra para me obrigar a engoli-lo.

— Restaurantes chineses são ótimos para vegetarianos — comentou quando nos sentamos a uma mesa no pequeno ambiente coberto com papel de parede vermelho salpicado de Budas dourados. Havia mais duas estátuas de Buda junto à porta, um tanque cheio de carpas brancas e cor-de-laranja, e um pequeno chafariz. — Eles costumam ter dezenas de opções sem carne, além de não ter a tradição de usar leite e seus derivados na cozinha.

Colocou chá em xícaras com esmalte rachado.

Enquanto tomava o café-da-manhã com Chitra eu fizera o firme propósito de abandonar todo e qualquer produto animal. Agora, aqui com Melford, queria ser carnívoro. De manhã, eu quisera impressionar Chitra com minha alma sensível. Agora, queria impressionar Melford com meu desafio. Precisava decidir se concordava com o princípio ou não — se queria ser vegetariano ou se apenas desejava me manter afastado de carne quando achasse que isso podia impressionar as mulheres.

Examinei o cardápio.

— O que acha de peixe?

Melford ergueu as sobrancelhas.

— Como assim?

— Gosta de peixe? A perca com molho de feijão-preto me parece uma boa pedida.

— Se excluo peixe de meu cálculo moral porque eles vivem na água e não na terra? É isso que está me perguntando?

— Acho que sei a resposta, mas convenhamos, estamos falando de peixe agora. Não de coelhinhos peludos ou de uma vaquinha de propaganda. Peixe é peixe. Botamos anzóis nas suas bocas todo santo dia.

— Então a crueldade se justifica. Você, acima de todos os outros, deve saber mais do que isso.

— O que está querendo dizer?

— Estou querendo dizer que, quando procurei você com aqueles dois sujeitos no motel ontem à noite, tive a sensação de que não era a primeira vez que algum idiota maluco decidia transformar você num saco de pancadas. O fato de isso ter acontecido antes não significa que está certo acontecer de novo. O fato de sermos cruéis com peixes não significa que *devemos* ser cruéis com eles. Só porque vivem embaixo da água e têm escamas e não pele ou pêlo não quer dizer que esteja certo o que fazemos.

Suspirei.

— Tudo bem.

Quando a garçonete apareceu, pedi *lo mein* de legumes. Melford pediu rolinhos primavera.

— Não estou com muita fome — explicou.

— Então por que estamos aqui?

Melford deu de ombros.

— Principalmente porque queria ver se a mulher que está nos seguindo entraria aqui também.

— Qual mulher?

— A que dirigia uma Mercedes e agora está na mesa atrás de você. Não se vire. Não verdade, nem precisa se preocupar, pois parece que ela está vindo para cá.

A mulher aproximou-se, parou entre nós e olhou para um e para o outro como se tentasse decidir qual dos dois ela levaria para casa. Era bonita e alta, tinha cabelos loiro-escuros na altura dos ombros, feições arredondadas que uma vez teriam sido consideradas hiperfemininas e agora pareciam infantis. Como se para compensar esse efeito, estava vestida de modo a chamar a atenção, com jeans cor-de-rosa apertado e blusa branca quase transparente que deixava à mostra o sutiã preto.

— Não quer que ele coma peixe? — Ela agora olhava Melford por cima dos óculos escuros, as sobrancelhas franzidas. — Por que perturbar tanto seu amigo por causa do almoço, dar ordens para ele desse jeito?

Ficamos em silêncio por um momento. Por fim, arrisquei:

— Na verdade, ele não está me perturbando.

— Mas está lhe dando trabalho, não está? — Virou-se então para Melford. — Você é provocador?

— Não é provocador — cortei, sem saber ao certo por que devia tomar o partido de Melford ou defendê-lo da mulher, fosse ela quem fosse.

— Às vezes as pessoas são tão provocadas que nem percebem — afirmou, os olhos fixos em mim. Depois se virou para Melford. — O que as pessoas comem não é uma questão de escolha delas mesmas?

— Não — afirmou Melford, com pura bondade na voz. Quando eu também disse não, ela se tornou rude, hostil e defensiva. Ele pareceu sentir-se estimulado. — Vestir ou não algo que deixe nossa roupa de baixo aparecer é uma questão de escolha. Usar batom para ir ao cinema ou entrar em torneios de golfe ridículos é uma questão de escolha. Quando se faz algo que inflige sofrimento a outra pessoa, a questão já passa a ser moral.

A mulher olhou-o com ar que parecia ao mesmo tempo zombeteiro e avaliador.

— Sabe de uma coisa? — perguntou. — Você pode muito bem ser mais interessante do que pensei de início. Posso me sentar?

— Será um prazer — respondeu Melford.

Ela sentou-se, deslocou um pouco a cadeira na direção de Melford e colocou os óculos de sol no bolso da blusa diáfana, na altura do seio.

— Sou Desiree — apresentou-se. E enquanto se cumprimentavam Melford reparou na série de linhas desenhadas nas costas de sua mão.

— *Hsieh*? — perguntou.

Concordou com a cabeça, sem se preocupar em esconder a surpresa.

— Isso mesmo.

Soltou a mão dela.

— Está pensando em romper com o passado?

Tentou parecer natural.

— Acho que sim.

— Eu também. — Cruzou os braços. — Então está interessada em se tornar vegetariana?

— Não, não estou. Gosto de comer o que como. Estou interessada em saber por que se preocupa tanto com isso.

— Eu me preocupo — explicou Melford — porque quando vemos algo errado devemos tentar corrigir. Não basta condenar o mal em silêncio, contentar-se em não participar. Acredito que todos temos a obrigação de nos colocar contra ele.

Uma sombra cruzou seu rosto. De início pensei que ele a deixara com raiva, porém depois percebi que havia nela um misto de tristeza, talvez até de confusão e dúvida.

— Em que medida essa questão é de fato ética? Animais existem para nos servir, não é isso? Então, por que não deveríamos usá-los?

Melford segurou uma xícara de chá vazia.

— Esta xícara foi feita para nos servir, certo? Foi projetada para melhorar nossas vidas e tudo o mais. E se eu a jogasse contra a parede do outro lado da sala? Meu ato seria considerado indelicado, na melhor das hipóteses, mas também violento, anti-social, grosseiro. Um desperdício. A xícara está aqui para meu uso, mas não tenho liberdade para usá-la do modo que julgar conveniente.

Ela deu de ombros.

— Parece razoável.

— Mas não razoável a ponto de você mudar seus hábitos alimentares? — perguntou Melford.

— Não, não razoável a esse ponto.

Virou-se para mim.

— É interessante, não? Você convence alguém de que tudo o que diz é certo, faz com que todos entendam que é errado comer animais, e ainda assim ninguém se modifica.

— Ideologia? — perguntei.

— Acertou em cheio.

— Então, o que os amigos têm em mente para hoje? — perguntou ela.

— Oh, você sabe. Uma coisa aqui, outra ali — respondeu Melford.

Ela inclinou-se à frente para chegar mais perto dele.

— Pode ser mais específico?

Ele aproximou o corpo, também, e por um instante tive a impressão de que se beijariam.

— Pode me dar talvez uma razão para eu ser mais específico?

— Porque sou uma mulher curiosa, muito curiosa.

— Curiosa o suficiente para imaginar como seria parar de comer animais?

— Não a esse ponto.

Melford reclinou-se de novo na cadeira, depois estendeu o braço e tocou os sinais pretos que ela mandara desenhar na mão.

— Você pode dizer a si mesma que seus atos, sozinhos e em relação ao equilíbrio do universo, não contam, mas acho que entende muito bem. Por quanto tempo consegue fazer vista grossa para o mal porque é fácil e gratificante agir assim? Você é melhor do que isso.

Ela puxou a mão, porém não com violência. A mim pareceu mais por constrangimento — ou surpresa.

— Você não me conhece. Não tem idéia de quem sou.

Melford ofereceu-lhe um esboço de sorriso.

— Talvez não. Mas tenho um palpite.

Permaneceu calada por um minuto. Rasgou uma embalagem de pauzinhos para comida oriental, separou-os e bateu de leve um contra o outro.

— Isso deixa você feliz, tomar parte numa cruzada em favor dos animais?

Ele sacudiu a cabeça.

— Ajudar os doentes ou preocupar-se com os desesperados torna alguém feliz? Confortar os leprosos do Sudão me deixa feliz? Não acho. Felicidade não é o problema. Essas coisas nos deixam em equilíbrio com o mundo que nos cerca, e isso é algo muito mais importante do que felicidade.

Balançou várias vezes a cabeça em sinal afirmativo, sempre batendo um pauzinho contra o outro. Depois os largou, como se de repente tivessem ficado desconfortavelmente quentes. Levantou-se.

— Preciso ir.

Melford estendeu a mão para se despedir. Ela pareceu surpresa, mas apertou-a, de todo modo.

— Vai me dizer para quem está trabalhando? — perguntou. — Por que está nos seguindo?

— Não agora. — Parecia de fato triste com isso, também.

— Está certo. — Recuou a mão, ela virou-se para ir embora, mas ele sentiu que não tinha terminado. — Você sabe — continuou — que é esperta demais para trabalhar para eles. Não é como eles.

Corou levemente.

— Eu sei.

— *Hsieh* — disse Melford.

Ela olhou para a mão e aquiesceu com a cabeça.

Vinte e um

— Então, quem era ela?

— Não sei. Alguém que trabalha para eles. Quem quer que sejam eles.

Sentei-me no banco do passageiro do Datsun de Melford. Eu comera o *lo mein* e bebera cinco xícaras pequenas de chá. A visita de Desiree naquela tarde me deixara atordoado, mas Melford parecera não se perturbar. Comera seus rolinhos primavera com pauzinhos chineses e conversara um pouco sobre um filósofo de nome Althusser e sobre o que chamou de "aparelhos ideológicos de Estado". Só quando voltamos para o carro tentei falar sobre a mulher.

— Não lhe incomoda que uma pessoa estranha vestida com roupa transparente esteja nos vigiando?

— Roupa transparente não deixa de ter seus encantos. Não acha? Reparei que você inspecionou a renda do sutiã dela. Talvez estivesse pensando em comprar um presente para Chitra.

Eu detestava a sensação de ser apanhado.

— Devo admitir que sim. Ela parecia menos medrosa e mais... — Minha voz foi ficando mais baixa.

— Sexy?

— É isso — concordei com cautela. Eu não sabia se Melford seria o melhor juiz do mundo para decidir quais mulheres eram sexy e quais não. — Bem, ainda assim alguém estava nos seguindo. O que vamos fazer?

— Nada — respondeu Melford. — Ela não está nos seguindo agora e, para ser honesto, não acredito que tenha intenção de nos prejudicar.

— Há pessoas mortas boiando por todo lado. Sei que você matou *algumas* delas, mas não é ingenuidade supor que eles não têm intenção de nos prejudicar?

— Não posso falar por *eles*. Estou certo de que *eles* querem nos prejudicar, sim, e muito, mas não acredito que Desiree queira. Vi nos olhos dela. Ela está se afastando deles. Não quer nos prejudicar, nem sequer dar informações sobre nós. É a impressão que tenho.

— Ótimo. Você tem essa impressão. Fantástico.

— É o melhor que temos até descobrir quem são *eles*.

Pensei em contar-lhe o que sabia, que o Jogador estava envolvido, mas não tinha contado na véspera e agora pareceria estranho, como se estivesse escondendo algo dele e que talvez ele não devesse confiar em mim. Haveria um meio, concluí, de conduzi-lo naquela direção caso fosse necessário, ou de *descobrir* algo que apontasse para o Jogador. Nesse meio-tempo, fiquei mais tranqüilo pelo fato de ele não saber, ainda que isso significasse guardar um enorme segredo de um sujeito que era conhecido por resolver seus ressentimentos, de tempos em tempos, com uma arma com silenciador.

— Então, para onde vamos agora? — perguntei.

— Você deve lembrar que temos uma tarefa a cumprir — respondeu Melford. — Precisamos descobrir quem era a terceira pessoa, o terceiro corpo no trailer.

— O que me diz do dinheiro? Estão à procura de uma tonelada de dinheiro vivo. Seria bom descobrir alguma coisa.

Sacudiu a cabeça.

— Esqueça o dinheiro. É um beco sem saída. Vamos pensar em descobrir de quem é o corpo.

— Pode me dizer como?

— A primeira coisa a fazer é olhar o corpo. Nunca se sabe. Talvez eles tenham sido burros o suficiente para deixar alguma identificação. É uma possibilidade remota, eu sei, mas vale a pena tentar.

— Certo — concordei. — É uma ótima idéia remexer num cadáver à procura de uma carteira. Mas, e talvez eu esteja fazendo uma pergunta idiota, não devíamos saber primeiro onde os corpos estão?

— Acontece, garoto esperto, que tenho um excelente palpite sobre onde eles podem ter deixado os corpos. Sentiu aquele mau cheiro no condomínio de trailers? Sabe o que era aquilo?

— O mau cheiro nos trailers? Não sei.

— Vinha de uma granja de suínos, Lemuel. A cidade de Meadowbrook Grove é praticamente só aquele condomínio de trailers, que arrecada o grosso de sua renda com multas por excesso de velocidade. Atrás dele há uma pequena fazenda onde criam porcos. Uma criação intensiva de suínos produz uma tonelada de resíduos, e esses resíduos precisam ir para algum lugar. O mau cheiro no condomínio de trailers vem da lagoa de dejetos, uma fossa nojenta, borbulhante, nociva ao meio ambiente, cheia de mijo de porco, merda de porco e restos de porco. É também o único lugar ideal para esconder corpos em que consigo pensar. Por isso é para lá que vamos.

— E vamos sem mais nem menos zanzar pela propriedade, cavar no meio de merda de porco sem ninguém reclamar? É isso?

— Não tem ninguém lá. Não pense que vai encontrar um fazendeiro bonachão. Nem um óinc-óinc aqui e um óinc-óinc ali. O fantástico nesse tipo de negócio é que ele praticamente não requer manutenção. Só alguém que apareça uma vez por dia para garantir a alimentação dos animais.

— Como sabe que o cara que alimenta os porcos não estará lá?

Melford deu de ombros.

— Porque matei o infeliz ontem.

Engoli em seco. A surpresa quase me paralisou.

— Foi por isso que matou Bastard? Porque ele trabalhava em uma granja de suínos?

— Calma. Não sou nem de perto tão arbitrário. Isso não teve nada a ver com a história. Lamento pela maioria dos empregados desses lugares. São tão explorados quanto os animais. Recebem salários baixos e trabalham para patrões que não se preocupam com sua saúde e segurança. São apenas vítimas. Os proprietários merecem morrer, não os trabalhadores. Não, foi uma coincidência. — Interrompeu, pensativo. — Mais ou menos.

Melford saiu da estrada principal e seguiu por trás do condomínio de trailers, depois entrou de repente à direita em uma estrada de barro que eu jamais teria notado ainda que passasse por ali uma dúzia de vezes ou mais. Cortava uma densa floresta de pinheiros de recortes irregulares, arbustos rebeldes e pedra calcária. Seguimos por esse caminho por bem mais de um quilômetro, e durante o percurso o cheiro repugnante de enxofre e amônia foi se tornando cada vez mais forte até parecer que alguém tinha fabricado um fura-gelo de maus odores e o enfiava em minhas narinas.

Chegamos a uma cerca e Melford parou o carro, saiu de um pulo e tirou do bolso uma chave, que usou para abrir um cadeado. Quando voltou, ainda sorria.

— Onde conseguiu a chave? — perguntei.

— Tenho meus métodos.

De volta ao carro, e após mais um trecho de estrada margeada por pinheiros, chegamos a uma clareira e vi à nossa frente uma construção enorme, de aparência frágil, sem janelas. Tinha talvez a altura de um prédio de dois andares e parecia feita de folhas de alumínio. Lembrava vagamente um depósito, mas um depósito horripilante, isolado como estava na clareira. Ou talvez parecesse uma prisão. Imaginei o que Melford estaria preparando para mim.

Estacionou atrás de alguns pinheiros de modo a não ser visto se alguém por acaso aparecesse — o seguro morreu de velho, explicou Melford —, desembarcamos e caminhamos rumo à construção. Eu tinha achado o cheiro ruim dentro do carro, depois pensei que tivesse me acostumado, mas ele foi ficando cada vez mais forte, mais desagradável. O fedor à nossa frente era como um peso físico no ar. Caminhar para dentro dele era como caminhar contra a força de um túnel de vento. Como era possível alguém trabalhar num lugar daqueles? Como as pessoas agüentavam morar nas redondezas? E os próprios porcos... mas decidi não fazer esse tipo de consideração. Eu tinha coisas mais importantes com as quais me preocupar, e estava decidido a não deixar que a obsessão de Melford se tornasse minha também.

Nos fundos do depósito, a grama e os arbustos se transformavam em lama preta espessa, da qual talos de grama insistiam em brotar intermitentemente. Essa praia se estendia por talvez dez metros, e então a lagoa começava de maneira abrupta — tão abrupta, pensei, que não devia ser apenas feita pela mão do homem, mas também revestida de concreto. Era menor do que eu imaginava, a palavra *lagoa* sugeria excesso tropical, verde exuberante, cachoeiras envoltas em bruma, bandos de pássaros tropicais estridentes explodindo em vôo. Lagoa de dejetos acabou sendo um eufemismo, e quando o eufemismo contém a palavra *dejeto*, já se está partindo de um lugar muito ruim. Encontrei não uma lagoa, mas uma fossa, a pior e mais terrível fossa que eu poderia imaginar, com talvez cem metros de diâmetro. Nada crescia por perto a não ser algumas ervas daninhas do tipo mais resistente — e a estranha e milagrosa exceção de um único pé de mangue, cujas raízes nodosas e retorcidas entravam e saíam do solo e alcançavam a lagoa.

Imaginei que ficaria com os sapatos enlameados quando nos aproximássemos, mas o barro estava tão seco e esfarelado quanto a superfície da Lua. A cada passo, no entanto, o mau cheiro ficava pior, incrível e exponencialmente pior. O fedor, para minha surpresa, parecia ter propriedades capazes de alterar a mente. Meu coração ficou leve, meus passos, vacilantes. Estendi os braços para manter o equilíbrio.

Permaneci com os olhos fixos na lagoa, como se um monstro pudesse emergir para nos devorar. De início pensei tratar-se do efeito da luminosidade do sol, mas não era uma questão de sombra, o conteúdo era de fato marrom. Uma lagoa marrom de lama viscosa que jogava suas ondas estufadas contra a margem escorregadia. Fossa está para lagoa de dejetos, pensei — minha mente fazendo uma analogia semelhante à dos testes de aptidão escolar —, assim como seres humanos estão para zumbis. Uma nuvem buliçosa de insetos pairava sobre nossas cabeças, zumbindo com uma mutante ameaça.

Melford parou fora do perímetro demarcado por uma série de estacas de metal ao redor da fossa, unidas por fitas plásticas fosforescentes que a brisa suave balançava de leve.

— É provável que estejam lá — sugeriu com um gesto na direção da fossa.

— Então é isso uma lagoa de dejetos?

Melford concordou com um movimento de cabeça.

— Tudo isso é merda de porco e mijo de porco?

Melford concordou de novo.

— São todas assim nojentas?

— É provável que sim. Nunca tinha visto uma de perto.

Fitei-o espantado.

— Nunca?

— Nunca. É pior do que eu imaginava. Maior. Mais impenetrável.

— Parece um bom lugar para esconder corpos — comentei. — Então, como vamos encontrá-los?

Melford deu de ombros.

— Não vamos encontrá-los. Foi uma idéia imbecil.

— Sinto muito pela história da lagoa de dejetos — desculpou-se. — Parecia um plano razoável quando me veio à cabeça.

Encolhi os ombros, sem muita certeza do que dizer quando um assassino atencioso pede desculpas por seu esquema para exumar o corpo da única pessoa que ele não matou acabar de forma tão desastrosa.

No caminho para o extremo oposto do depósito nos aproximamos de um par de amplas portas duplas, imponentes e robustas em relação ao resto da construção e que de perto pareciam feitas de lata perfurada. Um maciço cadeado mantinha as folhas das portas unidas.

— Próxima parada — anunciou Melford. Tirou do bolso um molho de chaves e abriu o cadeado.

— Como consegue estas chaves? — perguntei.

Balançou a cabeça sem erguer os olhos do cadeado.

— Lemuel, Lemuel, Lemuel. Ainda não aprendeu que Melford é o homem dos prodígios? Todas as portas se abrem para Melford.

Abriu uma porta com um empurrão, pendurou o cadeado no trinco e fez sinal para eu entrar.

Eu não queria. Estava escuro dentro — não como breu, mas sombrio. O prédio não tinha janelas, e a única iluminação vinha de quatro ou cinco lâmpadas nuas que pendiam do teto. Estavam entremeadas com ventiladores que giravam em câmara lenta e criavam um efeito estroboscópico distorcido, transformando o lugar em uma horripilante boate de condenados. Fedia muito mais do que qualquer coisa do lado de fora, mais do que a lagoa, mais do que uma centena de lagoas. Era um cheiro diferente — mais rançoso e mais almiscarado, mais denso e mais vivo. Uma lufada fria veio de dentro — não fria, na verdade, porém mais fresca do que a temperatura abrasadora do lado de fora. E havia o barulho.

Era um coro baixo de lamentos e grunhidos. Eu não tinha idéia de quantos porcos estariam ali, mas devia ser um número muito grande — dezenas, centenas, eu não tinha idéia.

Melford pegou então a lanterna de bolso e direcionou-a à frente, parecendo de repente Virgílio em ilustração do *Inferno* por Gustavo Doré.

Eu ainda não conseguia ver muito bem, mas via o suficiente. Dezenas e dezenas de pequenos cercados estavam dispostos em ziguezague desde a entrada até o extremo oposto do armazém. Cada cercado podia conter quatro ou cinco animais confortavelmente, mas continha 15, talvez 20. Eu não tinha como saber ao certo, porque estavam muito espremidos. Observei o cercado para onde Melford direcionava a luz. Um porco procurava se mover de uma extremidade do cercado para a outra. Quando tentava abrir caminho, criava um espaço que outro porco precisava preencher. Era como um cubo mágico. Nenhum animal entrava nem saía, e se um quisesse se mover, precisava trocar o espaço com outro. O chão tinha ranhuras para que urina e fezes escorressem para um sistema de drenagem que levaria tudo para a lagoa de dejetos, mas as ranhuras eram grandes demais e a toda hora prendiam as patas dos porcos. Vi um animal guinchar quando puxou a pata para se soltar, e depois guinchou de novo. Mesmo no escuro, o sangue na pata estava bem visível.

Tomei a lanterna da mão de Melford e aproximei-a do cercado mais próximo. Os porcos, que tinham estado em uma espécie de transe pela dificuldade de respirar, despertaram à minha aproximação e guincharam. Tentaram recuar, afastar-se de mim, mas não havia para onde ir, então seus guinchos se tornaram ainda mais fortes, mais esganiçados. Detestei assustá-los, mas eu precisava ver.

O que pensei ter observado nos esporádicos flashes dos ventiladores estroboscópicos estava agora bem claro. Muitos dos porcos — a maioria, talvez — tinham sérias erupções avermelhadas que brotavam debaixo do pêlo curto. Feias, protuberantes, tumores vermelhos que se projetavam com força malévola como rochas deformadas. Alguns dos tumores se localizavam ao longo das costas ou laterais, e os porcos pareciam mais ou menos ignorá-los. Outros os tinham nas pernas ou próximo das patas e se movimentavam com dificuldade, então. Em alguns as erupções eram na cara, perto dos olhos ou no focinho, e por isso não conseguiam fechar nem abrir a boca por completo.

Recuei.

— O que há de errado com eles? — perguntei a Melford. — Que coisa! Parece algum experimento médico ou algo semelhante.

— E é, de certo modo — respondeu Melford com a calma clínica que eu esperava dele. — Mas os animais não são objetos de uma experiência. Nós somos. Nenhum animal, a não ser talvez insetos sociais, foram feitos para viver em locais tão apertados, mas os criadores de suínos os amontoam porque, quanto mais apertados estiverem, mais porcos é possível criar em um único espaço. É uma questão de ver o que compensa. Mas os porcos... bem, é melhor esquecer a dor e o tormento por que passam. De todo modo, é provável que a maior parte deles esteja insana a essa altura. Em um nível puramente filosófico, no entanto, os porcos não conseguem suportar tamanho sofrimento, seus corpos não chegam a absorver o estresse físico, e isso os torna vulneráveis a doenças. Então são bombardeados com remédios, não para que se tornem saudáveis, você entende, mas para permitir que sobrevivam ao confinamento e alcancem o peso para o abate. Estou me referindo a quantidades absurdas de antibióticos.

— Não entendo. Não existe uma espécie de inspetor ou algo parecido que diga que os animais estão doentes demais para consumo humano?

— Seria o Departamento de Agricultura dos Estados Unidos. O mesmo órgão encarregado de assegurar que não comemos animais doentes se ocupa também de incentivar o consumo de carne americana. É mau negócio produzir carne segura e tratar animais com humanidade, porque isso custa dinheiro. Se a carne estiver cara demais, bem, os eleitores se aborrecem. Então, se um inspetor de fato botar na cabeça que vai tentar acabar com essa loucura, os fazendeiros... os sujeitos que eles supostamente devem controlar... apresentam queixa, e a próxima notícia que chega ao seu conhecimento é que o inspetor foi transferido ou perdeu o emprego. Resultado: ninguém abre a boca, e animais doentes são mandados para os matadouros, onde são muitas vezes esquartejados ainda vivos, as partes visivelmente doentes retiradas, e a carne, encharcada de antibióticos e hormônios do crescimento, chega à mesa de jantar das famílias.

— Então, o que está insinuando? Que nossa comida está contaminada e ninguém sabe, a não ser você?

— Muita gente sabe, mas as pessoas não se preocupam com isso porque ouvem dizer que está tudo bem. No entanto, as estatísticas são alarmantes. Setenta por cento dos antibióticos que usamos vão para o gado... carne e laticínios que as pessoas acabam consumindo. A maior parte da população anda por aí com baixa dosagem de antibióticos no corpo, permitindo que bactérias evoluam para uma variedade resistente a antibiótico. Ainda que eu não me importasse com o modo como os animais são tratados, precisaria me preocupar com a epidemia que está vindo para varrer todos nós do mapa.

— Não acredito — contestei. — Se fosse tão perigoso, alguém não tomaria providências a respeito?

— As coisas não funcionam desse modo. O dinheiro azeita as engrenagens. Se houvesse uma epidemia e ela fosse relacionada a fazendas produtoras, alguém faria alguma coisa. Até que isso aconteça, gente demais ganha dinheiro demais. Nossos senadores e representantes dos estados rurais dizem que não há provas de que a criação ou a lavoura intensiva prejudique alguém. Enquanto isso, estão tomando quantias inimagináveis de dólares de contribuições de campanha desses agronegócios gigantescos que destroem fazendas familiares e as substituem por monstruosidades nazistas.

— Não pode ser tão ruim assim — retruquei.

— É espantoso. Você parece um garoto-propaganda da ideologia. Como não pode ser tão ruim assim? Se você está vendo diretamente qual é a situação. *É* ruim assim. E, se seus próprios olhos não o convencem, como poderá ser convencido de algo diferente daquilo em que já acredita?

Não tive resposta.

— Olhe — prosseguiu —, ainda que você não se compadeça do sofrimento dos animais, ainda que tenha a visão limitada demais para perceber os riscos de longo prazo que a carne contaminada traz para a saúde, pense no seguinte: há conseqüências, conseqüências humanas terríveis, conseqüências de partir o coração, quando somos levados a não pensar em algo tão básico quanto nossa própria sobrevivência porque grandes corporações precisam manter seus bons resultados.

Era um bom argumento e não consegui responder.

— Vamos sair daqui.

Do lado de fora, mesmo no meio de todo o fedor, não consegui me movimentar. Ficamos parados na clareira enquanto eu observava o prédio, entorpecido, incrédulo.

— Imagine o que acaba de ver multiplicado por milhões — sugeriu Melford. — Bilhões. Faz a gente pensar, não?

— Faz a gente pensar no quê? — perguntei. Minha voz soou oca.

— Se é ético sacrificar vida humana em consideração à vida animal.

Mesmo diante do que presenciara, não hesitei.

— Não.

— Tem certeza? Deixe que eu lhe pergunte outra coisa. Digamos que você se depare com uma mulher sendo estuprada. O único modo de salvá-la do estupro é matar o atacante. Matá-lo é a decisão certa a tomar?

— Se eu não tivesse outra opção, claro que sim.

— Por quê? Por que isso é moralmente aceitável?

— Porque valorizo o direito de uma mulher escapar de um estupro sobre o direito de um estuprador viver.

— Boa resposta. Mas o que me diz do direito de um animal escapar da tortura? Você não valoriza esse direito sobre o direito de um torturador ter prazer ou lucro?

— Não. Veja, o que acontece aqui é terrível, Melford. Eu jamais diria o contrário. Mas ainda há uma distinção básica entre pessoas e animais.

— Porque animais têm uma percepção menor deles mesmos?

— Certo.

— E o que me diz de uma pessoa com um retardamento grave... alguém que, pelo que sabemos, não tem percepção maior que a de um macaco? Ela só tem os direitos de um macaco?

— Claro que não. Ela ainda é um ser humano.

— E merece os direitos correspondentes, certo? O guarda-chuva que protege a pessoa típica deve também proteger os seres humanos mais limitados. É isso?

— Sim — respondi. — É isso.

— Mas essa proteção é natural, correta e justa, ou é apenas o que dizemos a nós mesmos para nossa conveniência ética, econômica e sensual? Por que esse guarda-chuva não deve proteger todas as criaturas capazes de sentimentos e emoções? Se está errado torturar um porco, então está errado. Dizer que deixa de estar errado quando é lucrativo... porque queremos exportações valorizadas e carne barata no supermercado... é coisa de maluco. Ética não pode ter relação com lucro. É como tolerar o homicídio contratado e considerar ilegal o crime passional. A crueldade motivada pelo capital é menos nociva do que outros tipos de crueldade?

— Compreendo o que diz, mas você não consegue me convencer de que não há hierarquia. Animais podem ter emoções, mas não escrevem livros nem compõem música. Temos imaginação e criatividade, e isso significa que a vida humana é sempre mais valiosa do que a vida animal.

— Sempre? Digamos que exista um cão, um cão heróico. Um cão que tenha salvado a vida de inúmeras pessoas com atos de bravura. Um cão do corpo de bombeiros, por exemplo, que resgata bebês do fogo. E digamos que exista um condenado no corredor da morte, que todos reconhecem ser culpado de crimes horríveis. Ele escapa na véspera da execução e toma o cão como refém. Na manhã seguinte, as autoridades descobrem seu esconderijo. Sabem que podem recapturá-lo; mas se o fizerem, o cão será com certeza morto. Por outro lado, podem ter um atirador de elite capaz de matar o condenado e salvar a vida do cachorro. O que é mais importante, o condenado que matou inúmeras pessoas e que já estaria morto se não tivesse fugido, ou o cão, que só fez o bem?

— Convenhamos, esse é um caso extremo — retruquei.

— Concordo. É o caso mais extremo em que consegui pensar assim de repente. Vamos, responda.

— É melhor salvar o homem — respondi, não inteiramente convencido de que acreditava nessa opção. — Quando você desce a estrada da qual está falando, ela é uma ladeira escorregadia.

— Então a vida humana, ainda que torpe, deve sempre ter precedência sobre a vida animal, por mais louvável que seja?

Dei de ombros, fingindo uma apatia que não sentia, que não estava nem perto de sentir. A verdade era que eu não tinha resposta para sua linha de questionamento, e isso me incomodava. Se Melford tinha razão, então não havia absolutos, não como eu sempre acreditara, e isso me colocava em queda livre com relação à ética. O exemplo era extremo, e eu entendia a posição de Melford. Eu não queria admitir que provavelmente as pessoas salvassem o cachorro, uma vez que isso significava que a questão não era mais definir entre o preto e o branco, mas sim entre matizes. Não era uma questão de valorizar a vida humana sobre a animal, mas de definir quando e sob quais condições.

— Não sei. Podemos ir, agora?

— Sim, vá para o carro. Ainda não tenho certeza sobre como vou salvar estes porcos, mas por enquanto devo dar comida e água a eles. Demora poucos minutos.

— Quer ajuda?

— Não, não se preocupe.

Eu me preocupei, mas obedeci, porque com Melford minha função era obedecer. Então baixei a cabeça e arrastei-me na direção do carro, tentando desanuviar a mente, tentando não pensar em absolutamente nada para não ter de pensar naqueles porcos com suas terríveis ulcerações vermelhas e na expressão vazia de seus olhos. Não consegui, no entanto, desanuviar a mente. Ao contrário, pensei em Karen e Bastard, frios, mortos, os olhos arregalados.

Quando estava na metade do caminho para o carro, levantei os olhos e saí de meu triste devaneio. Algo deve ter atraído minha atenção e, quando olhei através da claridade ofuscante da tarde, com o sol se refletindo na terra com a intensidade de um forno quente, vi algo que me deixou paralisado de terror. Um carro da polícia entrava no terreno e manobrava bem na minha direção, como se para investir e passar por cima de mim. Não havia dúvida. Quem estava atrás do volante tinha me visto.

Estiquei o pescoço à procura de Melford, mas não havia sinal dele. O policial provavelmente também não o vira. No seu entender, eu estava ali completamente só.

Reconheci de imediato o tira. Era o sujeito do Ford escuro que eu tinha visto do lado de fora do trailer de Bastard e Karen, o sujeito que ajudara o Jogador a remover os corpos. O chefe de polícia de Meadowbrook Grove.

Vinte e dois

O POLICIAL SAIU DO CARRO, fechou a porta e apoiou as costas nela. Se fumasse, teria acendido um cigarro. O carro estava limpo; percebi de primeira. Parecia ter sido recém-lavado, um carro contra o qual ninguém hesitaria em se apoiar.

Fez um gesto para que me aproximasse, como se fôssemos velhos amigos, e obedeci ao chamado. Tive vontade de correr, imaginei que talvez devesse correr, porém sabia que não estava pronto para uma metamorfose instantânea de adolescente trabalhador em fora-da-lei. Além disso, Melford estava por perto, e pensei que com certeza me sentiria mais seguro com ele circulando em algum lugar próximo do que me sentiria correndo pelo meio das árvores tendo um tira de ética questionável na minha cola.

Aproximei-me devagar, tentando manter a cabeça erguida, sorrir, olhar como se não tivesse feito nada de errado. Aprendera com Melford. Aja como se tudo estivesse numa boa, e é possível que tudo fique numa boa. Claro que Melford também iria querer começar a atirar na cabeça das pessoas se as coisas tendessem a não ficar numa boa.

— Boa tarde, patrulheiro — cumprimentei.

— Ora, vejam só. É o vendedor de enciclopédias. Vendeu alguma para os porcos? — Forçou um sorriso, deixando à mostra os dentes tortos.

Lembrei-me de que nunca dissera ao policial o que eu vendia.

— Não pensei nisso — respondi. — Estava fugindo do calor e aproveitei a sombra das árvores, mas acabei andando sem rumo e vim parar aqui. Tinha curiosidade em saber como era este lugar, o cheiro e tudo o mais, então resolvi dar uma olhada. Invadi a propriedade alheia ou algo assim?

O policial, Jim Doe pelo que dizia Melford, olhou-me de esguelha. Esfregou o nariz, e sua unha prendeu por um instante, sem querer, uma meleca ressecada incrustada no canto da narina.

— Que diabos está fazendo aqui, vagando no meio das árvores quando devia estar vendendo livros? Seu chefe de equipe vai gostar de saber disso?

— Foi um dia puxado — justifiquei. — Quis fazer uma pausa antes de pegar a estrada de novo. Tenho certeza de que entende o valor de um descanso rápido antes do trabalho pesado, patrulheiro.

— Não vejo como a invasão de uma granja de suínos pode representar uma pausa — argumentou. — Na verdade, o que me parece é que você estava infringindo a lei. Nada mais do que isso.

— Sinto muito, mas não vejo aviso dizendo que não poderia estar aqui.

— Imagino que não tenha visto aquela enorme placa amarela dizendo ENTRADA PROIBIDA, estou certo? Não viu o portão que mantém as pessoas do lado de fora?

— Vim pelo mato — justifiquei, sem saber se isso era possível. — De todo modo, já estava indo embora. Acho que compreende meu erro, não?

A técnica de vendas não parecia funcionar.

— É melhor dar uma olhada para ver se você não fez alguma besteira. Depois vai para a cadeia por invasão de propriedade. — Deu um passo na minha direção. — Agora vire de frente para o carro. Ponha as mãos para trás.

— Não acho que seja necessário — argumentei. Minha voz tremeu quando o pânico começou a se instalar dentro de mim.

Doe segurou-me pelos ombros, enfiando os dedos em minha carne com força suficiente para machucar. Obrigou-me a girar o corpo e empurrou-me para dentro da viatura. Se eu não tivesse jogado o pescoço para trás, minha cabeça teria batido contra a janela, e por um instante tonteei e pensei que fosse cair. Não sei como consegui recuperar o equilíbrio, porém Doe empurrou minha cabeça e meu nariz bateu com força na janela. O sangue começou a escorrer de uma narina.

Tive apenas um instante para processar a dor antes que uma nova onda começasse. Com um movimento preciso Doe colocou a algema no meu pulso esquerdo, depois no direito. O aperto frio do metal provocou em mim uma sensação terrível e uma curiosa combinação de dor aguda, dilacerante, e um entorpecimento crescente subiu pelos meus braços.

Mais uma vez fui agarrado pelos ombros e de novo forçado a dar meia-volta e ficar de frente para Doe.

— As algemas estão muito apertadas — protestei, ofegante. — Vão cortar minha circulação.

— Cale a boca, filho-da-mãe. — Doe deu-me um soco no estômago.

O ar faltou-me e dobrei o corpo, arfando, mas logo me endireitei. O *lo mein* de legumes se agitava no meu estômago. Por mais dor que sentisse, eu sabia que Doe tinha moderado o soco, e sabia também que eu não queria experimentar seu soco verdadeiro.

— Agora — continuou Doe —, deixe de bobagem e conte o que veio fazer aqui.

— Já contei — insisti, estremecendo ao perceber como minha voz soava fraca. O sangue corria de minha narina para a boca. Um zumbido invadiu meus ouvidos.

— Não contou merda nenhuma. Continue a aparecer em todo maldito lugar, garoto, e sua história de entrar por acaso nesta propriedade não vai me convencer mesmo.

— Estou preso?

— Você não é tão sortudo. — Doe abriu a porta de trás. Empurrou-me, fazendo com que eu batesse a cabeça contra o teto ao entrar. — Fique quieto aí dentro enquanto dou uma circulada para ver se consigo descobrir o que você andava fazendo. É melhor rezar para eu não encontrar nada, ou vai ser obrigado a examinar com mais atenção aquele buraco cheio de merda. — Apontou na direção da lagoa de dejetos e bateu a porta.

Eu não iria chorar, apesar das lágrimas que se acumulavam em meus olhos e do bolo na minha garganta. Este não era Kevin Oswald, da aula de ginástica, me esmurrando no vestiário até eu cair para trás e rebentar a cabeça no armário de Teddy Abbott. Era um tira que com certeza agia fora da lei, possivelmente era culpado de um assassinato e estava decidido a fazer algo terrível contra mim. Concentrei-me em afastar com a língua o sangue salgado que escorria devagar de meu nariz e se acumulava no lábio superior.

Tentei me ajeitar, mas tudo doía muito e eu tinha a sensação de que minhas mãos eram duas garrafas de água quente cheias demais, prestes a estourar. Perguntei a mim mesmo se as algemas me causariam algum dano permanente, e também se um dano permanente era algo com que eu devia me preocupar. Exatamente quais seriam as chances de eu ter a oportunidade de, digamos, dentro de dez anos esfregar os pulsos e pensar que o antigo machucado das algemas voltava a doer?

Onde diabos estava Melford? Com certeza ele deixaria de lado a ração dos suínos por um momento para vir me resgatar. Melford não se intimidaria com coisa tão pequena quanto enfrentar um policial. Ele se libertara dos aparelhos ideológicos de Estado — pelo menos era o que apregoava —, por isso não teria escrúpulos de se aproximar de um policial sem ser visto e golpeá-lo na cabeça. Isso era o que eu esperava, mas também precisava considerar se Melford não aproveitaria a oportunidade para me deixar sozinho e me fazer assumir a culpa por tudo o que acontecera.

Olhei pela janela e vi Doe caminhando devagar, as pernas separadas como um caubói de antigamente, na direção do depósito. Melford ainda estaria lá, barulhento, distribuindo ração para porcos doentes? Ou planejaria naquele instante um ataque secreto? Teria coberto o corpo com folhas e galhos e se arrastado pelo chão para conseguir dar um bote e cortar a garganta do tira?

Eu não queria me envolver em outro assassinato, especialmente no assassinato de um policial. Embora estivesse convencido de que Doe era o tipo de pessoa que devia morrer, um sujeito que eu sacrificaria com prazer para salvar um cachorro mesmo que de bravura moderada, eu ainda tinha mais escrúpulos com relação a homicídios do que Melford. Com absoluta certeza eu não queria ser um fugitivo culpado pela morte de um policial. Doe podia ser um violentador de bebês, mas se fosse morto, todos os policiais do mundo perseguiriam o assassino com ódio infinito.

Tudo isso, porém, se tornou irrelevante, porque naquele exato momento vi outra patrulha policial surgir do bosque de pinheiros pela estrada de terra. Significava que Melford estava agora em minoria. Doe pedira ajuda, e os policiais na sua delegacia sabiam do apelo. Se algo acontecesse com esses sujeitos, seríamos fugitivos de primeira grandeza.

Então percebi algo com relação ao segundo carro de polícia. Não era azul-marinho como o de Doe; era marrom. No lugar de

CIDADE DE MEADOWBROOK GROVE, estava escrito na lateral DEPARTAMENTO DE POLÍCIA DO CONDADO DE GROVE. Espiei Jim Doe, que também se virara para olhar o carro, e mesmo a distância pude ver que sua boca se movimentou para pronunciar uma única palavra. Tive quase certeza de que disse "merda".

Doe começou a voltar com passo firme para o carro, um braço balançando e o outro levantado apertando a copa do chapéu para que não voasse. O carro marrom do departamento de polícia parou exatamente na frente do de Doe e uma mulher desceu, vestida com um uniforme marrom nada atraente.

Era difícil dizer se havia algo atraente nela. Não era feia, mas era atarracada e pesada, com uma constituição masculina e rosto um pouco achatado. Os cabelos castanhos curtos estavam amarrados para trás em um pequeno rabo-de-cavalo — o tipo de penteado que não deixaria seus cabelos caírem no rosto se fosse pular cercas e entrar às pressas em vielas numa perseguição a bandidos.

Olhou de relance para Doe e depois para o banco de trás do carro, fazendo contato visual comigo por um momento. Enfiou então a mão dentro do próprio carro para pegar o rádio.

— Fique onde está — ouvi Doe dizer, embora sua voz chegasse abafada através do vidro do carro. Com uma das mãos ainda no chapéu, apressou o passo, sempre gingando, e caminhou na sua direção. — Espere um segundo.

A mulher devolveu o rádio ao carro. Suspeitei que pudesse ter sido uma decisão errada, mas não estava disposto a gritar ou bater com a cabeça na janela. Não tinha condições sequer de decidir se a presença dessa policial nova e potencialmente incorrupta era uma coisa boa ou ruim.

— Não precisa ligar para ninguém — disse Doe, um pouco ofegante pela caminhada rápida. Ofereceu um sorriso que com certeza tinha a intenção de ser amigável, mas que me pareceu grotesco.

— Por que essa pressa toda, Aimee?

Ela me olhou. Tentei transmitir um apelo visual.

— Que porra está acontecendo aqui?

— Não gosto quando uma dama diz palavrão — retrucou.

— O que pensa que é, meu conselheiro religioso? O que você gosta ou deixa de gostar não vale mais que um saco de merda de rato para mim. Quero saber o que está acontecendo aqui.

— Peguei um cara que invadiu uma propriedade alheia — explicou Doe. — Só isso. Talvez mais de um. Ainda preciso examinar o local. E aqui é jurisdição de Meadowbrook Grove, sem falar na minha propriedade pessoal. Assim, se não se incomodar em ficar longe de nossos assuntos, prometo não meter o nariz nos seus. — Abriu outro de seus sorrisos forçados. — É isso, não vou meter o nariz nos seus assuntos.

Ela sustentou seu olhar.

— Jim, você sabe perfeitamente bem que não pode dar ordens a um policial fora de uma municipalidade, e se eu achar que está planejando alguma coisa, posso dar uma verificada ao redor. É um item pequeno chamado "causa provável"... um conceito muito conhecido entre policiais. E vou lhe dizer uma coisa: aquele garoto com ar triste dentro do seu carro, lambendo o sangue gosmento do rosto, me autoriza a isso.

Doe afastou-se dela, apertou com o dedo a narina esquerda, e soprou uma bolota de meleca no chão.

— Quer brincar comigo, meu docinho?

— Não, só quero saber o que está acontecendo. Por isso é melhor parar de fazer gracinha comigo.

— Talvez você queira fazer alguma gracinha comigo por aí. — Antes que a patrulheira do condado conseguisse falar, Doe bufou com raiva e apontou na direção da granja de suínos. — Vim inspecionar minha propriedade e por acaso reparei neste camarada com ar suspeito circulando por aí, tentando entrar de qualquer modo, imagino. O que eu devia ter feito? Chamado a polícia?

— Isso mesmo. É o que devia ter feito. Tire o rapaz do carro.

— Não gosto nem um pouco do tom de sua voz.

— Também não vai gostar do tom da cadeia no condado. Tire o rapaz daí.

Doe colocou as mãos nos quadris.

— O que deu em você? Tudo isso é porque esqueci o aniversário de Jenny? É isso? Porque, se Pam mandou jogar duro comigo por causa disso, qual é, o que está fazendo não passa de constrangimento. Posso apresentar queixa.

— Você não vai querer fazer isso.

— Não entendo por que vocês, do condado, não têm mais respeito por seus colegas de outras jurisdições, que também visam ao cumprimento da lei.

— Temos o máximo respeito pelos colegas de outras jurisdições — corrigiu. — Só não respeitamos você. Tire o rapaz do carro, agora, a não ser que queira que eu chame ajuda pelo rádio. Porque, se isso acontecer, as coisas vão ficar muito feias.

— Ficaram muito feias no instante em que você mostrou sua cara — resmungou Doe.

Abriu a porta e puxou-me para fora, provocando uma nova onda de dor no meu braço.

— Não me irrite — sussurrou, e apenas senti seu bafo quente no meu ouvido. — Não pense por um minuto sequer que vai se livrar das conseqüências. Sei quem você é, garoto.

A policial lançou-me uma olhar de avaliação, quase de compaixão... Eu não sabia qual devia ser meu próximo passo. Os tiras não eram mais meus amigos, mas eu precisava acreditar que ela seria uma aposta mais segura por um longo tempo. Para ser sincero, naquele momento acreditei que eu estaria disposto a enfrentar acusações e julgamentos, além de testemunhar contra Melford, se conseguisse escapar de Jim Doe. Talvez não fosse muito leal, porém eu não tinha visto Melford correr para me salvar, e não estaria envolvido em nada daquilo se Melford não tivesse matado Bastard e Karen por razões sobre as quais ainda não queria falar.

— Deus do céu — exclamou a policial do condado quando viu meu nariz sangrar.

— Encontrei o cara assim — Doe tentou justificar.

Ignorou-o.

— Como se chama, filho? — perguntou, embora tivesse no máximo vinte e poucos anos e nenhum motivo para me chamar de "filho".

— Lem Altick. — Não havia sentido em mentir quando ela poderia... e com certeza iria... confirmar meus dados.

— O que veio fazer aqui?

Contei a mesma história que contara a Doe, que procurava uma sombra e que caminhara sem rumo, na ausência de avisos de entrada proibida. Encontrei mais receptividade nela, talvez por causa do sangue.

— Ofereceu algum tipo de resistência a ele? — Fez um sinal com a cabeça na direção de Doe.

— Não, senhora. Expliquei tudo para ele como fiz agora.

— Vire-se — ordenou.

Virei-me.

— Nossa Senhora — disse baixinho. — Tire isso dele agora mesmo.

— Tenho o direito de algemar quem pratica um delito.

— Doe, vou contar até três, e se estas algemas não forem retiradas, você é que terá praticado um delito.

Ele resmungou, mas pegou a chave e abriu as algemas, não sem antes fazer movimentos bruscos enquanto tentava enfiar a chave no buraco certo.

— Que absurdo deixar algemas tão apertadas. O quê, você bateu a cabeça dele contra a janela quando o empurrou para dentro do carro, também?

Tinha sido uma pergunta retórica, mas respondi por Doe.

— Sim, senhora, bateu. Deu um soco no meu estômago, também.

— Este puto está mentindo — disse Doe no momento em que as algemas se abriram.

Tive um espasmo de dor quando o sangue começou a correr. Senti ferroadas horríveis, estremeci e meus olhos lacrimejaram, mas estava determinado a deixar transparecer apenas o estremecimento. Mantive as mãos para trás, sem vontade de vê-las até que a dor se dissipasse.

— Com certeza não é o que parece, Jim. Vou ter de apresentar queixa contra você.

Porém ela não se mexeu. Não foi algemá-lo. Ao contrário, sorriu de leve e olhou para ele, esperando para ver a reação.

— É por que não quero comer você? É por isso? É só porque não gosto de mulher sem peito.

— A não ser que tenha algo interessante a declarar que me faça enxergar a questão sob uma luz mais favorável, vou ter de levá-lo para o posto policial.

Eu não sabia o que iria dizer até que falei.

— Não quero forçar uma acusação.

A policial virou-se para mim tão depressa que fiquei surpreso que o chapéu se mantivesse em sua cabeça.

— Que diabo, por que não?

Dei de ombros.

— Não quero confusão. Não moro perto daqui e não teria condições de voltar para o julgamento ou para o que quer que fosse. Concordo que invadi uma propriedade alheia, mas ele exagerou um pouco. A melhor coisa é esquecer logo essa história.

Doe sorriu para mim, como se fôssemos cúmplices. Ou outra coisa. Como se não tivesse se acalmado e esse esforço para chegar ao seu lado bom apenas me machucaria no final.

Ainda assim, era a jogada certa. Melhor deixar o caso todo desaparecer. Com os policiais, as cortes e talvez a mídia envolvidos, eu poderia acabar na cadeia. Do modo como as coisas estavam no momento, eu poderia me sair bem. Era uma tentativa com pouca possibilidade de sucesso, mas eu precisava tentar.

— Tem certeza? — perguntou.

Aquiesci com a cabeça.

Ela virou-se para Doe.

— É seu dia de sorte. Por que não dá o fora daqui?

— Por que não dou o fora daqui? — repetiu, coçando a cabeça. — Preciso pensar um pouco. Que tal esta? Porque este lugar é meu. Quem sabe *você* dá o fora daqui?

— Faça um favor para nós dois e se mande. E que fique bem claro: se alguma coisa acontecer a este menino, o que quer que seja, vou atrás de você, portanto sugiro que tenha cuidado.

— Nunca vi uma mulher com peito tão pequeno — insistiu, e entrou no carro. O motor se pôs em funcionamento com um resmungo de irritação e o carro arrancou a mais de setenta quilômetros por hora.

A policial do condado observou-o partir.

— Vou precisar multá-lo por excesso de velocidade. Vamos ver se ele gosta. — Virou-se para mim. — Então, o que *estava* fazendo aqui?

— O que já lhe disse — insisti. — Andando sem rumo. Pensei em parar de vender enciclopédias quando voltar para casa, e não tive ânimo para trabalhar hoje. Por isso comecei a caminhar, e acabei aqui.

— Vamos com calma, deve haver mais algum motivo. Andou puxando um fumo ou coisa parecida? Não me importo. Só quero saber.

Balancei a cabeça.

— Nada disso. Estava caminhando, só isso.

Balançou a cabeça, também.

— Ótimo. Vou lhe dar uma carona.

Pensei na oferta por um minuto. Melford estava em algum lugar lá atrás, mas o que ele fizera por mim além de me abandonar à própria sorte? Das duas uma: ou ele não tinha visto o que estava acontecendo, e isso mostrava que eu não podia confiar que me protegesse, ou tinha visto e decidira não me ajudar. Em qualquer dos casos, considerei que eu devia lavar as mãos quanto ao que lhe acontecesse.

Por necessidade de ir a um outro lugar, pedi que me desse carona até o motel. Entrei então no carro, com plena consciência de que sentar em uma viatura policial, no banco da frente ou de trás, era a última coisa que eu desejava fazer. Quando arrancamos e seguimos pela estrada cercada de pinheiros e vi de relance o carro de Jim Doe escondido atrás de algumas árvores, tive certeza de que aceitar a carona tinha sido uma medida inteligente.

A policial, patrulheira Toms segundo seu crachá, decidiu que o tratamento silencioso seria o melhor. Ofereceu-me um lenço de papel para o nariz, que já parara de sangrar, mas de todo modo o aceitei porque me pareceu educado fazê-lo. Por fim, sem se virar para mim — embora talvez tenha me olhado de lado por trás dos óculos de sol espelhados —, falou:

— Está metido em alguma enrascada, imagino.

— Não mais.

— Sim, está.

— Por que pensa assim? — Tentei manter a voz firme.

— Porque foi vítima da brutalidade de um tira idiota, e agora está contente por esquecer que isso um dia aconteceu. Na minha experiência, só as pessoas que têm medo da lei ficam felizes em desviar o olhar quando um policial anda fora da linha.

Dei de ombros, e então as mentiras começaram a fluir. Nunca fui um exemplo da verdade, mas também não era um mentiroso habitual. Contudo, estava sendo muito fácil ser.

— Tenho medo daquele sujeito. Prefiro que ele esqueça que existo. Não tenho nada a ganhar tentando vencê-lo em uma disputa legal. Tudo o que eu queria era me afastar dele, o que consegui graças a você.

— O que ele quer, afinal?

O tom de sua voz parecia distante. Eu sabia que ela não estava falando comigo, então não precisei contar-lhe que o que ele queria era esconder cadáveres e procurar um montão de dinheiro.

— Estamos há meses tentando obter um mandado de busca naquele terreno — contou —, mas acho que ele tem ligações com gente do tribunal. Os juízes insistem em nos dizer que não há causa provável. No entanto, tenho certeza absoluta de que ele faz alguma coisa além de criar porcos.

Eu estava a ponto de dizer algo indefinível, como "Desconheço o assunto", porém pensei melhor. Optei, então, por uma estratégia melfordiana.

— Bem, o que acha que ele quer?

Virou a cabeça, mas seus olhos estavam invisíveis atrás dos óculos, de modo que seu rosto ficou indecifrável para mim.

— Por que quer saber?

— Estou apenas puxando conversa com a policial simpática que me ajudou.

— Ponto para você — falou.

— Ponto para mim a troco de quê?

— Policial. Em geral dizem "mulher policial", como se eu fosse Angie Dickinson ou algo assim.

— A verdadeira igualdade só é conquistada por meio de uma linguagem sensível ao gênero — expliquei.

Olhou-me de novo.

— Você tem toda razão.

Eu nunca vira antes um carro se afastar ceticamente, mas foi assim que a patrulheira Toms arrancou. Um último olhar de dúvida, e partiu. E lá estava eu, de volta ao motel. Faltava pouco para as 14 horas, e eu não sabia o que fazer de mim.

Então me ocorreu uma idéia incrível. Eu poderia dormir. Poderia subir para o quarto, dormir durante horas e ainda acordar a tempo de caminhar até o Kwick Stop e alegar não ter vendido nada. Poderia fazer desaparecer o tédio do dia, recuperar o sono *e* continuar escondido de caipiras, policiais corruptos e assassinos piedosos. Oportunidades como essa não aparecem todos os dias.

Subi a escada para meu quarto, cheio de sonolenta satisfação. Cruzei com Lajwati Lal, esposa de Sameen. Empurrava o carrinho de limpeza ao longo da sacada, o rosto impassível, duro e enrugado. Mas sorriu quando passei e acenei de leve.

— Boa tarde, Sra. Lal — cumprimentei, considerando-me muito educado por ter feito uma saudação amigável a uma imigrante que dava duro para manter arrumado o quarto de um estranho.

Inclinou a cabeça com simpatia.

— Espero que fique longe de problemas.

Meu estômago deu um nó. O que ela poderia saber?

— Problemas? — perguntei com voz áspera.

— Meu marido contou sobre os sujeitos muito agressivos — explicou com um sorriso de compaixão.

Dei um suspiro.

— Ele me deu uma grande ajuda.

— Ah, sim. Ele se imagina um verdadeiro herói quando empunha seu bastão de críquete — contou. — Mas acho que ele só queria uma desculpa para dar uma lição naqueles camaradas.

Pedi que agradecesse ao marido por mim. De volta ao quarto, liguei o ar-condicionado e sentei-me na ponta da cama recém-feita. A serenidade, a escuridão do quarto com as cortinas laranja-avermelhadas fechadas — tudo parecia suntuoso demais para ser traduzido em palavras. Eu iria afinal dormir.

Após jogar água no rosto e esfregá-lo bem para tirar o resto de sangue, fiquei satisfeito ao ver que não estava com aspecto de quem tinha levado uma surra. Um pouco vermelho, nada mais. Caminhei pesadamente até a cama e me deitei, completamente vestido, os braços espichados, pronto para mergulhar no sono. Mas logo me ergui. Como eu poderia me permitir dormir quando era um potencial suspeito de assassinato? Se fosse preso, julgado e condenado, e tivesse de passar o resto da vida na cadeia, me xingaria para sempre por ter desperdiçado esse tempo. Tempo que eu poderia ter usado para... Para o quê, exatamente?

Para tentar imaginar que diabos estava acontecendo, eu supunha. Melford parecia absorvido no mistério do terceiro cadáver, mas isso me perturbava menos do que a ele. Eu estava mais preocupado com o envolvimento do Jogador em toda a história. Claro, eu *sabia* do envolvimento e Melford, não. Melhor não pensar muito em Melford já que, pelo que eu podia imaginar, ele estava no banco traseiro da viatura policial de Jim Doe com o nariz sangrando e as mãos para trás presas por algemas apertadas.

Eu, contudo, estava no motel, e o Jogador, não. Ocorreu-me que estar no motel significava ter uma oportunidade de ouro.

Levantei-me e saí do quarto bem devagar. No fim do corredor, avistei o carrinho de limpeza de Lajwati, mas nem sinal da própria Lajwati. Segui devagar ao longo da sacada, tentando parecer qualquer coisa, menos furtivo, e pelo jeito fracassando redondamente. Quando cheguei ao carrinho, percebi que a sorte estava do meu lado, ou talvez o destino estivesse apenas me preparando para um tombo ainda maior. Penduradas em um gancho na lateral estavam as chaves mestras extras, as que Ronny Neil e Scott tinham apanhado para saquear os quartos. Eu podia pegar uma e Lajwati jamais perceberia — ou, no mínimo, jamais suspeitaria de mim.

Ouvi o barulho de água correndo que vinha do quarto aberto e, quando espiei, não havia sinal de Lajwati — exceto por um pé pequeno, calçado com tênis branco, que se projetava do banheiro. Ela estava lá e fazia limpeza com a água correndo. Como quem não quer nada, surrupiei uma das chaves e segui caminhando.

Fiz a volta e segui na direção do quarto do Jogador. Não havia ninguém por perto e nem vestígio de luzes no quarto. Por garantia, bati na porta e me escondi para observar. Mas a porta permaneceu fechada. Voltei, olhei para os dois lados e enfiei a chave na fechadura.

Funcionou. Eu tinha alguma esperança de que não funcionasse. Se a chave tivesse falhado, poderia dizer a mim mesmo que fizera o possível, mas que a operação busca e apreensão simplesmente não estava nas cartas. Agora eu não tinha escolha senão seguir em frente. Engoli em seco e abri a porta.

Estava feito. Eu invadira o quarto de um criminoso perigoso. Não conseguia imaginar ter feito isso 24 horas mais cedo, mas 24 horas mais cedo eu era uma pessoa diferente, levava uma vida diferente.

Olhei ao redor do quarto do Jogador. Lajwati já fizera a limpeza, também, o que era bom, já que significava que eu não precisaria me preocupar que ela entrasse de surpresa. Significava também que eu não precisava ficar paranóico e achar que tinha de deixar tudo exatamente como encontrei. As coisas teriam sido mexidas, de todo modo, e eu ficava livre para examinar o que quisesse.

Mas o que eu estava procurando? Alguma pista sobre quem de fato era o Jogador, por que estaria envolvido em acobertar um homicídio triplo.

O porta-ternos bordô ainda não tinha sido desfeito, mas examinei-o, de todo modo. Nada. Havia algumas camisas e calças penduradas e uma pilha de roupa por lavar no fundo do armário. Cutuquei-a com o pé, para o caso de conter cuecas sujas para disfarçar algo importante, mas uma pequena mexida não revelou nada. Examinei as gavetas, levantando com cuidado camisetas, cuecas e meias, mas também ali não encontrei nada interessante. Nada sobre o jornal na mesa-de-cabeceira. Uma grande quantidade de nada.

No banheiro, descobri que o Jogador usava lâminas de barbear Bic baratas e descartáveis, creme de barbear sem marca e pasta Crest. Mas descobri muito pouco mais do que isso, a não ser que ele tomava três remédios só vendidos com receita, dos quais eu nunca ouvira falar.

A operação estava virando um grande fracasso. Mas então vi o que queria, escondido e bem à vista. Diabos, era tão óbvio que foi um milagre eu ter percebido. Bem no meio da mesa de vidro, mais para o fundo do quarto, ao lado do balde de gelo limpo e coberto com plástico novo. Sua agenda.

Tudo estaria nela. Era uma daquelas agendas quase tão largas e tão compridas quanto um romance. Tinha um pequeno fecho e bolsas nas sobrecapas interna e externa. As folhas eram descartáveis, para serem substituídas ano a ano, e eram muitas, enfiadas em um único aro pequeno, o que dificultava o manuseio. Quando as folheei, percebi que não continham a mina de ouro que eu esperara, mas simplesmente uma mina escrita às pressas e quase ilegível. Cada duas páginas representavam uma semana, e havia um registro para pelo menos um dia em cada semana, em geral mais.

O problema era que os registros não tinham significado para mim. "Bill, 3:00. Panqueca." Nem um item assim delicioso ajudava a esclarecer as dúvidas.

Em seguida reparei que um nome aparecia repetidas vezes: BB. "Espero BB ligar" "Receber instruções BB", "BB 9 Denny's". Isso sim queria dizer alguma coisa, pensei. Examinei o final da agenda, que tinha uma seção em ordem alfabética para endereços. Foi um achado e tanto, então me concentrei nos Bs, mas não encontrei nada que parecesse útil. Depois examinei as bolsas da frente e de trás, que transbordavam de cartões de visita. Qualquer coisa, pensei, com as iniciais B.B. Mas nada. Vendedores, advogados, corretores de imóveis, médicos, cartões de marcação de compromissos. Tudo lixo. Eu os estava recolocando no lugar, tentando me lembrar da ordem correta, quando um deles chamou minha atenção. Li "William Gunn, atacadista de gado".

Bobby mencionara que Gunn era dono da Técnicas para o Avanço Educacional. Qual a relação com gado? Não havia nada mais na agenda que sugerisse que o Jogador tinha algo a ver com gado. Jim Doe, no entanto, tinha. E havia o nome. William Gunn. B.B. Gunn, pensei. Um apelido inevitável — tão inevitável quanto o do Jogador. Corri para a escrivaninha, peguei um bloco e uma caneta do motel e copiei a informação. Coloquei tudo de volta com cuidado, depois fiz uma inspeção geral no ambiente para me certificar de que tudo estava como eu encontrara.

Nada a fazer agora senão sair e ir embora tranqüilo. Abri uma fresta da cortina e olhei para fora com atenção. O ângulo deixava muitos pontos cegos, mas como senti uma segurança razoável de que poderia escapar sem ser visto, abri a porta e saí para a claridade e o calor.

Quando me virei, tinha havido um ponto cego crucial. De pé, cinco metros adiante, no corredor, as mãos nos bolsos, estava Bobby.

Vinte e três

Desiree estava diante do telefone público, correndo a unha do polegar — bem tratada, porém sem esmalte — de cima a baixo do receptor. A essa hora ela já devia ter voltado. B.B. estaria esperando. Teria se perguntado o que acontecera e estaria preocupado, com certeza. Ele se preocupava com ela à toa. Se por acaso se atrasasse meia hora, ele estava um caco quando ela chegava. Ela gostava de pensar que era apenas necessidade — ele precisava dela, e se ela morresse em um acidente de carro, quem prepararia seu jantar? Mas era mais do que isso. Ao seu modo, B.B. a amava. Ela sabia que sim. E isso tornava tudo mais difícil.

Ela não tinha seguido o rapaz e seu amigo depois do restaurante chinês. Por que se preocupar? Estava claro na sua cabeça que não contaria nada para B.B. Aphrodite parecia gostar deles, Desiree tinha a sensação de que a irmã gêmea morta há tantos anos gostava especialmente do amigo, Melford. Isso apenas mostrava que ela e Aphrodite estavam de acordo sobre várias coisas com muita freqüência, porque Desiree gostava dele, também. Segui-los, dar a B.B. o que ele queria, pareceria uma traição, e isso significava que no final ela teria de trair alguém.

O que Melford tinha dito sobre ficar numa boa, sobre fazer vista grossa para as maldades porque era fácil agir assim — parecia ter sido dirigido a ela. Como se ele soubesse sobre B.B., o que ele fazia, o que pretendia fazer quando a alegação de que era apenas mentor não conseguisse mais manter seu desejo enjaulado; como se ele soubesse como ela vinha ajudando B.B. a distribuir a metanfetamina, o mesmo veneno que quase a matara. Claro, ele não sabia. Ele se referia ao seu desejo de tornar o mundo seguro para cordeirinhos e porquinhos, e isso era doce, ingenuamente doce. Ela estivera rodeada pela mancha negra do crime, das drogas e da destruição humana por tanto tempo que a idéia de envolver-se em algo tão generoso e desprendido quanto ajudar animais talvez fosse exatamente o que lhe faltava.

B.B. poderia não sujar as mãos de sangue diretamente, mas ela sabia — e soubera o tempo todo — que seu pequeno império deixara mais do que uma pequena carnificina. Vidas arruinadas, dor, sofrimento e morte, tudo a serviço da metanfetamina. O fato de ele ter sido bondoso com ela tornava mais fácil a compaixão, o cuidado, os sentimentos, mas não significava que o que ele fazia estava certo ou que ela devia ajudá-lo.

— Ei, doçura. Gosto de sua roupa.

Desiree olhou com atenção. Parado a não mais de um metro de distância estava um homem corpulento, de seus 40 anos, barba e cabelos um tanto longos, jeans e botas de ciclista. Carregava com cuidado sob o braço uma embalagem de seis latas de Old Milwaukee.

— Vai largar logo este telefone? — perguntou. — Porque preciso ligar para a minha mãe e contar para ela que estou apaixonado.

— Pareço estar dando um showzinho particular para você? — perguntou Desiree. Sua voz estava calma, quase ausente.

— Oh! — exclamou, recuando apenas meio passo. Levantou uma das mãos num gesto defensivo e agitou a outra, já que o braço continuava em primeiro lugar comprometido com a cerveja. — Não seja tão dura, belezinha. Um homem não pode dizer que acha você bonita?

Ela estava fora da cabine e na frente dele, a faca retrátil na mão, a lâmina para fora, antes mesmo que tivesse tido tempo de pensar no que faria.

— Não — respondeu. — Não pode.

— Meu Deus. Tudo bem. — Recuou mais dois passos e ergueu de leve os ombros para dar a entender a quem tivesse testemunhado o diálogo que isso não o afetava.

Desiree olhou com atenção até certificar-se de que ele se fora. Pegou então o fone e começou a discar o número do motel. Desligou antes do primeiro toque. Chegara a hora de romper as amarras com B.B. — agora, não em algum momento no futuro próximo. Ela tinha sido culpada e cúmplice por um tempo longo demais.

Esse fora o real motivo de sua briga com relação ao menino à beira da estrada, no mês anterior. Ela se sentira forçada a traçar uma linha. Durante todo o tempo em que conviveu com ele, a linha esteve em algum lugar no horizonte, e agora ela a alcançava, parava junto dela. E quando se chega a esse ponto, pensou, dá para ver o que está do outro lado, e dá para ver que o que se deixou tão para trás está perdido na névoa.

Não mais. Ela não trocara mais do que algumas frases com Melford, mas estava certa de que ele viera para lhe dizer isso. Tudo acontecia por uma razão, acidentes faziam parte da ordem das coisas, a coincidência era a manifestação de um projeto cósmico. Era hora de seguir adiante e talvez, pensou, de reparar seus erros, também. Precisaria haver equilíbrio no universo. Ela causara danos, e agora precisava fazer o bem. Mas o quê, exatamente? Prejudicar o negócio de B.B., revelar que ele traficava metanfetamina?

Não parecia certo. B.B. era o que era, e a tinha ajudado. Ela precisaria encontrar alguma outra maneira. Acabaria encontrando. Ou talvez conseguisse obter alguma ajuda.

Pela segunda vez naquele dia B.B. pegou o telefone com o coração aos pulos. Na sua cabeça, sempre se imaginara contribuindo para a destruição do Jogador, mas era quase certo que no final acabaria desistindo da idéia. Por que então não fazer uso dos mecanismos tão prontamente disponíveis?

O telefone parou de tocar.

— Polícia de Meadowbrook Grove.

Não era ele.

— Chefe Doe — ladrou B.B. com voz grave e convincente, bem diferente da sua habitual.

— Um momento, por favor.

Houve uma breve pausa.

— Aqui é o chefe.

— Chefe Doe — disse B.B. com sua voz disfarçada —, estou ligando para lhe dar um alerta. Ken Rogers, o Jogador, está tramando contra o senhor. Mandou matar seu preparador de metanfetamina para lhe servir de castigo. Agora está a fim de pegar você e passar a mão na sua parte. Depois não diga que não foi avisado.

— Ah, é? Quem está falando?

— Alguém que trabalha com ele — respondeu B.B.

— E por que está me contando essa história?

A pergunta pegou B.B. de surpresa. Por que alguém *contaria* a Doe?

— Porque — começou B.B., decidido a ater-se à verdade — o Jogador é um filho-da-puta que merece o que tem.

— Não posso argumentar com uma lógica dessas.

B.B. desligou o telefone. Agora as coisas seguiriam seu curso. Doe era um patife impiedoso e não hesitaria em se livrar do Jogador. Negaria na cara de B.B., mas tudo bem. No vácuo entraria Desiree e B.B. poderia brindar com Chuck Finn ao seu sucesso erguendo uma taça de Médoc.

Doe colocou devagar o telefone no gancho.

— Que diabo de telefonema foi esse? — perguntou Pakken.

— Um sujeito disfarçou a voz.

— Foi o que pensei, também. O que queria?

— Contar que o Jogador está a fim de me ferrar.

— Acha que é verdade?

Doe afundou na cadeira.

— Acho que não. Isto é, ele poderia, se quisesse, mas não acredito que faça isso agora. Mas posso garantir que nada do que esteja acontecendo vai me ferrar porque uma voz disfarçada não significa merda nenhuma para mim. Reconheci quem era.

Vinte e quatro

Na sacada, parado na sombra maciça de Bobby, observei uma barata do tamanho de um ovo se arrastar na direção da porta do Jogador e forçar passagem pela fresta. Tenho certeza de que havia alguma coisa muito inteligente que eu poderia ter dito a Bobby para amenizar a situação, para fazer aquele momento desaparecer como fumaça, mas não consegui encontrar as palavras.

— Bobby, o que há de novo? — Minha voz soou pesada e ridícula.

— O que estava fazendo lá dentro? — perguntou, apontando para o quarto do Jogador.

As palavras saíram de minha boca aos trambolhões.

— O Jogador pediu para eu pegar uma coisa para ele. — Por que não? Bobby já estava intrigado quanto ao meu encontro mais cedo.

Continuou a me fitar.

— Você não devia estar na rua vendendo?

Dei de ombros.

— É o que você imaginaria, claro. Mas sabe como é. O Jogador e coisa e tal. De todo modo, o que *você* faz aqui?

— Vim pegar um antiácido. Meu estômago está incomodando.

— Estimo suas melhoras. A gente se encontra mais tarde no ponto de encontro, certo?

Afastei-me depressa, deixando Bobby no que eu esperava fosse um estado tal de perplexidade que ele não contaria nada ao Jogador antes do fim de semana.

De volta ao meu quarto, ainda perturbado pela invasão que fizera, examinei com atenção as informações que copiara e tentei imaginar o que fazer com elas. Então, de repente, eu soube.

Peguei o catálogo de Páginas Amarelas e o folheei à procura de "Investigadores particulares". Nada; porém fui redirecionado para "Investigadores". Havia talvez duas dúzias de nomes, mas apenas três anúncios. Eu queria alguém que tivesse colocado um anúncio, porque não podia correr o risco de escolher um profissional de baixo nível, envolvido em algum esquema — não era assim que eu planejava conduzir a questão. Após examinar os anúncios, escolhi Investigações Chris Denton. O anúncio de um quarto de página mostrava a silhueta de um homem agachado fotografando com uma lente telefoto. O texto garantia que Chris Denton era uma empresa excelente na área de vigilância, investigação criminal, xeque-mate (que imaginei não ter nada a ver com xadrez), pesquisa pré-emprego, serviços processuais, fraude empregatícia, pessoas desaparecidas, custódia infantil, testamentos contestados e prevenção de perdas, o que quer que isso fosse. Para ser mais preciso, podia fazer checagem de antecedentes e pesquisa de folha corrida, o que imaginei ser exatamente o que eu queria.

Era um número local, por isso eu não precisava do cartão telefônico, embora não parecesse uma boa idéia falar do quarto e deixar provas da chamada na minha conta. Então escrevi a informação na mesma folha de papel na qual copiara tudo do cartão de visita de William Gunn e saí. Eu tinha visto uma cabine telefônica atrás do motel, onde o estacionamento se encontrava com a auto-estrada, e fui até lá.

Uma voz estridente atendeu ao primeiro toque.

— Denton.

Eu fizera uma preleção para a patrulheira Toms sobre a igualdade dos sexos e em nenhum momento me ocorreu que Chris Denton pudesse ser uma mulher.

— Oh! — exclamei burramente. — Pensei que seria um homem.

— Sou homem, imbecil — a voz dardejou em retorno. — Sou homem com voz de mulher, entendido? Todo mundo acha que sou mulher no telefone. Podemos ir adiante?

— Sim, claro. Desculpe.

— Não me peça desculpa. Diga logo o que quer.

— Certo. Pode me fazer uma checagem de antecedentes de uma pessoa?

— Como conseguiu meu número? — perguntou.

— Pelo anúncio no catálogo telefônico.

— O anúncio dizia que faço esse tipo de serviço, Sherlock?

— Devia fazer menção a algo desse tipo.

— Porra, então você já tem a resposta, não é? Olhe, estou acabando de revisar uma papelada. Esteja no meu escritório dentro de uma hora.

— Não posso — respondi. — Estou numa situação mais ou menos difícil e preciso da resposta por telefone.

— Vai mandar minha grana por telefone, também?

— Eu lhe dou o número de um cartão de crédito. Pode passar primeiro, se quiser, só para ter certeza de que está tudo em ordem.

— Posso passar agora? — Riu com desdém. — Agradeço muito pela permissão. Vamos, diga o que tem.

Li as informações do meu pedaço de papel.

— Estou atrás de algum dado sobre esse cara que seja de domínio público. Ele tem algum registro criminal? Apareceu algum artigo na imprensa sobre ele? Esse tipo de coisa.

— Muito bem — respondeu Denton.

— Preciso disso logo, logo.

— Disse o padre para a puta. Logo, logo, quando?

— Hoje.

Uma breve pausa.

— Preciso de quatro ou cinco horas, mas o serviço urgente custa caro. Duzentos.

Era mais do que eu pretendia gastar, e com certeza mais do que eu queria colocar no cartão. Eu sabia o que ouviria de Andy. Mesmo que eu o informasse com antecedência, que desse o dinheiro adiantado (o que não faria, porque da última vez que fiz, quando a fatura chegou, ele reclamou que não tinha recebido nada), ainda assim ele me perturbaria, diria que eu estava desperdiçando seu crédito (como se crédito fosse igual a um elástico em volta de dois processos, que podia ser espichado). Mas a despesa precisava ser feita, então li para ele os dados do cartão de crédito e desliguei.

Quando me virei, o carro de Melford estava estacionado bem na frente da cabine. Eu não o tinha visto se aproximar.

— Que tal, forasteiro? — perguntou através da janela aberta.

A verdade? Eu estava contente de vê-lo. Era evidente que ele não tivera problema com Doe e que conseguira escapar numa boa. Mas isso não queria dizer que eu estava pronto para outras aventuras.

— Para mim chega — falei.

— Conseguimos nos safar — afirmou Melford com ar sério e ao mesmo tempo zombeteiro. — Vamos direto ao ponto em que você entrou no carro.

— Esqueça. Vi pessoas assassinadas, forcei a entrada em prédios, fui importunado e ofendido por tiras e quase preso. E sabe o que é pior? Você me abandonou à própria sorte, Melford. Ia me deixar pagar pelos seus crimes. Então, se acha que vou entrar de novo no seu carro, está muito enganado.

— Abandonei você à própria sorte? — perguntou. — Lemuel, eu estava lá, acompanhando cada passo. Eu não deixaria nada lhe acontecer.

— Bem, e o que pretendia fazer, então?

— Quem você acha que ligou primeiro para a polícia? — perguntou. — Acha que aquela policial simpática apareceu assim sem mais nem menos? Eu sabia que com alguém da polícia do condado a situação se acalmaria, por isso telefonei. Eu teria metido uma bala na cabeça de Jim Doe se fosse preciso, mas rezei para evitar fazer isso. Imaginei que você também gostaria que eu evitasse.

— Nossa, quanta gentileza. Ninguém deixou de matar um tira por minha causa antes.

— Olhe, você estava numa situação difícil, não vou negar. Mas já estamos os dois numa situação difícil. Você não escolheu se envolver nisso, e lamento que esteja envolvido, mas está. Precisa aceitar o fato. E quando as coisas ficaram cabeludas, livrei você, não livrei? Você estava numa enrascada, e dei um jeito na situação. Certo? — Deu um sorriso forçado. — Dei ou não dei?

Deu, mas eu não queria admitir ainda, embora estivesse contente, talvez até aliviado, por não precisar mais acreditar que Melford me traíra. A verdade era que o Jogador e Jim Doe estavam de olho em mim agora, e continuariam de olho em mim estivesse eu ou não na companhia de Melford. Seguir sozinho simplesmente não fazia sentido — não quando a presença de Melford por perto com certeza me deixaria mais seguro.

Movido mais pela frustração comigo mesmo do que com Melford, chutei a terra seca e fiz a volta até o lado do passageiro.

— Não estou satisfeito com a situação — desabafei.

— O que é que você pode fazer? Pode observar o mundo desabar no seu traseiro ou pode sair depressa do caminho dos escombros.

— Continue com seus aforismos. Estão me deixando animado.

Melford estudou-me, olhou-me da cabeça aos pés.

— Você é muito sarcástico; por outro lado, está com uma aparência ótima. Todo limpo, sem sangue no rosto. Fico satisfeito em ver que está pronto para ir.

— Ir aonde?

— Bancar o detetive.

Vinte e cinco

A televisão mostrava *Matar ou morrer*, mas B.B. não estava muito interessado em assistir. Ele lembrava de já ter gostado do filme, de ter achado Gary Cooper legal e competente, cheio de ânimo para fazer o que devia, mas agora ele parecia chato. Cooper estava velho em comparação aos seus filmes anteriores, tão cansado e irrelevante quanto seu personagem. E, no gênero bangue-bangue, não ficava entre os realmente bons. Agora, *Os brutos também amam*. Esse sim era um filme e tanto.

Sentindo-se bem consigo mesmo, com seu futuro, seu telefonema, B.B. foi até o closet para se olhar no espelho de corpo inteiro — não por vaidade, mas para ter certeza de que seu terno de linho não estava amassado demais. Sempre o problema do linho. "Use uma vez e jogue no lixo", gostava de dizer Desiree. Ele tinha ficado de óculos escuros, mesmo dentro de casa, desde a ligação para Doe, mas agora estava sem eles. O terno parecia legal, a camiseta preta também — bem talhada e justa ao redor do pescoço. Detestava camiseta com gola folgada. O cabelo estava ótimo. Um pouco longo atrás e encurtando na testa, mas era assim que gostava. A cor castanho-couro estava mais real do que a própria natureza.

Deu meia-volta para se certificar de que seu traseiro não parecia grande demais. Ao se virar, viu de relance o telefone na mesa-de-cabeceira. O telefone com o qual fizera a ligação definitiva para Doe. O mesmo no qual recebera o chamado de Desiree. Onde diabos ela andaria? O que estaria fazendo?

Agora que sua vingança contra o Jogador fora deflagrada, precisava dela para ficar de olho nas coisas, garantir que tudo correria como ele pretendia. Supunha que, se o rapaz continuasse a se movimentar, talvez ela ainda não tivesse tido a chance de voltar, mas não acreditava muito. Também não acreditava que tivesse acontecido algo com ela. Não com Desiree. Não, ela o estava castigando. Ainda estava zangada com ele por causa da história com o menino.

E tudo o que ele tinha querido era ajudá-lo, dar-lhe uma carona, uma boa refeição em casa, e depois levá-lo para onde ele quisesse. Como era possível que até Desiree duvidasse de seus motivos, que até ela visse algo sinistro onde havia apenas bondade? E o que ela diria sobre sua intenção de provar vinhos com Chuck Finn? Sacudiu a cabeça. Não, seu plano era perfeito. Livrar-se dela promovendo-a. Seria uma transição difícil, mas teria de se acostumar a ir ele mesmo à lavanderia. Diabos, talvez pudesse dar um emprego de meio expediente a Chuck para que cuidasse de suas coisas.

Tudo estava prestes a ruir, e tudo estava prestes a se consertar. Era irônico e ao mesmo tempo divertido que tudo dependesse de fazer ao Jogador o que ele devia ter feito dois ou três anos antes.

De repente lá estava ele, apenas por um segundo, de volta ao seu apartamento de Las Vegas, caindo feio, batendo a cabeça com força contra a armação de madeira da cama, sangue saindo de sua testa e escorrendo pelos olhos, sangue saindo de seu nariz e escorrendo para a boca. Acima dele, brandindo um cabo de vassoura como um guerreiro homérico, o Jogador, os olhos apertados em funesta intensidade.

Durante um tempo longo demais ele mantivera distância do Jogador, que agora fazia dinheiro, gozava de poder, e esquecia o fato de que vivia graças a B.B. Agora bastava. Doe resolveria o problema, e se por isso cavasse sua própria sepultura, B.B. teria de aceitar.

Alguma coisa — alguma coisa ruim — tinha evaporado, fugido de seu corpo. Há semanas, talvez meses, não se sentia tão bem disposto. B.B. recolocou os óculos de sol, saiu do quarto e deu aos seus olhos um minuto para se adaptar ao sol abrasador. Era outro dia escaldante, de temperatura altíssima e umidade suficiente para um peixe nadar no ar. A luminosidade forte se refletia nos carros no estacionamento. Com a mão na testa, observou o pátio e a piscina quase vazia. Este não era exatamente um motel de veraneio — os hóspedes eram pessoas que paravam para passar a noite quando o cansaço era insuportável. Os proprietários, no entanto — um grupo de indianos, o que é hoje cada vez mais comum entre donos de hotéis —, mantinham a piscina em ordem, esperando com grande otimismo por uma clientela melhor que com certeza chegaria quando Ganesha assim ordenasse.

Naquele exato momento, o único adulto na piscina era uma mulher enorme, de maiô inteiro branco, com um pouco menos ou um pouco mais de 40 anos, deitada com viseira nos olhos, mascando chiclete e sorrindo para o calor. B.B. balançou de leve a cabeça em um gesto de compaixão. Que figura patética, um leão-marinho cozinhando ao sol, com uma mecha de cabelo descolorido e pernas que mais pareciam preservativos quase estourando de tão cheios de leite coalhado. No lado oposto da piscina, brincando ruidosamente, estavam dois meninos que ele vira antes. Dois meninos sem objetivo, negligenciados, que, se seguissem seu triste destino, levariam vidas vazias, decepcionantes. Eram meninos que, ele sabia, precisavam de um mentor.

Parte dele sentia que não devia procurar novos pupilos. Ele tinha Chuck Finn à sua espera em casa, afinal de contas. Mas ele estava ali e os meninos precisavam de uma presença adulta orientadora. Seria errado, egoísta, deixar de fazer o que estava ao seu alcance.

B.B. atravessou o estacionamento, caminhou até a espreguiçadeira onde estava a mulher e bloqueou sua sombra. Ela baixou os óculos escuros e levantou os olhos apertados. Ele deu seu sorriso mais insinuante.

— Desculpe a interrupção, mas aqueles meninos são seus filhos?

Claro que não eram, mas B.B. sabia como proceder. Demonstraria algum respeito e ela se submeteria aos seus impulsos caridosos.

— Estão incomodando o senhor também? — Franziu o nariz como se fosse espirrar.

Ele deu de ombros.

— Estava só pensando.

— Não são meus filhos — esclareceu. — Não deixaria filho meu agir desse modo, se tivesse algum. Acho que estão com o pai, e vi quando ele saiu hoje de manhã cedo de caminhão. Deixou os dois sozinhos, imagino. Era muito atraente — acrescentou, pensativa.

As informações eram todas boas. Não havia pai ou mãe por perto para impor aos filhos valores mal-orientados. Nenhum guardião hipócrita do certo e do errado para impor a moral opressora que negava aos meninos o que eles precisavam.

— Vou falar com eles — anunciou B.B. animado, como que se oferecendo para fazer o serviço sujo. — Pedir que fiquem quietos.

— Gentileza sua.

Uma pausa constrangedora.

— Gosto de seus óculos — disse B.B., incapaz de pensar em outra coisa.

— Obrigada.

— Agora aproveite seu banho de sol em paz.

— Sem dúvida!

Embora B.B. não conseguisse enxergar seus olhos, teve certeza de que estavam fechados agora, e a goma de mascar retomou seu cadenciado ritmo bovino. Ele permaneceu por um momento um pouco mais longo do que o necessário, observando com olhos de quem vê um desastre de trem as dobras de gordura que emergiam de dentro do maiô branco. Seus seios eram surpreendentemente pequenos, considerando-se a magnitude do corpo. Deve ser duro para uma mulher, pensou, ter tanta massa e nem sequer ter busto para oferecer. Contudo, alguns homens achavam mulheres obesas atraentes. Era um mundo esquisito.

B.B. foi em direção aos meninos, que brincavam no outro lado da piscina. Borrifavam água por todo lado na parte funda, mas pareciam nadadores bastante capazes. Disparavam de um lado para o outro, iam e voltavam, enquanto falavam sobre um personagem de histórias em quadrinhos chamado Demolidor. Pelo que B.B. entendeu, esse Demolidor era cego e por isso parecia uma espécie de super-herói barato.

— Como estão, meus jovens? — perguntou B.B. Sentou-se em uma espreguiçadeira à frente deles e sorriu um novo sorriso, o que ele sabia que meninos sem objetivo, negligenciados... meninos necessitados de um modelo de comportamento... achariam tranqüilizador.

— Tudo ótimo — respondeu um deles e o outro fez eco com um resmungo. O mais velho, que tinha provavelmente 12 anos, era loiro, bronzeado, e estava em boa forma, mostrava peitorais firmes, estômago plano e músculos dos braços fortes.

Seu nariz era um pouco comprido demais para que fosse de fato bonito, e tinha o queixo levemente para dentro, embora não parecesse fraco por isso. Não, com sua compleição ágil e garbosa, ele não era o tipo de jovem que aceitaria drogas de rufiões. O outro menino, muito mais moreno e coberto de sardas de aparência feia, estava provavelmente perto dos nove anos. Era mais magro, menos gracioso.

B.B. estalou os nós dos dedos e inclinou-se à frente.

— Vocês gostam desse super-herói cego, não é mesmo?

— Eu gosto — respondeu o garoto loiro. — Demolidor.

— É uma vergonha — observou B.B. — O modo como jogam esse tipo de coisa em cima de vocês. Não se pode mais assistir a um programa infantil sem ver alguém em cadeira de rodas, de muletas, sem um braço ou se comunicando pela linguagem de sinais como um macaco. E agora estão forçando esses super-heróis cegos? Querem que vocês admirem um aleijado cego batendo em bandidos com sua bengala?

O menino loiro não fez comentário. O mais jovem disse:

— Me desculpe. — Falou em voz muito fraca e abaixou tanto a cabeça que a água borbulhou ao redor de seus lábios.

— E o Hulk — prosseguiu B.B. — A metade do tempo ele é um intelectual fracassado e a outra metade é um grande imbecil verde. Que diabo de coisa é essa?

— Não sei — respondeu o pequeno entre bolhas.

— Agora veja o Super-Homem. Esse sim devia ser um super-herói para vocês. Inteligente, forte, e é assim o tempo todo. *Finge* que é tapado, mas isso apenas deixa as pessoas desprevenidas. E o Batman. Sabe por que gosto do Batman? Porque ele é de fato um cara comum. Não tem superpoderes. É apenas um sujeito que quer fazer a coisa certa e usa para isso os recursos que tem. E ainda conta com Robin, que lhe dá uma ajuda. Ele é o mentor de Robin. Gosto de ver como trabalham juntos, como aprendem um com o outro. É o que acontece entre um mentor e os meninos que ele ajuda.

— Eles são DC — disse o menino loiro.

Algo se retorceu no seu estômago. Algo feio, ruim e moralista que marchava contra ele como um ogro.

— O que quer dizer DC? — Sentiu o rosto quente. Os meninos o estavam chamando de veado?

— Não lemos quadrinhos DC — explicou o menino. — Lemos Marvel. Os DC são, como você sabe, idiotas.

Menos mal, não o estavam chamando de veado. Apenas de idiota. Bem, isso era ótimo. As crianças muitas vezes têm a idéia de que os adultos são ridículos ou burros. Ele podia agüentar essa. Deixe os meninos algum tempo com ele e eles aprenderão direitinho.

— É mesmo? — perguntou B.B. — Então, do que mais vocês gostam?

— Gosto de Wolverine — declarou o garoto em tom desafiador. — O que mais leio é o *X-Men*.

— Isso é ótimo — afirmou B.B., que lamentava um mundo no qual garotos liam uma revista em quadrinhos que se chamava *Ex-Men.** O que estava acontecendo, de fato? Sujeitos cegos e transexuais? — Ouçam, estou pensando em ir tomar um sorvete. Gostam de sorvete?

— Sorvete — repetiu o garoto loiro bonito com um inequívoco tom de cautela na voz. Um tom do tipo "Quem quer saber?"

Era preciso lembrar, no entanto, que eram apenas dois *garotos*, e tinham pais descuidados, negligentes, como os pais que instilavam medo em seus filhos porque não se preocupavam em

---

*em português, *ex-homens*. (*N. do E.*)

ensinar-lhes como distinguir entre estranhos perigosos e o tipo de pessoas que queriam apenas ajudar. Eles sabiam que os adultos muitas vezes lhes diziam para não fazer certas coisas, mas também sabiam que os adultos muitas vezes eram perniciosos. A jogada era fazer com que vissem que a regra "Não saiam com estranhos" não se aplicava ao caso, *não podia* se aplicar ao caso, não quando o estranho tinha apenas o melhor interesse deles no coração. Uma vez quebradas essas barreiras, a situação seria confortável.

— Tem uma IHOP mais adiante. Pensei que podiam querer tomar um sorvete comigo.

— É mesmo? — perguntou o menino menor. — Que sabor?

— Não devemos — cortou o mais velho, olhando para o irmão e não para B.B. — Papai disse para ficarmos aqui. E disse que não devemos falar com estranhos.

A mesma coisa de sempre, regular como mecanismo de relógio.

— Tenho certeza de que seu pai quis dizer que não devem falar com homens maus. Não consigo imaginar por que ele acharia ruim falarem com uma pessoa legal que quer comprar sorvete para vocês. De todo modo, meu nome é William. Todos me chamam de B.B., e trabalho com jovens como vocês todos os dias. Sou mentor.

Ficaram calados.

— Estamos inclusive hospedados no mesmo motel — prosseguiu. — Estou no quarto 121. Como se chamam?

— Sou Pete e ele é Carl — respondeu o pequeno.

— Pete e Carl. Bem, parece que não somos mais estranhos, não acham?

— Quero sorvete de morango — anunciou o pequeno, quase cantando. Alto demais para o gosto de B.B. A última coisa que ele queria era um bando de intrusos se metendo no que não lhes dizia respeito. — Não gosto de chocolate.

— Esqueça o sorvete. — O irmão balançou a cabeça. — Posso pedir pro meu pai quando ele voltar, de noite.

— De noite? — perguntou B.B., deixando a censura e a incredulidade transparecerem em sua voz. Cautela era uma coisa, mas agora eles estavam exagerando. Quando seria a próxima vez que encontrariam alguém disposto a ajudá-los, a fazer com que se sentissem importantes e especiais, no controle de seus próprios destinos, se não de suas vidas, como neste momento? — Quer esperar até de noite? Vou tomar meu sorvete agora. Está quente e quero um sorvete, mas posso esperar alguns minutos se quiseram subir correndo para se trocar. Quanto tempo acham que levam para fazer isso?

— Cinco minutos! — respondeu o mais novo.

— Uau, isso é que é rapidez. — B.B. deu um sorriso forçado. — Acha que os *Ex-Men* conseguiriam ser tão rápidos?

— Mais rápidos ainda! — exclamou o pequeno.

Era difícil evitar que um leve ar de triunfo invadisse seu sorriso. Meu Deus, ele estava indo de vento em popa.

— Não acho que devemos ir — opinou o mais velho.

B.B. sacudiu a cabeça com tristeza.

— Bem, se seu irmão quiser ir sozinho, está tudo certo, também. Tem certeza de que quer ficar só?

A sombra da dúvida atravessou seu rosto. Seus pés se agitaram com ansiedade na água. Mordeu o lábio.

— Não vai só um de nós? — Foi uma pergunta, não uma afirmação.

— Apenas porque você não quer sorvete não significa que seu irmão não deve querer. Acho que é errado negar coisas a outras pessoas só porque uma não quer. Isso é o que se chama de egoísmo, Carl.

— É — concordou o irmão.

— Não sei — repetiu, o que não era exatamente um sim, mas com certeza diferente de "Não vai só um de nós".

B.B. ganhava terreno; sentia que ganhava. O negócio aqui, ele sabia, era deixar correr, tirar o assunto da cabeça. Se pensasse demais, se fosse fundo na concentração, diria alguma bobagem e estragaria tudo. Fique na sua.

— O que está acontecendo? — perguntou a mulher de maiô. Ela agora estava bem atrás de B.B., as mãos nos volumosos quadris, os óculos de sol empoleirados na cabeça. Sua pele morena reluzia pela quantidade de óleo bronzeador. Ao espiá-la por cima de seus próprios óculos escuros, ficou surpreso com a beleza de seus olhos. Não que B.B. se interessasse por vacas gordas, mas ainda assim não havia como negar... eram assombrosamente verdes, verdes como um gramado saudável, verdes como esmeraldas, como um peixe tropical.

— Meu Deus — exclamou B.B. — São os olhos verdes mais bonitos que já vi na vida.

— Diga alguma coisa que eu ainda não saiba. O que está acontecendo com você e os meninos?

— Estava pedindo que brinquem em silêncio — respondeu B.B. —, assim não a incomodam mais.

— E sorvete — o pequeno completou. — Não se esqueça do sorvete.

B.B. estava corado quando olhou para a mulher.

— Imaginei que se subornasse a dupla com um sorvete eles a deixariam em paz.

— Você é muito gentil — respondeu. — Agora, por que não dá o fora daqui antes que eu chame a polícia?

B.B. tirou os óculos de sol e encontrou o olhar dela.

— Senhora — começou —, *eu* sou a polícia.

Já tinha tentado isso antes. Sempre funcionou muito bem. Melhor do que dizer a alguém que dirigia uma instituição de caridade que ajudava jovens.

Ela, no entanto, não se convenceu.

— Vamos ver sua identidade.

— Estou de folga. Não tenho a identidade comigo.

— Bem, se for pegá-la agora — insistiu —, vai estar de posse dela quando seus colegas de farda chegarem.

— Certo. Volto num instante. Encontramo-nos em um minuto, meninos.

B.B. caminhou com passo rápido na direção de seu quarto, onde não teria escolha senão se esconder até que a vaca acabasse de torrar no sol.

Vinte e seis

MELFORD VINHA DIRIGINDO em silêncio, e eu lhe dava muito pouca atenção. Acima de tudo eu tentava encontrar meios de me convencer de que minha invasão ao quarto de Bobby não acabaria em desastre. Foi apenas quando entramos em Meadowbrook Grove que dissipei a confusão em que me encontrava.

Observei os trailers, o gramado destruído, os lotes vazios.

— O que é que você está pensando? Precisamos ficar longe deste lugar, não voltar para cá.

— Sua idéia de evitar isto aqui é muito bonita na teoria, mas a verdade é que precisamos descobrir o que está acontecendo. E para isso temos de saber de quem era o terceiro corpo no trailer. O que posso lhe garantir é que nossa única pista vai ser o que os vizinhos conseguirem nos dizer. Você vai então assumir seu papel de vendedor, só que, em vez de vender enciclopédias que não valem nada, vai perguntar sobre Bastard e Karen e quem pode ter aparecido para visitá-los ontem à noite.

— Devo também perguntar se viram alguém que se parece exatamente comigo fugindo da cena do crime?

— Relaxe, Lemuel. Ninguém viu você.

— Se a missão é tão relaxante, por que você mesmo não a executa?

Balançou a cabeça.

— Eu? Já apareço muito. Tenho esse cabelo maluco. Você já esteve neste bairro antes. Além disso, é um vendedor. Este é o seu território.

Não havia como expressar plenamente a que ponto eu não queria fazer o que ele pedia.

— E se aquele tira passar por aqui e reparar em mim? Devo explicar que este é o meu território enquanto ele me dá um soco no estômago?

— Isso não vai acontecer. Ficarei de prontidão. Se algo sair errado, apanho você e caímos fora. Não se preocupe, terá segurança total.

Disparei então meu argumento mais convincente. Mais convincente para mim, pelo menos.

— Mas não quero fazer isso.

— E *eu* não quero que nos ferrem, Lemuel, mas é o que pode muito bem acontecer se não tomarmos conta da situação. Acredite em mim, não gosto disso mais do que você, mas Jim Doe agora está de olho em você. E quem quer que tenha mandado aquela mulher que vimos no almoço está de olho em você. Precisamos agir e não ficar por aí à espera de que as coisas aconteçam.

Eu sabia que ele tinha razão. Detestava admitir, mas Melford tinha razão. Não havia como mudar a situação. Eu não podia simplesmente recuar e pensar que, bem, talvez as coisas pudessem ter sido diferentes se eu não tivesse ido para a cadeia por homicídios múltiplos. Eu precisava fazer o que ele dizia.

— Então o que digo para as pessoas?

— Não sei. Mas, se consegue convencer as pessoas a gastar um caminhão de dinheiro em livros de que elas não precisam e não querem, será que é muito difícil fazer com que comentem algum boato?

Marcou um tento.

— Só mais um detalhe — prosseguiu. — Isso não vai acontecer, mas digamos que as coisas dêem totalmente erradas.

— Droga — comecei.

— Digamos que as coisas fiquem completamente malucas — continuou —, e você acabe dando de cara com Doe de novo.

— Estou fora. Não vou.

— Vai dar tudo certo. Estou apenas dando como exemplo o pior cenário que poderia acontecer. Se você acabar dando de cara com ele e estiver em algum tipo de perigo, dê um chute nas bolas dele.

— Acha que pode doer?

— Confie em mim, sabichão. Ele teve um problema testicular há pouco tempo e está ultra-sensível. Acerte o cara, você entende, bem nas bolas. Isso vai fazer toda a diferença.

— Como sabe disso?

Sorriu.

— Porque uma amiga minha teve motivo há pouco tempo para acertar o sujeito bem nas bolas. Agora chega de perguntas. Vá andando.

Tudo parecia familiar demais. Afogueado, coberto por uma camada lustrosa de suor, o revestimento plâncton de fuligem na minha língua, parado na porta, pronto para bater, o cheiro nauseabundo de merda de porco pairando no ar. Só que dessa vez eu não tentava ganhar dinheiro, tentava conseguir informação — informação desejada por um assassino, não por mim.

Parei no alpendre de um trailer várias portas adiante do de Bastard e Karen. Eu já enfrentara uma porta sem resposta, duas que se fecharam rapidamente na minha cara, além de uma ameaça velada por parte de um homem excepcionalmente baixo e obeso vestido com um short folgado e camiseta sem mangas. Depois havia o trailer número cinco. Na véspera, estava escuro e vazio quando passei por ele. Agora de tarde, eu podia ver luzes na sala de estar e ouvir o zumbido dos aparelhos de ar-condicionado nas janelas. Uma mulher na faixa dos 60 anos abriu a porta da frente, mas recusou-se a abrir a de tela, como se isso de algum modo a protegesse. Seus cabelos, tingidos na cor de toranja amarela, eram curtos e um permanente os deixava parecendo uma densa floresta de sombrios caracóis. Vestia calça leve de ginástica verde-clara e camiseta da Universidade da Flórida, na qual um aligátor insolente e agitado dava um bote à frente.

— Olá. Gostaria de fazer-lhe uma ou duas perguntas sobre uma vizinha sua chamada Karen.

— Não quero comprar nada — antecipou-se.

— Não tenho nada para vender, senhora. — Como soava estranho falar a sério dessa vez. — Estava pensando se poderia me responder uma ou duas perguntas. Faria isso por mim?

— Já falei, não quero comprar nada — insistiu, e começou a fechar a porta.

Parte de mim estava contente. Eu poderia voltar a Melford e dizer que ninguém tinha querido me receber, então pegaríamos o Datsun e sairíamos de Meadowbrook Grove para sempre. A outra parte de mim, no entanto, a parte mais cautelosa, sabia que Melford me mandaria logo de volta para outra parte do condomínio de trailers, essa talvez mais próxima de onde Doe mantinha seu posto policial.

Por isso falei:

— Espere. — Ocorreu-me uma pequena mentira inteligente e imaginei que não teria nada a perder. — Senhora, é verdade que não estou vendendo nada. Sou detetive particular. — Detetives particulares estavam na minha cabeça, afinal de contas, como resultado de minha conversa com Chris Denton. Assim, por que não?

Ela olhou-me, dessa vez com expressão mais agradável.

— É mesmo? — Seus olhos se arregalaram, maravilhada.

— Sim, senhora. — Eu quase não acreditava. Meu tom determinado estava valendo a pena.

— Como Cannon? — perguntou.

Assenti com ar solene.

— Exatamente como Cannon.

— Não exatamente. Temos de cevar você primeiro.

Escancarou a porta de tela.

Seu nome era Vivian, e me fez sentar a uma mesa de jogo forrada de tecido na cozinha, serviu-me uma lata de cerveja e biscoitos de aveia sem marca congelados que colocou com capricho sobre uma folha de papel-toalha.

Havia quadros de poodles por todo lado — nas paredes, em porta-retratos sobre o balcão. Contei pelo menos uma dúzia. No entanto, não percebi presença canina por ali, embora o lugar cheirasse a pêlo úmido de cachorro.

— Oh, aquela garota sempre foi uma piranha — considerou Vivian, pensativa. — Como a mãe. Putas, as duas. E metidas com droga, também.

— Qual tipo de droga? — perguntei.

— Não saberia dizer *qual* — respondeu, fazendo um som estranho com a língua. — Praticamente não sei o que as pessoas consomem hoje. Na minha época, apenas bebíamos, como você sabe. As outras coisas, tipo maconha e o resto, ficavam para quem não prestava.

— E quem não prestava, senhora? — perguntei.

Deu uma risadinha, fez um sinal de deixa pra lá com a mão, como se fôssemos velhos amigos de galhofa.

— Ah, pare com isso.

— O que me diz do homem com quem ela estava saindo? — arrisquei. Gostei do modo como a pergunta saiu, em tom profissional, imponente. — Sabe quem é?

— Está falando do tal Bastard? Oh, sim. Nunca liguei muito para ele. Não era um sujeito legal. Dava para sentir pelo nome. Não era um apelido respeitável, não na minha opinião, pelo menos.

— É isso mesmo — concordei. — Pessoas legais têm apelidos decentes.

— Tem razão. Ouvi que estava metido com droga, também. E que estava vendendo com...

E então parou. Parou, olhou ao redor do trailer e deu um piparote na argola de metal da lata de cerveja.

— Continue — insisti.

— Não interessa. Mas ela e o namorado estavam envolvidos em drogas com certeza. E foi por isso que o marido levou as crianças, porque ela estava viciada ou coisa assim, e diziam que deixava o tal Bastard fazer coisas com uma das meninas.

— Senhora — pedi com voz tranqüila —, fale mais sobre o envolvimento com drogas. Isso teria algo a ver com o chefe de polícia, Jim Doe?

Vivian baixou os olhos.

— Oh, não. Não que eu saiba. Não tenho nada de mau a dizer sobre Jim Doe. Ele sempre foi muito legal com a gente. A não ser pelo cheiro que vem dos porcos, ele só fez o bem aqui. Digo isso para qualquer um.

— Não quero lhe trazer problema. Só mais uma pergunta.

Eu começava a sentir que estava exagerando, e queria dar o fora antes de assustá-la demais.

Sacudiu a cabeça.

— Acho que não. Acho que basta de perguntas por hoje. Acho que é hora de o senhor ir embora.

— Só mais uma — insisti.

— Não — respondeu. Seu rosto empalideceu e sua pele perdeu o vigor.

— Está certo. — Levantei-me. — Obrigado pelo seu tempo. Foi muita bondade sua. Lamento que a senhora imagine que falar comigo pode lhe causar problema com aquele policial.

A mulher não disse nada.

— Posso lhe garantir —- continuei —, que eu nunca faria ou diria qualquer coisa que o fizesse saber que a senhora me ajudou. Mas o caso é que, se ele desconfiasse que a senhora falou comigo, não precisaria saber o que me disse, concorda? Isto é, a senhora poderia dizer a ele que a única coisa que fez foi rir da minha pergunta, certo?

— Certo — respondeu com calma.

— Isso é tudo que ele arrancaria de mim, se conseguisse arrancar alguma coisa, embora eu tenha certeza de que não conseguiria. Assim, já que estou aqui e ele não vai descobrir nada sobre o que foi falado, não há mal nenhum em me responder só mais uma pergunta, pode ser?

— Acho que não.

— A senhora tem toda a razão — retruquei, como se esse tivesse sido o seu argumento o tempo todo. — Sabe se havia uma mulher de seus 50, 50 e poucos anos que visitava o trailer de Karen regularmente?

Vivian concordou com a cabeça.

— Acho que era a mãe dela. Só podia ser a mãe dela, a puta. Ela às vezes visitava a filha. Karen dizia que ela chegava sem avisar, simplesmente entrava porta adentro, como se tentasse surpreender a filha em alguma coisa. Devia ser isso. As duas eram putas — reafirmou, pensativa.

— Certo. Muito obrigado. A senhora vai de fato me ajudar a resolver meu caso. — Minha voz soou patética, mas pareceu abrandá-la.

— Bem, pode voltar quando quiser se for só para conversar, uma pessoa educada como o senhor. Gostei muito da companhia. Desde que minha Rita se foi, me sinto muito sozinha.

Minha primeira idéia foi que havia outra pessoa morta em Meadowbrook Grove, mas algo me dizia que eu estava errado.

— Seu poodle? — perguntei.

Seus olhos brilharam.

— O senhor conhece minha cachorrinha?

Parecia que estávamos em uma festa e que ela mencionara alguém que pertencia ao meu círculo de amizades.

— Não, apenas reparei em todas essas gravuras de poodles.

— Oh, sim. Ela desapareceu alguns meses atrás. Fiquei arrasada. Era tão bonita. Também não era uma poodle toy minúscula como existem tantas por aí, mas uma poodle normal. Preta com uma mancha na cabeça, então parecia que ela usava sempre chapéu. Uma menina adorável, minha Rita. Sempre gostou de brincar com as crianças pequenas da vizinhança. E adorava frutas. Morango, uva, banana, sabe como é. A garotada conhecia Rita muito bem e costumava trazer frutas para ela. Era uma cachorra muito feliz e gorda! Eu só gostaria de saber o que aconteceu com ela, por onde andará agora.

Seus olhos estavam marejados e virei-me para o outro lado.

— Lamento muito o sumiço de Rita — falei.

Fungou.

— O senhor é muito amável — agradeceu. Fiquei surpreso quando me beijou no rosto.

Melford concordara em esperar dois ou três trailers adiante, descendo a rua, porém quando saí da casa de Vivian não havia sinal dele. Meu estômago se agitou, apenas um pouco, de início, porém, à medida que me aproximava de nosso ponto de partida e ainda assim não conseguia encontrá-lo, a idéia de ter caído em uma armadilha, sozinho naquele condomínio de trailers, onde Jim Doe poderia me encontrar com facilidade a qualquer momento... bem, nada daquilo fazia sentido.

Voltei quase até o trailer de Karen, mas percebi que essa era uma idéia terrível, então caminhei de novo na direção do de Vivian. Ainda nenhum sinal de Melford. O suor agora escorria de meu rosto e o cheiro da granja de suínos me deu um princípio de dor de cabeça.

Comecei a percorrer de volta as ruas poeirentas rumo ao Kwick Stop. Quando chegasse lá, eu pelo menos estaria fora do território de Doe. Era como atravessar um campo minado, e eu esperava algum tipo de estrondo a cada passo. Toda vez que eu ouvia o ruído de um carro atrás de mim, um punho invisível apertava meu coração. Cada gafanhoto que agitava as ervas daninhas, cada lagarto que corria rumo a um lugar seguro. Um terror.

Mas consegui chegar à loja de conveniência sem incidente e, ao me aproximar, avistei no estacionamento um carro que me pareceu familiar. Era o Datsun de Melford. O carro apontava para o lado oposto a mim, de modo que eu podia apenas ver a parte de trás de sua cabeça — e as costas da pessoa que estava no assento do passageiro.

Levei um instante para perceber que era a mulher misteriosa que trabalhava para nosso inimigo desconhecido. Era Desiree.

Vinte e sete

NAQUELE MOMENTO ACREDITEI que minha melhor opção seria fugir. Fugir de Melford, fugir de Jacksonville, fugir de tudo. Pelo menos disse a mim mesmo que seria a coisa mais inteligente a fazer, desde que achasse fácil ignorar todas as dificuldades relacionadas a uma fuga. Isso pouco importava, de todo modo. Não importava o que era mais inteligente. Nem um pouco. Eu já estava de saco cheio daquilo tudo.

Fui até o carro e bati na janela do motorista. Melford baixou o vidro.

— Como é que foi?

— Seu merda! — exclamei.

Arregalou os olhos.

— Deu tudo errado?

— Você devia ter me esperado.

— E esperei. Aqui.

— Não. Devia ter me esperado no condomínio de trailers.

O rosto de Melford encrespou-se, confuso.

— Por que esperar lá? Eu estaria apenas atraindo a atenção sobre mim. Combinamos de nos encontrar aqui.

Não era o que eu lembrava, mas Melford rememorou a conversa com tanta convicção que comecei a achar que me enganara. Ele, afinal de contas, era a parte acostumada a bolar planos secretos, a elaborar esquemas. Talvez eu tivesse ouvido o que queria ouvir, já que eu não gostava da idéia de ele me deixar inteiramente só.

— O que é isso? — perguntei, apontando com a cabeça na direção de Desiree, que sorrira para mim com simpatia o tempo inteiro.

— Lembra-se de Desiree? — perguntou Melford.

— Claro que me lembro. O que ela está fazendo aqui? O que vocês dois estão fazendo sentados juntinhos, tão à vontade?

— Desculpe-nos por um instante — disse Malford a Desiree. Levantou-se e arrastou-me por quatro ou cinco metros na direção de duas máquinas de vender jornal. — Então, o que descobriu?

Imaginei que seria melhor dar um tempo com relação a Desiree, uma vez que discutir com Melford com certeza não me levaria a lugar nenhum. Contei-lhe o que Vivian tinha dito, que era provável que a mulher mais velha fosse a mãe de Karen.

— Dá a impressão de que ela apareceu na hora errada — sugeriu Melford. — É evidente que Doe tinha suas razões para querer manter as mortes em segredo, por isso matou a outra mulher também.

— Que razões são essas?

— Drogas. — Melford deu de ombros, como se o tópico o aborrecesse. — Doe está envolvido em algum tipo de esquema e tem mais medo de uma investigação que possa revelar sua operação que de se ligar a homicídios. E isso, meu amigo, é uma boa notícia.

— Quero saber como um tira maluco que faz tráfico de drogas pode ser uma boa notícia.

— Escute, Doe e seus amigos esconderam aqueles corpos. Eles não parecem ser tão brilhantes e posso garantir que deixaram alguma pista. Se os corpos de fato aparecerem, a pista levará a eles, não a nós. A essa altura será difícil dizerem que não, que não mataram Karen e Bastard, que provavelmente foi um vendedor que fez o serviço, que eles só enterraram os corpos. Doe e seus amigos têm muito a perder. E isso significa, Lemuel, que você está limpo.

— O que está dizendo? Que posso simplesmente sair dessa enrascada?

— É o que estou dizendo. Vou lhe dar uma carona de volta para onde quiser ir e, no que me diz respeito, pode retomar sua vida. Mantenha o bico calado sobre tudo o que viu, fique distante daquele tira e tudo vai dar certo.

— E o que me diz do dinheiro que eles estão procurando? — perguntei. — Eles não vão se esquecer dessa grana e, como acreditam que tenho algo a ver com a história, será que não vão ficar atrás de mim?

— Esqueça o dinheiro — aconselhou, não pela primeira vez. — Isso não importa. Eles mandaram Desiree seguir você, mas ela vai dizer que você não tem nada a ver com o dinheiro. Confie em mim. Ela está do nosso lado e, ainda que não estivesse, não teria motivo para dizer a eles que você os roubou, quando isso não aconteceu. Vão ter de procurar em outro lugar.

Engoli em seco. Seria mesmo verdade? Esses imbecis, por razões idiotas e irrefletidas que só a eles diziam respeito, teriam nos protegido de uma investigação, tudo para ocultar seus esquemas relacionados a drogas? Eu mal conseguia acreditar.

Se eu fosse honesto comigo mesmo, teria admitido que meu alívio estava mesclado com desapontamento. Eu não tinha gostado da terrível experiência de ser detido, não tinha gostado de ser insultado por Doe, mas gostava da sensação de ser parte de alguma coisa, e Melford me passara a sensação de que se tratava de alguma coisa importante, alguma coisa além de um assassinato. Dentro de dois dias eu estaria em casa, deixaria de vender enciclopédias e tudo voltaria a ser o que era. E ainda precisaria de 30 mil dólares para entrar na Universidade de Columbia no ano seguinte.

Desiree saiu do carro pelo lado do carona. Vestia o mesmo jeans de antes, mas no lugar da blusa transparente e do sutiã preto, usava a parte de cima de um biquíni amarelo-manteiga.

Tinha um belo corpo, não havia como negar, voluptuoso e ao mesmo tempo harmônico e, em condições normais, meu maior problema seria evitar manter os olhos fixos em seus seios. Naquele momento, porém, eu precisava achar um modo de desviar os olhos de sua cicatriz. Era enorme, diferente de tudo que eu já vira até então, saindo do ombro e descendo pela lateral do corpo até desaparecer dentro do jeans. Cobria a maior parte de seu flanco logo abaixo do braço e quase a metade das costas.

Não que fosse apenas incomum. Lembrei-me do que Bobby me dissera: o chefe do Jogador, Gunn, tem uma mulher com uma cicatriz enorme que trabalha para ele. Desiree trabalhava para B.B. Gunn. Melford estivera sentado em seu carro, em clima amistoso, com uma mulher que trabalhava para o inimigo — o grande inimigo.

Não olhar para a cicatriz era extremamente difícil. Era como se ela tivesse sua própria gravidade, como se atraísse meus olhos. Decidi esconder meu constrangimento perguntando sobre ela.

— Pode me contar sobre sua cicatriz?

Lamentei minhas palavras no minuto em que as pronunciei. Havia vida e morte, ali. Ela não era apenas uma mulher atraente com seios fartos, um biquíni amarelo-manteiga e uma cicatriz do tamanho de uma toalha de rosto. Era algum tipo de agente do mal. Ou não era?

Olhou-me de cima e sorriu.

— Obrigada por perguntar. — Sua voz era doce e vagamente vulnerável. — A maioria das pessoas acha que é educado ignorá-la, fingir que não a vê. Era aqui que minha irmã estava antes de nos separarem. — Correu a mão esquerda ao longo da cicatriz, roçando nela com a ponta das unhas sem esmalte. — Ela morreu.

— Sinto muito. — Senti-me ridículo ao dizer isso.

Desiree deu outro sorriso doce.

— Obrigada. Você é muito gentil. Você e Melford são muito gentis.

— Então — perguntei, esfregando as mãos —, em que posso ser útil desta vez?

— Vim basicamente falar com Melford. Queria saber mais sobre como ajudar animais.

Sentei-me no banco de trás, esquecido da condição de cúmplice, e no mesmo instante percebi que estava sobrando. Eu me sentia aborrecido, rejeitado e confinado, jogado ali atrás naquele espaço minúsculo projetado para crianças japonesas, não para adolescentes americanos e o equivalente a uma biblioteca inteira de livros em mau estado. Quando perguntei aonde estávamos indo, ele explicou, sem dar detalhes, que estávamos rodando. Queria manter-me ocupado e distante de Doe até a hora de ser apanhado de volta.

Era difícil ouvir tudo do banco de trás, mas percebi que Melford e Desiree estavam encantados um com o outro. Ela olhava embevecida para Melford, como se ele fosse um astro do rock, como se estivesse vidrada nele. Não me agradava que ela o bajulasse tanto, e não me agradava que isso não me agradasse. Reconheci que aquela sensação desagradável, incômoda, que invadia meu peito, era ciúme, mas ciúme do quê? Eu queria a sensual gêmea siamesa restante para mim ou detestava ter de dividir Melford com ela?

Mais uma vez senti que estava perdendo algo, talvez tudo. Por que Melford não procurou saber mais sobre ela antes de convidá-la a entrar no carro? A minha impressão era que o superassassino talvez não estivesse tão voltado para detalhes em seu trabalho quanto parecera de início.

Depois de uns 25 minutos na estrada, Melford diminuiu a velocidade e parou diante de uma loja 7-Eleven, alegando que estava com sede e que queria lavar as mãos. Quando se afastou, o pânico tomou conta de mim. Eu não queria ser deixado sozinho com Desiree. Não tinha idéia de quem Desiree realmente era, além de empregada de B.B. Gunn. Não sabia o que ela queria.

Desiree, no entanto, não dava sinal de que achava a situação constrangedora. Virou-se e forçou um sorriso conspirador.

— Acho esse cara tão sensual.

Brinquei nervosamente com a capa plástica vazia de uma fita cassete que encontrei no chão.

— Não tenha certeza se você faz o tipo dele. Por ser mulher e tudo o mais.

— Não vai me dizer que acha que ele é gay?

— Bem, mais ou menos deduzi que sim. Mas, veja, isso não é importante. Quem você é, afinal?

— Por que acha que ele é gay? Por que é vegetariano?

— Claro que não — respondi. — Não me importo se ele é gay ou não. Só falei que talvez você não faça o tipo dele. Mas podemos discutir o assunto quando me disser por que está nos seguindo. Melford pode não ligar para isso, mas eu ligo.

— Está muito errado — argumentou Desiree — simplesmente fazer suposições sobre pessoas, rotulá-las com base em aparências. Tenho me esforçado ao máximo na tentativa de entender meu verdadeiro *eu*. Tenho lido sobre auras, reencarnação, e também usado o *I Ching*. E você? Pronto! Concluiu que ele é gay.

— Veja bem, isso não é importante para mim. Falei por falar.

— Perguntou para ele, pelo menos?

— Não, não perguntei porque não me interessa saber. — Meu tom de voz estava cada vez mais estridente. — Como também não perguntei qual cor ele prefere.

— Por que ficou tão irritado?

Melford saiu da loja com uma garrafa de água em uma das mãos, as chaves na outra.

— Lem acha que você é gay — falou Desiree quando ele abriu a porta.

Melford acomodou-se atrás do volante e virou-se para mim. Abriu um grande sorriso.

— Muita gente acha, Lemuel. Não me chateio com isso. Mas você não tem nada contra os gays, espero.

— Não — respondi depressa. — A questão não é essa. Quero saber quem Desiree é e por que está nos seguindo.

— O que isso tem a ver com minha orientação sexual? — perguntou Melford. — Não entendo.

— Nem eu. — Minha voz estava alta.

Melford olhou para Desiree.

— A pergunta de Lem é válida. Quem é você e por que está nos seguindo?

— Eu? Algumas pessoas muito ruins me pediram para ficar de olho em você, Lem, para descobrir se estava envolvido em alguma atividade imprópria.

— E está? — perguntou Melford.

— Não que eu saiba até agora. Mas preciso continuar atrás dele para ter certeza. A não ser — olhou para Melford — que alguém me distraia.

A informação veio devagar enquanto rodávamos sem pressa pela rodovia, para cima e para baixo. Desiree trabalhava, como eu já suspeitava, para B.B. Gunn, que estava baseado perto de Miami e que usava tanto o negócio de suínos quanto a venda de enciclopédias como uma espécie de fachada para traficar drogas. Desiree parecia ansiosa para escapar de ser específica demais. Deixou claro que queria abandonar B.B., mas ainda que não quisesse traí-lo, chegava à conclusão... graças em parte ao *I Ching* e em parte a Melford... de que precisava fazer compensação para se envolver em um empreendimento como esse. Durante algum tempo estivera à procura de algo, afirmou, que lhe trouxesse algum sentido, e no restaurante chinês se convencera ainda mais que o interesse de Melford em tratar bem os animais podia ser o que ela buscava. Eu não tinha idéia se sua convicção se fortaleceria ou desapareceria quando descobrisse que o projeto envolvia assassinatos.

— Então, o que fazem as pessoas que defendem os direitos dos animais? — perguntou. — Explodem matadouros ou coisa parecida?

Melford balançou a cabeça.

— O mais importante não é isso. A principal arma do movimento é conseguir a afiliação de ativistas conhecidos coletivamente como Frente de Libertação Animal. O que faz esse grupo funcionar tão bem é que para se associar basta a pessoa adotar seus valores, partir para a ação e atribuir essa ação à FLA. Não há campo de treinamento, doutrinação, juramento de lealdade. Em uma escala menor, eles em geral danificam restaurantes de fast-food, lojas de equipamentos de caça, ou praticam algum ato que jogue uma chave inglesa, por menor que seja, no mecanismo de tormento de animais. Operações mais sofisticadas, no entanto, envolvem atividades como resgate de animais em laboratórios ou invasão de instalações para pesquisa ou criação a fim de fotografar e expor sua crueldade.

— Não sei — duvidou Desiree. — Parece um argumento meio fraco. Vocês querem mesmo dedicar suas vidas a importunar pessoas para que elas deixem de fazer o que de todo modo nunca deixarão de fazer? Talvez vocês devessem tomar atitudes mais drásticas. Dar uma surra em executivos de alguns desses restaurantes, por exemplo.

— A FLA acredita que seus sócios não devem fazer mal a ninguém, nem mesmo aos mais cruéis torturadores de animais, uma vez que seu princípio básico é que seres humanos podem viver suas vidas sem fazer mal a nenhuma criatura.

Tentei não reagir quando ouvi essa afirmação.

— Não podem querer se livrar de alguém realmente nocivo? — perguntou Desiree.

Melford sacudiu a cabeça.

— Quem fizesse uma coisa dessas, ou fosse até mesmo apenas suspeito de pensar numa ação desse tipo, seria repudiado pela organização e por todo o movimento pelos direitos dos animais. Tudo o que lhes interessa é salvar vidas, mesmo vidas humanas. Embora a propriedade seja sempre um alvo legítimo.

— Respeito essa posição — afirmou.

— Há, no entanto, aqueles — prosseguiu Melford — que agem quando a FLA não toma uma atitude, que acreditam que a violência é, em circunstâncias extremas, um mal necessário. A essência do movimento pelos direitos dos animais nunca perdoa esse tipo de coisa, nem quando feita em segredo, imagino.

— Parece correto, para mim — opinou Desiree. — Não faz sentido apoiar a idéia de proteger os direitos de todos os seres se alguém depois começa a fazer distinção. De outro modo seríamos todos como fregueses de um restaurante, escolhendo de um tanque qual peixe queremos comer.

Melford sorriu.

— É isso mesmo.

Desiree riu de leve diante dessa mentira, como se estivesse satisfeita de ter a aprovação de Melford. O estranho era que eu sabia como ela se sentia. E sabia que ele mentia para ela. Então o que isso significava com relação à facilidade com que eu valorizara a opinião dele? Se eu não soubesse por experiência própria, se não o tivesse visto matar duas pessoas, jamais suspeitaria que estivesse mentindo. De repente me senti extremamente desconfortável, como se quisesse sair do carro. Como se quisesse fugir dali.

— Posso fazer uma pergunta? — pediu Desiree.

— Claro.

— O que me diz da pesquisa médica? Isto é, pode ser desagradável usar animais como objeto de experiências, mas conseguimos resultados. E não é importante descobrir curas para doenças?

— Lógico que é importante descobrir curas para doenças — concordou Melford —, mas usar animais para isso é uma outra questão. Veja, há dois aspectos na resposta à sua pergunta... um ético e o outro prático. A questão ética é que pode ser conveniente supliciar e matar animais para atender nossas necessidades, mas é a coisa certa a fazer? Se conseguíssemos resultados mais satisfatórios usando prisioneiros, crianças indesejadas ou degenerados infelizes, escolhidos ao acaso, estaria tudo bem? Em outras palavras, os fins justificam os meios? A vida dos animais deve ser valorizada ou não, e se deve, não tem sentido fazer exceções porque algo é de fato muito, muito importante.

— Não estou certa de estar de acordo — respondeu. — Falamos de animais, não de pessoas. Não deveríamos ter o direito de tirar vantagem de nossa posição na cadeia alimentar? Não julgamos leões por comerem zebras.

— Os leões podem escolher não comer zebras — retrucou Melford. — Não é uma questão ética para eles. É uma questão do que planejaram fazer. Podemos escolher causar danos ou não aos animais, e então podemos ser julgados por essa escolha.

— Está certo, aceito o que diz — concordou. — Mas não sei se aceito que devemos morrer de doenças em vez de usar animais para nos ajudar a superá-las.

— É a escolha mais difícil. Talvez seja a mais difícil de todas. A pessoa ética pode sacrificar cachorros-quentes e hambúrgueres, mas a questão da experiência animal parece suscitar um verdadeiro dilema. Então aqui vai uma mensagem que deve ser guardada na mente. A maioria das experiências animais é inteiramente inútil.

— Vá com calma — cortei. — Por que fariam experiências se elas fossem inúteis?

— Não seja bobo. Os laboratórios médicos podem estar repletos de pesquisadores bem-intencionados, mas precisam de dinheiro para fazer seu trabalho. Pesquisadores devem requerer subvenções, e os requerimentos precisam ser redigidos para que tenham êxito. E, para conseguir subvenções, os pesquisadores precisam utilizar pesquisa animal. É simples. Os financiadores passaram a acreditar na eficácia da pesquisa animal, e não há fato científico que os faça mudar de idéia.

— Talvez acreditem nela porque vêem que funciona — sugeriu Desiree.

— A maior parte dos animais usados em pesquisas é composta de mamíferos e estão estreitamente relacionados conosco, porém isso não significa que reajam a doenças ou medicamentos do mesmo modo que nós. Os chimpanzés são nossos parentes mais próximos. Têm mais a ver conosco do que com gorilas, mas sabe o que acontece se a gente der PCP... pó-de-anjo... a um chimpanzé? Ele dorme. O PCP tem efeito tranqüilizante mesmo em um chimpanzé enorme. Pense nisso. Uma droga que nos transforma em monstros os deixa sonolentos, e eles são os seres mais próximos dos homens. Então, se uma droga funciona ou não em um chimpanzé, um rato ou um cachorro, o que isso nos diz sobre a reação que terá em seres humanos? No final das contas, não nos diz nada.

— Não houve inúmeros avanços por meio da pesquisa animal?

— E provavelmente haverá muitos mais. Isso não significa que seja o melhor caminho a seguir. Defensores da pesquisa animal perguntam se preferiríamos viver sem a vacina contra pólio, já que ela não teria sido descoberta se não tivesse havido pesquisa animal. É um argumento falso. Claro, estamos mais bem servidos com a vacina contra pólio do que sem ela, mas os seres humanos são inteligentes e engenhosos. Há alternativas, até mesmo com o uso de voluntários e testes de laboratório. Alguns cientistas estão inclusive começando a trabalhar com modelos construídos inteiramente a partir de programas de computador. Dizer que jamais estaríamos onde estamos sem a pesquisa animal significa admitir que as pesquisas acabariam sem os animais. Claro que não. Encontraríamos outros meios. A necessidade é a mãe da invenção, portanto, se declarássemos a pesquisa com animais ilegal, talvez tivéssemos agora computadores mais avançados, porque precisaríamos de modelos mais sofisticados para salvar vidas. E, pelo fato de a pesquisa animal ser tão pouco confiável, a melhor pergunta a fazer seria o que poderíamos ter descoberto se não confiássemos nela. Os defensores da vivissecção gostam de sugerir que é uma escolha entre animais e doenças ou experimentos e curas, mas e se o contrário for verdade e o uso de modelos biológicos não confiáveis tiver feito retroceder a ciência médica? Talvez sem experimentos animais já tivéssemos hoje a cura do câncer.

— Não sei — comentou Desiree, distraída. — Você tem argumentos, mas se eu adoecer quero que façam o possível para me curar.

— Quer que façam o que for possível, mas não qualquer coisa concebível, seja ou não benéfico para você.

— É verdade.

— E, como pessoa ética, ainda que defenda a experiência animal, não acha que devia haver algum tipo de padrão de necessidade? Talvez um testador devesse elaborar uma tese que abordasse por que é necessário sacrificar um macaco, um cachorro ou um rato por uma causa específica. Nesse exato momento eles estão livres para massacrar e torturar tantos milhares de animais quanto queiram, sem nenhum controle.

"E você sabe que há uma infinidade de experimentos animais que não têm nada a ver com saúde. Empresas de cosméticos submetem milhões de animais a tortura todos os anos para ver se, depois de aperfeiçoado, um determinado removedor de esmalte de unha causa tanto dano aos olhos de um coelho quanto a versão antiga. Você acharia suficiente saber que colocar material corrosivo nos olhos é uma medida errada, mas esses sujeitos precisam testá-lo de todo modo.

— Por quê? — perguntei.

— Quem sabe por quê? Compromissos com seguro ou outra tolice semelhante. Eles fazem e pronto.

— Espere um pouco — cortou Desiree. — Está me dizendo que grandes corporações pagam sabe-se lá quanto apenas para torturar animais sem necessidade? Não acredito.

— Não mesmo? — Um sorriso estranho aflorou no rosto de Melford. — Não acredita? Lemuel, você não precisa estar no ponto de encontro antes de que horas? Dez e meia ou onze, certo?

— Certo — respondi devagar.

— E não tem um lugar aonde queira ir antes disso?

— Bem — arrisquei —, seria ótimo ir a um cinema.

— Excelente idéia.

— Não sei qual é a sua idéia — admiti —, mas não vou gostar dela.

— Claro — concordou —, sei que não vai gostar. Não vai gostar nem um pouco.

Imagino que já estávamos na direção certa, porque Melford pisou fundo.

— Para onde estamos indo? — perguntou Desiree.

— Bem, eu não planejava que isso acontecesse tão cedo, mas já fiz o trabalho de logística, então por que não? — Deu um sorriso forçado para ela. — Vamos visitar um laboratório de pesquisa.

Vinte e oito

Circulamos por cerca de uma hora, bem adiante de Jacksonville, até que Melford pegou um desvio e nos conduziu por uma árida paisagem de restaurantes de comida rápida, bares em que as garçonetes trabalham de topless e lojas de penhores. Por fim, virou de novo e seguimos mais uns 15 quilômetros por estradas arborizadas até parar e estacionar em um pequeno conjunto de lojas com uma joalheria e uma lavanderia a seco. Saltamos e fomos até os fundos, onde ele pegou um saco preto de lixo cheio de agasalhos de ginástica pretos.

— Procurem bem — ordenou. — Encontrem alguma coisa que sirva, mas não vistam ainda, ou vão sentir um calor do inferno. — Pegou uma bolsa preta de ginástica, jogou-a por cima do ombro e depois enfiou a mão em uma caixa de papelão e deu a cada um de nós um pedaço de pano.

— Vão precisar disso, também.

Eram máscaras de esqui.

Eu já tinha problemas legais suficientes, por isso não desejava invadir um laboratório de experiências com animais, mas sabia que seria melhor não tocar no assunto e sugerir que talvez eu devesse esperar no carro. Eu estava nele, e não sairia.

Melford abriu a bolsa de ginástica e fez circular entre nós um frasco de inseticida em spray e, após termos nos borrifado, começamos a atravessar um denso bosque de pinheiros. Ainda estava claro, mas os mosquitos zumbiam nos meus ouvidos, moderadamente impedidos de avançar por causa do repelente. O aglomerado de árvores cheirava a folhas podres e ao azedume de um possível gambá em decomposição.

Desiree ficou calada. Tinha no rosto um ar de divertida determinação. Mas por que se preocuparia? Ela claramente fazia coisas ilegais o tempo inteiro. Uma a mais não faria diferença.

Por fim emergimos e Melford ergueu a mão, o comandante do pelotão ordenando que parássemos.

— Por enquanto vamos só até aqui. É sábado e não tem ninguém lá dentro, mas assim mesmo é melhor esperar que anoiteça. Não deve levar mais do que uma hora e meia. Enquanto isso, posso falar sobre o reconhecimento que já fiz.

Enfiou a mão no bolso e dele tirou vários pedaços de papel que a seguir desdobrou no chão. Tratava-se de mapas do interior de um prédio, feitos à mão.

— O que exatamente está planejando? — perguntou Desiree.

— Nada fora do normal — assegurou. — É uma coisa muito simples e rápida. Você queria saber o que os ativistas dos direitos dos animais fazem... bem, é isso. Vamos entrar, bater fotos, reunir provas e em seguida sair. Nada mais do que isso. Depois passo a história para uma organização de defesa dos direitos dos animais e eles tornarão as imagens públicas e tentarão instigar controvérsias. Tudo muito básico, não acha?

— Acho — concordou Desiree. — Mamão com açúcar.

Mamão com açúcar. Olhei através das árvores para o prédio mais adiante. Cerca de trinta metros de grama bem-cuidada espalhavam-se entre a beira do bosque e um prédio branco baixo, sem janelas. Uma fileira rala de arbustos contornava a estrutura, mas era só o que havia em matéria de jardim. O local parecia simpático, inofensivo, a não ser pela sua ameaçadora inanidade. No extremo oposto, logo antes da extensão oceânica de um estacionamento, vi uma laje de concreto que se sobressaía na grama com o nome da empresa gravado em baixo-relevo.

Serviços de Saúde Oldham.

Como as canecas de café e as caixas no trailer de Karen e Bastard. Melford alegara não ter idéia do que se tratava. E agora estávamos prestes a arrombá-la.

Não escureceu o suficiente para podermos nos movimentar até pouco antes das 21 horas. Melford sorriu para mim.

— Não se preocupe — disse. — Vamos levá-lo de volta a tempo de evitar uma demissão.

Permanecemos os três onde estávamos, ouvindo o canto dos grilos, das rãs e das aves noturnas, observando as instalações precariamente iluminadas da Serviços de Saúde Oldham escurecerem aos poucos.

— Esse pessoal está muito atrasado no tempo — explicou Melford. — No Norte, jamais deixariam um laboratório como este tão vulnerável. Mas os ativistas dos direitos dos animais não querem aparecer muito na Flórida, então os bandidos se sentem seguros. — Olhou ao redor. — Tudo certo, vistam os agasalhos.

Desiree começou a desabotoar a calça jeans, mas Melford balançou a cabeça.

— Por cima da roupa, minha querida. Queremos estar invisíveis ao entrar, mas queremos parecer normais quando estivermos lá dentro. — Olhou de relance para o top que ela usava. — Você vai preferir ficar com a blusa do agasalho, eu acho.

Depois que nos vestimos de preto e colocamos as máscaras, ele fez sinal para irmos em frente e avançamos rapidamente pelo gramado como um trio de atacantes, as cabeças abaixadas, rumo ao desconhecido.

Eu já começava a suar, mas percebi a urgência. Por um instante compreendi por que Melford era Melford, compreendi a excitação de fazer algo ilegal, de invadir limites, rejeitar o mundano e o estável. E não era como se fôssemos arrombadores, motivados por pura ganância. Desafiávamos a autoridade por uma causa moral. Se era uma causa minha, se eu acreditava nela, parecia irrelevante. O simples fato de estar ali fazia com que me sentisse vivo.

O jardim tinha iluminação fraca, e Melford nos fez contornar o prédio e subir alguns degraus de concreto que conduziam a uma porta lateral de metal. Abriu a bolsa e dela tirou sua ferramenta de arrombar fechaduras, a mesma que usara no trailer de Karen, e em dois minutos a porta fez um clique e se abriu. Esgueiramo-nos para dentro.

Estava escuro como breu, nenhuma luz acesa, nenhuma janela. Melford pegou uma lanterna e nos mandou tirar as máscaras e os agasalhos — tudo, menos a parte de cima do biquíni de Desiree.

— A segurança é fraca — explicou num sussurro. — Alguns guardas, mas quase nenhuma câmera. Se aparecer um dos homens, deixem a conversa comigo.

Depois que enfiamos as roupas na bolsa, ele içou-a e recomeçamos a conversar. Estávamos em uma espécie de depósito — prateleiras de metal cheias de caixas, a maioria marcada com SUPRIMENTOS MÉDICOS. Havia frascos de vidro com líquidos de aparência perigosa, sacos de comida para cachorros, comida para gatos, coelhos, ratos e macacos. Todos transmitiam o cheiro de sua loja de animais específica, mas de bem mais longe senti odores muito mais clínicos, de produtos químicos e anti-sépticos.

Melford encontrou as portas de saída do depósito e entramos em um corredor com paredes nuas de blocos de escória adornadas apenas com uma inexplicável barra decorativa representando uma corrida de marrecos e chão forrado com linóleo bege encardido. As luzes principais estavam apagadas, mas havia lâmpadas fluorescentes acesas em número suficiente para que Melford pudesse apagar a lanterna. O lugar lembrava um hospital após o horário de atendimento. Dobramos à direita, depois de novo à direita, e por fim subimos alguns degraus até um andar que parecia exatamente igual àquele do qual acabávamos de sair. Seguimos Melford por um corredor até uma porta com a placa "Laboratório Seis", que estava trancada, e então a ferramenta de abrir fechaduras voltou a entrar em ação. Desiree observou, nervosa, enquanto eu tentava espiar o interior através do quadrado de vidro escuro e Melford trabalhava na fechadura. Em menos de um minuto estávamos dentro.

Quando a porta se abriu, eu sabia que tinha cruzado algo mais metafórico, mas também mais tangível, do que a soleira de uma porta. Sim, eu vira a granja de suínos, vira como era terrível, vira o tormento e — se é que o termo pode ser aplicado a suínos — a degradação, mas ali era diferente. A granja de suínos era, afinal de contas, propriedade de um policial vigarista e tinha como propósito a criação de porcos que depois seriam mortos. Era um estágio intermediário entre o nada e a morte, e não tinha pretensão de ser mais do que isso. Os porcos eram pré-bacon, pré-costeleta, pré-presunto; sua matança era ordenada e inevitável. Era um local de horror e aflição, horror e aflição talvez desnecessários, mas o fato de ser aflitivo e horrível dava-lhe um certo sentido funcional.

Este era diferente. Três das paredes eram revestidas com pequenas gaiolas, e cada uma continha um tipo de macaco cinza-amarronzado mais ou menos do tamanho de uma boneca, magro, mas com cara expressiva. A sala fedia, não como a granja de suínos — que tinha cheiro de medo e fezes —, mas como putrefação viva. Fedia a merda fresca, vômito, urina e matéria podre. De início pensei que os macacos dormiam, mas quando Melford acendeu a luz, vi que seus olhos estavam abertos. Estavam deitados de lado, a maioria ofegante, os olhos arregalados, seguindo nossos movimentos com inequívoco terror. Muitos deles emitiam sons de lamento. Um mordeu o beiço e agarrou-se à grade da gaiola, a respiração arfante, desesperada.

Do outro lado da sala um dos animais se ergueu, conseguiu manter-se ereto com dificuldade, e assobiou para nós — um assobio fraco, porém desafiador. Arreganhou os dentes. Em seguida suas pernas pareceram dobrar-se sob seu peso e o coitado caiu no meio de uma substância marrom que poderia ser suas próprias fezes ou talvez ração de macaco.

Melford remexeu na bolsa e encontrou uma câmera, que entregou a Desiree.

— Comece a fotografar — pediu.

Ele, por sua vez, começou a procurar o laboratório e rapidamente descobriu uma prancheta, que ergueu para nos mostrar.

— Muito bem, aqui está. Sabe para que estes macacos estão sendo testados? Cura do câncer? Regeneração do cérebro para vítimas de derrame? Cirurgia cardíaca para salvar bebês com defeito congênito? Tentem de novo. Eles fazem parte de um DL50, que significa "dose letal 50%". São estudos de rotina feitos em produtos domésticos padrão para descobrir qual quantidade causa a morte de 50% das cobaias. Fazem isso com detergentes, sabão de cozinha, óleo de motor, o que se possa imaginar. Sabem o que tem sido testado aqui? Papel de copiadora. Quanto papel os macacos agüentam comer antes que 50% deles morram.

Desiree parou de fotografar. Seu olhar fixou-se em um macaco deitado de lado, um braço esticado para trás, o outro pousado molemente sobre a cara. Seu peito subia e descia no ritmo da respiração difícil.

— Mas por quê? O que isso mostra a eles?

— Exatamente o que você imagina. Quanto papel de copiadora matará 50% das cobaias — respondeu Melford. — Veja bem, você precisa entender que esses experimentos não são mais voltados para um objetivo. Talvez tenha havido uma época em que os testes DL50 se destinavam a descobrir algo útil. Isso não o tornava correto, mas o tornava prático, pelo menos. Agora apenas uma coisa é feita. É um teste padrão porque as companhias de seguro querem dados que as ajudem a determinar riscos e substanciar suas tabelas atuariais. Fazem isso porque, se não fizerem, algum advogado pode ser levado a argumentar que a empresa não realizou todos os testes de segurança necessários. Fazem isso porque é o que fazem. Milhões e milhões de animais são torturados e mortos a cada ano a troco de nada.

— Não acredito — retrucou Desiree.

Eu dissera a mesma coisa naquela tarde. Mesmo depois de ver os porcos, de ouvir Melford explicar como eram alojados, por que eram alojados daquele modo, e o quê isso provocava neles e nas pessoas que os comiam, eu não tinha acreditado. Mesmo vendo com meus próprios olhos, eu não tinha acreditado.

— Acredite — insistiu Melford. — Lemuel, venha cá. Estamos com sorte. Encontrei algumas fitas de vídeo.

Assim, enquanto Desiree acabava de tirar fotos, ele e eu enfiamos fitas de vídeo na sua bolsa. Depois apagamos a luz e saímos do laboratório. Melford consultou o relógio.

— Não devemos brincar com a sorte, e não queremos que Lemuel se transforme em abóbora se não chegar a tempo no ponto de encontro, mas por que não trabalhamos em mais um laboratório? Bem que eu gostaria de ver o Laboratório Dois com meus próprios olhos. Escutei alguma coisa.

Seguimos Melford quando ele dobrou à esquerda e abriu outra porta. Ali fomos recebidos por sons de lamentos contidos. Os cheiros não eram muito diferentes dos do laboratório de macacos, mas quando ele acendeu a luz fomos surpreendidos por uma sala abarrotada de gaiolas de cachorros, duas ou três empilhadas umas sobre as outras. Finas lâminas de madeira as separavam, mas quase não adiantavam, e as fezes dos animais de cima caíam sobre os de baixo.

Um ou outro fazia uma tentativa de latir, mas de modo geral apenas nos observavam. Com a cabeça apoiada nas patas, os olhos arregalados, observavam. A distância, ouvi um deles uivar.

Melford entregou a câmera a Desiree e ela recomeçou a fotografar. Ele olhou ao redor até encontrar a prancheta que procurava.

— Oh, não — suspirou. — Eles estão programados para um teste DL50 de pesticida que vai começar em dois dias. Isso é que é terrível nesse tipo de operação. Não há nada de errado com os cães. Aqueles macacos eram mortos-vivos, mas estes animais podem ser salvos. Infelizmente, não podemos fazer nada. Se tentarmos tirá-los daqui seremos apanhados e eles serão trazidos de volta. O melhor que podemos fazer é documentar tudo, colocar as provas nas mãos certas e esperar por dias melhores.

— Onde eles conseguem esses cães? — perguntou Desiree.

— Muitos abrigos têm acordos com lugares assim. Encaminham animais perdidos. Mas a verdade é que os laboratórios têm acordos clandestinos com ladrões de animais. Muita gente rouba animais de estimação e os vendem a lugares como este por 50 dólares o filhote. Qualquer um pode ganhar um bom dinheiro se não tiver escrúpulos.

Desiree largou a câmera.

— Melford, não podemos deixar os bichos aqui. Eles pelo menos teriam uma chance se conseguíssemos soltá-los no bosque.

— Não podemos fazer isso. Como vamos tirar vinte ou trinta cachorros daqui sem chamar a atenção dos guardas?

— Não vou deixar nenhum aqui — insistiu.

— Vai sim — cortou Melford. — Se formos todos para a cadeia, não vamos poder fazer nada. Se alguém quer seguir esse caminho, precisa endurecer. Não pode explodir todos os Burguer Kings que aparecerem no caminho. Não pode libertar todos os animais torturados de todas as fazendas-fábricas. A gente quer, mas não pode, e às vezes fica maluco porque tudo o que fazemos é apenas uma gota no oceano. Essa não é uma luta para o momento, nem para um ano, nem mesmo para uma década. É uma batalha que só terá solução ao longo de gerações. E neste instante precisamos fazer escolhas. Fazemos o que podemos e permanecemos livres, seguimos em frente e destruímos pouco a pouco o prédio. O fato de sermos apanhados e aqueles cães, recolocados em suas gaiolas não levará a nada.

— A escolha de quem vive e de quem morre não nos torna tão moralmente suspeitos quanto as pessoas que prendem estes animais aqui?

— Não — respondeu Melford. — Eles prendem os animais aqui, não nós. E estamos fazendo o melhor que podemos... o que neste momento é testemunhar.

— Vamos levar um deles — sugeri. — Podemos levar um, certo?

— Como vai escolher? — perguntou.

Apontei com o dedo. Era um poodle preto. Não era Rita, a poodle preta de Vivian, mas era um poodle preto, e eu sabia que Vivian tomaria conta dele. Sabia que o consideraria uma espécie de compensação divina. Talvez a idéia fosse maluca, mas eu acreditava nela. Acreditava que aquele cachorro poderia ter um lar e alguém que o amasse. Não se tratava mais de uma questão abstrata, teórica.

— Vamos levar este cachorro — insisti. — Se não gostar da idéia, pode ir embora sem mim.

Melford praguejou, mas não retrucou. Desiree, no entanto, concordou comigo.

— Se Lem conhece alguém que vai tomar conta do cachorro, não podemos deixar que fique aqui.

— É uma poodle — argumentou Melford. — Ela vai latir.

— Não acredito! — Senti que começava a ficar agitado. — Melford Kean, que tem água gelada nas veias, está com medo de fazer a coisa certa?

— É uma questão de praticidade. Não quero participar de uma batalha que me fará perder a guerra.

— É um cachorro só — insistiu Desiree, a voz dura. — Vamos conseguir que ela fique quieta. E estou com Lem. Vamos levar a poodle com ou sem a sua ajuda.

Talvez fosse porque ele achava que não conseguiria dissuadi-la, mas tive a impressão de que era porque ele gostava do fato de ela parecer tão inflexível.

— Miseráveis — rugiu. — Mãos à obra.

Dirigiu-se à gaiola e começou a abri-la com muito cuidado. Suspeitei que soubesse o suficiente para imaginar que um cachorro que tinha sido maltratado como aquele poderia avançar nele, mas a poodle saiu docilmente e lambeu sua mão. Deduzi que era um bom sinal.

— Tudo bem — Melford apressou-se em dizer. — Vamos tentar tirar este daqui.

No entanto, quando nos viramos, vimos um guarda parado na porta.

Melford não percebeu, mas eu, sim. Desiree enfiou a mão no bolso de trás e pegou uma faca retrátil. Não a abriu, mas balançou-a na palma da mão. Devia imaginar que Melford estava comprometido com a não-violência, mas era óbvio que ela ainda não tinha aderido a esse tópico do manifesto da Frente de Libertação Animal. Talvez os dois formassem uma bela dupla.

— Posso ajudá-lo em alguma coisa? — ofereceu-se Melford. Tinha encontrado uma correia e a estava prendendo à coleira de Rita. Mal olhou para o guarda.

— Vocês são quem? — perguntou. Devia ter 40 e poucos anos e era gordo a ponto de ter dificuldade para caminhar. Olhou-nos com olhos escuros e empapuçados.

— Sou o dr. Rogers. E estes são meus alunos Trudy e André.

O guarda nos encarou.

— O que vieram fazer aqui?

— Estou desenvolvendo um 504-J — respondeu Melford.

Pela expressão confusa no rosto do guarda, tive certeza de que Melford acabara de inventar o 504-J.

— Como é possível que não tenham me avisado que viria alguém aqui?

— Acha mesmo que eu saberia responder sua pergunta?

— Posso examinar sua carteira de identidade?

— Só quando eu sair. Como vê, estou ocupado. É novo aqui? Porque é sua obrigação saber que jamais deve perturbar um funcionário que está manipulando animais.

O guarda parou para pensar por um instante.

— Passei o dia inteiro aqui. Como é que não vi vocês entrarem?

A pergunta deve ter confundido Melford, pois ele fez uma pausa.

— Está certo — informou o guarda. — Vou telefonar para o Dr. Trainer e, se ele não souber o que vocês estão fazendo aqui, chamo a polícia. Agora botem o cachorro de volta na gaiola e me acompanhem.

— Não, espere — pediu Melford. — Quero lhe mostrar algo, primeiro. — Entregou-me a correia da poodle e foi até onde estava sua bolsa preta. Gelei de medo. Desiree abrira a faca e agora Melford pegaria uma arma e mataria o guarda, apenas para mostrar serviço. Este camarada não era uma força do mal, como ele insistira em chamar Karen e Bastard. Era um pobre coitado, um trabalhador comum.

Endireitei o corpo, pronto para dar um salto à frente, mas quando Melford tirou a mão da bolsa, não segurava uma arma. Segurava um maço de dinheiro. Eram notas de 20, e eu não saberia dizer quantas, mas devia haver ali pelo menos 500 dólares.

— Não sei quanto lhe pagam para ficar de guarda nesta casa de horrores — prosseguiu Melford —, mas precisa saber que o que acontece aqui dentro está errado. Por isso vamos fazer um trato. Você fica com este dinheiro e nos deixa sair com esta cachorrinha. É uma só. Ninguém vai dar falta dela. Ninguém vai saber que estivemos aqui. Se alguém perguntar, diga que não tem idéia do que houve. É simples.

O guarda observou o dinheiro e depois percorreu o ambiente com os olhos. Certo, não havia vestígio de que alguém estivera ali. Não tínhamos danificado o lugar. Muitas das gaiolas estavam vazias, de todo modo, e assim ninguém perceberia mais uma também vazia. Ele não sabia das fitas de vídeo sumidas, e isso parecia uma boa coisa.

O guarda agarrou o dinheiro.

— Faço minha ronda de novo dentro de meia hora — explicou. — Se ainda estiverem aqui, chamo a polícia e nego que tenha me dado alguma coisa.

— É justo — concordou Melford. Virou-se para sorrir para Desiree, que já colocara a faca de volta no bolso.

A maior parte da viagem de volta foi em silêncio. Paramos em uma 7-Eleven e compramos comida e água para a poodle, que comeu e bebeu feliz da vida no banco de trás comigo. Quase não fazia barulho. Era apenas uma cachorrinha, pensei. Uma cachorrinha salva de ser forçada a comer inseticida. Tínhamos feito uma pequena diferença.

Disse para Melford onde Vivian morava e paramos perto de seu trailer; ele amarrou a poodle na porta, tocou a campainha e seguimos em frente. Estávamos já na metade do quarteirão quando a porta se abriu e ouvimos um grito abafado de alegria. O que não ouvimos foi o desapontamento subseqüente. Não era a cachorrinha de Vivian. A sua se fora, talvez estivesse morta. Mas era um cachorro, e eu precisava acreditar que isso lhe traria algum conforto.

Estávamos cansados por tudo o que tínhamos feito e visto, mas eu estava perdido em outro pensamento. Por que Melford disse que não tinha idéia do que era a Serviços de Saúde Oldham, se estivera de olho no lugar sabe Deus por quanto tempo? E qual era a sua relação com Bastard?

Faltava muito pouco para as 23 horas quando Melford me deixou na frente do Kwick Stop. Foi só depois que desci do carro e ele se afastou que me lembrei de que Melford tinha dito que eu estava livre dele, que nosso negócio tinha acabado. Isso significava que eu nunca mais o veria? Estava magoado por eu não ter me despedido? E eu realmente me preocupava de ferir os sentimentos do assassino?

Não que isso importasse. Talvez fosse por causa de tudo que acontecera no último dia, mas eu não acreditava que estivesse livre de Melford, e achei ainda mais difícil acreditar que estivesse livre do Jogador, de Jim Doe e do resto. Quando estivesse de volta em casa, distante de Jacksonville e dos vendedores de livros, acreditaria.

Caminhei até o telefone público junto à porta externa do Kwick Stop. Era tarde para ligar, porém, para minha surpresa, Chris Denton atendeu ao primeiro toque.

— Sim — confirmou. — Já tenho seu cara.

— E então?

— Não muita coisa. É um comerciante de Miami, negocia animais e também atua no ramo de venda de enciclopédias em domicílio. Além disso, dirige uma instituição de caridade. Em linhas gerais é isso. Nenhum registro, nenhuma prisão, nenhuma notícia na mídia a não ser as trapalhadas usuais de negócios.

— Foi só o que conseguiu? — perguntei.

— O que quer que eu faça, que diga que ele é um assassino em massa? Não passa de um idiota como outro qualquer. Como você.

— Tinha esperança de conseguir mais pelo dinheiro que paguei.

— Que pena — respondeu. E desligou.

Fiquei parado ao lado do telefone e deixei a frustração tomar conta de mim. Não sei o que tinha esperado. Talvez uma peça que faltasse, algo que ajudasse a colocar tudo em perspectiva. Talvez eu quisesse alguma coisa que me ajudasse a me sentir mais seguro.E não engoli. Se B.B. Gunn era o cabeça de algum tipo de operação que envolvia drogas e suínos, não importa qual fosse, ele devia ter tido algum envolvimento com a lei. Uma detenção que nunca levara a nada, alegações infundadas que tivessem chegado aos jornais, algo desse gênero. Por que Denton voltara de mãos vazias?

A verdade é que a culpa foi minha. Nunca reparei que o número de Chris Denton tinha o mesmo prefixo que Karen usara para fazer sua solicitação de crédito. Era um prefixo de Meadowbrook Grove. E Chris Denton, eu saberia mais tarde, conhecia Jim Doe.

Quando desliguei, tive a sensação de que alguém me observava. Levantei os olhos. Lá estava Chitra, com os olhos apertados e, imaginei, um ar crítico.

— Olá — cumprimentei. — Seu ponto de encontro é aqui, também?

— É — respondeu. — Não foi vender hoje?

— Não fui vender?

— Estou aqui há um bom tempo. Vi quando saiu do carro que seu amigo dirigia. — Foram nadar?

— O quê?

— A mulher no banco da frente estava de biquíni.

Foi o máximo a que nossa conversa chegou antes de Bobby parar seu Córdoba e ela sumir dentro da loja.

Ronny Neil e Scott já estavam no carro, Ronny na frente, sussurrando com ar conspirador para Scott, atrás.

Por que eu devia me importar com quem senta em qual banco? Eu planejava ir embora e nunca mais voltar. Tinha coisas maiores e mais importantes com as quais me preocupar do que querer saber se Bobby me considerava ou não o melhor vendedor de livros de sua equipe. Estava mais interessado em ter certeza de que não iria para a cadeia por assassinato nem seria morto por traficantes de drogas.

O Córdoba parou na frente da loja e Bobby saltou depressa. O motor ainda estava ligado e dentro do carro a canção de Billy Idol falava de olhos sem um rosto, o que quer que isso significasse. Bobby deu um sorriso amarelo e rodeou o carro, fez o porta-malas abrir com uma pancada do pulso, como se fosse um mágico apresentando um truque. Sua camisa azul de algodão estava parcialmente fora das calças e ele derramara alguma coisa nas calças.

— Então, além de fazer pequenas incumbências para o Jogador, sobrou um tempinho para ganhar dinheiro?

Balancei a cabeça.

— Não vendi nada.

Bobby mordeu o lábio inferior.

— A área que lhe dei era a melhor de todas. Teria sido bom você aparecer por lá.

— Foi onde passei a maior parte do dia. Simplesmente não deu certo.

— Sim, entendo.

— Não é que eu não tenha vendido de propósito — tentei justificar, embora a verdade fosse essa.

— Então, o que aconteceu?

Dei de ombros.

— Não sei. Azar.

— Não existe azar, Lemmy. A gente constrói a própria sorte. — Bobby olhou-me com uma seriedade que eu jamais vira, e eu sabia que ele não estava disposto a ouvir minhas desculpas esfarrapadas. Balançou de leve a cabeça com tristeza e em seguida fechou o porta-malas. — Vocês querem ficar no meu costado, me ferrar, esse é o negócio de vocês. Entre no carro.

Precisei me acomodar atrás, com o robusto e malcheiroso Scott. Quando pegaram Kevin, não houve jeito de Scott deslizar para o meio, e o resultado foi que fiquei espremido entre os dois, respirando o fedor do corpo sujo de Scott durante todo o trajeto de volta ao motel.

No entanto, disse para mim mesmo, tudo aquilo acabaria logo. O dia seguinte seria o último na cidade. Segunda-feira de manhã Bobby tomaria o caminho de casa. Faríamos uma parada na estrada para vender e eu estaria de volta às 2 ou 3 horas da madrugada de terça-feira, e nunca mais na vida precisaria vender livros de novo. Só mais duas sessões de vendas e depois a liberdade.

Agora era o som metálico de uma canção do Genesis que saía do rádio, e tentei me concentrar nela. Eu lera certa vez que, se alguém tiver uma dor de cabeça muito forte, pode livrar-se dela pensando em outra parte do corpo. Foi o que tentei fazer. Imaginei que, se ouvisse o Genesis, se me concentrasse na voz de Phil Collins, poderia não sentir tanto o cheiro de Scott.

— Aposto que não vendeu nada hoje — gritou Ronny Neil do banco da frente. — Comigo foi diferente. Consegui uma dupla.

Esse era o momento em que Bobby lhe teria dito que ele ficasse quieto, que no carro não deviam comentar como tinha sido o dia. Bobby, no entanto, continuou calado. Apenas manteve o olhar à frente enquanto dirigia.

— Não vai me responder? — perguntou Ronny Neil.

Scott cutucou minhas costelas com o cotovelo.

— Ouvi alguém lhe dizer alguma coisa — falou. Coçou uma espinha no nariz.

Ainda assim permaneci calado. Decidi, ao contrário, cultivar minha indignação.

— Como é, fracassou na venda ou não? — insistiu Ronny Neil. — Pensei que entendesse bem o inglês.

— Você sabe que não devemos falar sobre isso — respondi.

— Que merda, garoto, você se preocupa demais com o que se deve e o que não se deve fazer. Eu não. Vou comemorar em grande estilo. Uma venda dupla. Com esse bônus abocanhei 600 dólares hoje e ainda vou conseguir uma xoxota.

— Sim — concordou Scott.

— Sim o quê? — perguntou Ronny Neil ao amigo. — Sim, seu companheiro vai conseguir uma xoxota? Você sabe que não. Quem vai querer um sujeito gordo e tatibitate como você?

Scott riu.

— Quanto dinheiro acha que Chitra vai querer para me dar um pedacinho da xoxota dela? — perguntou Ronny Neil. — Quanto?

— Acho que ela está dando de graça — respondeu Scott. — Essas indianas ficam excitadas pra caralho. A pinta preta que recebem na testa é que faz ficarem em ponto de bala. Ela não tem a pinta, mas é a mesma coisa.

— Cala essa maldita boca — gritou Ronny Neil. Depois, pensando melhor, acrescentou: — Excitadas pra caralho. Ouvi dizer isso também.

De volta ao motel, após todos terem saído do carro, Bobby me segurou pelo ombro e me fez parar. Observamos Scott se afastar com Ronny Neil enquanto Kevin, bem-humorado, apressava o passo e tentava participar da conversa, sem parecer reparar ou se incomodar que Ronny Neil e Scott não lhe dessem a mínima atenção.

— Espere um minuto — pediu Bobby. — Quero falar com você.

Suspirei.

— Vou me sair melhor amanhã — respondi, embora soubesse que não. De novo eu não venderia no dia seguinte porque não tentaria vender no dia seguinte. Simples assim.

— Não é isso — cortou Bobby. — Quero saber o que está acontecendo com você e o Jogador.

Se não estivesse escuro Bobby teria percebido a nuvem de medo que passou sobre mim.

— Não está acontecendo nada — respondi, buscando palavras que o tranqüilizassem e que de modo algum o estimulassem a levar o assunto ao próprio Jogador.

— Não me diga que não é nada. Hoje de manhã o Jogador parecia a ponto de enforcá-lo, e agora os dois são grandes companheiros e ele faz você de mandalete. Além disso, quer me forçar a fazer o que aqueles dois babuínos, Ronny Neil e Scott, querem. Disse que devo dar a eles as áreas que pedirem, Lem. Disse para tratá-los como reis. Vou fazer o que me mandarem, mas quero saber por quê.

— Não sei por quê.

— Qual é, Lem. Conheço sua história. Você quer ir para a faculdade. Daqui a pouco mais de um ano estará estudando para as provas semestrais e tentando convencer as garotas do centro acadêmico a visitar seu dormitório. Ainda estarei aqui. É esse o meu trabalho e é o que quero continuar a fazer. Gosto que meu dinheiro venha disso. Sou bom vendedor.

— Sei que é.

— Sim, e então por que está querendo me ferrar?

— Porque não consegui vender?

— Você sabe que não é isso. O Jogador está aborrecido comigo, e não consigo imaginar qual é o negócio dele com você. Precisa me dizer o que está acontecendo, porque não quero me queimar. Dediquei muitos anos da minha vida a isso. Levei dois anos para ser chefe de equipe. Posso progredir na organização, mas não se o Jogador estiver aborrecido comigo. Por isso precisa me dizer o que está acontecendo.

Balancei a cabeça.

— Não sei.

— É sobre o repórter? Você falou com o repórter que ele mencionou?

Balancei a cabeça de novo.

— Porque estava fazendo aquelas perguntas hoje de manhã.

— Fiquei curioso, só isso.

Esperou por um momento para ver se eu diria mais alguma coisa. Não diria.

— Não vai me contar? — perguntou, a voz agora mais baixa.

— Não tenho nada para contar, Bobby.

— Droga! — Bateu com a mão espalmada na traseira do carro. — Tenho sido seu amigo. Tenho prestado atenção em você, e o tenho ajudado a ganhar um monte de dinheiro. E é assim que me trata?

— Se eu pudesse contar alguma coisa, contaria — respondi, quase gemendo.

— Ponha-se daqui para fora! — gritou Bobby.

Iniciei minha volta para o hotel, e imaginei que os próximos dois dias seriam os mais infelizes da minha vida. E isso queria dizer muita coisa.

Vinte e nove

Eu não sabia se queria ir para a piscina naquela noite. O que eu queria mesmo era ficar na minha, sem chamar atenção, atravessar o resto do fim de semana sem fazer ninguém mais me odiar, sem ter outros conflitos com Ronny Neil e Scott. Nem com Bobby. Por outro lado, se eu estava decidido a nunca mais voltar, não tornaria a ver Chitra, a não ser que conseguisse um modo de me encontrar com ela. Talvez então fosse nisso que eu devia me concentrar.

Observei da janela a área da piscina. Alguns começavam a se reunir. No entanto, nem sinal de Chitra. Eu podia ir até lá, tomar uma ou duas cervejas e ver se ela aparecia.

Saí do quarto e desci as escadas, dessa vez sem me esconder, e peguei a trilha que levava até onde o grupo estava. Eu caminhava depressa, com a cabeça baixa, como sempre fazia quando me encontrava imerso em concentração, e o barulho era quase abafado pelo som de meus próprios passos. Isto é, teria sido abafado pelo som de meus próprios passos se não tivesse surgido uma voz que meu sistema nervoso inteiro estava predisposto a ouvir. Eu parecia um prato de radar, sintonizado para um sinal, e quando esse sinal estava em algum lugar no ar, meu prato rodava na direção dele.

Era a voz de Chitra, musical e ritmada. Dessa vez, contudo, não soava tão macia. Estava estridente.

— Ronny Neil, por favor...

Havia duas máquinas de venda automática de refrigerantes atrás do prédio da recepção. Mais de uma vez eu ouvira casais transando junto delas quando voltava para o quarto tarde da noite. Só que agora era Chitra quem estava lá. Com Ronny Neil.

Estariam brigando? Ela poderia ter me mentido com tamanho descaramento sobre sua relação com Ronny Neil? Seria tola a esse ponto e eu mais tolo ainda por ter acreditado nela?

— Consegui uma venda dupla hoje — ouvi Ronny Neil dizer.

Aproximei-me um passo.

— Ah, isso é ótimo, mas você me trouxe aqui com segundas intenções. Não quero ficar.

— Claro que quer, belezinha.

— Não, Ronny Neil. Tire as mãos de mim. Não quero ficar.

— Me dê um beijinho só. Vamos. Não custa nada.

Eu sabia que aquilo era um achado. Poderia ir direto até a máquina de venda automática e me tornar o herói. Se eu resgatasse Chitra, não pensaria em voltar para casa. O único problema era que eu não sabia como resgatá-la. Gostaria que Melford estivesse ali, com sua arma, sua bravata e sua ousada disposição. Melford saberia exatamente o que fazer.

Olhei ao redor, como se a resposta pudesse estar em algum lugar perto de mim. Ouvi vozes que chegavam da piscina, risadas, o ruído áspero de móveis de jardim sendo arrastados no chão irregular. E minha cabeça latejava, as veias, as artérias ou o que quer que fosse martelavam em minhas têmporas, martelavam como o gongo pulsante da covardia. Tive certeza de que me afastaria dali. De todo modo, Chitra poderia se cuidar por mais alguns minutos. Eu reuniria um ou dois camaradas e voltaria com eles. Minha participação ficaria reduzida, mas Chitra estaria a salvo e o risco seria distribuído de modo mais satisfatório.

Eu tinha certeza de que me afastaria dali, mas não foi o que aconteceu. Abri caminho pelo meio dos arbustos e encontrei Chitra imobilizada contra a máquina de Coca-Cola. Sua cabeça estava achatada contra a frente vermelha da máquina, o rabo-de-cavalo espremido, seu rosto, uma máscara incandescente de medo e desprezo. Ronny Neil estava bem à sua frente, um pouco curvado, e segurava seu pulso com força.

Eu queria gritar algo melodramático e absurdo, mas engoli as palavras, porque a verdade era que Melford podia ser maluco, podia ser um assassino inflexível, mas com certeza sabia uma ou duas coisa a respeito do mundo e da natureza humana.

— Ei, gente! — gritei. — O que está acontecendo?

Passei por Chitra e fui até a máquina de refrigerante. Pesquei algumas moedas no bolso. Minhas mãos tremiam muito, mas eu estava certo de que conseguiria manter a situação sob controle. Virei-me para Chitra.

— Desculpe-me um segundo.

Deu um passo à frente e então enfiei as moedas na fenda e apertei o botão do Sprite.

Não que o tipo de refrigerante fosse fazer diferença. Eu poderia ter apertado o botão de mijo de cabra, se houvesse, e daria na mesma. O Sprite, no entanto, aterrissou com um ruído abafado e metálico. Peguei a lata, arranquei o anel e virei-me de novo para eles.

— O que há com vocês? — perguntei. Consegui reduzir o tremor de minha voz ao mínimo.

— Por que não cai fora, porra? — esbravejou Ronny Neil.

Dei de ombros, como se ele tivesse perguntado sobre meus planos para o fim de semana.

— Não sei — respondi. — Na verdade, não pensei nisso.

— O quê? — Ronny Neil deu um sorriso de deboche.

— Não sei por que não caio fora, porra — retruquei. — Não estou a fim de cair fora agora, eu acho. — Olhei para Chitra. — Quer dar uma volta, ou fazer alguma outra coisa?

Um esboço de sorriso aflorou em seus lábios, como se de repente ela tivesse entendido o jogo.

— Quero, sim — respondeu. O sorriso aumentou. — Acho que gostaria muito de dar uma volta.

Virei-me para Ronny Neil.

— A gente se vê no quarto, mais tarde.

Fácil assim, nos afastamos.

Atravessamos a recepção, de onde Sameen me lançou um olhar curioso, e saímos para a área da piscina. Imaginamos, sem tocar no assunto, que Ronny Neil não nos seguiria até lá. Parei para jogar fora o Sprite e pegar duas cervejas do gelo porque, Deus do céu, eu estava precisando de uma. Entreguei uma lata para Chitra e abri a outra. O gosto não era muito diferente do Sprite, pensando bem, mas era bom. Eu precisava de uma bebida. Nunca precisei tão desesperadamente de uma bebida antes, mas naquele momento precisava.

Fiquei mais calmo do que imaginei que ficaria, talvez até mais do que devia. Meu coração batia forte e minhas mãos ainda tremiam, porém eu não me importava. O calor agradecido que emanava de Chitra, seu silêncio reconhecido, seu alegre sorriso de alívio eram como o pêndulo de um hipnotizador.

Passamos pela piscina e voltamos para a reclusão do motel. Eu não sabia para onde estávamos indo e estava certo de que Chitra também não. Ninguém do grupo de vendedores de livros circulava por aquela parte do prédio. Subimos as escadas e caminhamos ao longo da varanda do segundo andar, olhando para fora pelas grades pintadas de branco, mas já com a ferrugem à mostra. Paramos onde o piso se bifurcava, as duas alas formando um bumerangue. Havia ali mais duas máquinas de venda automática — de comida e bebida —, além de uma barulhenta máquina de gelo.

Chitra estava de novo apoiada contra uma das máquinas de venda automática e eu, exatamente como Ronny Neil, curvado sobre ela. Só que dessa vez ela sorria. Segurou minhas mãos.

— Você é muito esperto — disse.

— Concordo plenamente. O que estava fazendo atrás dos arbustos com aquele idiota?

Riu, e sua pele caramelo escureceu quando corou.

— Ele disse que a máquina vendia um tipo de refrigerante indiano. Não consigo acreditar que eu tenha caído na conversa dele.

— Eu também não. Puxa!

Riu.

— Sei que parece tolice, mas os donos deste motel são indianos, você sabe. Era possível.

— Era mesmo — concordei. — Eles têm aquela máquina automática de *chutney* no saguão.

Ela continuava a rir.

— Pode parar de fazer troça de mim agora.

— Tudo bem. Talvez eu pare.

Ficamos em silêncio por um longo tempo. Ela sustentou meu olhar e ambos sorrimos. Eu sabia que devia beijá-la. Tinha certeza. Mas ela vinha da Índia. Como seriam as coisas por lá? Eu poderia ofendê-la. Talvez beijar fosse o último pensamento que lhe passasse pela cabeça, e ela estivesse apenas empenhada em algum misterioso ritual hindu de gratidão. Nesse caso, se eu tentasse alguma coisa ela me odiaria. Eu seria tão inconveniente quanto Ronny Neil.

Mas então suas mãos já não seguravam mais as minhas. Elas estavam sobre meus braços e os acariciavam de cima a baixo. Avancei um passo e Chitra passou os braços ao redor de meu pescoço e atraiu-me para um beijo.

Seus lábios eram macios e quentes, e senti seu hálito circular na minha boca em pequenas lufadas. Ela então se afastou de novo. E sorriu.

Acho que eu esperava algo mais passional, de arrancar botões. Por outro lado, gostei da delicadeza e da doçura com que me beijou.

— Fico feliz que tenha sido você quem me salvou — disse. — Eu teria detestado ter de beijar Scott assim.

— Eu teria detestado, também. Ouça, Chitra. Você estava realmente muito bonita iluminada por aquela máquina de Coca-Cola. Não me interprete mal. Mas estou pensando se não seria melhor irmos a algum lugar um pouco mais, digamos, reservado.

— Está tentando me levar para o seu quarto?

Soltei uma risada nervosa que soou ridícula aos meus próprios ouvidos.

— Para encontrarmos Ronny Neil de novo? Não era bem isso que eu tinha em mente. Para falar a verdade, pensei em algum lugar onde pudéssemos sentar. Poderíamos chamar um táxi e ir tomar um drinque, qualquer coisa. Contanto que saíssemos daqui.

— Quer ir comprar um hambúrguer?

— Não. Não quero mesmo.

— Eu também não. Vou parar de provocá-lo. Sabe de uma coisa? É espantoso como você não percebe as coisas ao seu redor. Não imagina possibilidades, mesmo quando estão bem na frente do seu nariz.

Fixei os olhos nela. Suas palavras soavam exatamente como as que Melford teria dito.

— Chitra, gosto realmente de você, mas não tenho idéia do que está querendo dizer.

Seus olhos grandes, escuros e arregalados fitaram os meus.

— O que estou querendo dizer é que os quartos neste hotel custam apenas 39 dólares por noite.

Senti como se tivesse levado um chute no estômago do pé mais agradável do mundo. Estava assustado, apavorado, até. Queria dizer não, botar um freio, mas essa era mais uma forma de covardia, e eu sabia.

— É mesmo?

— Tenho certeza. Há uma placa enorme com o preço lá fora.

— Não foi isso que quis dizer.

— Sei o que quis dizer. Eu gostaria de pegar um quarto com você. Não sei o que vai acontecer lá dentro, mas acho que posso confiar em você. Quero apenas me afastar de tudo e de todos por um tempo, conversar em particular, ter nosso próprio espaço. Sei que um quarto de motel é sugestivo, mas acho que posso confiar que não acontecerá nada que eu não esteja preparada para fazer. Posso?

— Claro que pode — afirmei, estranhamente aliviado por talvez não precisar ainda perder minha virgindade. — Mas sabe como é — continuei —, se descobrirem, você é demitida.

— Não quero voltar. Não se você não continuar aqui.

Dessa vez o chute no estômago não foi tão agradável. Eu não contara a ninguém sobre meus planos de não voltar, nem mesmo a Melford.

— Como soube que não pretendo continuar?

— Que bobagem. Vi você sair do carro de seu amigo Melford esta noite. É claro que você não vai mais sequer tentar vender.

— É uma história muito complicada — admiti.

— Não precisa explicar nada.

— Quero explicar, mas neste momento não posso.

— Está tudo bem? Isto é, ele não está envolvendo você em nada perigoso ou irresponsável, espero.

Não quis mentir na frente dela, então tentei ser evasivo.

— Melford é um cara complicado.

— Percebo que não me respondeu. Continuo a achar que há alguma coisa estranha com relação a ele.

— Não há nada com relação a ele que não seja estranho. Mas o fato de eu não querer mais vender nada tem a ver com ele. Tem a ver comigo. Não quero continuar. O dinheiro é bom, mas não vale a pena.

— Sei o que quer dizer. Ganhei tanto dinheiro no fim de semana passado que quase nem percebi o quanto estava infeliz. Esta semana, no entanto, está mais parecendo uma marcha forçada. Eu estava ansiosa por ver você de novo no fim de semana, mas se não vai estar aqui, acho que vou ficar muito chateada.

Eu não conseguia acreditar que estava ouvindo palavras tão doces. Não as merecia.

— Sinto a mesma coisa — respondi. Burramente, pensei.

Riu de leve.

— Meu pai vai ficar feliz quando souber. Precisamos de dinheiro, mas ele detesta que eu bata de porta em porta para vender.

— Acha que ele vai gostar de mim mais que de Teddy?

— Ele se chama Todd. E, já que você não é Todd nem paquistanês, tudo é negociável.

— Bem, tenho duas coisas a meu favor. Então, vamos pegar um quarto — decidi. — É por minha conta.

— As mulheres adoram um esbanjador.

Demos meia-volta para pegar a escada, mas paramos no mesmo instante. Bobby estava de pé na nossa frente, braços cruzados, os olhos como pequenas ranhuras de uma sentença.

— Disseram que vocês tinham vindo para cá.

Bobby dirigiu-nos um olhar feroz. A mim, na verdade. Seu rosto redondo estava vermelho. Os olhos estavam vermelhos, também, como se tivesse chorado.

Abri a boca para dar alguma desculpa esfarrapada, como a de que estávamos apenas pegando um refrigerante. Achei melhor evitá-la.

— O Jogador quer falar com você no quarto dele imediatamente — avisou Bobby.

Havia algo de soturno na sua voz. Demorei um instante para perceber o que era, mas quando percebi, senti que não havia erro. Era mais do que raiva. Era ódio.

— Para quê?

— Venha comigo, apenas.

Olhei para Chitra.

— Não sei. Não quero deixar Chitra sozinha. Ronny Neil quase a atacou antes, e ele talvez ainda esteja por aí, procurando encrenca. Não é seguro.

— Ninguém gosta de um fofoqueiro.

— Fofoqueiro? Não se faz fofoca sobre uma tentativa de estupro.

Bobby parecia indiferente. Chitra, porém, colocou a mão no meu ombro.

— Está tudo bem. Vou até a piscina, quero ter certeza de que estarei no meio de outras pessoas.

— Não vá sozinha a nenhum lugar.

Sorriu.

— Não, não vou.

Bobby sentiu que nossa despedida tinha acabado e empurrou-me para que eu seguisse em frente.

Observei Chitra descer a escada, e só quando vi que chegara à piscina em segurança voltei a dar atenção a Bobby.

— Afinal, o que está havendo?

— Como se não soubesse.

— Não, não sei. Diga o que é.

Mas só podia ser sobre uma coisa. Eu já imaginava. Bobby comentara com o Jogador que tinha me visto no seu quarto, e a reação em cadeia acontecera depressa. Os músculos de minhas pernas endureceram e eu estava a segundos de sair em disparada, mas então Bobby disse uma outra coisa.

— Deus do céu, você não merece, mas não contei nada sobre sua ida ao quarto dele. Você me ferrou, mas não o suficiente para eu querer ver seu rabo comprometido. Ele mataria você se descobrisse.

Muito bem, então não era por eu ter estado no quarto dele.

— Agradeço por não ter contado, mas se o Jogador não sabe de nada, do que se trata?

— Deixe de brincadeira, Lem. Você mentiu para mim e me deixou mal. Talvez tão mal que não vou conseguir segurar meu emprego.

— Do que está falando? Como foi que menti para você?

— Desista. Não é óbvio que foi descoberto?

— Bobby, não tenho idéia do que quer dizer.

Bobby soltou um suspiro.

— O repórter — explicou. Em seguida olhou-me com um sorriso do tipo "joguei a bomba em você, meu querido".

— O repórter? O que tem a ver o repórter?

— O sujeito do *Miami Herald*. Ele está no quarto do Jogador.

Não parecia uma boa notícia. O matuto Jim Doe podia ser muito burro e estar envolvido demais em seus próprios crimes para imaginar que diabos teria acontecido com Bastard e Karen, mas com um repórter do *Miami Herald*, a história era bem diferente. Mas, se eu tinha motivo para estar com medo, não sabia por que Bobby tinha motivo para estar furioso.

— O que isso tem a ver comigo?

— Pensei que fosse esperto demais para me apunhalar pelas costas. Ainda mais depois de tudo o que fiz por você. E, se não vai ser esperto demais para me apunhalar pelas costas, eu esperava que fosse pelo menos esperto o suficiente para proteger seu próprio rabo. Disse pelo menos para o cara que você não devia ajudá-lo? Se tivesse dito, ele talvez não tivesse ido bater na porta do Jogador.

— Bobby, tudo isso é um grande mal-entendido, e quando eu me encontrar com esse sujeito ele vai lhe dizer que tudo não passou de um grande erro. Acredite em mim, não tenho interesse em falar com nenhum repórter.

— Claro — concordou Bobby.

Estávamos agora do lado de fora da porta do Jogador. Bobby deu uma rápida batida, impaciente, e num instante o Jogador a abriu. Lançou um olhar mortífero e disse alguma coisa que não consegui entender.

Sentado perto de uma mesa de vidro junto à janela mais afastada estava um homem vestido com terno de linho branco e camiseta preta. Seus olhos estavam escondidos atrás dos óculos, mas tive a sensação de que não olhava para mim. De fato, não. Achei estranho, e pensei que ele não se parecia com nenhum repórter que eu já vira. Não que eu já tivesse visto um de carne e osso, mas esse cara estava muito mais para *Miami Vice* do que para *Lou Grant.*

Quando a porta se abriu um pouco mais, vi outro homem, sentado do lado oposto da mesa de vidro. Um bloco de anotações repousava sobre o joelho dobrado, e ele girava a caneta com ponta de feltro, os dedos encolhidos de tanta vontade de escrever. Esse visivelmente era o repórter.

Era Melford.

TRINTA

FIXEI OS OLHOS E COMECEI a falar, porém me contive. Eu nunca perguntara o que Melford fazia para ganhar a vida, e ele poderia muito bem ser repórter ou qualquer outra coisa. Poderia muito bem me trair, também, ou qualquer outra coisa. A verdade, no entanto, era que Melford não iria me ferrar, não quando conhecíamos como ninguém os segredos um do outro. Pelo menos era isso que eu devia supor.

A melhor coisa a fazer, então, era ficar calado, seguir a orientação de Melford e torcer como nunca para que essa história não acabasse sendo um total desastre, como parecia.

Bobby sentou-se na mesa-de-cabeceira, o Jogador, na cama. Olhei para o homem mais velho com o terno de linho, a quem eu não tinha sido apresentado. Senti que era um sujeito importante, talvez o nome mais importante. Como também poderia ser B.B. Gunn.

— Então, você é Lem — disse Melford, colocando-se de pé. — Melford Kean. Até que enfim tenho o prazer de conhecê-lo pessoalmente.

Estendeu a mão. Seus cabelos estavam penteados para trás. Parecia quase uma pessoa comum, ainda que uma pessoa alta e pálida.

Trocamos um aperto de mão.

— Bem, nunca nos encontramos antes em nenhuma circunstância. Nem pessoalmente nem de outro modo.

— Lem — disse Melford com voz grave. Balançou a cabeça quando voltou a sentar. — Está claro agora que não queriam que você falasse comigo. Se durante nossa conversa pelo telefone você tivesse me dito isso, eu não teria traído sua confiança. Mas você não falou nada, não é mesmo?

— Não falei nada sobre nada. Nunca conversamos.

— Sejamos honestos — pediu Melford. — Não há motivo para mentir.

Eu não tinha idéia do que esperavam que eu fizesse. Devia acompanhá-lo ou não, embora não acompanhá-lo envolvesse expor minha conexão com os assassinatos. Mas havia algo encorajador nos olhos de Melford, e eu estava quase certo de que ele queria que eu continuasse a agir como antes.

— Veja bem, tenho certeza de que é muito competente no que faz — expliquei —, mas está havendo um erro fundamental. Nunca lhe contei nada sobre meu trabalho. Nunca lhe falei sobre vendas de enciclopédias. E nunca conversamos pelo telefone.

Melford sacudiu a cabeça.

— Lamento se o envolvi em problemas, porém negar não vai resolver nada. Acho que talvez seja melhor nos contar por que me chamou em primeiro lugar. Talvez a gente possa esclarecer algumas de suas queixas na frente dessas pessoas. De todo modo — ofereceu-me um sorriso convencido —, gostaria de ouvir como elas reagem ao que você tem a dizer.

Eu estava confuso. Não sabia o que Melford esperava de mim. Devia continuar a negar as acusações? Isso bastaria? E por que diabos ele faria isso comigo sem me dar um alerta?

— Precisa me ouvir — falei. — Houve um erro.

— Puta que o pariu! — exclamou o Jogador. — B.B., o que quer fazer com este cretino?

O homem de terno de linho ergueu os olhos.

— Na verdade não sei. Estou esperando que Desiree me telefone. Quero falar com ela antes de tomar uma decisão.

O Jogador riu com desdém.

— Estou ficando cansado de ouvir você negar. Você falou com ele, e sabemos disso. Agora, diga o que quer dizer, assim podemos contar para ele a besteira que é.

— Bem, acho que devíamos ser um pouco mais gentis com o Sr. Altick — sugeriu Melford. — A verdade é que ele estava tão envergonhado de falar comigo pela primeira vez que disfarçou a voz no telefone.

De repente senti que estava sendo provocado.

— Disfarcei a voz? — perguntei.

— Sim, foi um trabalho muito bem-feito. Você parecia outra pessoa com seu sotaque sulista e tudo o mais. Foi muito convincente. E seu ceceio.

E foi então que quase entendi. Eu não imaginava que Melford tivesse ouvido o suficiente de minha discussão com Ronny Neil e Scott para entender, mas com certeza entendera. Eu ainda não tinha idéia do *porquê* daquilo tudo, mas pelo menos o *quê* estava claro.

— Eu não ceceio.

— Percebo agora.

— Espere um segundo — cortou Bobby. — O sujeito que lhe telefonou ceceia.

— É verdade.

— A voz era estridente?

Melford assentiu com a cabeça.

— Agora que você mencionou.

— Droga — xingou Bobby.

— Scott Garland, aquele merda — disse o Jogador.

— Não entendo. — Melford olhou para os dois com ar perplexo.

— Seu idiota. — O Jogador bateu com força a mão espalmada na mesa e depois apontou o dedo na minha direção. — Precisava deixar o cara tão irritado a ponto de fazer uma coisa dessas para chegar até você de novo?

— Acho — sugeriu Bobby — que você pode estar descontando na pessoa errada. — Olhou para mim. — Devo-lhe uma desculpa, Lemmy. Eu devia saber que você não faria uma coisa dessas.

— Dá um tempo, porra — resmungou o Jogador. — Saia daqui — gritou na minha direção.

— Espere — cortou B.B. — Não estou entendendo.

— Se eu puder dar alguma outra opinião a respeito de Scott e Ronny Neil... — comecei, porém não fui adiante.

— Saia daqui! — gritou o Jogador mais uma vez.

Saí.

Do parapeito eu podia ver Chitra na piscina, tomando uma cerveja e rindo de alguma coisa que Yvette, de Jacksonville, dizia. Nenhum sinal de Ronny Neil ou Scott, e tive a sensação de que os dois logo desapareceriam. O Jogador não levaria essa história na brincadeira.

O estratagema de Melford tinha sido brilhante. Ele tirara a pressão de cima de mim enquanto a colocava sobre meu inimigo. Admito que teria sido muito melhor se tivesse me prevenido. Mas talvez não. Talvez Melford pudesse dizer que eu era feito para esse tipo de trapaça e que me prevenir teria apenas feito as coisas parecerem falsas.

Nada daquilo explicava por que motivo ele se daria o trabalho de aparecer. Para me ajudar a exigir vingança contra Ronny Neil e Scott porque ele os vira me importunar? Não parecia verdadeiro.

Olhei mais uma vez para Chitra. Eu queria pegar aquele quarto com ela, mais do que nunca. Mas primeiro precisava dar um telefonema.

De volta ao meu quarto, disquei o número e uma telefonista do *Miami Herald* atendeu com voz entediada. Perguntei se existia no jornal um editor noturno. Eu nem sabia se existia tal cargo, mas certamente existia, pois sem sequer responder a telefonista transferiu a ligação.

Em um segundo, uma mulher atendeu e resmungou seu nome de modo quase ininteligível. Fulana-de-tal Não-sei-do-quê.

— Não sei se terá condições de me responder — comecei —, mas estou ligando de fora de Jacksonville, e gostaria de saber se o jornal tem um repórter chamado Melford Kean.

A mulher riu.

— Kean? Qual é o problema?

Meu estômago deu algumas voltas. Percebi que havia alguma coisa.

— Nenhum problema. Queria saber, só isso.

— Kean — repetiu. — Ele está perturbando você? Por favor, responda se ele está perturbando você.

— Não, não está me perturbando. Apenas me deixando um pouco confuso.

— Entendo, ele faz isso como ninguém.

Refleti por um segundo. O que exatamente eu esperava que me dissessem?

— Em qual matéria ele está trabalhando?

Ela riu de novo.

— Em qual matéria ele está trabalhando ou deveria estar trabalhando? Qualquer coisa é possível quando se trata daquele sujeito.

— Mas ele é repórter do seu jornal?

— Sim, goste ou não, é.

— E você não gosta?

— Não — respondeu, moderando o tom. — O garoto é ótimo. Só um pouco esquisito. Mas isso não quer dizer que não faça um trabalho razoável quando mete a cara. Ou corre atrás da matéria que lhe mandam fazer. Ou cumpre prazos.

— Só isso? — Tentei parecer solidário, como se fosse o tipo de pessoa com quem ela teria vontade de se abrir. — Como é que se mantém no emprego?

— É aí que ser um garoto rico, mimado e superculto vem a calhar. Ele é filho de Houston Kean, um cara importante no mundo dos negócios aqui. É dono de um milhão de concessionárias de veículos e faz uma tonelada de anúncios conosco. Uma tonelada. Então, se o editor quer que o filho desse grande anunciante continue empregado... — fez uma pausa de alguns segundos. — Já é tarde e estou irritada. Esqueça que toquei no assunto.

— Claro. Sem problema. Mas pode me dizer em que matéria ele está trabalhando no momento?

— Acho que sim. Isto é, por que não, certo? Há duas coisas. Sobre uma não posso falar, a não ser que recebemos uma dica de outra repórter, que não quis aceitar ela mesma a matéria. Uma mulher que trabalha para uma das estações locais de TV, mas a esfera dela é inauguração de supermercado e visita de celebridades, por isso passou o trabalho adiante. Tem algum negócio estranho acontecendo em um condomínio de trailers perto de Jacksonville. Mas isso foi depois de Kean ter ido para Jacksonville, e isso é tudo que posso lhe dizer.

— E a outra matéria?

— Segura essa — disse, como se fôssemos velhos amigos. — Animais de estimação. Tem havido uma série de desaparecimentos de cães e gatos na área, e ele foi investigar. Animais de estimação. Uma parte quente do jornalismo investigativo. Ele está trabalhando na matéria há três semanas, e ainda não apresentou um único parágrafo. Parece até que quer ser demitido. Não entendo esse cara.

Eu entendo. Entendo sem problema, porque de repente tudo começava a fazer sentido. Bem, não tudo. Mas algumas coisas, e já era um avanço.

Eu não estava a fim de perder tempo. Desci correndo as escadas e encontrei Chitra ainda de papo com um pequeno grupo de amigos. Parecia feliz e radiante, como se a história com Ronny Neil jamais tivesse acontecido. Isso não era bom. Eu queria que ela estivesse com medo.

Segurei sua mão.

— Venha — falei, enquanto a ajudava a se levantar. — Precisamos ir. — Puxei-a pela mão até a pequena sala de recepção. — Preciso de um quarto — disse a Sameen, que parecia muito perturbado por eu continuar segurando a mão de Chitra.

— Sim, claro — murmurou.

— Sameen, preciso que seja um quarto no outro extremo, ao lado do estacionamento. O mais longe possível do grupo da Técnicas para o Avanço Educacional.

Peguei minha carteira e coloquei três notas de 20 dólares sobre o balcão. Era a metade do dinheiro que eu tinha comigo, e esperava não precisar dele mais tarde.

— Isso é segredo — prossegui —, entende? Há um homem no nosso grupo que tentou atacar esta jovem há pouco. Estou tentando colocá-la em algum lugar onde possa ficar em segurança.

A expressão de seu rosto mudou consideravelmente. Empurrou o dinheiro de volta na minha direção.

— Não preciso ser subornado para fazer o que é certo — disse com voz macia. — Você é um bom garoto para ajudá-la.

Corei, uma vez que não me sentia exatamente uma boa pessoa.

— Obrigado.

Agarrei a chave e, ainda segurando a mão de Chitra, voltei quase correndo até os fundos do motel, onde encontramos o quarto. Abri a porta, fiz Chitra entrar e fechei-a com cuidado, como se tivesse medo de chamar a atenção de alguém.

— Que história! — exclamou Chitra. Acendeu a luz e começou a olhar ao redor, como se o quarto pudesse ser de algum modo diferente do que ela já ocupava. O que continha todas as suas roupas, pensei.

Segurei de novo suas mãos e beijei-a de leve nos lábios.

— Escute, Chitra, muita coisa está acontecendo, mais do que tenho tempo para lhe contar. Devo ir a um determinado lugar, e é um pouco perigoso. Não quero que abra a porta para ninguém a não ser para mim. E, se eu não voltar até a hora do encontro amanhã de manhã, não espere que venham procurá-la. Chame um táxi e saia daqui. Vá para a rodoviária. Vá para casa.

— Do que está falando? Ronny Neil não pode ser tão perigoso.

Balancei a cabeça.

— A questão não é Ronny Neil. Não do modo como você fala. Acho que esta operação inteira, a Técnicas para o Avanço Educacional... toda ela... é fachada para alguma outra coisa. Não sei o quê, exatamente, mas envolve drogas, e há alguns sujeitos muito poderosos comprometidos, e algumas pessoas já sofreram as conseqüências. Não confie em nenhum dos vendedores de livros, sobretudo não confie no Jogador. Bobby talvez seja um sujeito legal, mas não estou tão certo a ponto de lhe dizer que pode confiar nele.

— Está falando sério?

— Gostaria de não estar.

— Quero ir com você — pediu.

Ri, uma risada ridícula.

— Isso não é um filme, Chitra. Não sei o que estou fazendo, e não quero levar você comigo só para me ver tentar imaginar o que está acontecendo. Quero que fique em segurança, só isso. É assim que pode me ajudar, ficando em segurança.

Concordou com um movimento de cabeça.

— Está bem.

— Lembre-se, não deixe que venham procurar por você. Se eu não estiver de volta às 9 horas amanhã, chame um táxi e vá embora.

— Certo.

— E me dê seu número de telefone — pedi. — No caso de eu não estar morto, quero ligar para você.

Trinta e um

O repórter se fora, convencido de que a história não passava de um blefe. Tinha se mostrado relutante de início, mas algumas centenas de dólares o colocaram nos eixos. O Jogador sabia que sujeitos como esses costumavam ser arrogantes, mas não eram melhores do que ninguém.

Agora havia apenas ele e B.B. Despejou um pouco de vodca Seagram em um copo plástico do banheiro e pegou a caixa molhada de suco de laranja do balde de gelo. Pequenos discos de gelo se espalharam pelo carpete marrom, e ele os chutou preguiçosamente para baixo da cômoda enquanto misturava seu drinque.

— Quer? — perguntou a B.B., preparando-se para uma negativa, uma vez que B.B. em geral não tomava nada além de seu vinho horroroso. Beber um hi-fi estava fora de cogitação.

B.B. sacudiu a cabeça.

— Não.

— Temos coisas a discutir — começou o Jogador. — Coisas grandes, estratégicas, que sempre funcionam melhor com bebida. Quer tomar um vinho e depois a gente senta para discutir?

— Não, estou bem assim.

Céus, o que havia de errado com esse sujeito? Mais uma bomba despencara e ele ali sentado, com cara de retardado. O hi-fi estava com vodca demais, mas ele o bebeu de um gole só porque... por que não, porra? Sentou-se então no pé da cama e olhou para B.B.

— Bem, vamos em frente. O que acha do garoto?

— Do garoto? — perguntou B.B. — Qual? O mais velho?

Que inferno. Ele ainda pensava nos meninos lá fora. Seu pequeno império desmoronava ao seu redor e ele não pensava em outra coisa a não ser nos meninos lá fora.

— Altick. — O Jogador tentou controlar a impaciência. — Acha que ele parece ok?

— Acho que sim.

— O que Desiree falou sobre ele?

— Nada de mais — respondeu, e então se virou para olhar pela janela, ainda que a pesada cortina de tecido estivesse fechada. — Disse que parecia ok.

O Jogador teve a nítida impressão de que B.B. nem sequer falara com Desiree. Não que isso importasse. Altick era claramente uma pista falsa em toda essa história, um pobre idiota que tinha estado no lugar errado na hora errada. O que não significava que seus problemas tinham acabado. Na visão do Jogador, Doe era para lá de corrupto, eles tinham um repórter bisbilhotando na área, o chefe estava se destruindo por causa da sodomia infantil, e ainda por cima eles tinham três corpos boiando em uma lagoa de merda de porco. E fora Scott, um de seus rapazes, quem dera o serviço para o repórter. Scott teria de pagar por isso.

Por que teria feito uma coisa dessas? O Jogador sempre tomara conta dele e de Ronny Neil. Traição por um dinheiro grande ele podia entender, mas falar com um repórter? Por causa de algum tipo de ressentimento com relação a Altick, sem dúvida. Era uma atitude burra, não havia como negar, mas talvez o problema fosse ele não ter dado a esses garotos muita coisa a fazer. Talvez precisasse dar-lhes mais responsabilidade para motivá-los, encontrar um modo de canalizar a raiva de Scott.

— Então, qual é o próximo passo? — perguntou.

B.B. pareceu acordar de repente.

— Preciso recuperar meu dinheiro, Jog. Uma grana dessas não pode simplesmente sumir da face da terra.

— Temos de encarar a possibilidade real de Doe ser desonesto, e se ele pegou o dinheiro, não vamos consegui-lo de volta sem usar de violência para valer. Quer arriscar?

— Fui dos fuzileiros, em Gainesville — disse B.B.. — Se a gente descobrir por algum fato que foi Doe, pedimos que venham para cá e arrancamos a verdade dele.

O Jogador sacudiu a cabeça. Supunha-se que B.B. fosse o supra-sumo da inteligência, mas ele se tornava praticamente um corpo sem cabeça quando sua puta drogada não estava por perto.

— O condado tornou um inferno a vida para gangues de motociclistas aqui. Você sabe disso. Os fuzileiros chegam botando para quebrar, a polícia vai cair em cima deles. Se um prefeito e chefe de polícia é agredido e morto, ainda que seja um bosta como Doe, a história vai provocar uma grande investigação. E estamos fodidos se os tiras puserem a mão num imbecil desses. Acha que ele vai ficar de bico calado? Em seguida, você sabe bem, a Delegacia de Entorpecentes entra no caso, o que significa que vão encontrar alguma coisa ou alguém que vai falar para eles sobre o laboratório, e isso ainda acaba reconduzindo esses sujeitos até nós.

— Está certo — ponderou B.B. em voz baixa. — O que fazemos, então? Como é que conseguimos o dinheiro?

— Acho que temos de bolar um jeito de fazer Doe "encontrar" a grana, fazer com que ele veja que não faz sentido nos roubar.

— E como é que conseguimos isso?

O Jogador não respondeu.

B.B. tomou o silêncio como sinal de que também o Jogador estava sem idéias. Levantou-se, caminhou até a porta e apoiou a mão na maçaneta.

— Vamos esperar Desiree voltar. Ela vai bolar alguma coisa.

— Então, é isso? — perguntou o Jogador.

— Por enquanto, sim. Mais nada no momento. — De repente, porém, seu rosto se iluminou. — Mas vem mais coisa por aí. — E saiu.

Dois drinques mais tarde, a mente entorpecida pela vodca, o Jogador abriu a porta para alguém que batia. Era Doe, apoiado no batente, uniformizado, garrafa de Yoo-hoo balançando na mão.

— Tenho uma reclamação de barulho — avisou. — Os vizinhos dizem que está vindo um som infernal do seu quarto, de alguma coisa que vibra.

O Jogador afastou-se para deixá-lo entrar e fechou a porta depressa.

— Quer beber alguma coisa? — perguntou, levantando o copo de plástico leitoso.

Doe ergueu a garrafa.

— Não saio de casa sem isto.

O Jogador sentou-se na cadeira junto à janela.

— Então, o que quer?

— Tenho uma reclamação de barulho — repetiu. Os vizinhos se queixam do som de alguma coisa vibrante que vem do seu quarto.

— Não foi engraçado na primeira vez.

— E na segunda?

— Doe, isto não é um teste para a revista *MAD*, então que tal me dizer por que veio tomar meu tempo?

Doe bebeu um gole e arreganhou os dentes tortos.

— Detesto incomodar quando você está instalado em um motel barato bebendo vodca sozinho, e em condições normais eu não incomodaria, mas que diabo, Jog, acho que vai gostar do que tenho a dizer.

— Então diga.

— Em primeiro lugar, vamos encurtar essa maldita história, certo? — Foi até a cômoda e deu uma pancada forte na garrafa. Saiu uma lasca do tampo de madeira aglomerada. — Sei que você e B.B. estão cheios de idéias, dizendo que fui eu que roubei vocês, certo? Que matei Bastard, peguei o dinheiro e agora tento botar a culpa nesse garoto infeliz para me safar. É mais ou menos isso?

O Jogador esforçou-se para parecer impassível. Isso, ele sabia, era uma clara demonstração de suas intenções. Das duas uma: Doe estava ali para livrar a própria cara pelo que fizera ou para um acerto de contas. Ótimo. Uma ou outra, não importava muito no final, já que havia coisas mais importantes do que 40 mil dólares. A continuidade da operação, por exemplo. E poder. Quando esse pequeno duelo acabasse, o Jogador precisaria que Doe pensasse nele como inflexível, decisivo e responsável. Todo o resto, inclusive aquela grana pesada, era secundário.

Tomou um gole da bebida.

— É mais ou menos isso.

— E você quer que eu apareça com o dinheiro ou enfrente as conseqüências, imagino.

— Essa tem sido a minha linha de raciocínio, sim.

— Talvez fosse melhor acabar com essa sua linha de raciocínio. Já pensou nisso?

— Não, nunca pensei. Mas, já que *você* pensou, que tal me dizer o motivo?

Doe sacudiu a cabeça em triste incredulidade.

— Em primeiro lugar, não matei Bastard. E isso significa que alguém matou, e que esse alguém continua por aí e ainda está com o dinheiro. Você pode acreditar em mim ou não, mas estamos juntos nisso há tempo suficiente para você saber que, se tivesse matado esse sujeito, eu admitiria. Que inferno, se tivesse roubado o dinheiro e matado o cara, ainda assim admitiria. Diria que ele quis nos roubar, foi apanhado e tentou me matar.

— Agora que estabelecemos como você mentiria se estivesse mentindo, vamos ao ponto número dois.

— O ponto número dois, porra, é por que eu iria roubar vocês? Se me eliminam ou tentam encontrar um modo de me tirar da parada, fico numa situação muito pior do que se continuamos como antes. Ganho grana demais dessa merda para mentir, então pense pelo menos por um segundo com a sua cabeça e não com a de B.B. Examine minhas merdas todas, se quiser. Não devo dinheiro nenhum. Tenho muita grana nas ilhas Cayman. Quero mais, e estou cagando e andando para o sistema.

Era tudo verdade. Doe tinha relativamente pouco a ganhar no curto prazo e nada a ganhar no longo prazo roubando-os. De fato, a única coisa que ainda fazia o Jogador duvidar de Doe era Altick, que dizia ter visto o chefe circulando perto do trailer de Bastard. Mas isso podia ter tido algo a ver com a garota, ele supunha.

Permaneceu calado, pensativo, por mais alguns minutos.

— São esses dois os seus pontos?

— Não, tenho mais um. O ponto número três é que B.B. ligou para o posto hoje, disfarçou a voz, e disse que você matou Bastard e pegou o dinheiro. Não sei quem está com o dinheiro, mas talvez isso não signifique muito neste exato momento, porque B.B. decidiu foder com você e acho que você me quer do seu lado.

— Como sabe que era B.B. se a voz estava disfarçada?

— Porque ele é um bunda-mole e reconheci a voz. Além disso, quem sabe que Bastard está morto além de você, eu, B.B. e a puta dele?

Doe fez um movimento leve com a cabeça.

— E como saber que não está inventando essa história?

— Acho que não tem como saber. Mas talvez seja melhor decidir no que acredita, porque, se B.B. desconfiar que não vou fazer nada com você, pode armar o plano reserva para dar um bote de surpresa.

O Jogador acabou a bebida e largou o copo plástico.

— Tudo bem — concordou, depois de talvez um minuto, um minuto do qual precisava principalmente para fazer Doe esperar. — Vou ficar com essa informação na cabeça. Mas precisamos esclarecer uma coisa. Não me interessa se você roubou o dinheiro ou não. A casa é sua, a trapalhada, também, e é você quem vai resolver a situação. Vou ver direitinho o que diz sobre B.B., e é bom que eu não descubra que está me ferrando, senão vou ficar muito puto. Caso contrário, vamos ter uma nova administração, e a nova administração manda que você dê um jeito na sua trapalhada. — Levantou-se. — Porque, caso não consiga se explicar, você não vale porra nenhuma para mim. Então, segunda-feira de manhã ou o dinheiro aparece ou quero saber o que aconteceu com ele. E, se a opção escolhida for a número dois, é melhor me fazer acreditar que está falando a verdade. Agora suma daqui.

Doe esvaziou garrafa e jogou-a no chão.

— Gostei de ouvir. Gosto da sua convicção. Precisamos mais disso por aqui. — Caminhou na direção da porta, mas logo parou. — Quer que eu tome conta de B.B.?

— Por quê? Porque as coisas correm com tanta tranqüilidade para o seu lado que está com tempo de sobra?

— Não — respondeu Doe —, porque imaginei que você poderia querer manter as mãos limpas. Mas faça o que achar melhor, chefe.

Depois que Doe saiu, o Jogador levantou-se para preparar mais uma bebida. O filho-da-puta do B.B. tentava ferrar ele. Por quê?

E seus esforços eram tão ridículos que quase não contavam. Um telefonema anônimo. Ele perdera completamente a noção, e ainda que não tivesse conspirado contra o Jogador, era hora de ele ir de vez, só por uma questão de segurança.

Então talvez houvesse alguma ordem no universo, pensou. Talvez houvesse um modo de transformar passivo em ativo. E talvez, pensou, houvesse um modo de transformar a raiva despropositada de Scott em algo mais útil.

Após o encontro desastrado com o Jogador, B.B. tinha ido a um McDonald's tomar milk-shake de morango e observar o local. Gostava de ir ao McDonald's. Havia sempre uma porção de garotos felizes comendo aqueles lixos que eles adoravam. Em seu trabalho com a Fundação de Jovens, só via meninos infelizes. Ele gostava dos felizes, também.

B.B. trouxe consigo um jornal, mas não se interessou em lê-lo. Olhou para o vazio e tentou evitar encarar o menino negro de olhos grandes atrás do balcão, que agia como se nunca tivesse visto um adulto tomar milk-shake antes. Já devia ter visto. Era uma coisa que certamente acontecia com muita freqüência ali.

Após quase uma hora sem ninguém interessante para olhar, B.B. voltou para o hotel. Imaginou que devia estar pensando no dinheiro, mas isso era função de Desiree. E onde estava Desiree? Não falara com ela o dia inteiro, exceto por um telefonema apressado no qual disse que o jovem parecia infeliz e limpo, mas que continuaria de olho nele. Não era do seu feitio não estar sempre atenta.

Ao se aproximar do seu quarto, vindo do estacionamento, viu que havia um pedaço de papel preso à porta. Uma folha amarela de caderno, linhas largas, com a perfuração rasgada. Quando arrancou a fita adesiva, saiu junto um bom pedaço da tinta azul-água da porta.

Seria do Jogador, talvez de Doe, ou possivelmente até de Desiree. Não era. Uma letra irregular, infantil, rabiscara as seguintes palavras: "Moço, meu pai telefonou e disse que só vai voltar tarde e meu irmãozinho saiu com a tia. Posso tomar aquele sorvete agora e quem sabe falar de umas coisas que estão acontecendo com meu pai? Carl. Quarto 232."

B.B. dobrou o bilhete e reteve-o nas mãos. Depois o desdobrou e leu mais uma vez. Segurou o papel com uma das mãos, depois com a outra, como se pudesse avaliar a importância do conteúdo pelo seu ínfimo peso.

Poderia ser uma brincadeira? Mas quem faria uma brincadeira dessas? E com que objetivo? Por outro lado, como o menino saberia o número de seu quarto? Talvez tivesse perguntado ao indiano da recepção. O empregado não estava autorizado a dar esse tipo de informação, mas é provável que não ligasse para isso, pois quem poderia saber o que pensavam sobre privacidade na Índia, onde as vacas entravam e saíam das casas das pessoas? Além disso, Carl não passava de um menino e com certeza não pretendia fazer nenhum mal. Carl, pensou. Carl.

B.B. entrou em seu quarto e lavou o rosto, penteou o cabelo e passou um pouco de loção pós-barba. Não demais, pois meninos em geral não gostam muito, mas o suficiente para dar a impressão de ser maduro e sofisticado. Era isso que garotos da idade de Carl queriam de um mentor. Gostavam de estar na presença de um adulto que sabia como falar com um menino.

Não que Carl valesse aquela preocupação toda. Não havia motivo para pensar que valia. Em casa estava Chuck Finn, e Chuck Finn valia a preocupação. Ainda assim, passar algum tempo com Carl poderia ser proveitoso. Com certeza seria útil para o jovem e, afinal de contas, era para isso que ele fazia seu trabalho. Para ser sincero, fazia pelos jovens e por ele mesmo. Gostava da sensação de ser útil. E havia algo mais, também, algo fora do limite de sua visão, um pouco além do alcance de sua audição, um odor vago demais para identificar, porém forte o suficiente para perceber. Mas ainda não era hora. Talvez na semana seguinte, talvez com Chuck, mas não naquele momento.

B.B. teve a impressão de que alguma sujeira da auto-estrada manchara seu terno, então o espanou com a mão, saiu do quarto, subiu a escada, seguiu até o fundo do corredor e encontrou o quarto. Em algum lugar, a distância, ouviu música pop eletrônica que vinha do quarto de alguém. Os imbecis precisavam aprender a ouvi-la em volume baixo. O quarto de Carl, no entanto, estava em silêncio. As cortinas estavam fechadas, mas percebeu que havia luz dentro e ouviu o leve zumbido de uma televisão. Antes de bater, tirou o bilhete do bolso e leu-o uma vez mais, para certificar-se de que o número do quarto estava correto e de que não tinha interpretado mal as intenções do menino. Não, não podia ter havido um mal-entendido. Ele fora convidado.

B.B. bateu forte, ainda que com gentileza. Pelo menos esperava ter batido com mão firme, porém afável. A distância, ouviu uma voz que o mandou entrar. Experimentou o trinco e percebeu que não estava trancado, então empurrou a porta e entrou.

Sobre a cama viu um trator amarelo de brinquedo e teve certeza de que estava no lugar certo. Não havia, no entanto, sinal de Carl e, inexplicavelmente, folhas de plástico transparente cobriam o carpete.

— Olá — gritou.

— Já vou — respondeu alto uma voz infantil.

B.B. sentiu que sorriu por um instante. Deu mais um passo e olhou ao redor. Era como qualquer outro quarto de motel, porém estranhamente arrumado para um lugar onde dois meninos tinham ficado sozinhos o dia inteiro. A cama estava feita, não havia roupas espalhadas, nenhum brinquedo a não ser o trator. A maioria das luzes estava apagada e a televisão, ligada em um seriado humorístico, jogava uma luz azulada no ambiente sombrio. Uma seqüência de gargalhadas explodiu quando alguém fez alguma coisa, e B.B. aproximou-se um passo para ver o que havia de tão engraçado.

Então teve um estalo. A voz que lhe dissera para entrar não parecia ser do menino da piscina. A voz do menino não soara tão jovem, tão infantil. Na verdade, quanto mais pensava nisso, menos tinha a impressão de que ouvira uma voz de criança. Parecia mais alguém imitando uma criança.

Então ouviu a porta fechar-se às suas costas.

B.B. virou-se depressa e viu um dos capangas do Jogador. O gordo. Um cheiro repugnante de urina empestou o ar. Os olhos vorazes do sujeito estavam arregalados pela excitação e ele dava uma boa risada, como se acabasse de desferir o golpe de misericórdia em um balão cheio de balas e doces, suspenso do teto do quarto. E B.B. sabia, no fundo sabia, que o babaca sorridente era a menor de suas preocupações.

Virou-se de novo e viu o outro, Ronny Neil. Ronny Neil também dava um sorriso considerável. Além disso, segurava um bastão de beisebol de madeira que exibia um bom número de mossas, mossas que sugeriam que tinha sido usado para algo mais do que golpes fortes para o campo esquerdo.

— Seu sacana, pervertido doente — xingou Ronny Neil.

O bastão de beisebol descreveu uma curva bem acima de sua cabeça e B.B. ergueu as mãos para se proteger, mesmo sabendo, ao fazê-lo, que suas mãos não o ajudariam nem um pouco.

Trinta e dois

A caminhada até o Kwick Stop levou pouco mais de 15 minutos em passo rápido. Eu estava certo de ter visto o cartaz ABERTO 24 HORAS na porta, e quando cheguei comprei lanterna, pilhas e um copo grande de café numa embalagem para viagem.

Sentei-me do lado de fora e carreguei a lanterna. O café estava morno, com gosto de queimado e espesso demais, mas bebi-o depressa e em cinco minutos já estava pronto para prosseguir.

Não me agradava nem um pouco a idéia de circular por Meadowbrook Grove depois de escurecer. Eu estaria na área de Jim Doe, e se ele me encontrasse, eu sem dúvida teria problema. Problema sério. O tipo de problema do qual nunca se volta.

Mas eu estava próximo desse tipo de problema. Não era isso que eu aprendera com Melford, o que aprendera a colocar em prática naquela noite com Ronny Neil? O que importava, na verdade, não era o tamanho do problema, mas como livrar-me dele. Eu precisava fazer alguma coisa além de ficar sentado em um quarto de motel. Podia ter feito isso uma semana antes, agora não mais.

Evitei as estradas. Procurei manter-me nos quintais, ignorar as picadas de insetos e os vários ruídos dos animais que, despertados assustados de seu sono ou de suas rondas, fugiam apressados rastejando, saltando ou deslizando. Eu precisava tomar cuidado com animais domésticos, também. Latidos chamariam a atenção. Eu sabia, graças às minhas andanças vendendo livros em noites recentes, às longas horas após o escurecer em que tentava desesperadamente embolsar uma venda extra antes de chegar a hora de voltar para casa, que cachorros latiam e seus donos os ignoravam. Pelo menos era o que acontecia às 21h30. Mas perto das 2h da madrugada eles talvez prestassem um pouco mais de atenção a um latido furioso.

Quando dobrei a esquina para pegar a rua de Bastard e Karen, mantive-me junto dos trailers, na tentativa de ficar longe da claridade. Ela estivera lá o tempo todo: a caixa com as fichas, dentro do trailer que tinha "Serviços de Saúde Oldham" escrito de fora a fora da lateral. Ela tinha a chave para tudo — para o motivo pelo qual Melford os matara e para o que ele escondia de mim.

Senti uma estranha excitação, quase impulsiva. Depois de examinar as fichas, eu finalmente saberia. Finalmente saberia quem de fato era Melford, o que ele buscava. E saberia se ele me deixaria mesmo sair daquilo tudo são e salvo.

Olhei para os fundos do trailer e vi que a porta que levava à cozinha estava aberta. Não havia carro por perto nem luz no interior. Aproximei-me da porta para escutar. Nenhum som.

Eu era burro. Idiota. Eu sabia, mas entrei, de todo modo, porque precisava ver.

Acendi a lanterna para um exame rápido. A pilha era barata e a luz saiu preguiçosa e anêmica, mas foi suficiente para eu perceber de relance algo no chão da cozinha.

Eu supunha que já devia estar acostumado com cadáveres, mas a visão do corpo foi como um soco no estômago. Dei um passo vacilante para trás e esbarrei no balcão da cozinha.

Apontei de novo a luz fraca na direção do corpo para me certificar. Mas não havia erro. Sob o foco amarelo distorcido da lanterna, vi o rosto do homem que estivera no quarto do Jogador, o de terno de linho, o que parecia não estar prestando muita atenção. O que eu acreditava ser B.B. Gunn.

O corpo estava completamente ensangüentado, mas eu não saberia dizer a causa da morte. Na verdade, eu estava bem mais preocupado comigo mesmo. Virei-me para correr porta afora, mas a luz de uma lanterna, muito mais forte que a da minha, atingiu meus olhos. Eu não podia dizer que estava particularmente surpreso. De certo modo, isso parecia inevitável.

Parei de imediato. A luz era brilhante demais para me permitir ver quem a carregava, mas eu sabia. Só podia ser uma pessoa.

— Bem, bem, mas não é o contratador de detetives particulares? — perguntou Jim Doe.

Olhei-o firme. Como ele sabia?

— Seu merda, imbecil filho-da-puta — exclamou com um leve cacarejo. — Você resolve descobrir uma coisa ou duas sobre B.B. e para isso contrata um companheiro meu. Não pensou por um minuto sequer que um sujeito que vive em Meadowbrook Grove devia me conhecer? Mas acho que isso não importa, porque parece que você está preso por assassinato.

Passou-se um segundo, talvez dois, antes que eu reagisse, mas pensei em muitas coisas naquele curto espaço de tempo. Pensei em como era improvável que Doe atirasse em mim, um vendedor de enciclopédias desarmado. Doe queria manter o foco da atenção longe dele, não o contrário. Considerando que nosso encontro anterior tinha sido testemunhado por Aimee Toms, a policial do condado — a policial do condado que mandara Doe ficar longe de mim —, atirar em mim agora apenas atrairia o tipo de investigação que ele não poderia se permitir. Por outro lado, Doe poderia muito bem atirar e sumir comigo. E, se isso acontecesse, eu não voltaria a ver Chitra.

Por isso corri.

Trinta e três

O DESGRAÇADO CORREU. Bem, o que Doe esperava? Que ele ficasse ali mesmo e dissesse: "Acho que não tenho escolha senão acompanhá-lo e provavelmente ser morto?" Era um bom corredor, também. Doe não estava disposto a persegui-lo. Céus, com a dor que sentia nos bagos, ele mal conseguia caminhar, que dirá correr. Tentou ir no seu encalço, avançou talvez trinta metros antes de ser obrigado a parar. No estado em que estava, sentiu que poderia desmaiar. Ou vomitar.

Bem, deixe que escape. Não era como se Doe *precisasse* prender alguém pelo assassinato de B.B. Ele poderia simplesmente jogar o corpo na lagoa de dejetos. Talvez fosse a melhor coisa a fazer, de todo modo.

Com o corpo curvado, a respiração difícil, sentindo espasmos de dor, as mãos nos joelhos, Doe levou um minuto só para tentar desanuviar a cabeça, fazer sumir os pontos pretos que dançavam diante de seus olhos. O problema agora seria livrar-se de B.B., e esse era um problema única e exclusivamente de Doe. Mais cedo naquela noite seu telefone tocara e, do outro lado da linha, uma voz disfarçada, a segunda do dia — mas Doe não teve dúvida de que era de Ronny Neil, o patife capanga do Jogador —, dissera que ele devia ir ao trailer de Karen. Havia uma surpresa à sua espera.

Não podia tachar aquele merda de desonesto. O cadáver de B.B. era uma surpresa e tanto. Tinham feito um serviço para lá de bom, também — bateram tanto que suas pernas ficaram parecendo gelatina e a metade da cabeça estava amassada. Um dos olhos, aberto e arregalado, quase saltara da órbita. Tinham matado o cara sem dó nem piedade.

Nenhum bilhete, nenhuma instrução, mas Doe não precisava ser informado do que aquele crime significava nem do que precisava fazer. O Jogador liquidara B.B., isso era certo. Se Doe sentiu alguma coisa, foi alívio por ter sido o Jogador a tomar aquela medida. Como dissera antes, havia coisas maiores envolvidas, com certeza maiores do que seu ego. Havia dinheiro, e ainda que B.B. não tivesse fodido com o Jogador, tinha dado uma escorregada feia. Contudo, esse corpo apresentava alguns problemas reais, sendo o primeiro deles que aquela puta drogada pensaria que Doe tinha feito o serviço. Tinham descarregado o corpo na área de Doe apenas para criar problemas para ele, para garantir que ele soubesse que aquele era o *show* do Jogador.

Doe não se importava. Doe não queria saber de quem tomava as decisões, contanto que as decisões fossem tomadas e que com elas viesse o dinheiro. Se o Jogador achava que tinha alguma merda dos seus valentões para provar, tudo bem. Se achava que precisava pressionar Doe, dizer apareça com o dinheiro ou dê alguma explicação, tudo bem, também. Doe não tinha chegado aonde estava por não ser capaz de lidar com a pressão.

Faria o que o Jogador queria como prova de boa-fé, assim receberia a mensagem de que as coisas estavam funcionando e que não havia sentido em bagunçar um sistema disciplinado. O Jogador precisava entender que a operação funcionava porque estava sob controle. Funcionava porque ninguém prestava atenção neles. Isso sempre significara equipes pequenas, exposição limitada, e nenhum banho de sangue. Quatro pessoas tinham morrido naquele fim de semana, e isso era demais. Não havia como o Jogador se livrar dele. Ainda assim, poderia ser cortado, rebaixado ou desconsiderado. Pedir para continuar nas suas boas graças poderia estar abaixo de sua dignidade, mas, se isso representasse dinheiro, Doe agüentaria.

O que significava afundar naquela merda. Mas quanto a isso também tudo bem, porque Doe sabia o que era o quê agora. Sabia por que o garoto o tinha delatado para o Jogador, e sabia onde o dinheiro estava. Agora era muito simples. Encontre o garoto, encontre o dinheiro.

Trinta e quatro

Eu nunca fora, pelos padrões da equipe, um corredor especialmente veloz. Eu me saía melhor em percursos longos, mas, mesmo nesses, era muito raro eu vencer. Contudo, me saía bem uma vez ou outra nos quinhentos metros. Em meias-maratonas o importante não era ganhar, mas completar. No entanto, ainda que não tivesse sido o corredor mais veloz do país, nem mesmo de minha escola, eu era muitíssimo mais rápido do que um tira corrupto, fora de forma, com um corte de cabelo esquisito e que começava a envelhecer.

Corri em ziguezague para dentro da escuridão, acelerando minhas pernas até me sentir personagem de um desenho animado cuja metade inferior vira apenas uma roda indistinta abaixo do tronco. Às vezes, no fim de corridas longas, eu gostava de dar uma acelerada e ficava maravilhado que minhas pernas conseguissem fazer coisas desse tipo, que eu tivesse condições de me movimentar tão depressa e com tanta força sem prestar atenção ao modo como meus pés tocavam o chão.

Eu nunca correra como naquele momento, em quase total escuridão e com um policial no meu encalço. Não importava. Eu corria, e continuei a correr até ter certeza de que percorrera três quilômetros, talvez mais. Estava acostumado a controlar meu tempo, a adequar minha velocidade ao meu ritmo natural, mas não agora. Agora havia apenas velocidade. O que importava era ir o mais depressa possível, apenas isso.

Eu estava agora fora do condomínio de trailers e numa área de casas menores, mais antigas. Era o tipo de lugar onde carros semi-reformados e semi-enferrujados ficavam estacionados nos quintais, onde os gramados apresentavam grandes falhas, onde balanços quebrados rangiam ao vento.

E era um ambiente familiar. Eu tinha certeza de que já estivera ali antes. Caminhei um pouco para recuperar o fôlego. Três quilômetros não eram muita coisa, mas eu correra mais depressa do que nunca. Então, enquanto caminhava curvado, ofegante, percebi que de fato já estivera naquele local. Vendera livros ali.

Estava exatamente na rua de Galen Edwine, no churrasco de quem eu vendera quatro conjuntos de livros — o lendário *grand slam* que nunca tinha sido superado.

Galen Edwine tinha se apegado a mim, do modo como os fregueses às vezes se apegam a vendedores de livros. Mandou que eu voltasse sempre que quisesse. Disse "Não deixe de me avisar caso precise de alguma coisa". Eu precisava agora. Precisava de abrigo e de um lugar para descansar, onde Jim Doe nunca procuraria por mim.

Levei não mais de cinco minutos para localizar a casa. Eu tinha certeza de que estava no lugar certo por causa dos anões de jardim que tinham me encorajado no dia da venda. Eram bem mais de 2 horas da madrugada e a casa estava em total silêncio e escuridão.

Toquei a campainha.

Toquei duas vezes para sugerir urgência e para ter certeza de que o toque inesperado não fosse simplesmente considerado parte de um sonho. Vi uma luz se acender no quarto e ouvi um leve ruído do outro lado da porta.

— Quem é? — perguntou uma voz assustada.

— Galen, é Lem Altick. Lembra-se de que tentei lhe vender enciclopédias uns dois meses atrás? Você disse que se algum dia eu precisasse... — Parei por aí.

A porta se abriu devagar e Galen, de cuecas e camiseta, olhou-me com olhos sonolentos e a testa franzida sob o crânio lustroso e quase careca.

— Não esperava que me tirasse da cama desse jeito — reclamou, mas não havia aspereza em sua voz. No máximo, um tom divertido.

— É uma emergência — falei. — Preciso de um lugar para ficar. Só por algumas horas.

Galen coçou a cabeça com uma das mãos e com a outra abriu o que faltava da porta.

— Entre, então.

Lisa, a mulher de Galen, apareceu de roupão, bocejou um alô e foi dormir de novo. Se achou estranho um vendedor que batia de porta em porta voltar à casa deles no meio da noite, não disse uma palavra a respeito. Galen e eu fomos para a cozinha, onde ele nos serviu café e abriu uma caixa de biscoitos cobertos de chocolate. Olhei os ingredientes, que incluíam manteiga, ovos e leite. Recusei.

— Quer me dizer o que está acontecendo?

Contei para ele. Não tudo. Nem sequer a maior parte. Apenas o suficiente. Contei que me metera em dificuldade com Jim Doe em Meadowbrook Grove, por isso correra dele, e que Doe queria me enquadrar por um assassinato que provavelmente ele mesmo cometera.

Galen sacudiu a cabeça.

— É, conheço aquele cara. Todos aqui conhecem. Não é boa gente, Lem. Mas vou lhe dizer uma coisa, sei que o pessoal do xerife está de olho nele, e eu não me surpreenderia se o FBI estivesse, também. Ele não consegue escapar. Vá ao condado e conte tudo. Acredite em mim, vão tratá-lo como herói.

Agradeci com um sinal de cabeça e tentei parecer aliviado, porém sua sugestão não me servia. Eu não queria ter de sobreviver a uma investigação longa que acabaria transferindo a culpa de mim para Doe. Queria apenas sair dali vivo.

— Bem — disse Galen após alguns minutos —, talvez você consiga encontrar alguma coisa útil naquelas enciclopédias que me vendeu.

Olhei para ele.

— O que quer dizer com isso?

— O que quer dizer com o que quer dizer com isso?

— O que quero dizer é que você não chegou a comprar as enciclopédias.

— Claro que comprei.

— Mas a solicitação de crédito nunca foi aprovada.

— Claro que foi. Não há nada de errado com meu crédito.

Galen levou-me para a sala de estar, onde a coleção inteira ocupava um lugar de honra na estante ao lado da televisão. O resto das prateleiras estava tomado por bugigangas e fotografias do filho e de pessoas mais velhas que presumi fossem seus pais e sogros. Nenhum outro livro à vista.

— Mas me disseram que o crédito não foi aprovado. Não entendo. — Mas entendia. Entendia muito bem. — E seus amigos? Tiveram os créditos aprovados?

— Com certeza.

Era Bobby. O bom camarada Bobby estava tirando a nata do seu próprio pessoal de vendas. Dizendo-nos que as vendas não tinham se concretizado quando de fato tinham, de modo a ficar com as comissões para ele.

— Roubaram de vocês, não foi? — sugeriu Galen com inesperada gravidade.

— Sim — respondi. — Roubaram.

— Não posso dizer que estou surpreso. Essas operações nem sempre são tão honestas quanto se quer, e talvez a sua seja menos honesta do que a maioria. Você sabe, no mesmo fim de semana em que esteve na cidade, uma dupla de rapazes foi à casa de meu irmão mais novo, a uns 15 quilômetros daqui, e eles também estavam vendendo livros, usando grande parte da linguagem que você usou. Meu irmão não é casado, não tem filhos, então quando ele disse que não estava interessado, tentaram lhe vender metanfetamina. Um deles pareceu ficar muito irritado que o outro tivesse oferecido, mas meu irmão faz o tipo. Ele é de fato muito magro, usa cabelo comprido, tem tatuagens. Devem ter pensado que era um dos seus e resolveram arriscar. Acredita nisso?

Fiz um sinal positivo com a cabeça. Porque era exatamente a isso que toda essa história se referia. Tudo não passava de uma desculpa para a distribuição da droga. Por isso Ronny Neil tinha dito que Bobby não sabia o que estava acontecendo, por isso era melhor estar com o Jogador do que com Bobby.

Bastard tinha trabalhado na granja de suínos. Imaginei que estivesse metido no negócio da metanfetamina e que, quando foi morto, Jim Doe e o Jogador deviam ter pensado que o crime estava ligado à droga. Foi por isso que se livraram dos corpos. Não queriam que os policiais do condado ou do FBI fossem acionados e atrapalhassem a operação.

— Acha que posso incomodá-lo e pedir uma carona quando o dia amanhecer? — perguntei.

— Claro que pode.

— Preciso estar no motel antes das 9 horas.

— O que pretende fazer?

— Pegar uma amiga, dar o fora daqui e nunca mais voltar.

Galen concordou com a cabeça.

— É uma boa idéia.

Graças à magia da exaustão extrema, consegui de fato algumas horas de sono no sofá de Galen antes do dia raiar. Tomei um café-da-manhã — na verdade comi apenas um pouco de fruta — estranhamente alegre com Galen, Lisa e Toby, seu filho de seis anos. Depois Galen confirmou que me daria uma carona no caminho para o trabalho.

Pedi que me deixasse atrás do motel, e agradeci de coração. Em seguida bati na porta de Chitra.

Ela não parecia ter dormido muito, se é que tinha conseguido dormir. Seus olhos estavam fundos e vermelhos, e talvez tivesse até chegado a chorar.

— Lem — disse com a voz embargada. Puxou-me para dentro do quarto e logo estreitou o corpo inteiro contra o meu e abraçou-me com força. Naquelas circunstâncias, era exatamente disso que eu precisava.

O ponto negativo foi que me pareceu um horário inoportuno para uma ereção, e não havia como ela não perceber, mas, se achou desagradável, foi gentil o suficiente para não demonstrar.

— Conte o que aconteceu.

Contei-lhe o que podia, de maneira atropelada. Falei sobre Jim Doe, a droga, os porcos e os assassinatos, embora tenha deixado Melford de fora. Pareceu-me demais ter de explicar como é que eu sabia que Melford era um assassino e não o denunciara, como é que me tornara amigo dele. Não fazia sentido, então era melhor não mencioná-lo, em especial porque ela não confiava muito em Melford.

— Precisamos ir — disse-lhe. — O Jogador não vai ficar nem um pouco feliz de me ver, nem Doe. Vamos simplesmente chamar um táxi e dar o fora daqui. Não importa para onde. Eles não me querem por perto, com certeza vão me prejudicar se me virem, mas não devem sair atrás de nós. Querem apenas que eu vá embora, e estou disposto a dar-lhes o que querem.

— Quer vir comigo? Para a minha casa por alguns dias, apenas para ter certeza de que não vão procurá-lo na sua?

— Sim — sussurrei. — Quero ir com você.

Chamamos o táxi, e em dez minutos estávamos do lado de fora, dispostos a abandonar quaisquer pertences pessoais — basicamente as roupas de trabalho e os artigos de toalete — que ainda estivessem em nossos quartos. Pior para nós. Não havia possibilidade de eu voltar para recuperar esses itens.

Na frente do motel estava parado um Checker amarelo, mas enquanto caminhávamos na sua direção, percebi com o canto do olho que suas luzes piscavam.

Vi imediatamente, porque estava ficando muito bom nesse tipo de coisa, que se tratava de um carro marrom do condado, não um azul de Meadowbrook Grove. E isso tinha alguma importância. Mas não muita. Senti como que uma descarga elétrica aflitiva no estômago. Não uma descarga como a de um fio solto, mas a de um choque violento da correia ligada à cadeira elétrica onde está o condenado com um capuz preto na cabeça. E por um instante senti que começaria a correr, comandado por meus pés e por um instinto animal básico; eu simplesmente arremeteria e adeus para sempre. Mas isso não chegou a acontecer.

A mulher da véspera, Aimee Toms, saltou do carro. Seu rosto estava neutro, impassível, estranhamente atraente em sua autoridade.

— Preciso lhe falar — disse. — Me acompanhe.

— Estou preso?

— Quero apenas lhe fazer algumas perguntas.

Virei-me para Chitra.

— Não me espere. Vá à rodoviária e pegue um ônibus para casa. Telefono mais tarde. E vou lá quando puder.

— Não vou sem você — disse ela.

— Mas precisa ir. Acredite em mim, não estou entendendo nada disso, mas você não corre um perigo real se eu não estiver por perto, e será mais fácil para mim se não precisar me preocupar com você.

Aquiesceu com a cabeça. Depois me beijou. Eu não conseguia saber com certeza o que aquele beijo significava, mas posso garantir que foi muito, muito bom.

E então a patrulheira Toms me colocou no banco de trás do carro da polícia e seguiu comigo.

Trinta e cinco

Aimee Toms olhava bem à frente — ou pensei que olhasse, mas não podia ter certeza, com seus olhos escondidos atrás de óculos espelhados. Mesmo quando falava comigo, não movia a cabeça. Sentado atrás do banco do passageiro, eu observava seu maxilar inferior ocupado com uma goma de mascar que eu sabia, sem lhe perguntar e sem ver, que não continha açúcar.

— Então, rapaz, qual é a sua história? — perguntou, após deixarmos o motel.

Não matei aquelas pessoas. Eu estava lá, mas não fui eu, e não tive como impedir. As palavras estavam na ponta da língua, me impressionavam pela sua gravidade, tentavam dar uma direção à minha resposta do mesmo modo como os trilhos dão direção a um trem. Mas eu não iria fraquejar. Tentaria agüentar firme. E, se as coisas se tornassem assustadoras demais, eu sempre poderia voltar atrás mais tarde.

— Só estou tentando conseguir algum dinheiro para entrar na faculdade — expliquei. — Fui aceito em Columbia, mas não tenho condições de pagar.

— Carolina do Sul?

— Nova York.

— Nunca ouvi falar. Da escola, não da cidade. Você tem cara de quem quer mesmo entrar numa faculdade — observou. — E é por isso que não entendo por que se envolveu nessa história.

— Que história? — Minha voz estalava como sua goma de mascar.

— Você me conta.

— Lamento de verdade ter invadido uma propriedade alheia ontem — desculpei-me —, mas naquela hora você não pareceu achar que era tão sério. Por que é tão sério agora?

— Invadir uma propriedade alheia não é tão sério — concordou a patrulheira Toms. — Por outro lado, drogas e assassinato... bem, isso sim é sério.

— Não entendo — retruquei. Minhas palavras não soaram convincentes porque havia medo nelas, o vapor quente do medo no ar condicionado gélido do carro.

— Ouça, Lemuel. Lem?

— Lem — confirmei.

— Ouça, Lem. Consigo avaliar muito bem o caráter das pessoas. Olho para você, falo com você, vejo que não é um cara mau. Acredite em mim, venho fazendo essas avaliações há bastante tempo... e não leva tanto tempo assim, lamento dizer... para saber que pessoas boas podem se envolver em atos ruins. Às vezes elas não entendem o que estão fazendo. Às vezes apenas estão no lugar errado na hora errada. Mas em vez de se retratar se escondem, mentem e infringem mais leis ainda para encobrir seus atos.

Tudo aquilo chegava constrangedoramente perto da verdade, e eu sabia que nada do que dissesse deixaria de revelar essa proximidade. Preferi olhar pela janela.

— O que quero dizer — continuou — é que, se você me contar tudo o que está acontecendo, farei o que puder para ajudá-lo, para garantir que não seja punido por ser vítima das circunstâncias. Ainda que imagine que é tarde demais para falar, não é.

— Não sei o que está querendo dizer — argumentei. — Tudo o que fiz foi me aproximar um pouco demais de uma fazenda. Não vejo por que isso é tão sério.

— Podemos conduzir o caso desse modo, se preferir — ironizou. Não falou mais nada até chegarmos ao posto policial.

O posto lembrava um antigo prédio de escritórios e, se não fosse pelos uniformes, os policiais que o ocupavam poderiam, sem problema, passar por meros funcionários públicos entediados. O ar-condicionado gorgolejava alto, porém produzia pouco ar frio, e ventiladores de teto giravam em ritmo lento o suficiente para que os documentos não voassem das mesas.

Toms segurou a parte de cima do meu braço e apertou-o com uma espécie de firme solidariedade. Minhas mãos estavam para trás. Ela não me tinha algemado, mas parecia uma boa idéia mantê-las assim por respeito ou para demonstrar que eu sabia que ela *poderia* me algemar, de modo que não havia motivo para alardear minha liberdade. Enquanto percorríamos um corredor feito de blocos de concreto verde-claros, que lembrava um antigo anexo de minha escola secundária, passamos por um patrulheiro uniformizado que conduzia na direção oposta um rapaz negro algemado. Não passava de um adolescente, na verdade, alto e magricela, com a cabeça raspada e um leve vestígio de bigode. Talvez fosse da minha idade, mas tinha nos olhos a expressão dura de um criminoso violento, agitado e frio. Olhei-o quando nos cruzamos, como se para dizer que éramos ambos vítimas de um sistema opressivo, mas o rapaz olhou para trás com raiva, como se para demonstrar que me mataria caso tivesse oportunidade.

Toms sacudiu a cabeça.

— George Kingsley. Prestou atenção nele?

— O suficiente para perceber que me cortaria o pescoço pelo simples prazer de cortar.

— Ele é assim mesmo. Conheci-o quando ainda era um garoto inteligente de 12 anos. Seu pai tinha todo tipo de problema com a lei, e foi por isso que o conheci, mas a mãe é uma senhora boa e fez o possível para que ele freqüentasse a escola e ficasse longe de complicações. E o garoto fazia mais do que apenas seguir as regras. Estava sempre lendo e falando sobre tudo. Você precisava ver as idéias, as idéias *políticas* que ele tinha, um menino de 12 ou 13 anos. Solucionaria todos os problemas do mundo. Ele se tornaria um político e ajudaria os negros. E sabia quais leis revogaria, quais aprovaria. Era incrível.

— Acho que não adiantou muito.

— Pelo que sei, ele estava um dia com alguns garotos que não eram boa coisa quando um deles decidiu que era hora de assaltar uma loja de conveniência. Kingsley pensou que iam à loja atrás de doces. O outro puxou uma arma. Burrice total. Não acredito que os demais soubessem o que ele planejava, mas não iriam deixar o amigo se vangloriar sozinho. Então Kingsley vai ao Juizado de Menores por decidir comprar uma barrinha de chocolate com as pessoas erradas. Ficou internado apenas por 18 meses, mas quando saiu estava diferente. Era como se tivessem conseguido tirar o coração de seu peito. Entrou com seu espírito vivo, empenhado, provocador, alguém com possibilidade, quem sabe, de realmente mudar o mundo para melhor, e saiu apenas como mais um bandido daquela máquina de fazer bandidos.

— É de fato uma tragédia — concordei, fazendo o possível para aparentar que era isso mesmo que eu achava. Era difícil me concentrar nos problemas de George Kingsley quando eu tinha os meus, que não eram pequenos.

— Sim, é de fato uma tragédia. Quer que isso aconteça com você? Seus planos são de entrar na Universidade de Columbia, não é? Que tal freqüentar uma universidade onde você é currado todas as noites?

Ela tentava me amedrontar, mas com qual objetivo? Eu já estava muito amedrontado. Não era um garoto cabeça-dura que precisava ser assustado para tomar jeito. Mas era esperto.

— Se todo mundo sabe que prisioneiros mais fracos estão sendo currados por prisioneiros perversos — argumentei —, como é que ninguém faz nada para impedir?

— Não sei. Talvez você possa levantar a questão com o diretor quando estiver lá dentro.

Eu não queria pensar na teoria de Melford sobre prisões, mas era a única coisa em que conseguia pensar, pois agora sabia a resposta. Entendia o que Melford andara buscando. Entendia por que tínhamos prisões se elas não funcionavam. Entendia por que colocávamos infratores em academias do crime para torná-los criminosos mais perigosos, mais sedentos de sangue, mais alienados. Eu sabia por que Kingsley tinha entrado vítima e saído criminoso. Prisões eram feitas daquele modo porque elas *de fato* funcionavam, só que funcionavam do modo mais sinistro que eu poderia imaginar.

Ficamos sentados em uma pequena sala de interrogatório ao redor de uma frágil mesa de metal aparafusada ao chão. Imagino que os policiais pensassem que algum ladrão poderia tentar fugir com ela se não tomassem precauções. As paredes ao redor eram todas do mesmo bloco de concreto verde-claro dos corredores — à exceção do espelho ondulado à minha frente. Eu não tinha dúvida de que alguém *poderia* estar observando do outro lado, embora julgasse improvável que alguém se preocupasse com isso.

Toms sentou-se a minha frente e inclinou o corpo, apoiada nos cotovelos.

— Muito bem — começou —, você sabe por que está aqui.

— Não, não sei — respondi. — Nem imagino por que estou aqui. — Verdade apenas parcial. Eu não tinha idéia do que eles sabiam e do que não sabiam. O que me intrigava, no entanto, era a calma que eu sentia. Talvez fosse por acreditar que Aimee Toms era uma pessoa intrinsecamente amistosa e talvez porque eu já enfrentara momentos mais aflitivos do que aquele — muitos, para dizer a verdade — nos últimos dois dias. Eu me sentia bem. Parecia que, se conseguisse me manter calmo como Melford se mantinha, eu me daria bem.

— Agora vamos falar sobre Lionel Semmes — prosseguiu.

Senti que o fôlego me faltou. Não que eu soubesse quem era, mas por pura exasperação. Lionel Semmes? Havia ainda mais um participante em tudo isso? A que ponto chegara essa história? Quem é esse cara?

Toms suspirou.

— Talvez você o conheça por Bastard.

— Ah, Bastard. Certo. O que houve?

— Conte o que sabe sobre ele.

— Bem — comecei, pensativo —, tentei vender-lhe umas enciclopédias, mas ele e a esposa não quiseram comprar. Lembro-me bem dele porque em geral não passo tanto tempo com uma família sem realizar uma venda. Além do mais, ele era tão grosseiro que chegava a me dar arrepios.

— E então?

Dei de ombros.

— Só isso. Não sei nada mais. Por quê?

— Bastard não era casado, mas ele e a namorada estão sumidos. Ninguém tem notícia deles desde a noite de sexta-feira. Pelo que sabemos, você foi a última pessoa a ver os dois com vida. Isso pode ou não por si só transformá-lo em suspeito. Mas depois encontro você no local de trabalho de Bastard sendo perturbado por Jim Doe, patrão de Bastard. E em seguida você circula pela vizinhança fazendo perguntas sobre ele. Pode imaginar como minha cabeça ficou cheia de minhocas, não?

De repente me senti perturbado. Na época, eu tinha suspeitado que fazer perguntas para a vizinhança fosse um erro colossal. Agora tinha certeza. Por que Melford insistira que eu fizesse aquilo? A única coisa que me vinha à cabeça eram os ecos da dúvida de Chitra. Será que ele queria que me vissem?

— Não fiz pergunta nenhuma — menti.

— Temos vizinhos que afirmam ter visto você ontem, indagando sobre Bastard e Karen. Pelo menos dizem que viram alguém que se encaixa na sua descrição. Podemos fazer uma acareação, se é o que quer, mas acredito que nós dois sabemos o que uma acareação vai mostrar.

— Faça uma acareação — provoquei, dando de ombros. Não consegui pensar em nada a não ser em resistir, agir com firmeza. Precisei me conter para não sorrir, porque sentia que acontecia comigo o que acontecera com os outros. Ali estava eu, apenas na condição de suspeito, porém o sistema já me transformava em um ser diferente, em um ser nocivo à sociedade. Se ficasse na prisão por um período longo, talvez me transformasse em um sujeito perigoso.

— Examinamos o trailer — explicou Aimee. — Encontramos vestígios de sangue.

Estudei-a. Não mencionou ter encontrado um cara morto com o cabelo penteado de modo a tentar encobrir a careca, por isso eu só podia supor que Doe o removera.

— Encontramos dezenas de impressões digitais, também. Suspeito que algumas sejam suas.

— Já lhe disse que tentei vender livros aos dois. Claro que algumas serão minhas.

Deu de ombros.

— O que me diz do sangue? Alguma idéia?

— Na verdade, não. Ninguém sangrou enquanto estive lá.

— Podia ser deles o sangue. Uma hipótese é que você matou o casal e limpou tudo, mas cometeu erros.

— Isso é uma loucura. Por que os mataria? Não os conheço. Como é que eu teria me livrado dos corpos? Nem sequer tenho carro.

— Meu palpite é que você teve ajuda. Estou também imaginando que, quem quer que os tenha matado, pode ter descarregado os corpos na lagoa de dejetos, e tão logo a gente tenha indícios suficientes para um mandado, vamos descobrir. Isso explicaria o que você estava fazendo lá.

— Patrulheira, você me viu. Eu parecia ter acabado de arrastar dois corpos para dentro de um lago borbulhante de merda de porco? Eu estava um pouco cansado e um pouco ensangüentado, mas não estava coberto de suor.

— Seja o que for — admitiu —, a verdade é que não sabemos. Trabalhamos em cima de teorias. Aquele sangue podia ser de Bastard e Karen. Como também podia não ser. A mãe de Karen não é vista há dois dias, o que significa que ela pode ter matado o casal.

A mãe de Karen, pensei. O terceiro corpo.

— Há outras possibilidades — prosseguiu. — Bastard andava roubando animais de estimação. O sangue poderia ser de algum deles.

— Andava roubando animais de estimação? — Tentei parecer ao mesmo tempo surpreso e revoltado. — Para quê?

— Quem vai saber? Tivemos inúmeras denúncias, mas não podíamos provar nada. Eu mesma falei com ela, mas... — Ergueu os ombros com indiferença. — Muita gente tinha certeza de que era Bastard, mas sem provas não se podia fazer nada. E, se havia algum indício, devia ser no trailer da namorada, na jurisdição de

Doe, e aí estaríamos de mãos completamente amarradas, já que Bastard trabalhava para Doe.

— Por isso vocês permitiram que ele continuasse? — perguntei. — Ele roubava cães e gatos das pessoas e vocês não faziam nada?

— Como já falei, não havia muita coisa a fazer sob o ponto de vista legal... não sem provas.

— Isso me parece pouco convincente.

— Podemos voltar ao que interessa?

— Acho que sim. Mas para mim tudo parece muito estranho, só isso.

— O problema não é que cães e gatos tenham sumido. É que há pessoas desaparecidas que podem estar mortas. E acho que você sabe alguma coisa sobre isso.

— Não sei de nada. Preciso de um advogado?

— Você não está preso — explicou.

— Posso ir embora, então?

Toms parecia refletir sobre a pergunta quando alguém bateu na porta.

Ela pediu licença e voltou um minuto mais tarde, balançando a cabeça.

— Acabamos de saber por um telefonema que Bastard, Karen e a mãe dela apareceram. Foram visitar parentes no Tennessee. Acho que Karen ligou para um vizinho que contou que todos pensavam que ela estava morta, por isso foi a um posto policial.

Melford volta a atacar, pensei. Tentei não sorrir.

— Nesse caso, se não estão mortos, não há assassinato, e você não precisa mais me proteger de uma acusação injusta.

Estremeceu.

— É o que parece, claro. Mas devo lhe dizer que não estou convencida de que foi sincero comigo. Desconheço as suas intenções, mas vá para longe daqui. Não quero confusão nesta área.

Não fiz comentário. Não havia sentido em negar de novo, e eu não queria agir como se ela estivesse certa.

— Acho que vou embora, então. Mas talvez fosse bom você levar a questão dos animais de estimação mais a sério.

Por que eu estava me envolvendo nessa história em vez de pular fora logo?

— Veja bem, temos um número suficiente de roubos, drogas, assassinatos e estupros para nos manter ocupados. Cãezinhos e gatinhos desaparecidos estão lá embaixo na nossa lista de prioridades.

— Então um sujeito como Bastard pode fazer o que quer contanto que depois negue? — Aplaudi a mim mesmo pelo inteligente uso do tempo presente.

— Em princípio, sim. A propósito, na próxima vez em que circular pela granja de suínos, dê uma olhada lá dentro. Quando souber como aqueles porcos são tratados, talvez sua perspectiva mude. Afinal, no que eles diferem de cães e gatos, a não ser que estes são fofos e carinhosos? Assim, se não há grande problema em matar um, por que não matar o outro?

Era uma boa pergunta, mas suspeitei que Melford diria que Toms estava respondendo de modo errado.

Só quando já estava do lado de fora me perguntei como conseguiria voltar para o motel. Entrei de novo e disse para o policial no balcão de atendimento que precisava de um carro.

— Isto não é um serviço de táxi — respondeu.

— Bem, não pedi que me pegassem e me trouxessem para cá sob a acusação de ter matado quem não morreu, por isso talvez alguém possa me dar uma carona de volta.

— Isto não é um serviço de táxi — repetiu.

Admiti que não era, disse-lhe que compreendia que ali era um posto policial e perguntei se poderia me colocar em contato com um serviço de táxi de verdade.

— Não sou uma lista telefônica — retrucou.

— Poderia, por favor, me informar onde consigo um táxi?

O policial deu de ombros, estendeu o braço atrás da escrivaninha, entregou-me um catálogo de Páginas Amarelas e apontou para um telefone público. Pelo menos eu tinha algumas moedas e assim não precisei ouvir o policial dizer que não era uma máquina de trocar dinheiro.

Com o táxi a caminho, devolvi o catálogo e saí para aguardar do lado de fora. Cinco minutos mais tarde, o táxi apareceu. Pedi que me levasse à estação rodoviária, onde eu esperava ainda conseguir alcançar Chitra. Deslizei para o banco de trás, apoiei-me contra o couro rasgado e fechei os olhos, pronto para cochilar.

Quando senti que o carro reduzia a velocidade abri os olhos, mas não estávamos perto da estação rodoviária. Ao contrário, estávamos no acostamento — uma faixa de três ou cinco metros de capim e erva daninha que separava a estrada do canal verde de algas. Percebi luzes azuis e vermelhas piscando no momento em que o táxi parou. O carro atrás de nós era azul-marinho e branco, e reconheci o trecho da estrada. Estávamos em Meadowbrook Grove, e vi Doe sair de seu carro e caminhar com ar arrogante na minha direção.

Trinta e seis

Doe rodeou o carro, lambendo os lábios. Estava satisfeito com a situação. Olhou de perto o motorista por um minuto.

— Sabe que estava em excesso de velocidade?

— Não, senhor, não estava. Sei que o limite nesta área é oitenta e eu dirigia a oitenta.

— Dirigia a 83 — corrigiu.

O taxista riu.

— Três quilômetros a mais por hora. Vai querer me multar por causa disso?

— Não importa — retrucou Doe. — Limite é limite. Não é uma estimativa aproximada. É o *limite*. A velocidade acima da qual não se pode andar, não uma velocidade que se tenta manter.

— Isso não está certo — argumentou o taxista.

— Procure um tribunal. — Forçou um sorriso.

Foi até o carro e preencheu o talão de multa. Voltou e entregou-o ao motorista.

— Que lhe sirva de lição. Nunca mais ultrapasse o limite de velocidade na minha área.

O taxista não respondeu.

— Ah, e a propósito — prosseguiu Doe —, sabia que leva no banco de trás um criminoso procurado pela polícia? — Bateu de leve na janela com os nós dos dedos. — Ei, amigo. Você está preso.

Dessa vez, pelo menos, não se preocupou com as algemas. Limitou-se a transferir-me para o banco de trás do seu carro. Tudo tinha dado errado. Insisti que o taxista chamasse a polícia, e o taxista não parava de repetir que aquele sujeito *era* a polícia.

— O condado — pedi. — Ligue para a patrulheira Toms no gabinete do xerife e diga a ela que este cara me prendeu.

— Olhe, não sei o que quer — respondeu o taxista enquanto Doe se afastava comigo.

— Acabo de lhe dizer o que quero — gritei, mas após me trancar Doe voltou para trocar algumas palavras com o taxista e eu, por algum motivo, deduzi que o recado não seria transmitido.

Depois, no banco de trás do carro de polícia de Doe, que cheirava a batata frita velha, Yoo-hoo e suor, olhei pela janela e observei passar a vegetação rala e ressecada dos lotes vazios. Onde eu estava, mal conseguia sentir o ar condicionado, e o suor escorria pelos lados do meu corpo.

Não que meu conforto importasse muito, pois eu poderia muito bem estar morto dentro de pouco tempo. Considerei essa possibilidade com calma calculada, embora calma possa ser uma palavra forte demais. Resignação, talvez. Avaliei todas as possibilidades nas quais consegui pensar — Doe me prenderia, me interrogaria, me entregaria para o Jogador, me torturaria, me soltaria, tudo isso —, mas eu voltava sempre a uma inevitável conclusão: o mais provável era que Doe me matasse. Claro, havia razões pelas quais isso seria um ato irrefletido. Aimee Toms estava de olho na situação e em todo o resto. Mas, se Doe me matasse e escondesse o corpo, pareceria que eu simplesmente tinha fugido. Era o que eu planejara fazer, de todo modo. Contanto que não encontrassem um corpo, Doe estaria livre de qualquer acusação.

Assim, não era como se eu tentasse me convencer de que tudo acabaria bem. Eu não acreditava que tudo acabaria bem. Achava que era extremamente improvável que tudo acabasse bem. No entanto, havia uma calma, como a que eu imaginava que um soldado deve sentir antes de ir para uma batalha sem esperança de volta, ou o piloto de um caça ao perceber que foi atingido em um ponto crítico e que vai despencar com o avião. Era assim que eu estava. À beira de um desastre.

Doe dirigiu até a granja de suínos. Até então, nenhuma surpresa. Estacionou o carro nos fundos, onde só poderia ser visto por alguém muito atento, e depois me empurrou, ainda sem algemas, na direção do galpão de porcos.

Talvez eu devesse tentar correr e escapar, pensei. Eu já fora mais rápido do que Doe uma vez, e ele caminhava como se estivesse com problema para se locomover — as pernas abertas, com passos curtos, lentos. Mas a área era muito grande e estávamos longe demais para alguém poder ver ou ouvir meu esforço para escapar. Doe me acertaria com facilidade, se quisesse. Um homem mais heróico talvez tentasse dominar o policial, mas eu sabia que isso acabaria mal, se não de maneira ridícula. Permiti então que me forçasse a seguir em frente, esperei por uma oportunidade e torci por um lance de sorte, ou pelo menos pela capacidade de me comportar de modo respeitável.

Doe tirou do bolso um molho de chaves e enfiou uma no cadeado da porta. Ela se abriu e fomos logo envolvidos pelo calor e pelo mau cheiro. Estremeci, mas observei que Doe, não. Já estava acostumado, pensei. Ou simplesmente não se importava.

Doe empurrou-me para dentro do prédio e através dos corredores estreitos que separavam os cercados. Eu já vira isso antes, claro, mas agora, à luz fraca do galpão de porcos, com os grunhidos débeis e desesperados dos animais ao meu redor, tive uma nova e mais forte sensação de pena. Talvez fosse uma espécie de identificação. Os porcos recuavam à nossa passagem, e o giro vagaroso dos exaustores sincronizava seus movimentos.

Mais ou menos na metade do galpão um dos cercados continha uma cadeira de madeira, do tipo que havia em escolas antigas, e que estão aposentadas desde a década de 1950 ou até antes. Eu vira cadeiras como essa na minha própria escola secundária, aberrações estranhas no meio dos híbridos metal-e-plástico que dominavam, sozinhas e deslocadas como um neandertal entre Cro-Magnons.

Doe abriu o portão e forçou-me a entrar, depois voltou a fechá-lo comigo dentro. Havia algo de cômico na situação. O portão não chegava a 1,30 metro de altura, e eu não precisaria de um esforço muito grande para escapar, no entanto ele estava trancado para os porcos. De certo modo fiquei chateado com a indignidade de Doe ao pensar que eu não precisava de mais tramelas do que os porcos.

— Tudo certo, então — disse. — Parece que você não vai a lugar nenhum por algum tempo, por isso imagino que podemos ter uma conversinha.

— É uma idéia — concordei. Minha voz tremeu, mas diante das circunstâncias imaginei ter desempenhado muito bem o papel de durão. Eu sentia até mesmo uma espécie de prazer, de satisfação, em bancar o durão, em projetar arrogância mesmo enquanto parado. Eu agora compreendia por que as pessoas agiam assim.

Doe estudou-me por um momento.

— O que você provavelmente sabe, o que provavelmente não precisa que eu diga, é que quero informações sobre onde está o dinheiro.

— Foi o que imaginei — respondi.

— Aposto que sim. Então, onde está?

— Não sei. — Sacudi a cabeça.

— O problema com os porcos — prosseguiu Doe — é que eles comem qualquer coisa. E adoram o gosto de sangue. Como adoram. E estes porcos não têm sido bem alimentados nos últimos tempos, então devem estar com uma fome danada. Se eu prender sua perna naquela cadeira e fizer um corte nela, esses animais vão pra cima de você como um bando de tubarões. Vão enfiar os focinhos no corte, abrir cada vez mais o machucado, deixar a carne exposta. A próxima coisa que você vai saber é que sua perna se foi, mas eles vão continuar comendo. São como piranhas terrestres. Já imaginou se agüentaria sentir os porcos comendo suas bolas depois de passar pela experiência de eles comerem sua perna?

— Nunca imaginei uma coisa dessas.

— Eu já. Imaginei como seria ver isso acontecer. Até vou ver, se não recuperar meu dinheiro.

Respirei fundo.

— Ouça, é verdade que não sei o que está acontecendo. Sei que você tinha algum negócio com o Jogador e provavelmente Bastard e o sujeito de terno de linho...

— Tenho a impressão de que você sabe muita coisa.

— Mas é só. E olhe, sei que Bastard está morto e que o sujeito com cara de *Miami Vice* está morto. E imagino que seu dinheiro está perdido ou só há uma pessoa que pode estar com ele: o Jogador.

Doe refletiu por um minuto.

— Isso me passou pela cabeça, mas ele diz que você contou que andei circulando na área antes de Bastard ser morto. Acho que queria que ele pensasse que peguei o dinheiro, e isso significa que você armou alguma trapaça para nós.

— Ouça o que vou lhe dizer. Não tenho nada a ver com a história. Só quero resolver tudo neste fim de semana. Não tenho interesse em entregar ninguém. Quero apenas que me deixe ir.

Doe riu.

— Não há a menor possibilidade até eu descobrir o que aconteceu com o dinheiro. Então me diga, o que houve entre você e Bastard?

— Entre nós? Nada. Nunca encontrei Bastard antes de bater na porta de seu trailer dois dias atrás.

Doe sacudiu a cabeça.

— Não caio na sua conversa. Alguma coisa aconteceu. E você andou fazendo perguntas sobre ele. Até aqueles débeis mentais no condado acham que você tem algo a ver com ele. Você ainda estaria lá se eu não tivesse convencido um dos vizinhos de Karen a telefonar e dizer que eles estavam vivos.

Doe telefonara. Na ocasião, pensei que Melford tivesse me resgatado, mas fora Doe.

— Meu Deus. Obrigado.

— Na minha opinião, você conhecia Bastard e tinha alguma coisa a ver com ele. Algo a ver com o dinheiro desaparecido. Então, quer me contar o resto?

E foi assim que percebi que era tudo culpa de Melford. Melford planejara a história. As impressões digitais na arma, que ele alegara nunca usar. Mandar-me fazer perguntas sobre Bastard em Meadowbrook Grove para que as testemunhas pudessem contar que eu circulara pela região, fizera perguntas sobre um sujeito que os policiais suspeitavam ter sido assassinado. Ele teria de algum modo conseguido que coubesse a mim vender enciclopédias na casa de Karen? Eu não chegava a ver como isso seria possível, mas Melford era o rei da esperteza. Tudo era possível.

Eu tinha pensado que Melford era meu amigo por tentar me ajudar a recuperar o talão de cheques, mas ele era tão meticuloso que teria se livrado do talão após matar suas vítimas. Só agora eu me tocava que a amizade ostensiva com Desiree era implausível, também. Eles entravam sempre imediatamente em acordo, apesar do fato de ela trabalhar para B.B. Gunn. Agora eu percebia que não era *apesar* do fato, era *por causa* dele. Ele insistia em dizer que eu devia esquecer o dinheiro, e agora eu sabia por quê — porque o dinheiro estava com ele. Eu tinha bancado o idiota. Todo o papo de prisão, direitos dos animais e ideologia tinha sido uma cortina de fumaça. Por que eu não escutara Chitra? Ela tinha percebido tudo, eu, não.

Algo mudou dentro de mim. Eu estava querendo mostrar dignidade a despeito da adversidade quando era vítima de um tira psicopata, mas não quando era vítima de uma traição. Não havia hipótese de eu deixar Melford escapar assim. Doe podia ter sido repulsivo, mas Melford, eu agora via, era diabólico.

— Tudo bem — conformei-me. — Acho que imagino o que seja. Acho que por fim entendo. Existe um sujeito alto, com olhar estranho e cabelos brancos chamado Melford Kean. Foi ele quem armou a história toda. Matou Bastard e Karen e depois pegou o dinheiro, e nos últimos dois dias tem feito parecer que fui eu. Mas foi ele. O tempo inteiro só pode ter sido ele. Veja bem, não gosto de você e não quero ajudá-lo, mas esse sujeito ferrou comigo, por isso vou ajudá-lo a botar a mão nele e a recuperar seu dinheiro. Tudo o que precisa fazer é me deixar sair daqui.

— Então esse tal Melford Kean está com o dinheiro.

— Isso mesmo.

— E você vai me ajudar a encontrar o sujeito.

— Vou.

— E, quando encontrar, vou recuperar meu dinheiro?

— Vai — confirmei. — Não acho que seja tão difícil entender.

— Não é difícil entender suas palavras — explicou Doe. — Difícil é saber por que devo acreditar numa besteira dessas.

— Por que não acreditaria? — perguntei, quase como um protesto. Eu tinha certeza de que com isso conseguiria me salvar, ou pelo menos ganhar algum tempo até Aimee Toms me resgatar ou eu pensar em uma saída.

— Principalmente porque Kean trabalha comigo.

E lá estava ele, surgindo da sombra, forçando um sorriso para mim.

— Acha mesmo que tenho aparência estranha? — perguntou Melford. — Primeiro você fala para todo mundo que sou gay, depois diz que minha aparência é estranha. Isso me ofende!

E na penumbra do galpão de porcos, sob o reflexo dos ventiladores, ele parecia mais do que estranho. Parecia vampiresco. Seus cabelos se sobressaíam, seu rosto estava pálido e magro, os olhos, arregalados — não arregalados como os de uma criança, mas como os de um insano. Como eu não tinha reparado antes?

— Como pôde fazer isso comigo? — gritei. Eu sentia a necessidade quase incontrolável de me atirar contra ele, porém a arma de Doe me manteve no lugar.

— Quer que eu me explique quando *você* estava a fim de acabar comigo? Isso é uma grande hipocrisia, não acha? Olhe, procurei Jim quando percebi que faltava dinheiro, e ele e eu temos uma pista desde ontem. E nossos esforços nos trouxeram até você. Primeiro pensei que você estivesse limpo, mas depois todos os indícios apontavam que você tinha sido mais esperto do que eu e apanhado o dinheiro de dentro do trailer. É melhor que fale logo.

Por algum motivo Melford acreditava, acreditava de verdade, que o dinheiro estava comigo. Talvez pensasse que o negócio das enciclopédias era uma grande mentira, ou talvez tivesse descoberto que eu não tinha lhe contado sobre o Jogador. Talvez porque bancasse o esperto, manipulasse e mentisse, ele pensava que todas as outras pessoas faziam o mesmo, e que minhas reclamações, meus temores e minha hesitação tivessem o objetivo de enganá-lo. E talvez ele tivesse matado Bastard e Karen por razões não mais complicadas do que sua intenção de ficar com o dinheiro, e agora queria me matar para consegui-lo, também.

Eu tinha relutado em admitir antes, mas agora era evidente. Era uma questão de ideologia. A única coisa sobre a qual Melford não mentira. Vemos o que pensamos estar diante de nós, não a verdade. Jamais a verdade.

— Isso é besteira — falei com uma indignação que não imaginava conseguir reunir. Mas era besteira. A verdade era essa. Era besteira, besteira pura.

Doe estudou-me por um momento e depois se virou para Melford.

— Você me procura. Aí diz que pode ser meu parceiro. Agora é melhor eu não descobrir que está me ferrando.

— Eu nunca ferraria você, Jim.

— Não venha com baboseira para cima de mim, seu idiota.

— Então, que tal o seguinte? Quero minha parte, assim não tenho motivo para ferrar ninguém.

— Tem certeza de que está com ele?

— Não se pode ter certeza de nada neste mundo maluco. Algumas pessoas acham que a viagem do homem à Lua é uma pilhéria. Claro, isso na verdade não aconteceu *neste* mundo. — Fez uma pausa e observou a expressão de Doe. — Tenho quase certeza de que está com ele.

— Certo — concordou Doe. — Vamos sair.

— O que aconteceu com a idéia de ele virar comida de porco? — perguntou Melford.

— Tenho uma idéia melhor.

Com a luminosidade do sol nos olhos, fizeram-me andar até a lagoa de dejetos. Eu mal conseguia respirar por causa do medo e do fedor, e pensei que não queria morrer com o cheiro de merda nas narinas. Não queria morrer de jeito nenhum, mas sabia que as opções se estreitavam, as metas se tornavam mais escassas.

Eu sabia que Doe e a arma estavam talvez três metros atrás de mim. Podia ouvi-lo caminhar com passadas amplas, desajeitadas. Melford se mantinha entre nós dois, e suspeitei que, qualquer que fosse o acerto entre ele e Doe, um não confiava no outro.

Doe ordenou que eu parasse junto à lagoa de dejetos, onde as estacas na terra seca demarcavam o perímetro e as moscas revoavam com um zumbido voraz, obstinado. Uma única árvore preta do mangue, com as raízes nodosas enfiadas no lodo, fornecia uma pequena sombra.

Doe me mandou dar meia-volta. Os dois homens ficaram lado a lado, mas apenas por um instante. Doe gesticulou para Melford com a arma na mão.

— Chegue um pouco para lá. Quero ficar de olho em você.

— Não confia em mim?

— Claro que não, porra. Vou confiar quando recuperar meu dinheiro e nunca mais ouvir falar em você. Até então, imagino que esteja a fim de me trair. É assim que você sobrevive nesse jogo.

— Isso quer dizer que devo imaginar que tem intenção de me trair também? — perguntou.

— Chegue para lá e pare de me encher o saco.

— Há sempre um bom conselho quando se conversa com um homem armado na beira de uma lagoa cheia de merda —

disse Melford. Deu alguns passos largos na direção indicada por Doe, de modo que passou a ser o terceiro ângulo de um triângulo eqüilátero. Doe provavelmente imaginou que de onde estava conseguiria ficar de olho em Melford, mas não acertá-lo acidentalmente se precisasse atirar em mim. Algo assim.

Tentei evitar fazer contato visual com Melford. A raiva impotente que senti naquele momento foi tão grande que não tive condições de encarar a origem de todos aqueles sentimentos. Eu tinha invadido o quarto de hotel de um criminoso, tinha bisbilhotado o quintal de Jim Doe, atacado de surpresa um laboratório de experiências com animais, enfrentado Ronny Neil Cramer e conseguido a garota que desejava. Eu tinha, em resumo, desbancado o Lem sem ação e o substituíra por um novo Lem, um Lem que tomava conta de sua própria vida. E agora eu estava na mira de uma arma na beira de um mar de merda, traído por um homem no qual nunca devia, para início de conversa, ter confiado.

Apesar do que pretendia, acabei fazendo contato visual. Um ar malicioso cruzou seu rosto. Ele piscou para mim e com um dedo apontou para o chão.

A adrenalina subiu. Era um sinal, embora não muito claro. A piscada eu entendia — um sinal universal, afinal de contas. Mas o que o chão significava? O que aquilo queria dizer? Melford tinha me traído ou não? Se não tinha, por que eu estava naquele lugar? O que ele planejava fazer com Doe? Não, eu não podia supor que se tratasse de algo diferente de uma cilada, de um estratagema para me deixar com a guarda aberta. Mas com que finalidade?

— Gosta deste poço de merda? — perguntou Doe.

— Comparado com outros poços de merda, ou comparado com, digamos, um laranjal?

— Você se acha bem durão, não é mesmo?

Precisei reprimir uma súbita vontade de rir. Doe estava caindo na história do estilo durão. Já era alguma coisa. Não muita, mas era alguma coisa.

— Estou tentando extrair o máximo de uma situação difícil — expliquei.

Melford inclinou a cabeça de leve. O ar malicioso e a piscada de olho tinham sumido. Ele parecia um pássaro estudando a comoção humana a distância, estudando-a com um misto de curiosidade e desatenção. À luz do sol, parecia um pouquinho de nada menos diabólico do que aparentara no galpão de porcos, mas muito pouco mesmo. Agora parecia apenas cadavérico e mau.

— Sempre desejei ver alguém se afogar num poço de merda — confessou Doe. — Desde pequeno.

— Também deve ter sempre desejado ver alguém ser comido por porcos. Acho que tudo na vida é uma questão de escolha.

— Está parecendo que vou conseguir pelo menos um desejo. Agora, antes que a gente pense em começar a negociar, quero que se enfie lá dentro. Até a cintura. Até a altura da cintura. — Riu da rima.

Olhei para a lagoa. Eu queria continuar vivo, livre de perfurações de bala, mas por nada entraria naquele lugar. Sob hipótese alguma. Além disso, se entrasse, não passaria de um morto ambulante. Jamais teria condições de escapar. Eu precisava sair dali, mas se tentasse naquele momento, estaria morto em questão de segundos. A determinação de morrer na fuga desapareceu como uma gota de corante em um lago tranqüilo. Eu faria o que me pediam. Ficaria atolado naquela imundície pelo tempo que agüentasse, e a cada segundo teria a esperança de que algo aconteceria, algum milagre, talvez na forma de uma viatura policial do condado, de um helicóptero, de uma explosão, qualquer coisa.

— Ande — gritou Doe. — Vá em frente.

— Espere um segundo — cortou Melford. — Ele merece a chance de responder a algumas perguntas primeiro.

Doe virou-se para encarar Melford. Por um instante, pensei que se pegariam de socos.

— Está ficando tolerante agora? — Estreitou os olhos, desafiando Melford a enfrentá-lo.

— Não é com minha tolerância que você deve se preocupar — explicou Melford. — É com o fundo da lagoa. A merda está toda acumulada lá embaixo, e ele não vai encontrar um fundo sólido. Vai afundar direto antes que a gente saiba o que está acontecendo, e aí ficamos sem as respostas. Sem resposta, não há dinheiro.

— Acho que vamos conseguir descobrir, concorda comigo? — Apontou a arma na minha direção. — Agora mande o patife entrar. Quero ver ele se afogar na merda.

— Mas é justamente por isso que não devo entrar — interrompi, fazendo uma tentativa estropiada de utilizar minha técnica de vendas. Doe limitou-se a girar o corpo para me olhar com repugnância.

Observei a lagoa de dejetos, borbulhante e coagulada, tão destituída de vida e de luz quanto um buraco negro. Eu precisava ir para a Universidade de Columbia, precisava fazer sexo com Chitra, precisava viver longe da Flórida. Não podia morrer afogado em excremento de porco; era patético demais. Contudo, a única coisa em que conseguia pensar era em uma tática que qualquer menino travesso saberia empregar. Era absurdamente ridícula, mas era a que me restava, e decidi tentar.

— Graças a Deus — exclamei, apontando a distância, às costas de Doe. — É a polícia do condado.

Doe girou a cabeça, estudou o vazio. Não tive tempo de ver o que Melford fazia porque eu já partia para cima de Doe. Eu não tinha idéia do que faria, nem se meu ataque seria bem-sucedido. Mesmo que conseguisse derrubar Doe e tomar-lhe a arma, ainda teria que me entender com Melford. Enfrentaria Melford, decidi, quando fosse preciso. Até então, teria de resistir.

Calculei que eu estava a dez longos passos de Doe, e precisava dar dois antes que Doe percebesse como tinha sido idiota ao se deixar enganar. Virou-se para mim. Começou a sacar a arma.

No terceiro passo, ela já estava no alto. Eu seria alvejado. Não chegaria sequer à metade do caminho antes de levar um tiro. Tinha sido um plano tolo, mas pelo menos eu não morreria na lagoa de dejetos. Pelo menos morreria com dignidade.

Passo quatro e a arma estava apontada. Mas não para mim. Consegui dar uma rápida espiada por cima do ombro e vi Melford olhando para Doe e levantando a própria arma.

A piscada de olho tinha sido real. Todo o resto, um embuste. Melford não tinha me traído. Com certeza não. Eu ainda não tinha idéia do que tudo aquilo significava, por que cada fato acontecera, mas sabia que Melford não era meu inimigo e que isso me salvaria.

Em seguida ouvi o estampido de arma de fogo, e a explosão veio não da arma de Melford, mas da de Doe. Eu acreditara com tanto fervor na magia de Melford que não me ocorrera que Doe poderia vencer o jogo. Depois de Melford entrar na batalha, em nenhum momento duvidei que seria ele o vencedor.

Seis passos completados e ousei olhar de novo para trás. Vi sangue borrifar contra o sol inclemente em um céu sem nuvens. Melford, braços erguidos, caiu para trás, tropeçou na raiz de um mangue e afundou na lagoa de dejetos.

Doe franziu o nariz com raiva.

— Eu sabia...

Mas parou por aí, porque, acho que pela primeira vez, me viu caminhar na sua direção, agora a apenas três longos passos de distância.

Na sua irritação com Melford e complacência comigo, Doe ficou estático antes de levantar a arma. Então a apontou para mim, mas ela estava descentrada. Eu sabia, já tinha visto, que Doe era um atirador bom e também rápido, mas eu o forçaria a se tornar um atirador desesperado e, se tudo corresse bem, isso bastaria.

Dois passos agora nos separavam. Estendi a perna para dar uma passada hiperlonga e vi Doe estreitar o olho direito. Vi seu pulso se fechar.

Pulei para a esquerda. Doe não tinha atirado, portanto eu não tinha me esquivado de uma bala. Mas agora eu estava desequilibrado e a vantagem era dele. Cambaleei para a frente. Mais uma passada larga, e logo eu estava no ar. Nunca joguei futebol americano na vida a não ser as violentas partidas de *touch*, das quais era forçado a participar durante as aulas de educação física, e não sabia nada, absolutamente nada, sobre teorias de ataque. Não sabia como nem onde bater, mas naquele momento eu soube o que fazer. Melford não apontara para o chão ao dar a piscada de olho. Apontara para a sua entreperna, e não era na entreperna dele que eu devia pensar, era na de Doe.

Mirei com instinto, impulso e escassez de física. Aterrissei com o ombro, e aterrissei baixo e com força, jogando meu peso contra seus testículos.

Caímos juntos na terra dura. Dei um gemido alto, mas Doe deu um grito tão cadenciado que soou quase como música tribal. Não imaginei que o atingiria com tanta violência. Eu tinha sentido a força do golpe se difundir, se perder, como se algo tivesse sido deixado para trás, mas Doe se encolheu na posição fetal. Suas mãos, inclusive a que segurava a arma, cobriram sua entreperna.

Melford tinha razão. Minha tática devia ter machucado Doe, mas não o derrubado. Recuperei o equilíbrio, tenso, pronto para saltar. Ao meu lado, sem condições de atacar alguém, Doe balançava-se para a frente e para trás, a boca aberta, embora sem fazer ruído. Lágrimas corriam de seus olhos. Joguei o braço para trás e, com toda a força que a raiva e a frustração me fizeram reunir, enfiei o punho fechado diretamente no espaço entre suas pernas.

Recuei para repetir o movimento, mas logo parei. Doe tinha aberto a boca para soltar mais um grito, mas não o fizera. A cor desapareceu de seu rosto, os olhos reviraram e ele ficou imóvel.

Era muito difícil acreditar que eu o matara com um golpe nas bolas, então só podia supor que ele desmaiara. Peguei a arma pesada e nojenta de suas mãos inertes e levantei-me. Dei-lhe dois chutes fortes para ter certeza de que estava desacordado e depois, lembrando-me de Melford, dei meia-volta.

Tive tempo apenas de ver seu corpo afundar sob a camada gordurosa da lagoa de dejetos.

Eu não sabia se ele estava morto antes de tocar a superfície. Não sabia se já tinha se afogado. A única coisa que eu sabia era que ele não tinha me traído, e que tinha me salvado a vida. Eu precisava tentar salvar a dele.

Corri para a borda da lagoa, junto ao mangue, sabendo apenas mais ou menos o que pretendia fazer. Na superfície, no ponto onde ele afundara, havia uma leve depressão, como se ele estivesse levando de arrasto para o fundo o conteúdo da lagoa. Olhei para a direita e para a esquerda — à procura do quê, não sei. Talvez de alguma esperança, de alguma opção que impediria que eu fizesse o que não queria fazer. Mas não tive escolha.

Larguei a arma na borda, respirei fundo e retesei os músculos. Fiquei paralisado. Eu não podia fazer aquilo, simplesmente não podia. Tudo dentro de mim — a mente, o coração, o estômago, as células que compunham meu corpo — gritava que eu não podia, sob hipótese alguma, fazer o que pretendia. A essência do meu ser se rebelava contra aquilo. A substância da vida, milhões de anos de memória genética, se rebelava contra aquilo.

No entanto, fiz. Saltei dentro da lagoa.

A primeira coisa em que pensei foi que a sensação era mais como pular sobre um colchão, um colchão quente, um colchão imundo, podre, do que pular na água. A próxima coisa em que pensei foi que estava morto. Uma escuridão terrível, paralisante, cresceu ao meu redor, me sugou para o fundo, puxou-me como se eu tivesse pesos amarrados aos pés. Fui engolido até a cintura e depois, em um instante, até o peito. O pânico atingiu os limites de minha percepção, e compreendi que me restava uma única chance antes de ser tragado pela morte e pela aflição.

Lutei, enrijeci os músculos para forçar a subida com uma das mãos. Cerrei os dentes. Com esforço tirei o braço de dentro da imundície e senti-o quebrar a superfície — percebi o frio relativo do ar contra ele. Não sei explicar como consegui encontrar uma das raízes do mangue. Agarrei-a com força, sentindo a casca afiada morder minha pele escorregadia. Com a outra mão ainda sob a superfície, comecei a apalpar, fazendo movimentos circulares e depois para baixo. A lagoa era rasa e funda ao mesmo tempo. Agitei as mãos o quanto pude, o mais longe que consegui. Espichei-me ao máximo, com medo de me soltar, pois se o fizesse mergulharia na lagoa e estaria perdido.

As ondas pesadas e lentas batiam contra meu rosto. Eu sentia o gosto da imundície que entrava pela minha boca, cheirava a crosta que começava a secar em meu nariz. Mosquitos começaram a zumbir à minha volta. A força da lama contra meu corpo me deixava com uma grotesca sensação de que estava sendo sugada e então, de repente, minha boca ficou abaixo da superfície. Depois meu nariz.

Tudo dentro de mim gritava para que eu tentasse me erguer, porém, quanto mais me esforçava, mais para o fundo ia. Então senti algo duro — a borracha e a lona de um tênis Chuck Taylor. Inclinei-me à frente para ter certeza de que agarrava uma canela e não um calçado, e com a outra mão comecei a puxar a raiz do mangue.

Vim à tona, ansiando por ar. Respirar naquelas condições acabou sendo uma experiência terrível, pois a sujeira entrava pela minha boca e fazia meu estômago revirar com violência. Eu não vomitaria. Ainda não. Precisava manter o controle.

Com a mão livre, agarrei-me à terra e avancei pela raiz. Poucos centímetros, primeiro, depois outros, e então ficou mais fácil. A parte superior de meu corpo estava fora da lagoa e eu puxava Melford atrás de mim. Coloquei-o na margem e só então relaxei, sentando-me ao seu lado.

Ele estava com a aparência que devia ser também a minha, a de um homem revestido de chocolate líquido — pensei o tempo todo em chocolate, na esperança de que ele mantivesse a náusea a distância. Eu não conseguia distinguir detalhes de seu corpo para saber a extensão dos ferimentos. Não conseguia sequer ver se ele estava vivo. Não vi sangue. E então houve um estremecimento.

Seus olhos se arregalaram, esferas luminosas contra o negrume de seu corpo coberto de fezes. Seus olhos se mexeram para um lado e para o outro, e houve um momento de serenidade no ar. Então, de repente, ele agarrou a arma, disparou, e mais uma vez ouvi Doe gemer.

— Puta que o pariu! — gritei. — Pare de matar gente.

O cheiro de pólvora envolveu o ar, mas no mesmo instante foi superado pelo fedor nauseabundo do meu corpo coberto pela imundície da lagoa. Cinco metros adiante de nós, Doe estava de novo no chão, dessa vez segurando o joelho, de onde o sangue jorrava aos borbotões.

— Ele estava vindo bem na nossa direção — justificou-se Melford. Ele agora estava de pé... preto, molhado e gelatinoso como uma criatura dos pântanos. Suponho que eu também. — E não vai perguntar se estou bem?

Eu continuava com os olhos fixos em Doe, ouvindo suas lamúrias.

— Claro — respondi. — Embora tenha a impressão de que está bem, sim.

— Acho que estou — completou. Lentas avalanches de excremento de porco escorriam do seu corpo e se acumulavam aos seus pés. — A bala só me pegou de raspão no ombro. Acho até que quase não está sangrando, mas o susto que levei me fez tropeçar, e, assim que caí na lagoa, fui engolido. Neste momento, imagino que precisamos nos preocupar mais com problemas como disenteria e cólera.

Pensamentos animadores. Doe, enquanto isso, procurava se erguer, rastejando com um joelho só, tentando arduamente afastar-se de nós.

— Porra! — exclamou. — Porra, porra, porra!

— Lembra-se de quando eu lhe disse que levar uma bala no joelho dói muito? — perguntou-me Melford. — Eu não estava brincando, estava? Veja este sujeito. Ui. — Sacudiu as mãos. — Eu agora bem que podia usar um chuveiro.

Seria errado dizer que gostei de ver Doe fora de combate ou até mesmo que estava acostumado a esse tipo de coisa agora. Mas ele teve o que mereceu. Não havia dúvida, e o fato de eu estar coberto de merda e mijo de porco por causa de seus crimes tendia a diminuir qualquer compaixão que eu pudesse ter tido. Contudo, era difícil dizer se o que eu sentia era satisfação ou alívio. Estava tão enojado quanto um ser humano saudável poderia em sã consciência estar, mas continuava vivo, Melford continuava vivo e nunca tinha me traído.

— Você não poderia ter atirado nele no galpão de suínos? — perguntei. — Precisava me deixar em pânico desse jeito?

— Pensei que pudesse evitar atirar nele — explicou Melford. Inspecionou o ferimento com o dedo. — Em consideração a você, esperei não precisar atirar porque sei que torce o nariz para esse tipo de coisa. De todo modo, queria que ele saísse logo da granja porque resgatar você é apenas parte de nossa incumbência aqui. — Olhou na direção do galpão. — Eu estava planejando... *Merda!*

Nem tive tempo de olhar antes de Melford agarrar meu braço e me puxar correndo. Tanta coisa tinha acontecido nos dois últimos dias, que apressei o passo e segui Melford antes mesmo de olhar na direção do galpão. E, quando olhei, o que vi quase me deixou sem fôlego.

Porcos. Dezenas e dezenas de porcos corriam na nossa direção. Ou melhor, corriam não na nossa direção... mas na de Doe. As patas galopantes, as bocas abertas e cruéis, os olhos arregalados, furiosos. O chão tremia com sua raiva encurralada, seu medo, a ensandecida ânsia pela liberdade. Eram como demônios, desajeitados, a boca frouxa, demônios roliços, os porcos dos malditos, correndo na direção de Doe, que continuava caído, gritando, procurando se afastar. Agarrou-se à terra seca, à vegetação rala, às conchas brancas fossilizadas, tentando desesperadamente, inutilmente, se erguer, como um andarilho que atravessa o deserto na hora errada e tenta escapar da explosão de um teste nuclear.

Seus dedos se enfiaram no solo quando tentou erguer-se apoiado na perna boa, porém a dor foi mais forte do que o medo, e ele voltou a cair. Virou-se para olhar a lagoa e por um instante percebi tudo em seu olhar — pretendia arrastar-se até ela. Tentaria nadar na merda de porco para escapar dos porcos. E se conseguisse, pensei, haveria com certeza na sua façanha uma espécie de redenção.

Depois o perdemos de vista. Os porcos bloquearam nossa visão antes de atacá-lo e, por um sinistro instante, ouvimos apenas galopes e grunhidos. E em seguida o grito estridente de Doe, mais de surpresa que de medo. O som de seus gritos era quase abafado pelo som assustador das patas galopantes dos porcos que tentavam chegar ao corpo de Doe. Eles grunhiam, furiosos. Grunhiam de todos os lados.

Melford fez um amplo círculo sempre comigo de arrasto e retomamos o rumo do galpão a tempo de ver os porcos agrupados ao redor do grito. Os de trás estavam agora calados e desorientados, como se acabassem de acordar. Então, um minuto mais tarde, reinou o silêncio. Os porcos permaneceram imóveis, talvez confusos, e logo começaram a se afastar devagar das margens da lagoa. Como se acordassem de uma crise de sonambulismo, saíram de onde estavam e caminharam na direção das árvores.

Melford e eu demos meia-volta e vimos que Desiree saía do galpão. Vestia calças jeans cor-de-rosa e a parte superior de um biquíni verde. Tinha o corpo reluzente de suor e sua cicatriz parecia uma ferida em carne viva, recente.

— Desculpem — gritou. — Não queria que fosse assim. Eles escaparam. Ei, o que aconteceu com vocês?

— Um acidente — respondeu Melford, também gritando.

— Está certo. Escutem, preciso de mais alguns minutos. Tem sempre uma mangueira logo depois daquele canto, perto do carro. Que tal se lavar?

As várias mudas de roupa que Melford mantinha na mala do carro agora se mostraram úteis. Fazia calor demais para uniformes de ginástica, mas era só o que ele tinha que me servisse, e depois de me lavar e tirar as roupas arruinadas pelos excrementos, o que eu mais queria era sentir aquele calor até conseguir voltar para meu quarto e tomar uma boa ducha com sabonete.

Melford lavou-se com cuidado. O ferimento à bala no seu ombro tinha talvez cinco centímetros de comprimento, mas não era profundo. O ideal teria sido ir ao hospital, mas ele tinha uma pomada antibiótica no estojo de primeiros socorros do carro. Aplicou uma camada generosa, depois me pediu para prender com esparadrapo uma boa quantidade de gaze. Em seguida recolheu nossas roupas em um saco plástico de lixo, pegando-as pelo avesso para não precisar tocá-las. Amarrou bem e colocou o saco dentro de outro. Para diminuir o cheiro, pensei.

Depois de tudo aquilo, nada mais restava a fazer senão esperar que Desiree acabasse o que quer que estivesse fazendo. Melford e eu nos apoiamos no carro, eu vestido com o agasalho de ginástica, ele, com o jeans preto que tinha de reserva, camisa branca de colarinho e tênis Chuck Taylor azul-marinho. Se seus cabelos não estivessem molhados, não daria para saber que ele acabava de passar por uma situação tão aflitiva e repugnante.

— Eles o comeram? — perguntei por fim, quase com um sussurro, quebrando o silêncio.

Deu de ombros.

— Não planejamos que fosse assim. No máximo planejamos, por humanidade, fazer o serviço sem machucar ninguém. Queríamos libertar os porcos, libertar você, e deixar que B.B., o Jogador e Doe resolvessem seus problemas por conta própria. Com uma pequena ajuda da lei, talvez.

Eu não sabia por quê, mas pensei que seria melhor me calar sobre a morte de B.B. Talvez Melford soubesse, talvez não.

— Então libertar os porcos fazia parte do plano desde o início? — perguntei. — Você afirmou que Bastard e Karen não tinham nada a ver com os porcos.

Melford sorriu.

— Você passou por muita coisa, mas ainda não está pronto para saber. Não está pronto para ouvir a história toda.

Mordi o lábio, com um misto de orgulho e ressentimento por ter de apresentar uma informação como um aluno de inglês da escola primária conjugando verbos em latim.

— Temos prisões — anunciei —, não a despeito do fato de elas transformarem criminosos em criminosos mais hábeis, mas por causa disso.

Melford olhou-me.

— Acho que subestimei você. Continue.

Pensei em George Kingsley, o adolescente brilhante que a patrulheira Toms tinha me mostrado, o bom menino que se tornou um criminoso empedernido. Uma mente promissora antes empenhada em utilizar sua energia em reformas e mudanças, agora despojada da sua promessa e ambição, transformada em uma vida de delinqüência.

— Os criminosos são pessoas que, na maior parte, vêm da margem da sociedade, são os que quase nada têm a ganhar com nossa cultura como ela se apresenta. Têm muito a ganhar com mudanças na sociedade ou mesmo com a destruição dela e sua substituição por uma nova ordem que os favoreça. Talvez uma ordem melhor, talvez não. Pouco importa. Assim, porque estão à margem acabam envolvidos com aqueles que violam as leis, que os ensinam a violar as leis. Talvez sejam mandados para prisões e aprendam como violar leis ainda mais importantes. A próxima coisa que se fica sabendo é que esses revolucionários em potencial são agora criminosos. A sociedade pode absorver criminosos com muita facilidade, revolucionários, não tanto. Criminosos têm um lugar no sistema, revolucionários, não. É por isso que temos prisões. Para transformar desajustados em assassinos. Isso pode prejudicar a sociedade, torná-la menos agradável, mas não a destrói.

— Uau! — Melford estudou-me com espanto. — Você entendeu direitinho.

— Como sabe?

Melford olhou-me.

— O que esta querendo dizer?

— O que estou querendo dizer é que você está embebido em ideologia, também, certo? Então, como é possível que esteja certo e todos os outros, errados? Como é que pode saber?

— Não posso — concordou. — O que o deixa duplamente certo. Mas confio em mim. Você também, agora. Por isso precisa ouvir tudo.

Com Desiree ainda em algum lugar dentro do galpão, Melford ligou o carro, pôs uma música rouca para tocar, e escutou em volume baixo. Olhou para o galpão e percebi que estava preocupado com Desiree do mesmo modo como eu me preocupava com Chitra, e isso me fez gostar mais dele, sentir que o compreendia melhor. Por mais coisas insanas que tivesse feito, por mais inqualificáveis que fossem os princípios segundo os quais norteava sua vida, ele me parecia naquele momento afetuoso e próximo.

Fizera coisas terríveis, coisas que eu jamais conseguiria tolerar. Contudo, apesar do abismo moral que existia entre nós, estávamos ligados por essa emoção, esse amor que sentíamos por alguém especial e corajoso. Nesse aspecto não éramos tão diferentes: vendedor de livros e assassino. Talvez, ele argumentaria, isso nos ligasse com tanta nitidez quanto eu estivera ligado àqueles porcos que tinham sido mantidos no galpão, que tinham conhecido suplício, cativeiro e terror, e depois liberdade e vingança.

— Foi a história dos cachorros e gatos — falei, como um meio de fazê-lo começar. — Você veio aqui para investigar uma história de animais de estimação desaparecidos. Descobriu que Bastard e Karen estavam roubando e vendendo esses bichinhos para a Serviços de Saúde Oldham para pesquisa médica.

— Isso mesmo — concordou Melford. — Muito bem. Você sabe, cresci com um gato... um gato malhado grande, chamado Bruce. Meu melhor amigo na época, talvez o melhor amigo que já tive. Quando eu tinha 16 anos, ele estava no quintal de um vizinho, e esse sujeito, um cara bêbado, grande, ex-jogador de futebol americano do colégio, bateu nele com um capacete de futebol até matar... pelo simples prazer de bater. O cara não gostava de mim, me achava estranho, por isso matou meu gato. Bruce parecia uma pessoa como qualquer outra. Se existe uma coisa chamada alma, ele tinha uma. Tinha desejos e preferências, pessoas que ele amava e que detestava, além de coisas que gostava de fazer e coisas que o chateavam. Podia não ser capaz de controlar o saldo de um talão de cheques ou compreender como a luz elétrica funciona, mas ainda assim era um ser sensível.

— Isso é terrível — concordei, não muito certo do que mais poderia dizer.

— Fiquei arrasado como nunca. Meus parentes e amigos diziam: "É apenas um gato", como se de algum modo o fato de ele ser um gato diminuísse o que eu sentia diante da morte brutal desse ser vivo e afetuoso. Procurei a polícia e ouvi muitos "É terrível, mas é a sua palavra contra a dele; seus pais vão jurar que o gato pulou nele, que tentou arrancar seus olhos com as unhas." Esse tipo de coisa. Insisti, mas as pessoas começaram a se irritar. Os pais do garoto que matou meu gato se queixaram para os meus de que eu era um chato, e meus pais nunca contestaram. Pelo contrário, me repreenderam e por fim se ofereceram para me comprar um gato novo, como se ele fosse uma máquina de escrever... uma funciona tão bem quanto a outra. Talvez uma nova funcione ainda melhor.

— Foi então que se interessou em virar vegetariano?

— Não, isso era coisa antiga. Eu estabelecera a relação muito tempo antes. Se Bruce era como uma pessoa, o animal de onde vinha meu bife também era... só que eu nunca encontrara essa pessoa. Mas quando Bruce foi morto, decidi que não ficaria mais calado. Minha mãe sempre me dizia que eu não devia insistir que as pessoas não comessem carne. Que era indelicado. Mas como pode ser indelicado pedir que as pessoas interrompam um comportamento imoral? É como dizer que a polícia é indelicada porque prende criminosos.

— Então, quando ficou sabendo de Bastard e Karen, você foi atrás deles?

— A história é mais complicada. Há anos estou envolvido em ações de guerrilha.

— O jogador de futebol americano bêbado?

Melford sacudiu a cabeça.

— Morreu de forma trágica, na verdade. Tinha bebido demais uma noite, caiu num lago e se afogou. Coisa muito triste.

— Então você anda por aí matando gente que mata animais? Isso é uma loucura.

— É justiça, Lem. Não faço nada contra pessoas que criam animais para comer. Elas não acreditam que estão agindo mal. Concordo com a tendência a ver que nossa tarefa é reeducar. No entanto, às vezes as pessoas fazem mal a animais quando *sabem* que estão agindo errado. Então, quando tomei conhecimento da história... apenas uma frase em um panfleto... de todos os animais sumidos aqui, quis ver de perto. Na verdade, eu não tinha a pretensão de resolver o problema sozinho, só queria expô-lo. Então tive aqui os mesmos problemas que tive com Bruce. Os tiras não queriam saber da história. Disseram uma porção de bobagens com relação à falta de provas. Você sabe o que *não* disseram... que a Serviços de Saúde Oldham compra animais extraviados, sem fazer perguntas. Você apresenta um animal, diz que ele está perdido, recebe 50 dólares. E a Oldham é um grande empregador nesta área. Muitos empregos e uma receita muito grande estão ligados à prosperidade da empresa. Assim, talvez a polícia não tenha provas de que os animais estão sendo roubados para pesquisa animal, mas talvez também não queira ter essa prova.

— Por isso você decidiu matar Bastard e Karen.

— Não havia outro jeito, Lem. A mesma coisa de hoje, com Doe. Era ele ou você. Com Bastard e Karen tentei fazer o que era certo, mas se não tivesse agido e um número ainda maior de animais tivesse sido torturado e morto, como conseguiria viver com isso?

Fiquei em silêncio por um minuto.

— O negócio, Melford, é que estamos falando de animais, não de pessoas. Você pode ter uma ligação com um animal, mas isso não faz com que ele seja igual a uma pessoa.

— Estamos nisso há tempo suficiente para eu ter a sensação de que você está passando para o meu lado — observou Melford. — Então, acha mesmo que é errado eles tirarem animais das pessoas que os amam para impor tortura e morte a eles e tristeza e dor a seus donos? Acha mesmo que é aceitável fazer uma coisa dessas apenas para ganhar dinheiro?

— Claro que não, porém...

— Nada de "poréns". Está errado roubar animais e vendê-los para que sejam submetidos a tortura desnecessária. Nisso estamos de acordo. Então, se eu soubesse que eles estavam matando gatos e fosse às autoridades e as autoridades não mostrassem interesse, o que eu devia fazer?

— Não sei. Você é repórter. Poderia ter escrito um artigo.

— É verdade, poderia. Até escrevi, mas meu editor não quis publicar. Disse que eu não tinha prova de nada. Até pedi para meu pai pressioná-los, mas não adiantou. Então, no final das contas, o que estamos discutindo é a escolha entre dar um basta ou simplesmente deixar o assunto de lado e me contentar com a idéia de que fiz o melhor que pude.

— Mas esse não é o modo correto de agir. Deve haver uma solução melhor do que assassinar as pessoas que não compartilham os seus valores.

— Muita gente concordaria com você, inclusive a maioria dos participantes de movimentos não-oficiais pelos direitos dos animais. Eles não apoiariam meus métodos, ainda que seus inimigos fizessem crueldades em uma escala nunca antes imaginada na história humana. Respeito os princípios dos pacifistas. Até os invejo. Mas alguém precisa desembainhar a espada, e esse alguém sou eu. E não é como se o que faço estivesse errado... apenas está fora dos limites do que a ideologia permitirá. Veja o caso dos grandes heróis sulistas da Guerra Civil. Robert E. Lee. Foi um sujeito que conduziu milhares e milhares de homens para a morte, que os levou a matar milhares e milhares de homens, para quê? Para que as pessoas cujos ancestrais vieram da África pudessem permanecer escravas. E dão o nome desse cara a escolas.

— Não é a mesma coisa. Entendo sua posição, Melford, entendo mesmo. Só não consigo deixar de achar que está errado matar uma pessoa por causa de um animal. Não me parece correto.

— Porque você não está tentando sair do sistema. Sua mente procura se afastar, mas você chega longe demais e os liames da ideologia o alcançam e o trazem de volta. Você não está lutando com força suficiente. Lembra-se da granja de suínos? Lembra-se de como observou a condição dos animais, e enquanto observava me disse que aquilo não podia ser verdade? Sua mente se rebelou contra seus sentidos porque seus sentidos lhe deram uma informação que não se encaixava com o que se esperava que você acreditasse.

— Porque ainda não tinha me libertado da ideologia?

— Você nunca se libertará. Talvez nenhum de nós. Mas não vou parar de tentar. Farei o que acho certo enquanto puder, e se me der mal por causa disso, quero enfrentar as conseqüências. Bastard e Karen precisavam ser parados, e ninguém queria tomar a iniciativa, então tomei. É o que faço.

Sacudi a cabeça.

— Mas não tem que fazer.

— Claro que não — concordou Melford. — Diga isso para você mesmo e o rombo no tecido da realidade se consertará sozinho. Logo você até duvidará de que tenha alguma vez encontrado comigo. Tudo na sua experiência lhe dirá que devo ter sido uma fantasia, fruto de sua imaginação; a realidade engolirá o pobre Melford e ele cairá no esquecimento junto com contas, comerciais de televisão e um contracheque semanal.

— Sentirei sua falta, mas de certo modo torço para que isso aconteça, também.

Quando ergui os olhos vi Desiree correr na nossa direção. Seus seios parcamente cobertos balançavam, teimosos, e ela fazia gestos frenéticos com as mãos. Eu não sabia o que ela queria dizer, mas parecia ser importante.

Abriu com violência a porta de trás e entrou depressa.

— Rápido! — gritou para Melford.

Ele engrenou o carro e pisou fundo no acelerador. Era um carro velho que não respondia excepcionalmente bem, mas respondia, e conseguimos sair da fazenda e pegar o caminho de terra rumo à auto-estrada antes de Melford sequer ter a chance de fazer alguma pergunta.

— É o laboratório — explicou. — Deixei preparado para explodir, mas não sei quanto tempo ainda temos. Imaginei que seria melhor garantir que vamos estar longe das explosões e dos gases tóxicos.

Não há como discutir uma boa lógica, pensei. Contudo, seu pânico provou ser desnecessário, e já estávamos a cinco ou seis quilômetros da granja quando a espessa nuvem de fumaça preta se ergueu atrás de nós. Não chegamos a ouvir a explosão, apenas a longa serenata de sirenes da polícia.

Trinta e sete

Quando chegamos de volta ao motel, havia pelo menos meia dúzia de carros da polícia do condado estacionados do lado de fora, as luzes piscando em silêncio contra a nuvem preta que deixáramos para trás. Todos os hóspedes tinham saído dos quartos, alguns inteiramente vestidos, outros em trajes de banho, de pijama ou cueca. Uma garotinha de camisola cor-de-rosa segurava firme uma girafa de pelúcia com uma das mãos e com a outra o agasalho de ginástica da mãe.

Descemos do carro de Melford a tempo de ver os policiais levando o Jogador. Estava algemado e manteve a cabeça baixa durante o que mais tarde fiquei sabendo chamar-se "a caminhada do suspeito", quando os policiais deliberadamente o obrigam a desfilar na frente da mídia para pressioná-lo ou humilhá-lo. Logo atrás, uma dupla de policiais conduzia Ronny Neil e Scott. A patrulheira Toms tomava depoimento de alguns membros da equipe do Jogador. Bobby estava por perto e parecia atordoado. Talvez antes de saber de sua armação eu tivesse me sentido mal, culpado até, por arruinar sua carreira. Imaginei que desemprego era o mínimo que ele merecia.

— Foi tudo tão inesperado — observei em voz baixa.

— Para você, talvez. Não achou estranho eu aparecer no motel para dizer a eles que era você a minha fonte? Em parte foi para deixar seus inimigos em apuros, claro. Mas teve mais.

— Mais o quê?

— Plantei no quarto alguns itens selecionados do trailer de Bastard e depois dei um telefonema anônimo. Não precisarão se esforçar muito para ligar o Jogador ao tráfico de drogas que ele operava com Jim Doe e o resto do bando. Tudo fará sentido.

Sacudi a cabeça.

— Sei que o Jogador não presta, não me interprete mal, mas não matou todas aquelas pessoas. Ele vai ser acusado de assassinatos múltiplos.

— Tem razão — concordou Melford. — O que ele fez de fato foi usar seus vendedores de enciclopédia para espalhar metanfetamina entre adolescentes, muitos dos quais estão, sem dúvida, mortos. Dos que continuam vivos, praticamente todos levarão vidas que serão apenas sombra do potencial que tinham antes. Cara, como essa punição vai ser injusta.

— Mas não acha que...

— Que o quê? Que devo assumir a culpa para o Jogador sair desta em liberdade? Esqueça. Sou um vigilante pós-marxista e tenho uma missão a cumprir. Transformar o mundo em um lugar melhor. E esse mundo será muito bom sem o Jogador pelas ruas.

— O mundo está melhor sem B.B. Gunn, também? Ele está morto, você sabe.

— Sim, sei. E quem o matou foi o Jogador ou Doe, e de todo modo foi feita a justiça.

— A *sua* justiça.

— Quem tem condições de julgar a humanidade se não eu? — Rodeou o carro e abriu o porta-malas. Levantou o fundo acarpetado e apontou para uma pasta. — É sua. Não agora, porque há policiais por todo lado, mas antes de nos separarmos.

— O que é isso?

Melford riu.

— Não banque o bobo comigo, garoto. Você sabe o que é. Os 40 mil dólares que eles procuravam. Você pega a grana e vai para a faculdade. Quem sabe ainda consegue garantir uma vaga para o ano que vem.

— Caralho! — O que mais posso dizer numa hora dessas? — Por que quer dar esse dinheiro para mim?

Melford encolheu os ombros e fechou com força o porta-malas.

— Porque, se eu aceitar dinheiro pelo que faço, me torno corrupto. Não posso pensar, nem por um segundo, que estou me envolvendo em uma ação pelo dinheiro, senão perco o rumo. Você sentiu os liames da ideologia, e preciso fazer o que puder para resistir a eles. Acho que o coloquei no caminho certo nos últimos dias. Você segue em frente, faz um bom curso de humanidades. Estude literatura e filosofia, se empanturre de ciências sociais e tente fazer algo útil com a sua vida.

— O certo seria recusar. Chamar de dinheiro sujo, dizer que não quero nem um tostão dele.

— Vou ficar muito desapontado se fizer isso. Não seja mais um autômato, Lemuel, que segue uma falsa moralidade enquanto ignora o mal verdadeiro que está ao seu redor. Pegue o dinheiro e vá para longe da Flórida.

Fiz um sinal positivo com a cabeça.

— Tudo bem. Vou mesmo.

Melford riu.

— Acho que estamos chegando a algum lugar com você.

Então senti alguém me agarrar. Quase dei uma cotovelada na cabeça do agressor, mas algo no meu cérebro reptiliano reconheceu um perfume, e gelei. Não era uma agressão, era um abraço. Virei-me e vi Chitra sorrindo para mim. Seus olhos estavam arregalados, os lábios vermelhos e ligeiramente abertos.

— Pensei que tinha dito a você para sair da cidade — falei.

— Não ouvi. Estou tão contente que esteja bem! Mas por que está vestido desse jeito?

Olhei para meu uniforme de ginástica.

— É uma longa história.

Beijei-a, muito à vontade, como se estivéssemos juntos há tanto tempo que nem precisávamos pensar sobre como beijar.

— Deixo vocês um minuto sozinhos — avisou Melford. Caminhou até o carro e entrou. Ouvi que colocou música e observei-o acompanhar o ritmo com a cabeça.

Chitra afastou-se, mas não foi indelicada.

— Acho que isso provavelmente encerra o negócio de venda de enciclopédias.

— Parece que sim. — Pensei no seu pai, que precisava de dinheiro, e pensei na maleta no porta-malas de Melford. Eu precisava de 30 mil dólares para a faculdade e já economizara uma parte. Isso significava que dispunha de um folgado saldo positivo. — Você é muito rigorosa no que se refere à ética quando o assunto é dinheiro? — perguntei.

— Não muito.

— Ótimo.

Passei o braço ao redor de seus ombros e puxei-a para junto de mim, respirando o perfume de seu cabelo.

— Está com fome? — perguntou.

Executei uma pesquisa robótica de meus sistemas. Levou um instante, mas percebi que estava com fome.

— Muita — respondi.

— Talvez então seja hora de comer aquele hambúrguer.

— A oferta ainda está de pé?

Sorriu para mim.

— Talvez sim, talvez não. Você come o hambúrguer e depois lhe digo.

Seu sorriso foi tão deliciosamente malicioso que senti meus joelhos fraquejarem. Eu tinha feito tanta coisa, visto tanta coisa. Quase morrera do pior modo que a mente humana pode imaginar. Vira um homem ser devorado vivo por porcos. Nunca me sentira tão vivo.

— É tentador — admiti. — Fica difícil dizer se a pessoa vai ou não abandonar seus princípios até ser testada pela tentação.

— Você está sendo testado pela tentação agora. E estou curiosíssima para saber o que acontece.

Refleti sobre suas palavras por um minuto. Talvez dois. Depois dei minha resposta.

AGRADECIMENTOS

Mais do que nos romances anteriores, dependi da ajuda e do conselho de leitores inteligentes e atentos para avaliar o que deu certo e o que não deu. Devo muito a Sophia Hollander, Jim Jopling, Mark Haskell Smith, Tamma Stein e Billy Taylor pelo tempo, atenção, paciência e estímulo, além de excelentes sugestões.

Muita gente participou da pesquisa para este romance, por isso sou sinceramente grato a todos que me concederam parte de seu tempo e energia: Jim Leljedal, do Broward County Sheriff's Department; Joe Haptas e Ingrid Newkirk, do People for the Ethical Treatment of Animals; o extraordinário ativista dos direitos dos animais Don Barnes; Jimmy, do SHAC, sobrenome desconhecido; e os libertadores de animais, com os quais me correspondi e que hoje cumprem pena na prisão, cujos nomes omito a pedido. Embora as questões relativas aos direitos dos animais tenham sempre sido a essência deste projeto, o romance começou com uma história muito diferente, e agradeço aos que me ajudaram na pesquisa do material para a primeira versão, mesmo que não o tenha utilizado: Michael L. Wiederhold, do Health Science Center da Universidade do Texas; e Jon Ronson, autor do absolutamente fantástico *Them: Adventures With Extremists.* Qualquer dia desses escrevo um livro sobre o Grupo Bilderberg.

Mais uma vez meu muito obrigado à incomparável Liz Darhansoff pelo esforço e apoio incansáveis. Não quero nem imaginar onde eu estaria sem ela, mas com certeza seria num lugar muito sem graça. Agradeço igualmente ao superassistente editorial Jonathan Karp, cujos conselhos, orientação, amizade e tolerância ajudaram a viabilizar este livro. E como tenho a sorte de viver em um universo paralelo no qual um autor consegue publicar todos os seus livros em uma mesma e fantástica editora, deixo aqui por escrito meu mais do que devido reconhecimento a Sally Marvin.

Este livro foi composto na tipologia AGaramond,
em corpo 11,5/15, e impresso em papel off-white
$80g/m^2$ no Sistema Cameron da Divisão Gráfica
da Distribuidora Record.